巨人たちの星

ジェイムズ・P・ホーガン

冥王星の彼方から、〈巨人たちの星〉にいるガニメアンの通信が再び届きはじめた。彼らは地球を知っているガニメアンとは接触していないにもかかわらず、地球人の言葉のみならず、データ伝送コードを知りつくしている。ということは、この地球という惑星そのものが、どこかから監視されているに違いない……それも、もうかなり以前から……！　５万年前に月面で死んだ人々の謎、惑星ミネルヴァを離れたガニメアンたちの謎など、絡まった謎の糸玉がみごとに解きほぐされる。星雲賞を受賞した不朽の名作『星を継ぐもの』に続く、シリーズ第３弾！

登場人物

ヴィクター・ハント……………原子物理学者
グレッグ・コールドウェル……国連宇宙軍本部長
リン・ガーランド………………コールドウェルの秘書
クリスチャン・ダンチェッカー…生物学者
ノーマン・ペイシー……………大統領外交顧問
カレン・ヘラー…………………国連の合衆国代表
ミコライ・ソブロスキン………国連のソヴィエト代表
ニールス・スヴェレンセン……国連のスウェーデン代表
ガルース…………………………〈シャピアロン〉号の司令官
ブライアム・カラザー…………テューリアン政府代表
イマレス・ブローヒリオ………ジェヴレン連邦首相

巨人たちの星

ジェイムズ・P・ホーガン
池　　央　耿　訳

創元ＳＦ文庫

GIANTS' STAR

by

James Patrick Hogan

巨人たちの星

ジャッキーに

プロローグ

二十一世紀も三〇年代を迎える頃、人類はやっと平和共存の道を知り、その関心は恒星に向けられたかのようであった。国家を疲弊させる軍備拡張競争に終止符を打ち、戦略兵力を放棄した超大国は代わって軍備のために費やしていた財力を挙げて西欧近代の科学技術とそのノウハウを第三世界に移転することに注ぎ込んだ。地球規模で富の蓄積は増加して生活水準は向上し、世界中が工業化した。安全は保障され、豊かな社会で人々の生活形態は多彩な変化を見せ、人口は定常状態に止《とど》まって、かつて人類社会を脅《おびや》かしたもろもろの厄災、なかんずく、宿命的な社会の病巣とされていた飢餓《きが》と貧困は永久に地球上から払拭されたかのようであった。米ソの対立はようやく安定の度を増しつつある連邦国家間における政治経済に外交上の影響力を競う知的な争いに席を譲り、その結果、人類の飽くなき冒険心は多国籍にまたがる宇宙開発計画の形で再燃した。その目的のために特別に編成されたＵＮＳＡ（国連宇宙軍）を調整機関として、人類の宇宙探査は太陽系全域に拡大された。月面探査、開発は長足の進歩を遂げ、さらには金星の軌道や火星に恒久基地も設けられ、一連の有人探査計画は外惑星に向かって人類の視野を拡げた。

この時代の最大の変革は、月面および木星の探査の成果であるいくつかの発見に触発された科学の進展と言ってよかろう。僅《わず》か数年の間に次々に驚異の発見が重なり、そもそも人類が科学を知って以来、疑われたこともなかった事実が根底から覆されて、太陽系の歴史そのものが書き改められなくてはならないことになった。そして、その過程において、人類ははじめて高度な文明を持つ異星人と遭遇したのである。

その歴史を解明した研究者たちによってミネルヴァと名づけられた未知の惑星は、原初の太陽系にあって火星と木星の間に位置を占め、そこには身長八フィートの異星人が高度に発達した科学文明を営んでいた。異星人は彼らの存在を証明する遺物が発見された木星最大の衛星ガニメデに因《ちな》んでガニメアンと命名された。ガニメアン文明は今から二千五百万年前、隆盛の頂点を極めたところで忽然《こつぜん》と太陽系から姿を消した。地球の科学者の間では惑星ミネルヴァの環境破壊ないしは悪化が巨人種ガニメアンに他の恒星系への移住を強いたのではないかとする考え方も示されたが、この仮説とて疑問の余地なしとしなかった。遙かに下って、地球の年代で言えば今から五万年の昔、惑星ミネルヴァは破壊された。惑星を形作っていた物質の大部分は太陽系辺境の楕円《だえん》軌道に投げ出されて冥王星《プルート》となり、残りの破片は木星の潮汐《ちょうせき》効果によって拡散し、小惑星帯《アステロイド・ベルト》を形成した。

嵌《は》め絵の断片を接《つ》ぎ合わせるようにこれらの事実が一つ一つ明らかにされつつあったその最中《さなか》に、かつて姿を消したガニメアンの星間宇宙船が舞い戻ってきた。宇宙船の時空変形推力機構の故障と相対論的時差が複合した結果、ガニメアンたちが宇宙船上で過ごした二十数年は、地球の年月ではその百万倍の長さに相当するものであった。宇宙船〈シャピアロン〉号はやがてガニメアンたちを襲うことになる運命がまだミネルヴァに手を伸ばす以前にこの惑星を出発した。それ故、乗員たちはミネルヴァの謎に取り組んだ地球科学者の論理を肯定することも否定することもできなかった。巨人種ガニメアンの一行は地球に六ケ月滞在して地球人たちと友好を深め、地球の科学研究に協力した。人類は宇宙に友を得た。ガニメアンの生き残りは放浪の果てにやっと安住の地を見出《みいだ》したかと思われた。

しかし、現実はそうではなかった。調査研究が進むにつれて、ミネルヴァのガニメアンたちは牡牛《おうし》座に近いある恒星系に移住したらしいことがわかってきた。誰いうとなく、その星は巨人たちの星、ジャイアンツ・スターと呼ばれるようになった。そこにガニメアンが生きているという保証はない。しかし、可能性は打ち消し難《がた》かった。ほどなく〈シャピアロン〉号は別れを惜しみつつも、遭遇以前より遙かに知識の進んだ地球世界を後にした。

月の裏側の宇宙線観測所はジャイアンツ・スターに向けて〈シャピアロン〉号の生還を予告する信号を発した。信号がジャイアンツ・スターに達するには数年を要するが、それでもなおかつ宇宙船よりはずっと早いはずだった。ところが、信号を発した科学者たちが驚いたことに、発信開始から僅か十数時間後にジャイアンツ・スターと思われる宇宙の一角から応答があったのみならず、この恒星系こそまさにガニメアンが移住した新しい母星であることを確認するメッセージが送られてきた。〈シャピアロン〉号はこの時すでに地球圏を離れていた。推力機構が船体周辺に作り出す時空変形のために、電磁波に乗せた信号は送れず、ジャイアンツ・スターからのメッセージを宇宙船に中継することはできなかった。地球の科学者たちにできることは何もなかった。〈シャピアロン〉号はもと来た虚空の彼方に飛び去った。宇宙船上のガニメアンが、まだ見ぬ新しい故郷を尋ね求めた自分たちの努力が実るか、または夢に終わるか、それを知るにはまだ何年も待たなくてはならなかった。

月の裏側の送信機はその後三ケ月にわたって間欠的に信号を送り続けた。が、以後応答は跡絶《とだ》えたままだった。

1

ヴィクター・ハント博士は髪を梳《と》かし終え、新しいシャツのボタンをかけたところでちょっと手を休め、浴室の鏡の中から自分を見返している いくらか眠たげではあるが、まあまあの点をつけられる顔をしげしげと眺めた。房々《ふさふさ》と波打つ焦茶の髪のところどころに微《かす》かに白いものが混じりはじめている。もっとも、よほど目を凝《こ》らさない限り人はそれとは気づくまい。肌は艶々《つやつや》と血色が良い。頰から下顎へかけて武張った骨相は頑《かたく》なな性格を窺《うかが》わせる。ベルトはズボンを止める本来の働きを果たして軽く腰を締め、決して出すぎた腹を強くくびれさせてはいない。見たところ、三十九歳としてはまず上出来だ、と彼は密《ひそ》かに思った。と、彼は中年の衰えを警告するTVコマーシャルの画面を思い出して鏡の中で顔を顰《しか》めた。背後のドアからちょっと知恵の足りない女房が飛び出してくればあのコマーシャルとそっくり同じ場面が再現されるではないか。女は何やら薬壜《くすりびん》らしいものをふりまわしながら、禿《はげ》を防いで発毛を促し、体臭を止め、口臭をなくしてどうこうと能書きをまくしたてるのだ。妙なものを思い出した。彼はうんざりして流しの上のメデシン・キャビネットに櫛《くし》を放り込み、扉を閉めてゆっくりとキッチンのほうへ出ていった。

「バスルームはもう空いた、ヴィック？」寝室の開け放しのドアからリンの声がした。晴ればれと上機嫌な声である。朝のこの時間としてはいささか慎みに欠けると言えなくもない。

「空いたよ」ハントはキッチンの端末にコードを打ち込んでスクリーンに朝食のメニューを呼び出した。ディスプレイに目を走らせると彼はロボットの料理人、ロボシェフにスクランブル・エッグと焼きベーコン、マーマレード付トースト、それにコーヒーを二人前注文した。

リンが廊下との境の戸口に顔を出した。ハントの大きすぎるバスローブをしどけなく肩にはおってはいるが、小麦色に陽焼けした肌や、すらりと伸びた形の良い脚をことさら隠そうとしているわけでもない。彼女はハントににっこり笑いかけ、背中に垂らした紅毛をふわりと翻《ひるがえ》して浴室に消えた。

「食事が来るよ」ハントはその背中に向かって言った。

「いつもと同じでしょ」ドアの陰からリンの声が返ってきた。

「どうしてわかった？」

「イギリス人て習慣を変えたがらない人種ですもの」

「わざわざ生活をややこしくすることはないからね」

スクリーンに買い置きが底をつきかけている食料雑貨のリストが出た。ハントはコンピュータにオーケーのサインを出し、夕方アルバートスンの店から配達させるように指示した。キッチンを出てリビングルームのほうへ行きかけると浴室からシャワーの音が聞こえてきた。夜ごとに何百万という視聴者の前で、痔《じ》だの便秘だの頭垢《ふけ》だの消化不良だのという話題が論じられることを誰もおかしく思わない世界で、きれいな女の子が身につけたものを脱ぐことが何故見苦しいとされるのか、ハントにはとんと理解がいかない。「人間ほど不思議なものはありゃあしないよ」とヨークシャー生まれの彼の祖母なら言うだろう。

シャーロック・ホームズならずとも、前夜リビングルームで展開された情景は難なく想像できるに違いない。飲みかけのコーヒー・カップ。煙草《たばこ》の空箱。ペパロニ・ピザの食べ滓《かす》。デスクターミナルの前に散乱した科学雑誌や書類。それらは一夜のはじまりが冥王星《めいおうせい》をめぐる謎を解く新しいアプローチを検討しようとする純粋な動機によるものであったことを明白に物語っていた。リンのショルダーバッグは入口の小さなテーブルにあり、コートは長椅子の端に掛かっている。シャブリの空壜とビーフ・カレーの持ち帰り容器である白いボール箱を見れば、学問上の対話が予想外の方向に発展し、必ずしも歓迎できなくはない結末に立ち至ったことは歴然としている。皺《しわ》くちゃのクッションと、長椅子とコーヒーテーブルの間に脱ぎ捨てられた二足の靴はその後の成り行きを雄弁に語っている。まあいいではないか、とハントは腹の内で呟《つぶや》いた。冥王星《めいおうせい》がどうやって現在の位置に落ち着いたか、結論の出るのが一日遅れたところで世の中にさしたる影響はない。

ハントはデスクの端末に夜の間に郵便が届いたかどうか問い合わせた。ロレンス・リヴァモア研究所でマイク・バロウを中心とする研究班が進めている作業の報告書の草稿があった。それによれば、ガニメアン物理の応用で低温下で核融合を実現する可能性があるという。ハントはざっと目を通し、後刻熟読吟味することにしてオフィスへ転送した。請求書や銀行の残高報告の類《たぐい》はそのまま記録に残して、月末にあらためて出力するようにコンピュータに指示した。ナイジェリアのウィリアム叔父からはビデオの録画が送られてきていた。ハントは再生を指示してスクリーンに画が出るのを待った。シャワーの音が止まり、リンがのんびりとした足取りで寝室へ戻った。

ウィリアム叔父とその家族はつい最近休暇で訪れたヴィックの滞在を非常に喜んでいた。特に木星における体験や、その後ガニメアン一行とともに地球で過ごした時の出来事をハント自身の口から聞いたことは叔父一家にとっては最高の土産だった。従姉妹《いとこ》のジェニーは近近ラゴス近郊で操業を開始する原子力製鉄所の本社に就職が決まったと報告してきた。ロンドンの家族は変わりない。ただ、兄のジョージはパブで誰かと政治談義をするうちに喧嘩沙汰《けんかざた》になって警察の厄介になっている……。ラゴス大学の大学院生たちは〈シャピアロン〉号に関するハントの講演を聴いていたく感激し、多忙のところ恐縮ながらと断わって夥《おびただ》しい質問を寄せてきた。

ビデオの再生がやがて終わろうとするところへ、リンが前夜のとおり、チョコレート色のブラウスとアイボリーのクレープのスカートに身仕度を整えてキッチンへ現われた。

「今のは誰から？」食器戸棚を開《あ》け閉《た》てしてカウンターに皿を並べながら彼女は尋ねた。

「アンクル・ビリーだよ」

「このあいだ行ったアフリカの叔父さま？」

「ああ」

「あちらの様子はどんな？」

「元気にしてるらしいよ。ジェニーは、きみにも話した例の原子力製鉄所に就職が決まったそうだ。ところが、兄貴のジョージがまた面倒を起こしてね」

「おやまあ。今度はなあに？」

「酒場の弁護士を気取ったらしいんだ。政府はストライキ中の労働者にも賃金を保証するべきだという意見に誰かが反対したとかで」

「何なの、それ？　あなたのお兄さまって、どうかしてるんじゃない？」

「血は争えないね。わたしにもいくらかその気はあるんだ」

「あなたが自分からそう言ったのよ。わたしが言ったんじゃありませんからね」

ハントはにやりと笑った。「だったら、聞かなかったとは言わせないぞ」

「憶えておくわ。さあ、食事よ」

ハントは端末のスイッチを切ってキッチンに向かった。リンはキッチンを半ば仕切ったカウンターに掛けてさっさと食べはじめていた。ハントは彼女に向き合って腰を下ろし、コーヒーを一口飲んでからフォークを手に取った。

「何をそんなに急いでいるんだ？　まだ早いじゃないか。時間はたっぷりあるよ」

「このままじゃあオフィスへ出られないもの。一度家へ寄って着替えなくては」

「別にまずくはないと思うがねえ。それどころか、なかなか色気があっていいよ」

「お世辞がお上手だこと。ううん、そんなのじゃなくて、今日グレッグのところへワシントンから特別のお客さまが来るのよ。だから、もみくちゃにされたような恰好で出るのは厭《いや》なの。ナヴコムのイメージを傷つけたくないから」彼女はにっこり笑ってイギリス人の発音を真似た。「格調を保たなくてはいけないでしょう」

ハントはふんと鼻で笑った。「それじゃあイギリス人の英語には聞こえないよ。まだ練習が足りないね。で、その客っていうのは何者だ？」

「国務省のお偉方だっていうことしかわたしも知らないの。何でも、このところグレッグが関係してる極秘の用向きらしいわ。最近ちょくちょく秘密回線で電話がかかってくるし、連絡員が運んでくる書類もみんな親展の封筒入り。だから、わたしに訊《き》かれても困るのよ」

「きみにも内緒か？」ハントは怪訝《けげん》な顔をした。

リンは頭をふって肩をすくめた。「わたしが少々頭の狂った信用できない外国人と付き合っているからかもしれないわ」

「それにしても、きみはグレッグの個人秘書だろう」ハントは言った。「ナヴコムのことは何でも知っているとばかり思っていたがねえ」

リンはもう一度肩をすくめた。「今度ばかりはそれがそうじゃないのよ……これまでのところはね。でも、今日は聞かされるだろうっていう気がするの。グレッグもそれらしいことを匂わせているし」

「ふーん……しかし、妙だな……」ハントは皿の料理に注意を戻しながらもまだ釈然としなかった。国連宇宙軍航行通信局長グレッグ・コールドウェルはハントの直属の上司である。一連の情況のしからしめるところ、コールドウェルの指揮下にナヴコム《ナヴコム》はミネルヴァとガニメアンの歴史解明に中心的な役割を果たした。そして、ハントはガニメアンとの遭遇から、その後の地球滞在期間中、ナヴコムの活動に直接携わった一人なのだ。ガニメアンの一行が地球を去った後、ナヴコムにおけるハントの主たる仕事は、異星人が遺《のこ》していった山のような科学情報を基に各分野で進められている研究を調整機関の長として整理統合することであった。調査研究の成果は必ずしもすべてが公開されているわけではないが、ナヴコム内部の雰囲気はその点かなり開放的である。リンの話にあったような機密事項を彼は耳にしたことがない。やはり、どこかで何かおかしなことが起こっていると考えないわけにはいかなかった。

ハントは椅子の背に凭《もた》れて煙草をつけ、リンは二人のカップにコーヒーを注ぎ直した。彼女の灰色がかった緑の眸《ひとみ》にはいつもいたずらっぽい笑いが絶えない。心もち尖《とが》らせるようにした口もとも、何やら意味ありげな笑いにほころびかけているようである。ハントはその表情を面白いと思い、そんな彼女に惹《ひ》かれている。アメリカ人はこんな時、可愛い《キュート》という言葉を使うのだろう。彼は〈シャピアロン〉号が地球を去ってからの三ケ月をふり返り、いつどこで、どんなふうにしてリンと今のような関係がはじまったのか正確に思い出してみようと努めた。ちょっと目につく女の子という程度にすぎなかったリンと、今では何日かおきにどちらかのアパートで朝の食事を共にする関係になっている。しかし、どう記憶を漁《あさ》っても、これと言ったきっかけがあったとは思えなかった。だと言って、彼に不満があるわけではない。

リンはポットを置いて彼のほうをちらりと見た。二人の目が合った。「ね、傍にわたしがいるととってもいいでしょう。表示装置のスクリーンの他には誰も相手がいない朝なんて味気ないんじゃない?」

彼女はまたしてもそのことを持ち出した。冗談めかしてはいるが、それはハントが真面目に考えたがらなかった場合に備えてのことだ。家賃を別々に払うのは馬鹿げている。公共料金だって一戸にまとめたほうが安上がりだ。彼女の言い分は数え上げればきりがない。

「自分の面倒は自分で見るさ」ハントは助けてくれと言わんばかりに両手を拡げた。「さっききみはそう言ったじゃないか。イギリス人は習慣を変えたがらない人種だって。とにかく、わたしは格調を保ちたいのでね」

「絶滅に瀕《ひん》した種属みたいな言い方ね」

「わたしは、その……男性優位主義者なんだ。誰かがどこかで踏みこたえて最後まで抵抗を貫かなくては」

「わたしに用はないって言うの？」

「ああ、もちろんだよ。ご免こうむるね。何てことを考えるんだ。きみという人は」

ハントはしかつめらしい顔をしてリンを睨《にら》み、彼女は例のいたずらっぽい薄笑いを浮かべて彼を見返した。世界は冥王星に関してもう一日彼の結論を待たなくてはならないことになりそうだった。

「今夜は、何か予定があるの？」彼は尋ねた。

「夕食に招《よ》ばれているの。ハンウェルで……マーケティング関係の仕事をしてる人と、その人の奥さんのこと、前に話したことがあるでしょう。今日は何でも大勢の人を招待しているんですって。ちょっと面白そうよ。誰か連れてくるようにって言われてるんだけど、あなたは興味がなさそうだし」

ハントは鼻に皺《しわ》を寄せて眉を顰《ひそ》めた。「例の、ESPだのピラミッドに凝《こ》っている連中かい？」

「そう。今日はさる超能力者が来るっていうんで大張りきりなのよ。その人はね、もう何年も前にミネルヴァやガニメアンのことを全部予言したんですって。全然でたらめでもないようよ。〈アメイジング・スーパーネイチュア〉にもそのことが出てるから」

リンがからかい半分で言っていることは承知していたが、ハントは面白くなかった。

「いい加減にしてくれよ。この愚かしい国だって、曲がりなりにも教育制度というものはあると思っていたがねえ。きみたちには批判的能力はないのかい？」彼はコーヒーを飲み干してカップを荒々しくカウンターに置いた。「何年も前に予言したなら、どうして何年も前に誰もそれを聞いていないんだ？　科学が予言するべきことをそのいかさま師に教えてやった後で、はじめてそれが発表されるというのはどういうことだ？〈シャピアロン〉号がジャイアンツ・スターに行きついた先でどうなるか、そのいかさま師に書かせてごらん。〈アメイジング・スーパーネイチュア〉はそいつの原稿を没にすること請け合いだよ」

「そんなにむきになるほどのことじゃあないわ」リンはハントの剣幕を軽くかわした。「わたしはただ賑《にぎ》やかな席が楽しいから行くだけよ。ＵＦＯは別の世紀からやってきたタイムシップだと信じている人たちに、事実を解明するために必要以上の仮説を持ち込んではいけないというオッカムの剃刀《かみそり》の格言を説明したってはじまらないでしょう。それに、趣味の問題を別とすれば、みんな好《い》い人たちよ」

星間宇宙船を乗り回し、実験室で生命を創造し、自ら物を考えるコンピュータを作り出したガニメアンが宇宙世界に合理的科学思想を超える神秘など存在しないということを否応もなく見せつけた後に、まだ超能力だ何だと子供騙《だま》しのようなことにうつつを抜かしている人間がいるというのがハントにはどうしても理解できなかった。しかし、現に白日夢を追って無駄に時間を過ごしている人間は少なくない。

リンも言うとおり、あまりむきになることではない。ハントは手をふり、にったり笑ってその話題は打ち切りにした。「さあ、そろそろきみを追い出さなくてはね」

リンはリビングルームへ行って靴を履き、バッグとコートを取ってアパートの玄関へ向かった。二人は抱き合って接吻《せっぷん》した。

「じゃあ、あとでまたね」彼女はハントの耳に囁《ささや》いた。

「ああ、おかしな連中には用心するんだよ」

彼女がエレベーターに乗るのを見届けてハントはドアを閉じ、五分ほどでキッチンを片づけて、リビングルームその他も気は心といくらか整頓に努めた。それが終わって、彼は上着をひっかけ、デスクの書類をブリーフケースに押し込んでエレベーターで屋上へ向かった。

何分か後、彼のエアモビルは二千フィートの上空を東へ向かう通勤者の流れに吸い込まれた。前方のスカイラインにヒューストンの摩天楼群が朝日を浴びて虹色に輝いていた。

2

ヒューストンの中心街にひときわ高く聳《そび》えるナヴコム本部でエアモビルを降り、ゆったりとした足取りでオフィスの待合室へ顔を出すと、もう秘書のジニーが小まめに仕事を進めていた。ジニーは中年でやや太《ふと》り肉《じし》の小母《おば》さんタイプだが、几帳面《きちょうめん》でよく気がつく有能な秘書である。三人の子持ちで、いずれも十代の後半に入っているから彼女は育児から解放されている。それだけにジニーは仕事に打ち込んでいるのだが、そのひたむきな態度を見てハントは時に彼女が悪童どもを三人も社会に押しつけた罪の償いをしようとしているのではないかと思うことがある。ジニーのような女は信頼できることを彼は体験的に知っている。脚の長い、ブロンドの若い娘ももちろん大いに結構だ。しかし、ある仕事を時間内にきちんと片づけてくれる助手が必要となれば、ハントは迷わず中年の小母さん型を選ぶ。

「おはようございます。ハント先生」ジニーは彼に挨拶《あいさつ》した。イギリス人はのべつ幕なしに先生だの博士だのとあらたまって呼ばれるのを好まないのだ、とハントはもう何度となく言い聞かせているのだが、これぱかりはジニーは頑として改めない。

「やあ、ジニー。どうかね、調子は」

「ええ、おかげさまで何とか」

「犬はどうした？」

「それが嬉《うれ》しいんですよ、先生。ゆうべ獣医さんから電話がありましてね、腰の骨は折れていませんって。何週間か静かにさせておけばすっかりよくなるだろうっていう話でした」

「ほう、それはよかったね。それで、今朝は、何かどたばたしなくてはならないようなことがあるかい？」

「いいえ、別に。MITのシュペーアン教授からついさっき電話がありまして、お昼前に折り返し電話をしてほしいということでした。今、郵便を整理しているところです。いくつか先生も興味がおありだろうと思うものが来ていますよ。リヴァモアの報告書の草稿はもうごらんになりましたでしょう」

それから三十分ほどで二人は郵便物を整理し、一日の予定を打ち合わせた。その頃になるとオフィスの他の住民たちもあらかた出揃《でぞろ》っていた。ハントは進行中の二、三の研究計画について最新の情報に触れておこうと部屋を出た。

一年半前にUNSA材料工学局から引き抜かれてハントの助手になった理論物理学者のダンカン・ワットは全国の研究グループから寄せられた冥王星《めいおうせい》問題に関する資料をまとめる作業にかかっていた。現在の太陽系と〈シャピアロン〉号の記録に残された二千五百万年前の太陽系の姿を比較した結果、今ではミネルヴァが冥王星の前身であったことは動かぬ事実と認められている。地球はかつて衛星を持っていなかった。月《ルナ》はミネルヴァを回る唯一の衛星だったのだ。ミネルヴァが破壊されると、月は太陽に向かって〝落ち込〟み、途中、何らかの偶然が働いて地球に捕獲された。以来、月は現在の軌道に定着したのである。今研究者たちが頭を抱えている問題は、これまでのところ、力学的ないかなる数学モデルをもってしても、冥王星が太陽の引力を脱して現在の位置に移動するに要したエネルギーをはたしてどこから得たのか説明できないことである。世界中の天文学者や宇宙技術者たちがこの謎に取り組んでいるが、まだ解決の目処《めど》は立っていない。そのこと自体、さして異とするには当たらない。なにしろ、ガニメアンたちでさえこの問題に関しては満足な説明を与えることができなかったのだ。

「三天体間の反作用の法則を打ち立てる以外にちょっと道はありませんね」ダンカンは腹立たしげにお手上げの恰好をしてみせた。「惑星戦争は全然関係ないかもしれませんよ。ミネルヴァの破壊は何か太陽系内部で別のことが起こった結果じゃあないですかね」

三十分後、ハントは同じ廊下のいくつか先の部屋を覗《のぞ》いた。マリーとジェフがプリンストン大学のアルバイト学生二人を相手に、壁面の大型グラフィック・スクリーンに映し出された一連の偏微分テンソル関数を指しながら熱っぽく論じ合っていた。

「リヴァモアのマイク・バロウ研究班から送って来た最新の報告です」マリーが言った。

「わたしもざっと目を通したよ」ハントは答えた。「まだじっくり読んではいないがね。低温核融合の話だろう」

「結論から言うと、ガニメアンの技術では陽子間の斥力《せきりよく》を克服するのに高熱エネルギーを発生させる必要はないということらしいですね」ジェフが口を挟んだ。

「高熱を必要とせずに、どうやって核融合を起こさせるのかね？」

「言うなれば、こっそりやるんですね。まず、中性子状態の核子《かくし》から出発するんです。中性子ですから斥力は働きません。で、中性子が原子核と強い相互作用を起こす範囲に近づいたところで、粒子の表面で複合生成が誘発されるようにエネルギー傾度《けいど》を増してやるんですよ。中性子は陽電子を吸収して陽子になります。そこで電子を取り除けば、細工は流々。陽子と陽子は堅く結びついて、ぽんと融合するわけです」

ハントは唸《うな》った。ガニメアンの進んだ科学をさんざん見せつけられて、もう何が起こっても驚きはしないつもりでいたのだが。

「しかし、そんなレベルでそれだけの操作を制御できるのかね？」

「マイクのチームはそれが可能だと解釈しているようですね」

さらに話は詳細な点におよび、マリーたちがリヴァモアに質問の電話を入れるところでハントは研究室を出た。

ガニメアンたちが置き土産に残していった科学情報はここへ来て急に収穫に結びつきはじめたようである。各領域で毎日何かが新たな展開を見せている。ハントのグループをガニメアン科学研究の国際的手形交換所《クリアリング・ハウス》として機能させようというコールドウェルの思惑は図に当たった。ミネルヴァとガニメアンに関していくつかの事実が明るみに出はじめた当初から、すでにコールドウェルはハントにその役割を与えていたのだ。ハントのグループはよくその期待に応えた。そして今、彼らは最新の研究成果を統合する世話役集団として充分な働きを見せている。

ハントは最後に一階下のポール・シェリングのコンピュータルームに立ち寄った。ガニメアン技術の圧巻は何と言っても、大量の物質を集積することなしに自在に時空を変形することを可能にした重力工学である。〈シャピアロン〉号の推進機構はその応用技術で、宇宙船は前方にブラックホールを作り出し、そこへ限りなく落ち込む形で推力を得る。船内の引力も擬似効果ではなく、この技術によって人工的に発生させるのだ。ロックウェル・インターナショナルから研学休暇でナヴコムに来ている重力物理学者ポール・シェリングは数学班を指揮してこの半年、ガニメアン物理の重力場方程式とエネルギー・メトリック変換の解明に取り組んでいる。ハントが入っていくと、シェリングはディスプレイに表示された等時線と、変形された時空の測地線を眺めて浮かぬ顔をしていた。

「全部ここにある……」シェリングは仄《ほの》かに光る色分けされた曲線に目を据えたまま、どこか遠くから聞こえてくるような声で言った。「人工ブラックホール……まるで電気をつけたり消したりするように、スイッチ一つでこいつを自由に操作するんだなあ」

ハントにとっては今さら耳新しいことでも何でもない。すでにガニメアンの説明で、〈シャピアロン〉号が事実そのようにして宇宙を航行することはわかっていたし、ハントとシェリングはこれまでに何度となく基礎理論について話し合っている。

「それで、いくらか先へ進んだかね？」ハントは空いた椅子に腰を下ろして、ディスプレイを見やりながら尋ねた。

「とにかく、方向はわかりかけてきたよ」

「任意の点から点へ瞬間移動する方法については、脈がありそうかね？」

瞬間移動だけはさしものガニメアンも達成し得なかったことである。もっとも、彼らの理論体系にその可能性が暗示されてはいた。通常空間の大きな距離を隔てたブラックホールが超空間《ハイパーレルム》で結合されるなら二点間の距離は消滅するであろう。超空間内部では従前の物理学では説明できない法則が働いている。相対論的宇宙の概念や限界はそこではまったく意味をなさない。ガニメアンの学者たちも言ったとおり、瞬間移動によってもたらされる利益は測り知れないが、今のところまだそれを実現する手がかりは何一つ摑《つか》めていない。

「すべてはここに示されているよ」シェリングは言った。「可能性はこの中にある。ただ、これには不可分に伴う別の問題があってね、それで頭を抱えているんだ」

ハントは眉を寄せた。相手が別の人間なら、両手を拡げてスクリーンを顎でしゃくったろう。

「というと?」ハントは問い返した。

「時間軸上の移転だよ」シェリングは言った。彼は不信を隠そうともしなかった。「どうしたってそこから抜け出せないんだよ。この計算で通常空間での瞬間移動が説明されるとすれば、同時にこれで時間軸上の移転も説明できることになる。いずれか一方の手段を開発すれば、自動的にもう片方も具体化するわけさ。二つのマトリックス・インテグラルは裏と表の関係にあるんだ」

ハントは鼻であしらうような口ぶりになるのを嫌って、一呼吸置いてから言った。「それはどうかな、ポール。因果関係はどう説明するね? その混乱はどこまでいっても整理がつかないだろう」

「わかっているよ……この理論はどこかおかしいんだ。でも、そう考えざるを得ない。これが駄目なら行き詰まりだよ。まったくはじめからやり直しだ。しかし、これでいいとすれば、瞬間移動と時間移転は切りはなせないことになる」

それから一時間あまり、彼らはシェリングの立てた方程式をひねくってみたが新しい結論は出なかった。カリフォルニア工科大学やケンブリッジ大学、モスクワの宇宙科学省、オーストラリアのシドニー大学などの研究グループがこの問題を扱っていたが、いずれも同じところで行き詰まっていた。ハントとシェリングが計算をやり直してみても、その場で解決の糸口が摑めるはずもない。ハントは首を傾《かし》げてシェリングの部屋を出た。

オフィスに戻って彼はMITのシュペーアンに電話した。シュペーアンは五万年前に月が地球に捕獲された時その過程で起こった気象の擾乱《じょうらん》現象をシミュレーション・モデルで研究し、興味深い結果を得ていた。それからハントは朝方入った二、三急ぎの雑務を処理し、あらためてリヴァモアからの報告をじっくり読み返そうと腰を落ち着けたところで最上階のコールドウェルのオフィスにいるリンから電話がかかった。彼女はいつになく深刻な表情をしていた。

「グレッグが、あなたにも今日の会談に同席してほしいそうよ」前置き抜きに彼女は言った。「すぐこっちへ来られるかしら？」

急を要しているらしいことはリンの口ぶりからも察しられた。「二分待ってくれないか」

ハントは不平も言わずに答え、リヴァモアの報告書をナヴコムのデータバンクに入力した。ジニーに何かあったらダンカンと相談して処理するように言い置いて、ハントはきびきびとコールドウェルのオフィスに向かった。

3

ＵＮＳＡが太陽系のあちこちに飛ばせている有人、無人の各種宇宙船と、衛星面および軌道上の基地を結ぶ通信網の監理から、ヒューストン以下各地の研究機関の運営に至るまで、ナヴコムの活動は一から十まですべて、最終的には本部最上階のコールドウェルのオフィスの職掌である。贅《ぜい》をつくした広い部屋の一方は全面ガラス張りで、この建物にはおよばない摩天楼群や、遙か下の蟻《あり》の群のような歩行者を見下ろしている。そのガラス壁を背にしてコールドウェルはどっしりとした大きなデスクを構えているのだが、正面をびっしり埋める夥《おびただ》しいスクリーンはこの一室にオフィスというよりは、むしろどこやらの中央制御室に似た景観を与えている。両側の壁には近年のUNSAのプロジェクト中でも特に華々しい情景のカラー写真がずらりと並んでいる。カリフォルニアで設計された全長七マイルの光子駆動恒星探査船や、月面で製作された宇宙船コンポーネントを組み立てのために軌道に打ち上げる、静かの海に直径二十マイルの規模で建造された電磁カタパルトの写真もそこに飾られている。

オフィス付の秘書に案内されてハントが入っていくと、コールドウェルのデスクにT字状に突き合わせたテーブルにリンと二人の訪問者が坐っていた。一人は四十代の後半と思《おぼ》しき女性で、ハイネックの濃紺のドレスをしゃっきりと着こなし、広襟の紺と白のチェックのジャケットを重ねたところは、どうしてまだまだ容色の衰えを言うには程遠い。髪は赤茶で、肩すれすれのところですっきりまとめ、化粧の薄い顔は高い知性と自信を示してなかなかに魅力的である。背筋をぴんと伸ばして坐っているが、その姿はいかにも自然でいささかの緊張も感じられない。ハントはどこかで会ったことがある女だとふと思った。

もう一人は男で、チャコールグレーの三つ揃いに、グレーのツートンカラーのネクタイをきちんと締めている。髭剃《ひげそ》り跡も青々として、ハントと同年配ながら漆黒《しっこく》の髪を学生ふうに短く刈っている。よく動く黒い目に鋭い洞察力と頭の回転の速さが感じられた。

リンは二人の訪問者と向き合った席からハントをふり返ってにっこり笑った。彼女は淡いオレンジ色でアクセントを付けた清楚なツーピースに着替えて、髪も高く結い上げていた。男など傍へも寄せつけぬ、隙のない出立《いでた》ちである。

「ヴィック」コールドウェルは堂々たるバスバリトンを響かせた。「国務省のカレン・ヘラーを紹介しよう。それから、こちらは大統領外交顧問、ノーマン・ペイシー」彼はハントのほうを小さく指さした。「こちら、ヴィック・ハント博士。絶滅した異星人の遺跡を調べに木星に派遣したところが、宇宙船ごと生きた異星人を連れ帰った男だよ」

彼らは挨拶《あいさつ》を交わした。政府の二人は当然ながらハントの仕事をよく知っていた。ヴィックは思ったとおり、半年前にスイスにおけるガニメアンのレセプションの席でカレン・ヘラーに会っていた。あの時、彼女はフランス駐在合衆国大使の任にあったのではなかったか。そう、そして今は国連の合衆国代表を務めているという。ノーマン・ペイシーもガニメアンを何人か知っていたが、異星人の一行がワシントンを訪れた時ハントはその場にいなかった。

ハントはコールドウェルと向き合って長いテーブルの端に腰を下ろし、上司の短く刈った霜降りの頭を見つめた。コールドウェルはしばらく伏し目がちに、指先で小刻みにデスクを叩いていたが、やおら眉の濃いいかつい顔を上げて正面からハントの目を覗《のぞ》き込んだ。コールドウェルをよく知っているハントはのっけから話は核心に触れるものと察して心の準備を怠らなかった。

「実はもっと早くにきみに話したかったのだが、そうはいかない事情があってね」コールドウェルは言った。「三週間ほど前からまた、ジャイアンツ・スターから信号が入りはじめたんだ」

そのような進展があったとすれば誰を措《お》いてもまず真っ先にハントに報告がなくてはならないはずだったが、彼は驚きのあまりその点を問題にすることも忘れていた。〈シャピアロン〉号が地球を去り、月の裏側のジョルダーノ・ブルーノ観測所から発信したメッセージに一度だけ応答があったきり、もう数ケ月経っている。その間にハントは、どうも応答は偽物だったのではないかという疑惑を深めていた。UNSAの通信網にかかわりを持つ何者かが、何らかの手段でジャイアンツ・スターの方角にあるUNSAの装置からメッセージを送り返すように工作したのではあるまいか。むろん彼はガニメアンの進んだ技術が常識を超えた放れ業《わざ》を可能にすることを認めるにやぶさかではない。しかし、発信から応答まで十四時間という事実はメッセージが偽物だと考えれば何よりも明快に説明されるのだ。が、コールドウェルの言うことが本当なら、ハントは根本的に考えを改めなくてはならない。

「信号が本物だという確証はあるのかね?」驚きから立ち直って、ハントは信じられない顔で尋ねた。「まさか、性質《たち》の悪いいたずらじゃあないだろうね」

コールドウェルはかぶりをふった。「発信源を干渉観測的に裏づけるデータもある。冥王《めいおう》星《せい》より遠くから信号が出ているんだ。その付近にはUNSAの宇宙船も探査体もいない。それに、通信施設を通過する信号の流れを残らずチェックしても異常はない。メッセージは本物だよ」

ハントは眉を持ち上げて大きく吐息を洩《も》らした。彼の考え方は間違いだった。よかろう。彼はコールドウェルからテーブルに拡げられた書類に視線を移し、ふとあることに気がついて眉を顰《ひそ》めた。最初に月の裏側で受信したメッセージと同様、ジャイアンツ・スターからの応答は〈シャピアロン〉号がミネルヴァを発《た》った時代の通信コードで、ガニメアン語で送られてきたはずである。〈シャピアロン〉号が去った時、メッセージは同じビルの数階下に本居のある言語学班の指導者でガニメアン一行の地球滞在中に彼らの言葉を学んだドン・マドスンが翻訳した。ほんの短いメッセージだったが、翻訳の努力は並たいていのものではなかった。コールドウェルが今話している新しいメッセージも、これを解読する人間がいるとすればマドスン以外には考えられない。組織にはつきものの序列や順位に遮られてハントが事情を知らされていなかったとしても、ドン・マドスンはすべてを知っているはずである。

「で、翻訳はどこが引き受けたね？」彼は探りを入れた。「言語学班か？」

「その必要がないの」リンがこともなげに言った。「標準データ伝送コードで、通信文は英語なのよ」

ハントは椅子の背に凭《もた》れて空《くう》の一点を睨《にら》んだ。皮肉にも、その事実はハントの胸にまだくすぶっていた疑念を決定的に打ち消した。異星人からの偽メッセージを英語ででっち上げる馬鹿者がいようはずもない。彼ははっと気づいて声を張り上げた。「そうか！　異星人はどこかで〈シャピアロン〉号と接触したんだな。そうだったのか。それはよかっ……」コールドウェルが首を横にふるのを見て、ハントは言葉を呑んだ。

「この三週間の交信内容から言って、それは考えられない」コールドウェルは厳しい顔でハントを見返した。「地球を知っているガニメアンとは接触していないにもかかわらず、相手はわれわれの言葉のみならず、データ伝送コードを知りつくしている。きみはこれをどう思う?」

ハントは一座を見回した。彼に期待の目が集まっていた。彼は思案をめぐらせた。と、彼はゆっくり大きく目を見開き、あんぐりと口を開けた。驚愕《きょうがく》を隠そうともせずに、ハントは声にならない声で言った。「まさか……」

「そのとおり」ノーマン・ペイシーが口を開いた。「この地球という惑星そのものが、どこかから監視されているに違いないのです……それも、もうかなり以前から」

ハントはあまりのことにすぐには言葉もなかった。コールドウェルがこの問題を機密扱いにしたこともうなずける。

「最初にブルーノが受信したメッセージからもその点は間違いない」コールドウェルが説明を補った。「この交信については、レーザー、コムサット、データリンク、その他いかなる種類の電子メディアにもいっさい情報を載せるなとはっきり注文をつけているんだよ。ブルーノでこれを受信した技術者は相手の指示を守って、月面から伝令をよこしてわたしにそのことを言ってきた。わたしもそれにならって、ナヴコムからUNSAの然《しか》るべき筋に人を遣《や》って事情を伝えた。ブルーノのほうへは追って指示があるまで、このことは他へ洩らすなと言ってある」

「つまり、監視は少なくともある一部で地球の通信網を盗聴する手段によっている、ということです」ペイシーが言った。「信号を送っているのが何者であれ、これも正体不明ながら、地球を監視している相手とは別の存在だということでもあります。異星人であるかどうかはともかくとしてです。そして、今地球に話しかけている相手は、監視者にそのことを知られたくないのです」

すでにそこまで推理していたハントはうなずいた。

「ここから先はカレンに話してもらおう」コールドウェルは彼女に向き直って小さくうなずいた。

カレン・ヘラーはテーブルの端に軽く肘を突いて身を乗り出した。「ブルーノ観測所の科学者たちは早い時期に、今回接触してきた相手がミネルヴァから移住したガニメアンの子孫であることを確認しました」彼女の話しぶりは抑揚が自然で聞く耳に快《こころよ》かった。「ガニメアンの末裔《まつえい》である彼らは現在ジャイアンツ・スター、略してジャイスターを中心とする惑星系の一つで、テューリアンと呼ばれるところに棲《す》みついています。何度かの交信でこうしたことがわかってきたわけですが、その間にワシントンのUNSAは国連にこの情況を伝えました」カレン・ヘラーはちょっと言葉を切ってハントのほうを見た。これまでのところハントが説明を求めることは何もない。彼女は先を続けた。「事務総長の特別諮問《しもん》委員会がこの問題を検討した結果、国連は今回の異星人との接触を極めて重要な政治的外交的事件であると判断しました。そして、以後交信は安全保障理事会の常任理事国から選ばれた少数の代表者グループの手で内密に続けられることになったのです。機密保持のために、当分はいっさい部外者の介入は認めない方針です」

「この決定が下された時点でわたしは口を封じられた恰好でね」コールドウェルはハントの顔を窺《うかが》いながら口を挟んだ。「それで今まできみには話そうにも話しようがなかったわけなんだ」

ハントはうなずいた。そうことを分けて話されれば文句を言う筋はない。

とはいえ、やはりハントは面白くなかった。政治家や役人というのはどうしてこう事大主義なのだろう。慎重にことを運ぶと言っても程度問題である。二重三重に秘密の壁をめぐらすのは明らかに行きすぎだ。国連が密室に問題を抱え込み、ガニメアンのことなどほとんど何も知らないと言ってもいいひと握りの代表に対応策を委ねるとは、考えただけでも業腹《ごうはら》である。

「部外者の容喙《ようかい》を望まないって?」ハントは信じられない口ぶりで問い返した。「ガニメアンを知っている科学者まで締め出すっていうのか?」

「特に科学者は遠慮してもらおうということだよ」コールドウェルは言ったが、それ以上説明を加えようとはしなかった。聞けば聞くほどおかしな話である。

「安全保障理事会の常任理事国として、アメリカ合衆国は国連上層部から内々に連絡を受けたのです。それで、その代表団に合衆国の人間を送り込むように工作しました」ヘラーが話を続けた。「で、ノーマンとわたしがその役目をおおせつかって、以来、もっぱらジョルダーノ・ブルーノでテューリアンとの交信に携わっているのです」

「じゃあ、交信はいっさい月の裏側で独自に、現地の判断で続けられているということですか?」ハントは尋ねた。

「そうです。この問題については、いっさい電子的通信手段によって情報伝達を行なってはならないという通達は厳密に守られています。現地の関係者はすべて人事考査を経た信頼できる人物です」

「なるほど」ハントは椅子に凭れて腕を組んだ。依然として腑《ふ》に落ちない点があるし、自分がこの場に呼び出された理由もはっきりしない。が、それはともかく、ヘラーとペイシーがヒューストンに何をしに来たのかということになると、これまでの話からではまるで理解できない。

「いったいどういうことなんです?」ハントは質問した。「これまで、テューリアンとの間にどんなやりとりがあったんですか?」

ヘラーは傍らの、錠のかかるフォルダーに綴《と》じ込まれた書類を指さした。「交信の記録はここに残らずファイルしてあります。グレッグのところに、そっくり同じものが一式行っています。今からは、もうあなたも完全にこちらサイドですから、あとでゆっくりお読み下さい。掻《か》いつまんでお話ししますと、テューリアンからの最初のメッセージは〈シャピアロン〉号に関する問い合わせです。宇宙船の状態、乗員たちの様子、彼らの地球体験、といったようなことを知りたいという趣旨でした。発信者が何者であるかはひとまず措くとして、どういうわけか、相手は、その……地球人が〈シャピアロン〉号に脅威を与える存在であると考えているらしい節があるのです」ヘラーはハントの顔に拡がった当惑の表情を見て言葉を切った。

「とすると、月の裏側からビームを送るまで、先方は〈シャピアロン〉号のことを何も知らなかったわけですね?」

「そう考えるしかありませんね」ヘラーはうなずいた。

ハントはしばらく思案した。「ということは、つまり、何者であれ地球を監視している一派は、これも何者であるかはいざ知らず、現在交信している一派に全然情報を提供していない、ということですね」

「そのとおり」ペイシーが大きくうなずいた。「監視者が地球の通信網に接近し得るなら、〈シャピアロン〉号について何も知らないはずはないですからね。何しろ、あれだけ大騒ぎになったのだし」

「わたしたちが首を傾《かし》げているのはその点に止《とど》まらないのです」ヘラーが話の先を続けた。「現在交信中のテューリアン一派は、近年の地球の歴史について極度に歪《ゆが》んだ理解を示しています。彼らは地球が第三次世界大戦、それも惑星間に跨《また》る大規模な戦争に突入しようとしていると思っているのです。軌道衛星爆弾を飛ばしたり、放射線や粒子ビーム兵器を動員して、それを月面から操作したりというような……わたしたちの想像を超える情況を彼らは考えているんですね」

ハントはそれを聞いて唖然《あぜん》とした。〈シャピアロン〉号が新たな母星の住民と接触したということはあり得ない、と最前《さいぜん》コールドウェルがその可能性を否定したが、なるほどもっともな話である。少なくとも、現在交信中のテューリアンは接触していない。しているとすれば、〈シャピアロン〉号のガニメアンたちがたちどころに誤解を正したはずである。しかし、現に交信中のテューリアンたちは地球に対して、歪められた印象を抱いている。だとすれば、それは監視中の一派から誤った情報を提供された結果であると考えなくてはならない。それには、監視それ自体に不備があるか、あるいは、情報が故意に歪曲《わいきょく》されたか、二つの可能性がある。しかし、交信は英語で続けられているという。監視態勢が十全であることをその事実は物語っている。従って、情報は故意に歪曲されていると判断せざるを得ない。

が、その結論がおよそ理屈に合わないのだ。ガニメアンは本来の性格のしからしめるところとしてマキアヴェリ型の権謀術数を弄《ろう》さない。それと知りつつ虚偽を伝えたりもしない。それは彼らの精神構造にはないことである。彼らはもっと純粋である。現在テューリアンに棲《す》んでいるガニメアンが二千五百万年の間に〈シャピアロン〉号上の祖先とは似ても似つかぬ性格を持つに至ったのでもない限り、故意の情報操作は考えられない。そう、その点は検討に価《あたい》する。二千五百万年という長い時間にはどんな変化が生じないとも限らない。この段階で不用意な結論は出すべきでない、とハントは思った。これまでの話は記憶にとどめるだけにして、あとでゆっくり考えることにしよう。

「たしかに、妙な話ですね」思案を切り上げてハントは言った。「向こうも、今頃はすっかり頭が混乱していることでしょう」

「はじめからこんがらかっているよ」コールドウェルが言った。「そもそも、向こうが対話を再開する気になったのは、地球へ乗り込もうという考えからなんだ。自分たちの目で地球の現状を確かめて混乱を整理したいということだろうな。それで国連に受け入れ準備を要請してきたのだよ」

「極秘裡《ごくひり》にです」ハントの不審に答えるようにペイシーが話を引き取った。「報道やお祭り騒ぎは抜きに願いたいと言うのです。前後の情況を合わせて考えると、どうやら交信中の一派は、監視しているほうの一派には知られないように、こっそり地球の現状を把握したいらしいのです」

ハントはうなずいた。そこのところは理解できる。しかし、ペイシーの口ぶりは何となく奥歯に物が挟まっているようだった。

「それで、何が問題なんです?」ハントはペイシーとヘラーを見比べるようにしながら尋ねた。

「国連上層部の方針です」ヘラーが答えた。「ひとことで言えば、上層部は地球が何百万年も進んだ文明に安易に接したらどういう結果になるか、それを非常に懸念しているのです。この惑星の文明は根底から覆されてしまうのではないか、ということですね。社会は、縫い目がほつれるようにばらばらになってしまうのではないか。まだこちらが吸収できる段階に至ってはいない高度な技術文明の洗礼を受けたら押し潰されてしまうのではないか……とまあ、そういったことを心配しているのです」

「そんな馬鹿な！」ハントは思わず叫んだ。「ガニメアンであれテューリアンであれ、向こうは何も地球を乗っ取ろうとしているわけじゃあないでしょう。ただ直《じか》に会って話し合いたいと言ってるだけじゃないですか」彼はいらだたしげに両手をふりまわした。「そりゃあ、大騒ぎは避けようというのは、いいですよ。なるたけあっさりと、常識に則《のっと》って事を運ぼうという考えには異論はありません。しかし、今の話はちょっと行きすぎですよ。まるでノイローゼだ」

「おっしゃるとおりです」ヘラーは言った。「国連は度を失っています。そうとしか言いようがありません。月の裏側の代表団は国連の方針を遵守して、何事もゆっくり慌《あわ》てず、そろそろと、といったありさまです」彼女はもう一度、最前のフォルダーを指さした。「それをお読みになればおわかりになりますが。テューリアンのメッセージに対する応答のしかたがまるでおよび腰で、歯切れが悪いのです。しかも、テューリアンの誤解をきっぱり正そうという態度が見られません。ノーマンとわたしで、その点をもっときちんとすべきだと提言しましたし、いろいろ働きかけてもみたのですが、力関係で押さえつけられてしまうのです」

ハントは助けてくれという顔であたりを見回した。リンと目が合った。彼女は、わかるわ、あなたの気持ち、と言いたげに微《かす》かに笑い、それとはわからぬほど小さく肩をすくめた。国連内の一部の勢力はガニメアンから予期せぬ最初の応答があった時、今ヘラーが述べたとまったく同じ理由で交信を続けることに異を唱えた。ハントはその時の経緯をよく憶えている。世界中の科学者がこれに抗議してその後も地球からの呼びかけは続けられることになったのだ。その反動勢力が今また暗躍しているに違いない。

「何よりも気懸かりなのは、この裏にはどうやらわたしたちが恐れている動きが隠されているらしいことです」ヘラーは話を先へ進めた。「わたしたちは国務省から、地球とテューリアンの間のコミュニケーションをできるだけ緊密なものにするように、パイプを太く、臨機応変の対処に心がけると同時に、合衆国の利益を念頭に置くように、と言い含められています。国務省としては、今のような密室主義には必ずしも賛成ではありませんでした。でも、国連内部の足並みも考えなくてはなりません。言い換えれば、これまでのところ合衆国は渋々、国連の方針におとなしく従ってきたわけです」

「想像はつきますよ」ハントは彼女の言葉の切れ目を捉えて言った。「しかし、今となってはもう、そんなにのんびり構えてはいられない、というわけですね。何か裏があるような話でしたが……」

「そうなんです」ヘラーはうなずいた。「さっきお話しした代表団にはソヴィエトからも人材が送られています。ソブロスキンという人物です。現在の世界情勢については、わたしからお話しするまでもありませんが、南大西洋統合政策、アフリカにおける産業育成、科学技術援助等、あらゆる場面でアメリカとソヴィエトは競争しています。ここでガニメアンの進んだ技術を学べるとしたら、その競争でどれだけ優位に立てるか、お互いに充分すぎるほどよくわかっているわけですね。ですから、ソヴィエトも当然、このおよび腰の代表団に活を入れるほうに回ってもいいはずでしょう。ところが、それが違うのです。ソブロスキンは国連の方針に唯々諾々《いいだくだく》と従うばかりで、抵抗の姿勢一つ示そうとしません。それどころか、月面観測所ではもっぱら事あるごとにだだをこねるような態度を取って、物の流れに逆らってばかりいるのです。こうした事実を目の前にして、あなたはこれをどうごらんになりますか？」

ハントは質問を今一度自分の頭の中で繰り返してから、両手を拡げて肩をすくめた。わけ知り顔をしたところではじまらない。「さあねえ。政治向きのことは苦手でしてね。聞かせて下さい。どういうことです？」

「つまり、ソヴィエトは一方でそうやって時間を稼ぎながら、独自の裏工作でシベリアあたりにテューリアンを誘致して、情報を独占しようとしているのではないか、と読めば読めるわけです」ペイシーが代わって答えた。「そうだとすれば、国連の方針はソヴィエトにとってもっけのさいわいです。公式路線が風通しが悪く、合衆国が国連の顔を立ててもたもたしていたら、どこが獲物を攫《さら》っていくと思いますか？　ほんの何ケ国かの首脳の耳に、ソヴィエトはアメリカにはない技術ノウハウを握っているというような話が伝わってごらんなさい。現在辛うじて保たれている力のバランスはどうなりますか？　これでおわかりでしょう。ソブロスキンの動きはすべてぴたりとこの線に沿っているんです」

「しかも、国連の方針自体がそういうソヴィエトの思惑にまさにお誂《あつら》え向きであるところが、偶然にしてはできすぎです」ヘラーが脇から補足した。「もう一歩進めれば、ソヴィエトはわたしたちの知らないところで国連上層部に何か伝《つて》があって、意思決定に介入しているのではないかという疑惑は拭えないのです。もし、それが事実だとしたら、全地球規模から見て、アメリカ合衆国にとっては極めて由々《ゆゆ》しい問題です」

やっと少しわかりかけてきた、とハントは思った。ソヴィエトの技術をもってすれば、シベリアに遠距離通信設備を据えつけるくらい造作もないことだろう。月に近い軌道に設置してもいいわけだ。そうして、何者であれ太陽系の外で月の裏側と交信している相手と別個のチャンネルを開く。応答してくるビームは地球に達するまでに大きく拡散しているだろうから第三者がこれを受信すれば、どこかで国連以外の誰かが闇取引をしていることはすぐに知れてしまうはずだが、あらかじめコードを作成しておけば、傍受されてもどこへ宛てたものかはすぐにはわからない。仮に非難の目を向けられても、ソヴィエトは飽くまで頑強に白《しら》を切るだろう。それ以上は誰もソヴィエトを追及できまい。

ハントはここに至ってやっと自分に声がかかったわけがわかったと思った。ヘラーは最前口を滑らせたのだ。彼女は、これまでのところ、アメリカは国連の方針に従ってきた、と言ったではないか。ソヴィエトの動きを睨んで、国務省もまた独自の情報チャンネルを開く必要に迫られたのだ。しかし、それは地球から数十万マイルの範囲で傍受されるような粗末なものであってはならない。ヘラーとペイシーとしてはどこへ相談を持ち込んだらいいだろう？　当然、ガニメアンとその技術についてよく知っている人間でなくてはならない。ガニメデではじめて異星人と遭遇した人間に相談しないで、いったい他にどんな人材を求められるだろうか？

いや、それだけではない。ハントはガニメデに長期間滞在し、第四次ならびに第五次木星探査隊のメンバーたちとは今なお親しい間柄である。木星は地球から遠く離れた惑星だ。太陽系の外側から木星に向けられたビームは、大きく拡散したにしても、地球近辺では誰もそれに気づくまい。おまけに探査隊の司令船J4とJ5はレーザー・チャンネルで恒久的に地球と結ばれている。そのレーザー・チャンネルはコールドウェルを長とするナヴコムの監理下にあるのだ。ハントの名が浮かぶのは時間の問題であったろう。

彼はコールドウェルの顔を覗き込み、その目をワシントンからやってきた二人に移した。

「ソヴィエトに先を越されないうちに、木星経由でジャイスターとの間にホットラインを設けて、彼らをアメリカ領内に迎え入れようという寸法ですね。そこで、レーザー・チャンネルを盗聴しているであろうテューリアンに内容を知られることなく、木星探査船ジュピターにこちらの要求を伝える方法はないか、わたしに知恵を貸せとおっしゃるんですね。違いますか？」彼はコールドウェルに向き直って首を傾げてみせた。「どうかね、わたしの解釈は？」

ヘラーとペイシーは感に堪《た》えたようにそっと顔を見合わせた。

「満点だ」コールドウェルはうなずいた。

「一つだけ抜けていますね」ヘラーが言った。ハントは眉を寄せた。彼女の目に笑いがあふれていた。「知恵を貸していただくとすれば、その後、それに付随して起こってくるもろもろについて、全面的な協力をお願いしなくてはなりません。国連はガニメアンの専門家の協力なしに物事を進めようとするかもしれませんが、合衆国の考え方は違います」

「というわけで、わたしらの仲間へ、ようこそ」ノーマン・ペイシーがしめくくった。

4

ガニメデ上空二千マイルの軌道を回る木星探査船〈ジュピター〉Vの司令官、ジョゼフ・B・シャノンは全長一マイル四分の一におよぶ宇宙船の一方の端に近い指令センター計器室で大きな壁面スクリーンを食い入るように見つめていた。彼の前に人垣を作った同船の士官やUNSAの科学者たちも皆、スクリーン上に展開される光景に固唾《かたず》を呑んでいる。そこには橙色、黄色、茶色の斑《まだら》の衛星表面が暗黒の空の下に起伏し、その空はスクリーンの上方から絶え間なく降り注ぐ白熱の微塵《みじん》に煙っていた。遠く衛星表面が空と境を限るあたりには幾色もの閃光に染まった火柱が、スクリーンの上端へ突き抜ける勢いで激しく燃えさかっていた。

五十二年前、探査船〈ヴォイジャー〉I号、II号が地球に送ってよこしたイオ表面の接写をはじめて目にしてパサデナのジェット推進研究所《JPL》の科学者たちは驚嘆に声を失った。まだシャノンが生まれる前のことである。オレンジ色のあばた面を見てパサデナの科学者たちはこの衛星を〝宇宙が焼いた特大のピザ〟と呼んだ。しかし、シャノンに言わせればこんなふうにして焼かれたピザなどどこを捜してもありはしない。

　木星の磁場に閉じ込められた平均粒子エネルギー十万ケルヴィン相当のプラズマの流れの中に軌道を持つこの衛星は、それ自体が巨大なファラデー発電機と化して内部に一兆ワット、五百万アンペアというとてつもない電流を孕《はら》んでいる。エウロパとガニメデの共鳴が木星の引力に抗してイオを波動させ、そのために生ずる摂動が潮汐《ちょうせき》摩擦を招いて、イオの内部に厖《ぼう》大《だい》な熱エネルギーが発生する。こうして、電気と重力によって作り出された熱は、衛星表面直下の硫黄《いおう》とその化合物がどろどろになった湯に蓄えられているが、やがて湯は衛星の地殻の弱い部分を突き破って、事実上圧力ゼロの空間に噴出する。硫黄と亜硫酸ガスは一瞬にして凝結し、微細な霜となって毎秒一千メートルの速さで噴射し、時には三百キロメートルを超える高さにまで達する。その絢爛《けんらん》たる活火山噴火は絶えず衛星表面のいたるところで起こっている。

　今シャノンがスクリーン上に眺めているのも、イオ表面に接近した探査体が捉えた火山活動の一景に他ならない。科学者と技術者は何度もふりだしに戻る試行錯誤を積み重ね、一年あまりを費やしてやっと、各種の観測機器を搭載して、木星から降り注ぐ放射能や電子やイオンの雨の中で機能する信頼性の高い探査体を開発した。彼らの成功の証である映像伝送に自ら立ち会ってスクリーンの光景を眺めることを、シャノンは司令官としての務めと心得ていた。彼の地位を考えればそれは雑用に等しいことだったが、現にスクリーン上に驚異の光景を見て、シャノンは大いに感動すると同時に、組織の頂点に立つ者がいかに現実に取り残されやすく、現場の事情に疎《うと》くなりがちであるかを思い知った。これからは、努めて探査隊本来の使命である科学調査の最新の収穫に触れるようにしよう、と彼は心に誓った。

シャノンは正規の勤務時間が過ぎても指令センターに残り、科学者や技術者たちと一時間あまり探査体について話し合ってから私室に引き揚げた。シャワーを浴びて平服に寛《くつろ》いだ彼はコンピュータの端末にその日の着信を呼び出した。中の一便は平文で、ナヴコム本部のヴィック・ハントからだった。シャノンは嬉しく思う一方ではてなと首を傾《かし》げた。ハントとは彼のガニメデ滞在中、何度も親しく話し、楽しい時間を持った。その体験からハントの人柄もよく知っている。ハントは用もないのに御機嫌うかがいの手紙をよこすような男ではない。何か面白い話題があるに違いない。シャノンは心急《せ》く思いで、コンピュータに全文を表示するよう指令した。五分後、彼は相変わらず当惑に眉を寄せたまま、ディスプレイを睨《にら》んで思案に暮れていた。ハントからの文面は以下のとおりである。

ジョウ

この件についてこれ以上の誤《クロス・ワード》解があってはいけないと思うので、君が言っていた本をめくって糸口《クルー》を捜してみた。五、二四、一〇ページでいくつかの記述に出交《アクロス》した。
さらに読み進《ダウン》んで一一ならびに二〇章までいけばすべてはもっとはっきりするはずだ。
七八六の出どころは今もって謎《パズル》である。

匆々《そうそう》

ハント

シャノンには何のことやらさっぱりわからない。が、ハントをよく知っている彼はこの文面に何か重要な用件が隠されているに違いないと確信した。それも機密を要することだ、というところまでは見当がつく。しかし、ハントはどうしてこんな持って回ったことをするのだろう？　UNSAには絶対確実な暗号システムがあるはずではないか。まさか何者かがUNSAの通信網を盗聴しているわけでもあるまい。それとも、UNSAの機密システムですら安心できない高性能のコンピュータを使って聴き耳を立てているというのか？　あり得ないことではないか。だが待てよ、とシャノンは考え直した。第二次世界大戦中、ドイツも自分たちの交信は盗聴される心配はないとのんびり構えていたのだ。ところが、イギリス軍はブレッチリーの〈チューリング・エンジン〉によってヒトラーと将軍たちの間に交わされる無線通信を残らず傍受していたのみか、本来の受信者より先にメッセージを受け取ることも少なくなかった。ハントからのメッセージは英語の平文だが、第三者には何の意味もない。ハントはそうやって誰にも怪しまれずに彼に何かを伝えようとしているのだ。ところが、肝腎のシャノンにもハントが何を伝えようとしているのか、まるで雲を摑《つか》むようだった。

翌朝早く上級士官用の食堂に坐った時もまだシャノンはハントからのメッセージのことを考え続けていた。彼はいつも、船長や一等宇宙航海士や早番の技術者たちがやってくる前に朝食を済ませる習慣である。そうやってゆっくり頭を整理して一日の任務に備え、〈インタープラネタリー・ジャーナル〉にざっと目を通して天下の情勢をひととおり心得ておかなくては気が済まない。〈ジャーナル〉はUNSAが太陽系全域の宇宙船や衛星基地に地球から伝送してよこす日刊新聞である。シャノンが朝食を早く摂《と》るにはもう一つ私的な理由がある。それは〈ジャーナル〉のクロスワード・パズルを解くことだ。記憶を溯《さかのぼ》れる限り以前から、彼のクロスワード・パズルは病膏肓《こうこう》に入っていた。早朝に頭の運動をすることは、一日の知的活動のために大変いいのだと彼は自分の道楽に理屈をつけている。本当にそう信じているかというとそうでもないが、まあ、どうでもいいことだ。頭の体操である点だけは間違いない。この日はさしたるニュースもなかったが、彼は一応、司令官たる者の心得として見出しを拾い読んだ。司厨員《しちゆういん》がコーヒーを注ぎ直す頃、彼はクロスワードのページに辿《たど》りついてほっとした。新聞を二つに折り、さらにもう一つ小さく畳んでテーブルに置くと、彼はポケットのペンを探りながらざっと縦横の鍵を見渡した。上段の見出しに「ジャーナル・クロスワード・パズル　七八六」としてあった。

シャノンはポケットのペンを握ったまま、じっとその数字に目を凝らした。「七八六の出どころは今もって謎《パズル》である」ハントの手紙の結びの文句がすぐに記憶に甦《よみがえ》った。何度も読み返したハントの手紙は一字一句、あまさず頭に焼きついている。「七八六」と「パズル」……ハントはこの二つを手紙の中で使っている。とうてい偶然の一致とは考えられなかった。そう言えば、ハントも自由な時間がある時はかなりクロスワード・パズルに凝っていた。ロンドン〈タイムズ〉に載った難題を彼に教えたのもハントである。二人はよくバーで一杯やりながら額を寄せ合ってパズルを解いたものだ。「これだ！《ユリーカ》」と叫んで飛び上がりたい衝動を抑えてシャノンはペンをポケットに戻し、同じポケットに小さく折って押し込んであるハントの手紙のハードコピーを取り出すと、それを〈ジャーナル〉とコーヒー・カップの間に拡げた。

のっけにクロス・ワードの文字があり、その少し先に糸口《クルー》とある。その意味はもはや考えるまでもない。他はどうだろう？　シャノンはハントに本と名のつくものを紹介した覚えはない。この部分はただの〝つなぎ〟と理解してよさそうだった。次に並んでいる数字には明らかに意味がある。シャノンは眉を寄せて数字を睨んだ。5、24、10、11、20……。しかし、その一連の数字は何を語るものでもなかった。昨夜来、彼はその数字を入れ替えたり、組み合わせたり、いろいろにいじくりまわしてみたが、そこからは何も出てこなかったのだ。ところが、あらためて文面を見返すと、前夜気づかずに読み過ごした二つの文字が目に飛び込んできた。5、24、10のところにある出交《アクロス》したと、そのすぐあとの11、20のところにある、読み進めば《ダウン》、という文字である。クロスワード・パズルの言葉で考えれば何のことはない。

横《アクロス》の鍵、縦《ダウン》の鍵ではないか。つまり、何事であれハントが伝えようとしていることは、今日のクロスワード・パズルの横の鍵5、24、10と縦の鍵11、20に隠されているのだ。間違いない。

こみ上げる興奮を覚えながら、シャノンは〈ジャーナル〉に視線を移した。ちょうどそこへ、船長と一等宇宙航海士が談笑しながらやってきた。シャノンは〈ジャーナル〉を手にして立ち上がり、まだ食堂へ入って三歩と進んでいない二人とすれ違いざま、肩越しに「やあ、おはよう」と声を掛けて足早に立ち去った。船長と航海士は呆気《あっけ》に取られて顔を見合わせた。ふり返った時には、すでに司令官の姿はドアの向こうに消えていた。二人は今一度顔を見合わせて肩をすくめ、空いたテーブルに腰を下ろした。

私室に戻ったシャノンはデスクに向かって、あらためて新聞と手紙のコピーを拡げた。横の鍵5は「デジタル・エクィップメント社にとって詩の意味するところは何か（六字）」となっていた。UNSAでこの会社を知らなければもぐりである。DECのコンピュータは、木星と地球を結ぶレーザー・リンクにあふれるデータのプリプロセスからイオに着陸したロボットとその内蔵する機器の制御に至るまで、およそコンピュータの仕事とされることはすべて一手に処理している。DEC！　この三字が解答の一部に違いない。残る三字はどうだろう？　詩の意味とある。シャノンは詩の同義語を次々に思い浮かべた。ヴァース……リリック……エピック……エレジー……どれもうまく当て嵌《は》まらない。解答は六文字である。三字で詩を意味する単語を捜さなくてはならないのだ。オード（ｏｄｅ）。これだ、ＤＥＣと合わせればDECODEとなる。暗号を解読すること、つまり意味するところは何かを知ることだ。まずは小手試しである。シャノンはペンでパズルの枡《ます》を埋め、横の鍵24に取りかかった。

「ディアナの巻毛《ロック》は心痛の種（八字）」

ディアナの、とあるからこれは簡単だ。しばらく考えて、シャノンは巻毛の同義語トレスを思いつき、ディアナの、というところを縮めた形と合わせてDISTRESSを得た。遭難のような危機を意味する言葉だから、心痛に通じる。

横の鍵10は「難航が予想される場合の誘導灯（六字）」

難航が予想される、とあるからにはこれは〝航海（VOYAGE）〟の置き替えであろう。シャノンはこの六字をいろいろに置き替えてみたがどうやっても、意味のある単語にはならなかった。それで、これはひとまず措《お》くとして、縦の鍵11に移った。

「日を改めて実験結果を整理しよう（四、四、四字）」

解答は四文字の単語三つである。整理という言葉に、どうやらこれも文字の置き替えであるらしい匂いがある。シャノンは鍵の文章から十二文字で一つのまとまりを作る辞句を捜すことにした。日を改めて……しよう、というところがそれだ。LET'S　FIT　A　DATE。彼は新聞の余白にその文句を書きつけ、しばらくいじくっているうちに、TEST　DATA　FILEという組み合わせができた。四字で三語。ぴたりだった。

縦の20は「アルゴン・ビーム・マトリックス（五字）」である。これだけでは何のことかわからない。シャノンはできるところから枡を埋めて、他の鍵によって得られた文字に手がかりを摑むことにした。横の鍵10の誘導灯は、何と鍵そのものの中にそっくり答が置かれていた。難航が予想される（COULD　BE　A　CONFUSED）の中の六字を取ればビーコン（BEACON）である。アナグラムを匂わせたのは解答者を混乱させる落とし穴だと思われる。クロスワード・パズルの出題者になるにはよほどのひねくれ者でなくてはならないらしい、とシャノンはあらぬことを考えた。残る一つ「アルゴン・ビーム」は元素記号のArとビームと同義のレイ（RAY）からARRAYと解けた。配列、つまりマトリックスである。何より面白いのは冒頭、横の鍵1の答がアイルランドの河、シャノンであることだった。シャノン宛親展の意味を込めてここに挿入されたものであろう。解答をハントが文中で指示した順序で並べたものが、すなわちメッセージである。

DECODE DISTRESS BEACON
TEST-DATA-FILE ARRAY

遭難信号テスト・データ資料群を解読せよ、という意味になる。

シャノンはパズルを解いて満足を味わったのも束《つか》の間《ま》で、このメッセージに頭を抱えた。これではふりだしに戻ったも同じである。とはいえ、これがガニメアンに関することであり、ハントの仕事の範囲に含まれた問題であるということは疑いの余地がない。

ガニメデの空の彼方から異星人を乗せた〈シャピアロン〉号が降って湧いたように姿を現わす少し前、木星の衛星系の探査に当たっていたＵＮＳＡの科学者集団はガニメデを厚く覆う氷の下に埋もれた二千五百万年前のガニメアン宇宙船の残骸を発見した。ハントと技術者たちはガニメデ恒久基地の一つ、ピットヘッドで宇宙船から回収した機械装置類を調べたが、その過程でガニメアンの緊急用送信機と思《おぼ》しき装置を作動させた。この装置は、ガニメアン宇宙船がメイン・ドライヴで航行中は電磁信号を受けつけないために、重力波に信号を乗せて意思伝達を図るものであった。それ故、折から太陽系内を航行していた〈シャピアロン〉号が信号を確認し、ガニメデに飛来して、地球人とガニメアンが遭遇する結果となったのだ。シャノンは〈シャピアロン〉号が地球を去って後、ジャイアンツ・スターから思いがけなく応答があった時、同じ装置を使ってそのことをガニメアン宇宙船に伝えようという提案が一部にあったことを思い出した。しかし、当時ジャイアンツ・スターからの応答に疑惑を深めていたハントの意見でその件は沙汰止《さたや》みになったのだ。してみれば、ハントのメッセージにある「ディストレス・ビーコン」とはあのガニメアンの緊急用送信機のことを指しているに違いない。シャノンに解読しろという「テスト・データ」とはいったい何のことだろう？　ガニメアン・ビーコンは現物を実地に調べたいという各研究機関の希望で、他の各種の装置類とともに地球へ移された。それらの実験調査に当たった研究者たちは、レーザー・リンクを通じて木星基地の関係分野の者たちにその結果を伝えるならわしであった。シャノンの解釈はただ一つ、ハントは何かを用意して、それをごくありきたりの実験データに見せかけて木星に送ろうとしているのだと考えるしかない。ビーコンに関するデータを装った情報は、おそらく夥《おびただ》しい数字の羅列でしかないだろう。しかし、シャノンがその資料に意味があると知った上で数字を読み、解釈に努めれば、そこに語られていることは自ら浮き彫りになって彼の目に映るのではなかろうか。

それがハントの狙いなら、地球から送られてくる異例のテスト・データについて心得ている人物は、氷の下から発掘されたビーコンを最初に調べたピットヘッド基地の技術者たちを措いてまず他には考えられない。シャノンはデスクのコンピュータ端末に向き直ってJ5の人事記録を呼び出した。数分後、彼はビーコンの試験に当たった技術者集団の責任者がカリフォルニア出身のヴィンセント・カリザンという男であることを突き止めた。バークレーで電子工学の修士課程を終え、UNSAの宇宙船発射推進機構開発局で十年間働いた実績を認められて、J5に技術者として加わった人物だった。

シャノンはその場でピットヘッドを呼び出そうとして、すぐに思い止《とど》まった。通常の通信網でハントがほんの些細《ささい》な疑惑をも招くまいとこれだけ気を遣《つか》っているとすれば、事はよほど重大であるに違いない。どうしようかと思案しているところへ、端末機のコール・トーンが鳴った。シャノンはスクリーンの表示を消去して応答キーを軽く押した。指令センターに詰めている彼の副官からだった。

「おそれいりますが、司令官、今から五分後にG－三二七で作戦指揮官への命令伝達があります。司令官も同席されることになっていますが、朝から姿が見えませんでしたので、念の

「ため連絡したほうがいいと思いまして」

「ああ、どうもありがとう、ボブ。実は、少々急を要することができたので、出席は見合わせなくてはならない。きみから、皆によろしく伝えてくれないか」

「かしこまりました」

「ああ、それから、ボブ……」シャノンはふと思いついて声を撥《は》ね上げた。

副官は電話を切りかけて、問い返した。「何でしょう?」

「そっちが済んだら、すぐここへ来てくれ。衛星の基地へ運んでもらいたいものがある」

「運ぶんですか?」副官は怪訝《けげん》な顔をした。

「そうだ。ピットヘッドの技術者宛だ。この電話では説明しにくいのだがね、重要な連絡事項なんだ。そっちを急いで片づければ、メイン・ベース行きの九時のシャトルに間に合うだろう。きみが来るまでに文書にして封印しておく。〈X線〉レベルの機密扱いにしてくれ」

それを聞いて副官は表情を引き締めた。「すぐそちらへ参ります」

スクリーンの顔が消えた。


正午少し前、シャノンはピットヘッドからカリザンがメイン・ベース経由でJ5へ行くという連絡を受けた。カリザンはガニメアン・ビーコンの試験の付随資料と称するデータ・ファイルのプリントアウトを携えてやってきた。まさにこの日の朝、地球からJ5を経てピットヘッドのコンピュータにふいに打ち込まれてきたものだという。ピットヘッド基地の技術陣は皆、目を白黒させた。何故というに、ファイルのヘッダーは一連番号からはずれていたし、中身もデータベース検索システムでは拾えない記述を含んでいたからである。おまけに、ヘッダーに示されているような試験が計画されていたことは誰も知らなかった。

シャノンの予想に違《たが》わず、ファイルの中身はあらかた数字ばかりだった。そこにはいくつかのまとまりに分類された夥しい数字が並び、それぞれのグループの数字はいずれもある種の組み合わせを作っていた。一見したところ相関変数の読み取りの値を示す実験報告のようであり、額面どおりに受け取ればおよそ大した意味を持つものとは思えなかった。シャノンは信頼できる少数の専門家を呼び集めた。彼らはたちどころに、対をなす数字のグループは２５６×２５６マトリックス・アレイでデータポイントをx軸とy軸で表示したものと見破った。そのヒントも先のクロスワード・パズルに与えられていた。数字をプロッターにかけてディスプレイ・スクリーンに打ち出すと、各数字によって表わされる点は、ちょうど直線運動機構のテスト・データの統計分布を思わせるパターンを描いた。ところが、いくつものグループが描き出すパターンをスクリーン上で重ね合わせると、対角線に沿って英文で書かれたメッセージが浮かび上がった。メッセージは第二のファイルの解読を指示していた。これも地球から伝送された第二のファイルには山のような情報が含まれていた。

それは細かく箇条書きされたＪ５への指示で、ガニメアン通信コードによる長文のメッセージを、ＵＮＳＡの通信網ではなく、太陽系外のある一点へ向けて発信せよというものだった。そして、その太陽系外の一点から応答があった場合には、今ここで使われている手法により、実験データを装って、レーザー・リンクでナヴコムへ伝送するようにとハントは注文していた。
シャノンは寝不足で目を真っ赤にしながら私室の端末機に向かい、地球へ送るメッセージをキーボードで打ち込んだ。宛先はヒューストンのナヴコム司令部ヴィクター・ハント博士である。

ヴィック

ヴィンス・カリザンと話して事情はわかった。そちらの希望に従って目下実験を進めている。はっきりした結果が出次第、情報を送る。
幸運を祈る。

ジョウ

5

ハントは運転席に体を沈めて眼下に玩具の街のように拡がっているヒューストン郊外の景観にぼんやり見とれていた。エアモビルはどこか下のほうから間欠的に送られてくる二進法の信号に誘導されて、滑るように宙を飛んでいた。地上の車が整然と流れ、滑らかに合流し、一斉に加速し、また減速するさまを空から眺めるのは面白かった。誰かが高所から指揮をとっているかとさえ思われる車の流れは、そう言えば宇宙のバッハの手になる精緻を極めた楽曲の音の動きを表わしているかのようである。しかし、そんなふうに思うのは見るほうの幻想なのだ。個々の車は目的地とそこに至る途中の道路情況に関してごく簡単なプログラムを与えられているにすぎない。ただ、人工的な環境の中を夥《おびただ》しい数の車が渋滞も知らずに流れてゆくために、その動きがいかにも複雑であるような錯覚を与えるだけなのだ。人生もこれと同じだ、とハントは思った。古来、人間社会とそれを取り巻く宇宙を説明する試みとして神秘思想や魔術や超能力ということが手を替え品を替えして登場したが、それらはいずれも精神の位相のずれた観察者が作り出したものであって、彼らが観察の対象とする宇宙に発したものではない。人間は幻影を追いかけることに夢中になるあまり、どれだけ多くの才能を無駄にしてきたろうか。ガニメアンは幻想というものを抱かない。彼らはひたすら、あるがままの宇宙を理解し、征服することに努めたのだ。見かけや、自分たちの希望とは関係を絶ったところにガニメアンの思想は成り立っている。彼らが恒星間飛行をなしとげたのも、おそらく、そのせいではあるまいか。

隣の席で、数日前の〈インタープラネタリー・ジャーナル〉のクロスワード・パズルをやっていたリンが途中で顔を上げた。

「これ、何かしら？　〝樵《きこり》のミュージカル・ナンバー〟あなた、どう思う？」

「何文字だ？」ちょっと考えてからハントは訊き返した。

「九文字よ」

ハントは運転席のコンソールに一定の間隔で表示される飛行状態概況を睨《にら》んで、またちょっと考えて答を出した。「対数だよ」

リンはしばらく考えてにっこり笑った。「ああ、なるほどね。普通の人じゃあなかなか気がつかないわ。樵《ロガー》のリズムで対数《ロガリズム》ね」

「そのとおり」

「これで行けるわ」彼女は膝に拡げた新聞に答を書き入れた。「それにしても、ジョウ・シャノンがすらすらパズルを解いてくれて、本当によかったわね」

「わたしもほっとしたよ」

シャノンの委細承知の返事は二日前に届いていた。暗号のアイディアが閃《ひらめ》いたのはリンのアパートで〈ロンドン・タイムズ〉のパズルを二人して解いている最中《さなか》のことだった。ナヴコムの言語学者でガニメアン語を修得したドン・マドスンはハントの親友で、しかも〈ジャーナル〉のパズルの出題者の一人である。そこで、ハントはコールドウェルの了解を得た上で、マドスンにジャイスターをめぐる事態について必要最小限度のことを説明し、マドスンの協力のもとに木星へのメッセージを作成したのだ。あとは結果を待つしかない。

「マーフィが一日休暇を取ってくれるといいのにね」リンが言った。

「そうはいかないさ。それより誰かさんに、法に対するハントの拡張定理を忘れないようにしてもらわなくては」

「ハントの拡張定理って何？」

「すべて誤謬《ごびゅう》の可能性を持つものは、誰かがこれを正さない限り、必ず誤謬を犯す」

窓の外に小さく張り出した翼を傾けてエアモビルは向きを変え、航空路からそれてゆるやかな降下に移った。一マイルほど向こうの河沿いに整然と並ぶ白い大きな建物のかたまりがゆっくりと横移動して、やがてフロントグラスの中央にぴったりおさまった。

「あれはもと保険のセールスマンだな、きっと」しばらくしてハントは低く言った。

「誰のこと？」

「マーフィさ。〝何もかも悪いほうに向かっています……今すぐ申込み書にサインを〟保険のセールスマン以外に誰がそんなことを言うものか」

前方の建物が近づくにつれて鮮明な輪郭を見せるようになった。ＵＮＳＡ生命科学局ウェストウッド生物学研究所。ハントのエアモビルは滑らかに減速して、生化学館の上空五十フィートのところで停止した。生化学館は神経科学館と生理学館と並んで三つ組《トリオ》をなし、芝生と噴水に陽射しのあふれる色鮮やかなモザイク仕上げの広場を隔てて本館と向き合っている。ハントは発着所を自分の目で確認してから、コンピュータに降下を指示した。ほどなく、二人は建物最上階のロビーにある受付に立った。

「ダンチェッカー先生は自室にいらっしゃいません」受付嬢はＴＶ電話のスクリーンを覗《のぞ》いて言った。「転送コード番号は地下の研究室になっていますね。ちょっとお待ち下さい」

彼女はキーボードにコードを打ち込んだ。スクリーンの映像が消えて色彩がちらつき、やがて、額の禿げ上がった長身痩軀《そうく》の男が浮かび出た。細長くやや鉤《かぎ》なりの鼻に時代遅れの金縁眼鏡を危なっかしく乗せている。顔の皮膚はまるで後からの思いつきで頬骨の上に引き伸ばされ、尖《とが》った顎の分が足りなくなってしまったとでもいうような印象を見る者に与える。彼は仕事を邪魔されていかにも迷惑らしい顔だった。

「何かね?」

「ダンチェッカー先生、こちら、トップ・ロビーです。先生にお客さまが二人お見えです」

「今わたしは手が塞がっているんだ」ダンチェッカーは無愛想に言った。「誰が何の用だって?」

ハントは吐息を洩《も》らし、スクリーンをぐいと自分のほうへ向け直した。「わたしだよ、クリス。リンも一緒だ。今日会う約束だったじゃないか」

ダンチェッカーはたちまち顔をほころばせた。口は細い線になり、両端が心なしか上へ反《そ》り返った。「やあ、これはこれは。どうも失敬。降りてこないか。レベルEの解剖室だ」

「一人かね?」ハントは尋ねた。

「ああ、ここならゆっくり話ができる」

「すぐそっちへ行くよ」

二人はロビーの裏手のエレベーター・バンクへ回った。

「クリスはまた動物をいじくりまわしているのね」エレベーターを待ちながらリンが言った。

「ガニメデから戻って以来、あの男は地上の空気を吸っていないのではないかね。まだ動物に似てこないのが不思議だよ」

ダンチェッカーはハントとともにガニメデで太陽系に舞い戻った〈シャピアロン〉号を迎えた。それればかりか、ダンチェッカーはおそらく人類の歴史を通じて最も驚異とすべき事実の解明に与《あずか》って大いに力を発揮したのだ。その事実の詳細は今のところまだ広く一般に公開されてはいない。心の準備が整っていない大衆に不用意に伝えることは憚《はばか》られる事柄も少なくないからだ。

今から二千五百万年の昔、惑星ミネルヴァの文明が絶頂期にあった時代にガニメアンたちは何度か地球を訪れていたが、そのことはさして驚くに当たらない。ガニメアンの科学者たちはミネルヴァの大気中の二酸化炭素濃度が上がり、その環境が遺伝的に二酸化炭素に対して耐性の低い彼らにとって、とうてい棲《す》めないものになる時代がいずれはやってくるであろうと予測した。そこで彼らは地球に目を着け、移住候補地として地球の環境を分析評価することにしたのである。しかし、この考えはじきに放棄された。ガニメアンはそもそも生化学的に肉食を拒む祖先から進化した種属であり、闘争を好まず、粗暴なふるまいは極力避けようとする性質を持っている。地球における生存競争はガニメアンの嫌うあらゆる種類の残虐性が集中的に現われる場面である。ガニメアンが環境調査にやってきた漸新世《ぜんしんせい》後期から中新《ちゅうしん》世《せい》初期にかけて、折から地球の生存競争は苛烈《かれつ》を極めていた。性質の穏やかなガニメアンが安心して棲める場所ではない。彼らは地球移住をきっぱりと断念した。

それはともかく、ガニメアンは地球訪問を通じて科学的好奇心を満たす他に、一つの特筆すべき成果を挙げた。彼らは地球上の動物がミネルヴァの動物にはない遺伝子構造によって二酸化炭素を吸収する代謝システムを備えていることを発見したのだ。そのために、地球の動物は先天的に耐性が高く、また、環境の変化によく適応することができた。これを知ったガニメアンは地球へ移住する代わりに別の方法でミネルヴァの環境悪化に対処することを考えだした。そこで、彼らはありとあらゆる種類の地球動物を自分たちの惑星へ運んだ。遺伝子操作の実験を重ね、地球動物の遺伝情報を自分たちの種に植えつけて、子孫に二酸化炭素に対する先天的な耐性を与える目的であった。ガニメデで発見された難破宇宙船にはその時代の地球動物の多くがほとんど完全な形で保存されていた。ダンチェッカーはそれらの標本をウェストウッドに持ち帰って、目下細かい研究を進めているところである。

実験は成果を見るに至らず、ガニメアンは姿を消した。ミネルヴァに残された地球の動物種はいくばくもなく、防衛力なきに等しい現地の生物を滅ぼし、未知の惑星の環境に適応して進化発展を重ねた。

それから二千五百万年ほど下って、地球年代で今からおよそ五万年前、ミネルヴァに完全な知性を備え、体型もまた現代の地球人とまったく変わることのない人種が誕生した。二〇二八年に行なわれた月面《ルナ》探査によってその存在が明るみに出たことに因《ちな》み、ミネルヴァで進化したこの人種は〈ルナリアン〉と名づけられた。イギリス人科学者のハントがＵＮＳＡに招かれてナヴコムの一員となったのもこの時である。ルナリアンは極めて闘争心旺盛《おうせい》で激しい気性の持ち主だった。彼らはまたたく間に高度の技術を身につけ、やがて世界は対立する二つの超大勢力、セリオスとランビアに分裂した。対立はついに終末的大戦争へと発展し、戦火は惑星ミネルヴァを覆いつくし、さらにその周辺に拡がった。進んだ科学兵器を無差別に投入したこの激越な惑星戦争によってミネルヴァは破壊され、冥王星《めいおうせい》と小惑星帯となった。

戦争が両勢力の自滅をもって終結した時、月面に一握りの生存者が残されていた。月が太陽に引き寄せられる途中で地球に捕獲され、現在の軌道に落ち着いた時、彼らは何らかの手段によって月面を脱出し、太陽系内で考えられる唯一の避難所《ヘイヴン》、地球に降り立った。滅亡の危機に瀕《ひん》しながらも彼らは生き延びた。そして何千年もの間にかつての高度な技術文明を忘れ去り、彼らは未開の原始人に帰った。種の起原を証すものすら何一つ残っていなかった。しかし、彼らは持ち前の生命力と過激な闘争心に物を言わせ、先住者を駆逐して地球に根を張った。先住者の中で最も進んだ人種ネアンデルタール人は霊長類《れいちょうるい》から緩慢な進化を続けてようやく旧石器時代の原始人に達したところだったが、もとよりルナリアンの末裔《まつえい》の敵ではなかった。こうして生存競争を勝ち抜いた彼らは再び文明への道を歩みはじめ、ついに地球を支配する現代人となったのだ。彼らが科学を再発見し、その力によって自分たちの種の起原を解明したのは遙か後のことだった。

ダンチェッカーは薄汚れた白衣を着て、解剖台に横たわる毛深い大きな動物から取った骨を調べていた。その褐色の獣は筋肉が大きく発達し、下顎《かがく》を取り去ったあとに一見して肉食動物とわかる鋭く頑丈な牙が覗《のぞ》いていた。ダンチェッカーはその獣を、中新世後期に栄えたダフィノドンと類縁の珍しい種類と説明した。四肢《しし》は比較的長く、尾も太く大きい。明らかに趾行《しこう》動物の体型だが、上顎の臼歯《きゅうし》三本は、この動物がアンフィキオンの、ひいては現在のすべての熊の祖先である証拠だという。キノデスムスの標本もダンチェッカーのところにあるが、こちらは今解剖台に横たえられている動物と違い、上顎の臼歯二本の発達状態からキノディクティスと現在のイヌ科の動物の間に位置するものと考えられる。ハントはダンチェッカーの説明を額面どおりに受け取った。

ハントはテューリアンの宇宙船をアメリカに誘致することに成功した暁《あかつき》には、是非ともダンチェッカーを歓迎委員の一人に加えるように、とコールドウェルにうるさく言っていた。世界中の学者を集めても、ガニメアンの生物学ならびに心理学の知識においてダンチェッカーにはかなうまい。コールドウェルはその件についてウェストウッド研究所の所長に内密に打診した。所長は快《こころよ》く承諾してダンチェッカーにそれを伝えた。ダンチェッカーが大いに喜び、二つ返事で役目を引き受けたことは言うまでもない。とはいうものの、地球側の受け入れ態勢作りの任にあるお歴々のやり方については、ダンチェッカーは山ほど文句があった。「どっちを向いても話にならないことばかりじゃあないか」部屋の片隅の消毒装置に使用ずみの解剖具を片づけながら、ダンチェッカーは腹立たしげに言った。「何かと言えば政治家の思惑がらみで、おまけに大時代なスパイ活劇の真似事だよ。人類の知識の進歩拡大のために後にも先にもまたとない素晴らしい機会だというのに。おそらく、これを契機に地球の科学は一大飛躍を遂げるはずだよ。そういう時に、まるで麻薬の密売でも計画するように陰でこそこそやらなくてはならないとは、いったい何事かね？　こんなことがあっていいものだろうか。電話でそのことに触れてもいかんというのだからね。この状態はもう我慢できないよ」

解剖台に屈《かが》んで開腹されたダフィノドンの内臓を興味深げに眺めていたリンが顔を上げて言った。「国連としては、まず安全第一を期することが人類に対する義務と考えているんです。何しろ、未知の文明との接触ですから。それで、上のほうでは、こういうことは専門家の仕事だと判断しているわけですよ」

ダンチェッカーは消毒機の蓋を荒々しく閉じ、隅の流しへ手を洗いに行った。

「〈シャピアロン〉号がガニメデにやってきた時、ホモ・サピエンス代表といえば、わたしの記憶する限り、UNSA木星探査隊の学者グループと技術陣だけだったよ」彼は皮肉を込めて言った。「それでも、学者、技術者は外交団として実に模範的だった。宇宙船が地球に着いた時にはすでにガニメアンとの間に完全に友好関係が樹立されていたじゃあないか。きみの言う専門家たちは何もしていない。ただ地球から、どうしろこうしろと愚にもつかないことを指示してきただけだ。そんなものは、誰も笑って相手にしなかったがね」

ハントはコンピュータ端末のディスプレイ・スクリーンでびっしり埋まった部屋の一隅からデスク越しにダンチェッカーに向き直った。「それが、国連のやり方にもそれなりの理屈があるんだ。わたしらのしていることがどれほどの大冒険か、きみは考えてみたこともないだろう」

ダンチェッカーはふんと鼻を鳴らして解剖台の傍に戻った。「何が言いたいのかね？」

「ここでアメリカが独自に行動を起こしてテューリアンを誘致しなかったら、ソヴィエトに先を越されてしまう。国務省が決断を下したからいいようなものの、そうでなかったら、わたしらはもっと用心しなくてはならないのだよ」ハントはこれまでの経緯を話して聞かせた。

「どうも話がよくわからないね」ダンチェッカーは納得しなかった。「用心することは何もないじゃあないか。ガニメアンはその精神構造のしからしむるところとして、わたしらであれ誰であれ、とにかく他人に危害を加えるという発想を持ち得ない。これはきみも知っているとおりだ。彼らは、要するにホモ・サピエンスをして今日あらしめている性質、気質をまったく持ち合わせていないのだよ」彼は空気を搔《か》きまわすような手つきで、ハントが何か言いかけようとするのを遮った。「テューリアンがその後まったく違った性質を獲得したのではないかというきみの考えは、まず杞憂《きゆう》と言っていい。人類の行動形態を決定する基本的な性向が確立されたのは何千万年前などというものではない。もっと昔、何億年も前に遡《さかのぼ》ることなんだ。わたしはミネルヴァの進化を詳しく調べたから自信をもって言えるがね、ガニメアンについてもその点は同じだよ。そのくらいの時間の尺度の中では、二千五百万年なんて僅《わず》かなものだ。きみが考えているような大きな変化は、とてもその程度の時間ではあり得ない」

「それはよくわかっているよ」ハントはきっかけを捉えて言葉を挟んだ。「きみの話は見当が違う。問題は別だよ。ありていに言って、今交信している相手はガニメアンではないかもしれない。そこが問題なんだ」

ダンチェッカーは一瞬目を丸くし、それから、ハントともあろう者がと言いたげに眉を顰《ひそ》めた。

「そんな馬鹿な。ガニメアンでなかったら何者だっていうんだ？　最初に月の裏側から発信したメッセージはガニメアン・コードだろう。それを受け取った相手がガニメアンではないと考える根拠が何かあるのかね？」

「今では、向こうは英語だよ。ところが、ロンドン発じゃあない」ハントは言った。

「ジャイスターから信号を送っているんじゃないか」ダンチェッカーは言い返した。「他の情況から察して、ガニメアンはジャイスターへ行ったと考えて間違いないのではなかったかね？」

「信号がジャイスターから出ているかどうか、そこはまだはっきりしないんだよ」ハントはダンチェッカーの誤りを指摘した。「相手はなるほどそう言っている。ところが、向こうは他にもずいぶんおかしなことを言ってきているんだ。こっちのビームは、たしかにジャイスターの方角に向けて発射しているがね、はたして太陽系をはずれた外側で、誰がそれを受信しているか確認する術《すべ》はないんだ。ガニメアンの中継衛星か何かが、わたしらの与《あず》かり知らない技術で信号を電磁波に変換しているということは、それはあり得なくもないよ。しかし、そうではない可能性もまた否定できないんだ」

「そんなむずかしい話じゃあないだろう」ダンチェッカーはいくらかうんざりした様子で言った。「ガニメアンはジャイスターへ移住する時、ある種のモニター装置を残していったのだよ。おそらく、知的生物の活動を捉えて、いち早くそれをジャイスターに伝えるようにプログラムされているんだ」

ハントは首を横にふった。「もしそうだとしたら、百年以上も前に無線電信に感応して装置は始動したはずだよ。人類だってとうの昔にそのことを知っていなければおかしいじゃないか」

ダンチェッカーはちょっと考えてからにやりと歯を見せた。「それこそ、わたしの言うとおりである証拠だよ。装置はガニメアン・コードだけに感応するんだ。人類がガニメアン・コードでメッセージを発信したのは今度がはじめてだろう。つまり、応答しているのはガニメアンに間違いないわけだ」

「しかし、向こうは英語で答えているんだよ。装置はボーイング製だとでも言うのかね?」

「言葉は地球を監視して覚えたのさ」

「同じようにしてガニメアン語をものにしたということも考えられるな」

「きみはどうかしているぞ」

ハントは両手をふりまわした。「いいかね、クリス。わたしはただ、事実をありのままに見ようと言いたいだけなんだ。現実に、思いもかけなかったことが起こりつつあるのかもしれないじゃあないか。きみは、相手はガニメアンに違いないと言う。実際、そのとおりかもしれないよ。しかし、そうではないかもしれない。それ以上のことは、わたしは何も言っていないよ」

「先生は御自分で、ガニメアンは謀略に訴えたり、事実を歪曲したりすることはないっておっしゃいましたね」リンが二人をなだめる口ぶりで割って入った。「ところが、何者であるかはともかく、現在交信中の相手は惑星間外交の樹立について、ちょっとまともとは思えない考え方をしているらしいんです。それに、最近の地球の情勢についても大変おかしな見方をしています。ですから、どうしても誰かが、どこかで誰かに虚偽の情報を提供しているに違いありません。これはガニメアンらしくないことじゃありません？」

ダンチェッカーは鼻で笑ったが、答をはぐらかすわけにもいかず、いささか閉口の体《てい》だった。サイドテーブルの端末がコール・トーンを鳴らして、彼は救われた。「ちょっと失礼」

ダンチェッカーはハントの前に手を伸ばして応答ボタンを押した。「わたしだが……」

ナヴコム司令本部のジニーからだった。「こんにちは、ダンチェッカー先生。そちらにハント博士がおいでですね、博士に急ぎの連絡です。グレッグ・コールドウェルから、直ちに知らせるように言われているものですから」

ダンチェッカーは場所を空け、ハントは椅子を回してスクリーンに向き直った。「やあ、ジニー。何の用だ？」

「J5から先生に連絡が入りました」ジニーは視線を手もとに落とした。「探査隊司令官、ジョゼフ・B・シャノンからです。読みますから、聞いて下さい。〝実験結果はそちらの予想どおり。追って資料を整理の上、伝送する。幸運を祈る〟」ジニーは顔を上げた。「お待ちかねの件ですね？」

ハントは喜びに顔を輝かせた。「そのとおりだ、ジニー。ありがとう。感謝するよ」

ジニーはにっこり笑ってスクリーンから消えた。

ハントは椅子をもとに戻して、きょとんとした二人を見上げた。「言い合いもこれまでだ。どうやら、遠からずはっきりしたことがわかりそうだぞ」

6

ジョルダーノ・ブルーノ観測基地の呼びものとも言えるのは、ギリシャ神話に登場する独眼の巨人キュクロプスの目を思わせる直径四百フィートの受信用大パラボラアンテナである。鋼鉄の格子を放物面に組み上げたパラボラは月の裏側の荒涼とした岩石砂漠に、星の降る暗黒の空を背景に聳《そび》えたっている。パラボラの笠は観測基地の景観を支配する月面の円型軌条に直径を隔てて相対する二本の可動式鉄塔に支えられている。彼方の星雲の微《かす》かな囁《ささや》きにじっと耳を澄ますアンテナの影は観測ドームとその周囲にかたまった建物群に縞目《しまめ》の布のように拡がり、さらに長く伸びて基地をはずれた向こうのクレーターや岩石の間に吸い込まれている。

カレン・ヘラーは二階建のメイン・ブロックの屋上に突き出た観測塔のガラス壁越しにパラボラアンテナを見上げた。彼女は一人きりになって頭の中を整理するためにやってきたのだ。十一名の委員から成る国連月裏面《ファーサイド》代表団の険悪な集会は今日もまた、いたずらに時を移すばかりでまとまりがつかなかった。新しく起こった問題は、信号を発しているのはガニメアンではないのではないかという懸念で、これは先週ヒューストンでハントが話したことを不用意に受け売りした彼女の失敗だった。ふり返ってみると、何と思ってその問題を持ち出したのか自分でもよくわからない。結果から言って、彼女の問題提起は事を遅らせようとしている一派にまたとない口実を与えただけである。後に頭を抱えているノーマン・ペイシーに彼女自身が話したとおり、それはいくらか風通しをよくしようという狙いで試みた荒療治ではあったのだが、彼女の計算は見事にはずれてショック戦術は不発に終わった。焦燥のあまり、彼女はいつになく冷静を欠いていたかもしれない。しかし、もうできてしまったことは仕方がない。ジャイスター宛の最新のメッセージは早急な受け入れの可能性を否定し、ただ言葉数が多いばかりで実のない外交辞令に終始するものだった。皮肉にも、国連側がこうした態度を続けていられること自体、ガニメアンであるかどうかはともかく、異星人が地球に対してかけらほどの敵意も抱いていない証拠だった。もし彼らがその気なら、丁重な招待を受けるまでもなく、乗り込んできて好き勝手にふるまうこともできたろう。考えれば考えるほど国連の方針は腑《ふ》に落ちず、ヘラーの疑惑は深まるばかりだった。国務省としても、ソヴィエトが何らかの形で国連を操り、自分たちに有利に事を進めようとしているという観測を強めざるを得ない。とはいえ、合衆国はヒューストンが木星を介して独自のチャンネルを開くまでは原則を貫かなくてはなるまい。それも、ヒューストンが成功すればの話だ。ヒューストンのほうがうまくいったとして、それまでにブルーノで事態の進展を図ろうとする努力が実らなければ、合衆国は業《ごう》を煮やして単独行動に出たのだと開き直ることができる。

傾いた太陽の光を受けて黒々と尖鋭《せんえい》な輪郭を見せているアンテナを仰ぎながら、彼女は今さらのように地球から二十五万マイルを隔てた不毛の砂漠にこのオアシスを築いた知識と発想、そしてそれを裏づける技術に驚嘆を禁じ得なかった。パラボラはそのような科学技術の象徴である。こうして彼女がふり仰いでいる今も、アンテナは密かに宇宙の果てを探っているのだ。かつて国家科学財団の学術顧問の一人から聞いた話によれば、一世紀前に電波天文学の幕が切って落とされて以来、世界中の電波望遠鏡が集めたエネルギーは、これを全部合わせても数フィートの高さから落とした煙草《たばこ》の灰ほどでしかないという。それにしても、現代の天文宇宙学が描き出した絵巻の何と絢爛《けんらん》たることだろう。中性子星、ブラックホール。X線連星。星雲分子のガスからなる宇宙……。それらはすべて、煙草の灰ほどでしかない僅《わず》かな電波に含まれた情報から再構築された知識なのだ。

科学者に対して、カレン・ヘラーは二つの相反する気持ちを抱いている。彼らの知的な仕事にはただ頭が下がるばかりだし、時には畏怖の念に襲われることなくこれを眺めることはできない。が、一方、彼女は心のどこかで、科学者たちが非生命の世界に逃げ込むのは一種の責任回避であるように思えてならない。本来その中でこそ彼らの知識が意味を持つ人間社会のさまざまな負担から科学者たちは逃避しているのではなかろうか。生物学者でさえ、生命を分子や統計の視点からしか考えようとしない。科学は一世紀前に人類の課題を解決する道具を造り出したが、他の者たちがそれを鍛えて真に目的達成の手段に作り変えようとする間、学界は手を拱《こまぬ》いて脇に控えていた。二〇一〇年代に入って国連が本当に世界に影響力を持つ超党派の機関であると認知されてはじめて、やっと戦略軍縮が実現し、超大国の資源はより安全な棲《す》みよい世界の建設に回されるようになった。

つい最近まで、人類の進歩と全能力開花を目指す世界的な努力の縮図であった国連が、進歩の矢印が示す道に横たわる障害物になるとは何と悲しむべきことだろう。それに、いったいどうしてそのようなことが起きるのだろう？　国家であれ、何かの運動であれ変革を促す欲求が満たされ、ひとたび安定期に入ればもはやそれ以上の変革は好まれない、というのが歴史の法則であるらしい。世界的規模で加速する時代の進歩に歩調を合わせてきた国連は、すでにあらゆる国家がいずれ体験する老化現象、「ぼけ」の段階に入っているのだろうか？

しかし、惑星たちは計算によって予知されたとおりの軌道を運行し、ジョルダーノ・ブルーノの観測機器に繋《つな》がれたコンピュータが描き出す運行パターンは不変である。だとすれば、カレン・ヘラーにとっての現実は、それこそが砂上の楼閣《ろうかく》だろうか？　科学者たちはもっと大きな不変の真実を求めて幻影を打ち払おうとしているのだろうか？　それはともかく、あのイギリス人科学者のハントやヒューストンで会ったアメリカ人が象牙の塔に籠《こも》って、浮世離れした知識を弄《もてあそ》びながらのんびりと生涯を送る人物だとは、カレン・ヘラーにはどうしても考えられないことだった。

星屑をちりばめた空の向こうから光の点が近づき、ゆっくりと大きく脹《ふく》らんで、やがてUNSAの月面輸送船の姿を現わした。タイコ（ティコ）からの定期便である。輸送船は基地のはずれに数秒間停滞してから、第三光学ドームと貯蔵タンクやレーザー・トランシーバーがかたまっている向こうにそろそろと降下した。ワシントン経由でヒューストンから送られた情報を携えて連絡員が乗っているはずだ。地球監視態勢の背後にガニメアンの技術が控えているとすれば、機密保持にどんなに気を配っても慎重にすぎるということはない。安全とされている情報チャンネルも使用を避けよという通達は今も厳密に守られている。ヘラーは踵《きびす》を返して、背後の壁のボタンを押してエレベーターを呼んだ。ほどなく、彼女は月面下三階の照明も眩《まばゆ》い真っ白な廊下に降り立って、ブルーノの地底迷路《ラビリンス》を中心部に向かって歩きだした。

いくつか先のドアからソヴィエト代表のミコライ・ソブロスキンが姿を現わし、彼女と肩を並べた。背が低く、ずんぐり太って頭は見事に禿《は》げ、顔は赤ん坊のように桃色である。引力の小さな月面でもソブロスキンの歩き方はぎくしゃくしてせわしない。ヘラーは一瞬白雪姫になったような気がした。しかし、ノーマン・ペイシーがこっそり見せてくれた人事記録によれば、ソブロスキンは元赤軍の中将で電子戦略および報復戦術を専門とし、その後長いこと防諜《ぼうちょう》活動に携わった男である。彼以上にウォルト・ディズニーの世界から遠いところにいる男はいないだろう。

「だいぶ前に、原子力空母の試運転で三ケ月間太平洋で暮らしたことがあるがね」ソブロスキンは言った。「どこへ行くにも、果てもない通路を潜《くぐ》っていかなくてはならないのだよ。途中に何があるか、半分もわからずじまいだった。この基地にいるとあれを思い出すよ」

「わたしはニューヨークの地下鉄」ヘラーは調子を合わせた。

「ほう。しかし、地下鉄と違って、ここではちょくちょく壁を清掃するね。資本主義の悪いところは、儲かることしかやらないことだ。つまり、汚れたシャツをきれいなスーツで隠しているようなものだよ」

ヘラーは穏やかに笑った。少なくとも、会議での対立がここまで持ち越されていないのは喜ぶべきことだ。基地の閉ざされた狭い空間で、いつも同じ顔触れが鼻を突き合わせているだけでも気が狂いそうになるのだから。

「タイコからシャトルが着いたわ」彼女は言った。「何かいい知らせはないかしら」

「ああ、シャトルが着いたのは知っているよ。モスクワとワシントンからまた明日の喧嘩《けんか》の種を送ってよこしたことだろう」

国連憲章は代表が本国政府から指示を受けることを禁じているが、この月の裏側では誰もそんなことを気にしない。

「あんまり厄介なことではないといいのだけれど」彼女は吐息を洩《も》らした。「今は全惑星の将来を考えるべき時でしょう。加盟国個々の政策は二の次よ」彼女は横目使いにそっとソブロスキンの反応を窺《うかが》った。今のところワシントンはまだ、国連がクレムリンに操られているという確証を摑《つか》んではいないし、ソヴィエトが自国の利益のために何かを画策しているかどうかもわかっていない。ソブロスキンは眉一つ動かすでもなかった。

廊下が尽きて二人はコモン・ルームに出た。本来はＵＮＳＡの士官食堂だが、今は臨時に国連代表団の休憩所にあてられている。室内の空気は生温《なまぬる》く澱《よど》んでいた。国連代表団の何人かと基地の常駐隊員たちが屯《たむろ》している。読書をしている者もあれば、チェスを囲んでいる者もいる。雑談しているグループもあり、奥のバーで飲んでいるグループもあった。ソブロスキンはそのまま部屋を突っ切って、各国代表のオフィスに使われているドアの向こうへ姿を消した。ヘラーも同じほうへ行こうとするところを、ニールス・スヴェレンセンに呼び止められた。スウェーデン代表で委員会の議長を務めている男である。スヴェレンセンは入口の近くで何人かと話をしていたが、彼女を見ると仲間から離れて寄ってきたのだ。

「やあ、カレン」彼はヘラーの腕を取って脇へ引き寄せた。「ずっと捜していたのだよ。今日の会議のことで、いくつか整理しておきたい点があってね。明日の会議事項をタイプする前に解決しなくてはならないので」

スヴェレンセンは瘦《や》せ形で見上げるような長身である。見事な銀髪を豊かに波打たせてきりりと背筋を伸ばしている姿を見ると、ヘラーはこの男こそ本当のヨーロッパ貴族の最後の生き残りに違いない、といつも思う。誰もがくだけた服装で通しているブルーノ基地で、彼だけは常にきちんとしたスーツ姿で、しかもその着こなしには一点の隙もない。そして、スヴェレンセンはどことなく世の中を見下している節がある。おまえたちとは役目柄、仕方なしに付き合っているのだ、とでも言いたげである。この男が傍にいるとヘラーはどうも打ち解けない。パリをはじめヨーロッパ各地で長く暮らしたことのある彼女はそれを文化の違いで片づけるにはあまりにも広く世の中を知りすぎている。

「あの、わたし、これから郵便を受け取りに行くところなの」彼女は言った。「一時間ほど待っていただけるようなら、またここへ来ますけど。何か飲みながら話してもいいし、奥のオフィスでもいいわ。重大なこと？」

「ちょっと議事進行の手続きに関することと、会議事項の中で厳密を期したいことが二、三あってね」スヴェレンセンは聴衆に呼びかけるような今しがたの態度とは打って変わって声を落とし、他の者たちにやりとりを聞かれたくないとでもいうふうに彼女の前に立ち塞がった。妙に馴々《なれなれ》しく、それでいて計算されたよそよそしさを感じさせる、胸に一物ある表情だった。スヴェレンセンに見つめられて、彼女は中世の荘園領主に睨《にら》まれた小女《こおんな》の気持ちを味わった。

「そのあとで、ちょっといいことを考えているんだ」彼は自信たっぷり、思わせぶりに言った。「食事をしながら相談しよう。その光栄に与《あずか》らせてもらえるならばね」

「食事はいつになるかわからないわ」ヘラーは言った。自分ながらまずい受け答えだと思った。「遅くなると思うの」

「そのほうが結構じゃないか。お互いに」スヴェレンセンはぬけぬけと言った。

ヘラーは不愉快だった。口では一緒に食事をさせてもらえれば光栄だと言いながら、彼の態度はまるで、有難《ありがた》く思えと言わんばかりだった。「会議事項をタイプする前に、っておっしゃったのではなかったかしら」

「そのほうは一時間後に片づけよう。そうすれば、あとでゆっくり食事を楽しめるし、それから、その……」

ヘラーは冷静を保つのに苦労した。スヴェレンセンはこともあろうに彼女を口説いているのだ。もちろん彼女とてお堅い一方というわけではない。生きてゆく間にはいろいろなことがある。しかし、自分の立場と場所柄をわきまえてもらいたい。

「あなた、何か考え違いをしていらっしゃるようね」彼女はそっけなく言った。「仕事の話でしたら、一時間後に。それじゃあ、これで失礼します」スヴェレンセンが素直に引き下がれば、それきり忘れてしまえることだった。

ところが、彼は引き下がらなかった。彼は一歩すり寄った。ヘラーは思わず後退《あとずさ》った。

「きみは実に知性的だし、意欲もある。もちろん、女性としても素晴らしいよ、カレン」彼はそれまでの気取りを捨てて、ひそひそ声で言った。「今はいろいろと機会が開かれている時代だ……特に、力のある人間とうまく付き合えばね。わたしはきみの役に立てると思うよ。わたしと付き合って、決して損はないんだ」

何という思い上がりだろう。「見損なわないでいただきたいわ」ヘラーはあたりの注意を引くことを嫌って声を殺した。「これ以上、そんな話は聞きたくありません」

スヴェレンセンは、こんなことは毎度お馴染《なじ》みで飽きあきしているとでもいうふうに涼しい顔だった。

「考えておくことだね」彼は言い捨てて、ふらりともとの仲間に戻った。金を払って切符を買った。彼にとってはそれだけのことでしかなかった。ヘラーは憤懣《ふんまん》やるかたなかった。煮えくり返るような怒りを堪《こら》えながら、何気ないふうを装って歩くのは並たいていの苦労ではなかった。

合衆国代表部のオフィスでノーマン・ペイシーが彼女を待ち受けていた。興奮を抑えかねてじっとしていられない様子だった。

「ニュースだ！」ヘラーの姿を見るなり彼は叫んだ。が、彼女のただならぬ気配に、ふっと眉を曇らせた。「おい、何だかむずかしい顔をしてるな。どうしたんだ？」

「何でもないの。ニュースは何？」

「今しがた、マリウスクがここへ来たんだ」

グレゴーリ・マリウスクはブルーノ基地の天文部長を務めるソヴィエト人で、常駐スタッフの中でもジャイスターとの交信について知る特権を与えられた数少ない関係者の一人である。

「一時間ほど前に信号が入ったのだがね、これがわれわれに宛てられたものではないというんだ。二進法のコードでね。マリウスクにもさっぱり中身がわからないそうだ」

ヘラーは浮かぬ顔でペイシーを見返した。地球上、ないしは地球に近いどこかから何者かがジャイスターに交信を求め、そのことを他には内密にしようとしているとしか考えられない。「ソヴィエトかしら?」彼女は陰にこもって尋ねた。

ペイシーは肩をすくめた。「何とも言えんね。スヴェレンセンは緊急会議を招集するだろう。ソブロスキンは飽くまでも白《しら》を切るな。しかし、わたし個人の考えを訊かれれば、ソヴィエトに違いないよ。ひと月分の給料を賭けてもいい」

ソヴィエトにしてやられたにしてはペイシーの弾んだ声はどうだろう。彼女が入ってきた時の、あの浮きうきした態度も今の話とはちぐはぐである。

「他には?」彼女は密かな期待をもって尋ねた。

ペイシーは堪えきれずに、口が耳まで裂けるような顔で笑った。彼は傍らのテーブルに開いた郵便行囊《クーリエズ・バッグ》から一級《ひとつづり》の書類を取り出し、勝ち誇ったように高くかざして叫んだ。「ハントはやったよ! 木星を介して交信に成功したんだ! 一週間後には着陸の段取りができている。テューリアンは来ると返事をしたんだよ。アラスカの今は使用されていない空軍基地だ。受け入れ態勢はすっかり整っている」

ヘラーは彼の手から書類を引ったくるようにして目を走らせた。安堵《あんど》と歓喜が胸にこみ上げてきた。「こうなればこっちのものね、ノーマン」彼女は声にならぬ声で言った。「ソヴィエトに負けるもんですか」

「国務省はきみを召還したよ。約束どおり、きみはテューリアン一行歓迎委員会の一員だ」ペイシーは溜息《ためいき》をついた。「何度も月と地球を往復した甲斐《かい》があったね。わたしはきみのことを思いながら、こっちで留守を預かる損な役回りだ。行けるものなら一緒に行きたいよ」

「じきに順番が回ってくるわ」ヘラーは言った。何もかもが輝いて見えるようだった。彼女はふと書類から顔を上げた。「ねえ、いいことがあるわ。今夜、二人でお祝いの食事をしましょう。いつまた会えるかもわからないから、送別会もかねて。シャンペンと上等のワインを開けて、ここの冷蔵庫にある限り最高のトリを料理してもらうのよ。ねえ、どう？」

「そいつはいいね」ペイシーはうなずいてからちょっと思案げに顎をさすった。「しかし……少々考えものじゃあないかな？　つまりね、一時間前に未確認信号が入った矢先だろう。何を祝っているのか、変に思われやあしないかね？　スヴェレンセンはソヴィエトではなくて、わたしらが闇取引をしていると勘繰るぞ」

「だって、事実そのとおりでしょう」

「うん、まあ、それはそうだが……こっちは立派な理由があるんだ。抜け駆けとは違うよ」

「だったら何とでも思わせておけばいいのよ。わたしたちに疑いがかかっていると思えば、ソヴィエトは何となく安心して、あまり行動を急がなくなるのではないかしら」何やら別のことに思い至ったか、ヘラーの目に隠微な満足の色が浮かんだ。「スヴェレンセンはどうなりと、自分の好きに考えればいいんだわ」

7

ハントはUNSA支給の防寒ジャケットにキルティングのズボン、スノウブーツという出《い》で立《た》ちで、同じように着膨《きぶく》れた小集団に囲まれてマクラスキー空軍基地のコンクリートのエプロンに立っていた。彼らは白い息を吐きながら足踏みをして体を暖めていた。マクラスキー基地は北極圏を百マイル入ったベアード山脈の裾野である。前日来あたり一面に立ち込めていた霧もようやく晴れて、薄雲を透して太陽が白茶けた光円を覗《のぞ》かせ、あたりの景色もぼんやりとながら灰色の濃淡を描いていた。一行の背後の、半ば廃墟《はいきょ》と化した建物にも人の気配があったが、関係者のほとんどは急遽《きゅうきょ》修復されたもと食堂の仮宿泊所と作戦司令所に集まっていた。UNSAの航空機や地上車はエプロンのはずれに山と積まれた物資や機材の陰に待機し、記念すべきこの場の情景を録画すべく、特に選ばれたUNSAの広報部員たちがカメラとマイクの砲列を敷いて後方に控えていた。司令所は地域のレーダー網と地中ケーブルで結ばれ、ガニメアン宇宙船を誘導するホーミング・ビーコンも設置されていた。基地の空気はただならぬ緊張を孕《はら》み、時折りフェンスの向こうの凍結した沼をかすめて飛ぶミツユビカモメの鳴き声と、トレーラーに積まれた発電機の唸《うな》りの他は静寂を破るものとてなかった。

マクラスキー基地は合衆国領内にあってどこよりも人口密集地から遠く、また幹線航空路から離れた場所である。とはいえ地上の一点である以上、監視衛星の目を逃れることはできない。ガニメアン宇宙船を密《ひそ》かに迎えるために、UNSAは新型宇宙船の大気圏再突入試験が行なわれると内外に発表し、航空各社およびその他の団体に、追って連絡あるまで同基地周辺を航行する飛行機は迂回《うかい》するように通告した。また、地域のレーダー管制官らが異常な動きに慣れるように、UNSAはこの数日間ふいに飛行計画を変更してアラスカ上空に不規則に各種の飛行機を航行させた。ここまで手をつくせば、あとはもう、出たとこ勝負で成り行きに任せるしかなかった。恒星間宇宙船の着陸という異例の事件をはたして地上の観測者の目から隠しおおせるかどうかはまったく予想も立たぬことである。まして、異星人の進んだ監視システムが相手となると、対策を講じようにも何をどうすればよいやら、手のつけようもなかった。しかし、何者であるかはともかく、木星を介して交信した相手は合衆国側の措置に満足の意を表し、あとは自分たちに任せろと言ってきた。

最後のメッセージでアメリカは歓迎委員会の顔触れとその簡単な経歴、それに委員会に選ばれた理由を伝えた。異星人はそれに応《こた》えて地球との交歓に指導的役割を担う三人の名前を知らせてきた。筆頭のカラザーはテューリアンとそれに従属する世界の政府代表で、地球で言えば大統領に最も近い存在であると説明されていた。次いで女性大使フレヌア・ショウム。テューリアン世界にあっては各惑星領域間の調整役である。もう一人、ポーシック・イージアンは科学産業経済担当の、地球で言えば大臣職にある人物である。この三人の他に誰が来るのか、あるいは、一行はこの三人きりなのか、異星人のメッセージはその他について何も明らかにしていなかった。

「〈シャピアロン〉号が地球へ来た時とは天と地の違いだね」ダンチェッカーは殺風景な基地を見渡して、物足りない口ぶりで言った。〈シャピアロン〉号がレマン湖畔に降り立った時には何万という群衆が歓呼で迎え、その模様は生中継で地球全土に伝えられたのだ。

「ガニメデの基地を思い出すよ」ハントは答えて言った。「これでヘルメットをかぶって、その辺に宇宙フェリーのヴェガでもいればガニメデの景色とさして変わらない。新しい時代の幕開きがこれだとはね」

ハントを中に、ダンチェッカーとは反対側に立ったリンは毛皮の裏の大きすぎるフードに顔を埋め、両手をポケットに深く突っ込んで、氷のようになった雪の塊を踏み潰した。「もうそろそろよ。ブレーキはちゃんときくんでしょうね」

すべてが打ち合わせどおりなら、宇宙船は二十四時間前に二十光年も離れたテューリアンを飛び立っているはずだった。

「ガニメアンに関する限り、事故の心配は無用だよ」ダンチェッカーが自信たっぷりに言った。

「事実ガニメアンだとすればの話だね」ハントは条件をつけた。もっとも、今はもう彼もそのことを疑っていない。

「ガニメアンでなかったらお目にかかるよ」ダンチェッカーはじれったそうにふんと鼻を鳴らした。

彼らの後ろにはカレン・ヘラーと合衆国国務長官、ジェロール・パッカードがむっつりと黙りこくって立っていた。ガニメアンであると否とにかかわらず、異星人は友好的であると主張して誘致作戦を進めるように大統領を説き伏せたのはこの二人である。その判断が誤りなら、二人は合衆国史上最大の失策を演じることになる。大統領は自ら基地に赴《おもむ》いて異星人を出迎えたい意向を示したが、重要人物が何人も一時《ひととき》にワシントンを不在にしてはいらざる疑惑を招くと側近たちに説得されて、渋々思い止《とど》まった。

高い支柱に取りつけられた拡声機から作戦管制官の声が響き渡った。

「レーダー・コンタクト！」

ハントのまわりの者たちは傍目《はため》にもはっきりそれとわかるほど一斉に体を硬くした。一同の後方ではＵＮＳＡの技術者たちが緊張の面持ちで何かと最後の準備に追われていた。再び管制官の声が響いた。

「西方二十二マイル、高度一万二千フィートの上空を時速六百マイルから減速しつつ接近中」

ハント以下、エプロンの一同は思わず空をふり仰いだが、雲のかかった空には動くものの影一つ認められなかった。

一分間が何倍もの時間に感じられた。

「五マイルに接近」管制官が言った。「五千フィートに降下。間もなく視界に入る見込み」

ハントは心臓が躍《おど》り狂《い》うようだった。凍てつく寒さにもかかわらず、分厚い防寒服が息苦しかった。リンは彼に腕をからげて体をすり寄せた。

西の山から吹き降ろす風が微《かす》かな音を運んできた。音はほんの一瞬彼らの耳をかすめて遠ざかり、次に聞こえた時は前よりずっと近くはっきりしていた。音はゆっくりと脹れ上がり、底力のある排気音に変わった。耳を傾けながら、ハントははてなと眉を顰《ひそ》めた。彼はあたりを見回した。ＵＮＳＡの技術者たちも狐につままれたように顔を見合わせていた。何かがおかしかった。耳馴《みみな》れた音は、とうてい恒星間宇宙船のものとは思えない。基地内にじわじわと拡がったざわめきは、雲を突き抜けてまっすぐに降下してくる黒い機影にふっつり跡絶《とだ》えた。それはボーイング1227超音速VTOL中距離輸送機であった。UNSAが汎用輸送機として地球上で広く使用している機種である。エプロンに高まった緊張はたちまち堰《せき》を切って、罵声《ばせい》悪態の波に変わった。

ヘラーとパッカードの後ろでコールドウェルはどす黒い怒りに顔を歪め、うろたえたUNSAの士官に激しく向き直った。「この空域は航行禁止のはずだぞ」

士官はなす術《すべ》もなく、ただ首を横にふるばかりだった。「もちろんです。どうしてこういうことになったか……誰かが、その……」

「早くあの馬鹿者を追い払え！」

自分が怒鳴りつけられては間尺《ましやく》に合わないという顔つきで、士官は俄《にわか》造りの司令所に駆け込んだ。どさくさに拡声器のスイッチを切り忘れたのであろう、管制室内のやりとりがそのまま外に流れた。

「どうしようもないんだ。全然応答しないんだから」

「緊急時周波数を使え」

「そんなことはとっくにやったよ。うんでもなきゃあすんでもない」

「どうなってるんだ、いったい？　おかげでこっちはコールドウェルにどやしつけられたんだ。イエロー・シックスを呼び出して相手を確認しろ」

「それもやったよ。向こうでもわからん。ＵＮＳＡの飛行機だと思ったそうだ」

「野郎、その電話をこっちへ貸せ！」

飛行機は沼沢地のはずれで姿勢を水平に直し、マクラスキーの管制塔から打ち上げるまっ赤な警告用の閃光弾《せんこうだん》をものともせずにぐいぐい近づいてきた。やがて、減速しながら歓迎委員会一行のすぐ手前に達した飛行機はちょっとその場に静止してから、コンクリートのエプロンに向かってそろそろと降下しはじめた。ＵＮＳＡの士官や地上作業員が腕を交差させて着陸不可の合図をしながらばらばらと飛び出したが、それも無視して飛行機が接地すると、彼らはまるで蹴散らされたように後退《あとずさ》った。コールドウェルは機首の直下に詰め寄って、コクピットに向かってしきりに合図するＵＮＳＡの男たちに命令を発しながらつかつかと進み出た。

「なっとらんね」ダンチェッカーは吐き捨てるように言った。「こんなことがあっていいはずのものじゃあないんだ」

「マーフィは休暇から戻ったようね」リンはがっかりした顔でハントに耳打ちした。が、ハントは彼女を黙殺した。彼は何とも言えぬ妙な顔つきでボーイングを見つめていた。目の前で不思議なことが起こったのだ。ボーイングはこの数日間の準備作業で踏み荒らされ、泥濘《ぬかるみ》のようになった雪の上に降下した。にもかかわらず、雪は散りもせず、蒸気となって噴き上がりもしなかった。つまり、ボーイングは逆噴射を使わなかったのだ。外見はたしかに１２２７だが、推進機構が違う。それに、地上で大騒ぎしている男たちに対してコクピットからは何の反応もない。それもそのはずだ。ハントの見間違いでない限り、コクピットは空っぽなのだ。はたと膝を叩いてハントはにんまり顔をほころばせた。

「ヴィック、どうしたの？」リンが尋ねた。「何がおかしいの？」

「監視されている飛行場の真ん中でこっそり何かをやるにはどうしたらいい？」ハントはボーイングを指さした。さらに言葉を続ける閑《ひま》もなく、生《き》っ粋《すい》のアメリカ人と思われる声がエプロンの向こうから朗々と響き渡った。

「テューリアンを代表して地球の皆さんに御挨拶《あいさつ》申し上げます……。どうもお待たせいたしました。それにしても、あいにくのお天気ですね」

ボーイングのまわりに群がっていた男たちは電気に打たれたように棒立ちになった。沈黙があたりを覆った。と、今聞いた言葉の意味がじわじわと浸透して、男たちは一人また一人と左右に首をふり、互いに声もなく顔を見合わせた。

これが恒星間宇宙船だろうか？〈シャピアロン〉号は全長半マイルの聳《そび》えたつ巨塔だったではないか。一同はボーイングを前にして、月面タイコ基地で年老いた小女《こおんな》の演ずる自転車の曲乗りを見るような気持ちに襲われた。

機首に近い昇降口のドアが開き、梯子《はしご》がするすると地面に伸びた。基地中の視線が昇降口に集まった。UNSAの士官や地上作業員たちはゆっくりと後へ退《さ》がり、入れ替わってハントら三人、一歩遅れてヘラーとパッカードがコールドウェルの背後にゆっくり進んで、曖昧に立ち止まった。ずっと後方ではカメラの砲列がぴたりと昇降口を狙って次の動きを待ち構えていた。

「どうぞ、お入り下さい」同じ声が一同を促した。「そんなところにいて、風邪を引いたらつまらないでしょう」

ヘラーとパッカードは困惑に目を見交わした。ワシントンでの打ち合わせにこんな場面はなかった。

「ぶっつけ本番で行くしかないね」パッカードは低く言い、自信ありげに笑ってみせようとしたが、笑いはついに顔までは拡がらなかった。

「ここがシベリアでないのがせめてもの慰めね」ヘラーは押し出すように言った。

ダンチェッカーは得意然としてハントをふり返った。「あれがガニメアンのユーモアでないとしたら、わたしも特殊創造説に宗旨を変えるよ」

異星人は事前に宇宙船擬装のことを連絡してきてもよかったはずだ、とハントは内心思った。しかし、彼らはちょっとしたいたずらで地球人をあっと驚かせたい誘惑に勝てなかったのだ。それに、格式張った形を整える閑はなかったであろう。なるほど、これはガニメアンのやりそうなことだ。

UNSAの男たちが左右に分れて道を空け、一同はコールドウェルを先頭にゆっくりと前に進んだ。ハントより数歩先に立ったコールドウェルは、梯子の下に行きついて、ひゃあっと頓狂《とんきょう》な声を発した。彼はふわりと宙に浮き上がっていた。他の者たちはぎくりと足を止めた。コールドウェルは梯子に足を触れることもなく、次の瞬間には息も乱れず昇降口に立っていた。ふり返った時はいくらかうろたえを見せていたが、すぐに落ち着きを取り戻して、コールドウェルはことさらむずかしい顔で言った。「おい、何をぐずぐずしている？」

次はハントの番である。彼は深呼吸して気を静め、ぐいと肩をそびやかして足を踏み出した。

何とも言えず暖かく快《こころよ》い刺激が全身を包んだ。体の重みがなくなって、何かに吸い寄せられるのを感じた。足の下を梯子が流れたと思う間もなく、彼はコールドウェルの隣に立っていた。コールドウェルは異様な目つきで彼の顔を覗《のぞ》き込んだ。ハントはもはや疑いを持たなかった。これはボーイング1227ではない。

狭い昇降口を囲う透明な琥珀《こはく》色の壁に柔らかい光があふれていた。後部寄りのドアの奥からは一段と強い光が洩《も》れていたが、その向こうに何があるかはその位置からではわからなかった。ハントがざっとそこまで様子を摑《つか》んだところへ、リンが宙を飛んで隣へふわりと降り立った。

「喫煙席ですか、それとも禁煙席ですか？」ハントは言った。

「キャビン・アテンダントはどこ？　ブランデーをお願いしたいのだけれど」

昇降口の外でダンチェッカーのおろおろ声がした。「どういうことだ、これは？　この拷問の仕掛けを何とかしてくれ！」

ふり返ると、ダンチェッカーが梯子から数フィート離れた宙に浮かんで手足をばたつかせていた。「冗談じゃない。早く降ろしてくれ！」

「入口を塞がないで下さい」どこからともなく、最前《さいぜん》の声が聞こえた。「順に詰めて、場所を空けてくれませんか？」

ハントたちは奥のドアのほうへ進んだ。そのあとへ、ダンチェッカーはぷりぷり腹を立てながら舞い込んだ。ヘラーとパッカードがやってくる間に、ハントとリンはコールドウェルに続いて後部に通じるドアを潜《くぐ》った。

そこは奥行二十フィートほどの狭い通路で、突き当たりにもう一つドアがあった。ドアは閉まっていた。左右は床から天井に達する間仕切りで小間割りされ、ちょうど通路を隔てて電話ボックスが向かい合わせに並んだ形だった。彼らはおそるおそる通路を進んだ。小間《キユービクル》の中は全部同じ造りで、通路に向かってゆったりとした赤いクッションの寝椅子があり、虹色の水晶に似た素材を象嵌《ぞうがん》したパネルと、何のためともわからぬ複雑精微な機械装置が金属のフレームに支えられて寝椅子を囲んでいた。異星人の気配はどこにもなかった。

「本船へようこそ」また声がした。「皆さん、それぞれ席にお着き下さい。そろそろはじめましょう」

「その声は誰だ？」コールドウェルがあたりを見回して尋ねた。「自己紹介してくれると有《あり》難《がた》いのだがね」

「わたしはヴィザーです」声が答えた。「もっとも、わたしはパイロット兼船室係にすぎません。あなたがたとお会いするはずの者たちは、間もなくここへ参ります」

異星人たちは突き当たりのドアの奥に控えているのだ、とハントは想像した。どうも勝手がわからない。彼は〈シャピアロン〉号がガニメデ上空の軌道に現われた直後にはじめて同号上でガニメアンと出会った時のことを思い出した。あの時も、ちょうど今と同じように通訳の声を介して異星人と接触したのだ。声の正体は〈ゾラック〉と呼ばれる超機能コンピュータ・システムであった。コンピュータは船内のいたるところにさながら神経系統のように入出力端末の網を持ち、宇宙船のほぼあらゆる機能をつかさどっていた。

「ヴィザー……」ハントは声を張り上げた。「きみはこの船内蔵のコンピュータ・システムか?」

「そう言ってもいいでしょう」ヴィザーは答えた。「ここまでがこちらの手が届く限界です。そこにシステムのごく一部が延長されています。システムそのものはテューリアン以下、この惑星系全体に拡散しているのです。あなたがたはそのネットに接続しているわけです」

「じゃあ、この宇宙船は単独で機能しているのではない、ということかな?」ハントは尋ねた。「きみは、ここことテューリアンの間をリアルタイムで結んでいるのか?」

「そのとおり。そうでなかったら木星からのメッセージに応答できるはずがないでしょう」

ハントは度肝を抜かれた。ヴィザーの答は恒星宇宙間に張りめぐらされた通信網がほとんどゼロに等しい時間差で情報を伝達していることを意味する。つまり、ことエネルギーに関する限り、ナヴコムのポール・シェリングとさんざん頭をひねった恒星間瞬間移動は理論的に立証されたばかりか、現にこうして実用の域に達しているわけだ。コールドウェルが茫然《ぼうぜん》自失したとしても無理はない。これにくらべたら、ナヴコムはまだ石器時代である。

気がつくと、ダンチェッカーがすぐ後ろで物珍しげにあたりを見回していた。ヘラーとパッカードはちょうどドアを抜けて入ってきたところだった。リンはどこへ行ったのだろう？ハントの無言の尋ねに答えるかのように、すぐ脇のキュービクルの奥でリンの声がした。

「ねえ、とってもいい気持ち。これなら、一週間や二週間このままでもいいわ」

ふり返ってみると、リンは早々と椅子に寝そべって陶然としていた。ハントはコールドウェルと顔を見合わせ、ちょっとためらってから手近のキュービクルに入って、微妙な曲面を描く寝椅子の窪みに体を沈めた。椅子はガニメアンではなく、地球人の体格に合わせてあるようだった。ハントは大いに関心をそそられた。彼らはこのために、僅《わず》か一週間で宇宙船を準備したのだろうか？　いかにもガニメアンのやりそうなことだ。

再び、何とも言えず暖かく快い刺激が全身を包んだ。ハントは眠気を催し、自然に頭を枕に預けた。かつて味わったことのない恍惚《こうこつ》を覚えて、彼はふと、もうこのまま寝たきりになってもいいと思った。夢見心地で向こうを見ると、女の姿がぼんやりと浮かんでいた。誰だったか、名前を思い出せなかった。並んで立っているのは、たしかワシントンから来たどこやらの省の長官だ。二人は不思議そうにハントを見下ろしていた。「やってごらんなさい。なかなか具合がいいですよ」ハントは自分の声を遠くに聞いた。

意識のある部分では今しがたまではっきり物を考えていたという自覚があったが、何を考えていたのか思い出すことができなかった。そんなことはどうでもいい気分だった。意識はばらばらに分解してしまい、全体としてまとまって機能しなくなっていた。ばらばらになったそれぞれが勝手に動き出すのを彼はどこか離れたところから他人ごとのように眺めている気持ちだった。これでは困るではないか、と意識のある部分が言い、そのとおりだ、と別の部分が相槌《あいづち》を打った。にもかかわらず、彼はいささかも痛痒《つうよう》を感じなかった。

視覚に異常な変化が起こっていた。見上げる天井が突然形を失ってもやもやと流れだしたと思う間もなく、輪郭のさだかでない奇妙な形にまとまって収縮膨張を繰り返し、一旦消え去ってから、今度は前よりも明るく見えだした。色の狂ったコンピュータ・ディスプレイのように、一瞬あたりのものがもとの色の補色に見え、ふっとまたすべてが常態に戻った。

「御迷惑でしょうが、準備の都合がありまして」どこかでヴィザーの声がした。少なくとも、ハントはヴィザーの声だと思った。耳を刺すような高音から何オクターヴも落ち込んで唸りとも囁《ささや》きともつかぬ低音になるその声の言うことは聞き取りにくかった。「この過程は……」そのあとはまるで何だかわからない。「……一時的なものです。そのあと……」またしばらく歪《ゆが》んだ音が続いた。「……すぐにおわかりいただけるはずです」最後のところは普通に聞こえた。

ハントは体が寝椅子に強く押しつけられるのを感じた。着ているものが肌に貼りつくようだった。息をすると、鼻孔を空気が流れるのがわかった。体が痙攣《けいれん》して彼はどきりとした。が、気がついてみると体は少しも動いてはいなかった。痙攣と思ったのは全身の皮膚感覚にめまぐるしい変化が起こっているせいらしかった。体中がかっと熱くなり、それから冷たくなり、痒《かゆ》みを覚え、次いでちくちくした。皮膚の感覚が失われた、と思ったが、その時はすでに異常は去っていた。

何もかもがすっかりもとのとおりに返った。意識は一つにまとまって、全身が正常に機能しはじめた。ハントは指を動かしてみた。体中に浸透していた目に見えないゲル状のものは跡形もなく消え去っていた。彼はそろそろと片方の腕を、続いてもう一方を上げてみた。どこもおかしいところはなかった。

「どうぞ、お起き下さって結構です」ヴィザーが言った。ハントはそっと床に足を降ろし、通路へ出た。他の者たちも同じように何が何やらさっぱりわからないという顔つきで次々に姿を現わした。突き当たりのドアは前のとおりぴたりと閉まったままだった。

「今のはいったい何の真似かね？」ダンチェッカーが柄になく寝惚《ねぼ》けたような顔で尋ねた。

ハントは黙って首を横にふるしかなかった。

ふいに背後でリンの声がした。

「ヴィック」

たった一言だったが、そのただならぬ響きにハントははっとふり返った。リンは飛び出すばかりに目を剝《む》いて彼らが最初に入ってきたドアのほうを見つめていた。その視線を辿《たど》ってハントもドアに目をやった。

戸口を塞いで見上げるばかりのガニメアンが立っていた。濃緑のチュニック上下に短めのケープか、大きめのジャケットとでもいうべきものをはおっている。ガニメアン特有の長く尖《とが》った顔の中で、潤いのある薄紫の目が地球人の一行をひと渡り見回した。互いに相手の出方を窺《うかが》う恰好で、短い沈黙が流れた。やがて、ガニメアンは言った。「わたしはブライアム・カラザーです。お待ちしていたとおりの方々ですね。どうぞ、こちらへおいで下さい。挨拶を交わすには、ここは少々窮屈ですから」

ガニメアンは言うだけ言うと踵《きびす》を返してドアの向こうへ姿を消した。ダンチェッカーはぐいと顎を突き出し、思いきり背筋を伸ばしてその後を追った。リンがちょっと遅れてそれに続いた。

「そんな馬鹿な」ハントがリンの後から行きかけようとするところへダンチェッカーの声が聞こえた。頑《かたく》なに理性にすがりつき、五感が捉えたものを何としても認めまいとする抵抗の声らしかった。次いでリンがあっと息を呑んだ。ドアを抜けて、ハントはすぐにそのわけを知った。彼はカラザーが機首寄りの船室からやってきたものと思い込んでいた。が、そんな船室はどこにもなかった。もとより船室など必要ない。ガニメアンたちは船外だった。マクラスキー空軍基地も、アラスカも、北極もそこにはなかった。ハントの目の前に、地球とは似ても似つかぬ世界が拡がっていた。

8

航空機であるか恒星間宇宙船であるかはともかく、ハントたちの乗った異星の乗りものはもはやひらけた屋外に停留してはいなかった。そこは、琥珀《こはく》色やくすんだ緑色の光を帯びた斜面や浮床が目もくらむほどの複雑さで錯綜《さくそう》する宏大なコンコースの中だった。通路や回廊、立坑などが大小さまざまな角度で立体交差し、入り組みながら一点に集まったその中心にハントはいるようであった。重なり合い、絡み合う空間は八方に拡がって、上下左右、遠近高低の感覚はまるで通用しなかった。エッシャーの絵の中に迷い込んだかのように、一つの面がある所では床であり、別の所では壁であり、また他の場所では天井になっている矛盾に満ちた空間でハントは必死に正気を保とうとしたが、目に映るものがことごとく彼の常識を裏切った。壁面はよじれて裏返しになり、かと思うと二つの面が直角に交わり、あるいはいつの間にか一つに融け合って新たな面を作り出していた。そのあちこちでガニメアンたちがいかにも勝手知った様子で立ち働いている。ハントは方向感覚を失い、ついには頭が働かなくなって考えることを放棄した。眼前の光景は彼の理解を超えるものだった。

ドアから少し離れたところに十数人のガニメアンがかたまり、先程カラザーと自己紹介した一人がやや手前に立っていた。彼らはハントたちを待っているらしかった。一呼吸あって、カラザーはハントに向かって手招きした。何が起こっているのかわからないまま、ハントは僅《わず》かに、催眠術をかけられたかのように自分が何かに引き寄せられ、ドアを抜けて床の上を歩きだすのを感じた。

たちまちあたりはめまぐるしく回転する色彩の渦と化し、その中心に吸い込まれたハントはごく身近な範囲で辛《かろ》うじて保ち得ていた方向感覚すら失った。千人もの泣き女の叫喚かと思われる異様な音が彼の耳を圧倒した。彼は網膜を突き破るような光の雪崩《なだれ》に捉えられていた。

渦は螺旋《らせん》状のトンネルになり、その中をハントは加速しながら突き進んだ。前方の暗黒の果てから名状し難《がた》い形をなす光の塊が迫っては彼の目の前で炸裂《さくれつ》した。ハントは生まれてはじめて心から恐怖に襲われた。恐怖は神経をずたずたに切り刻んで彼の思考力を奪った。自分の意志ではどうにもならず、目を覚ますことすらできない悪夢であった。

トンネルの向こうに黒い出口が見えた。それが急速に近づいたと思うと、光の渦はふっと消え去った。トンネルを出たところは果て知れぬ宇宙空間であった。星屑を浮かべた黒い宇宙の深淵である。ハントは何事もなかったように満目《まんもく》の星を眺めていた。

いや、気がついてみると、そこは室内で、彼が眺めている星は大きな壁面スクリーンに映し出されたものであった。あたりは暗く、ものの形もさだかでなかったが、そこはある種の制御室と思われた。人の気配がする……地球人だ。ハントはふるえを抑えることができなかった。冷たい汗が衣類を濡らすのがわかった。しかし、恐怖はいくらか去って思考力も回復しかけていた。

スクリーンの中央を、何やら明るいものが向こうから星々を背景に接近してくるところだった。どこかで見たことがある。かつてこれとまったく同じ体験をした、とハントは思った。スクリーンの横合いから、金属光沢を放つ大きな物体の一部が前景に迫り出《せ》した。スクリーンの外からぼうっと赤い光がその表面を照らしていた。どうやら、映像を捉えているカメラがその物体に載っているらしい。してみると、ハントは今、宇宙船の司令室でスクリーンに映し出された飛行物体の接近を見守っているのだ。しかも、彼は以前これとまったく同じ情況でスクリーンの前に立ったことがある。

スクリーン上の飛行物体はみるみる大きさを増した。が、それがはっきりと輪郭を現わすのを待つまでもなく、ハントには正体が知れていた。〈シャピアロン〉号である。彼は一年前のJ5の司令室内に引き戻され、はじめてガニメデの上空に接近する〈シャピアロン〉号を見守っているのだ。彼はUNSAの資料室《アーカイヴ》からこの時の録画を持ち出して何度再生したかわからない。目をつぶっていても次に何が起こるか細部に至るまで残らず人に話せるほどである。宇宙船は徐々に減速し、やがて五マイルほど向こうで相対速度をゼロに保ちつつ、J5と平行する軌道に漂駐した。向きを変えて横腹を見せた全長半マイルの宇宙船は航空宇宙工学の極致とも言うべき、実にほれぼれするほどの美しい曲線を持っていた。

続いてハントのまったく予期せぬことが起こった。スクリーンの一方の端から尾部を輝かせた一基の誘導弾が飛び出し、〈シャピアロン〉号の機首をかすめたと見る間に、至近距離で火の玉と化して砕け散った。ハントは目を疑った。これはなかったことである。

スクリーンから声が響いた。アメリカ軍将校特有のきびきびと歯切れの良い声だった。

「警告ミサイル発射。一斉攻撃用意。目標追尾中。Tビーム、ニアミス・パターンで待機。駆逐艦隊、密集掩護《えんご》隊形で接近中。異星船が回避を試みたら発砲せよ」

ハントは目を覚まそうとでもするかのように首をふって左右を見回した。まわりの者たちは彼の存在を無視している様子だった。
「違う！」彼は叫んだ。「こんなふうじゃなかった。これはでたらめだ！」まわりの者たちはふり向きもしなかった。

スクリーン上に恐ろしげな形をした黒い駆逐艦が群がり、八方からガニメアン宇宙船を包囲した。

「異星人より応答」抑揚のない声が流れて来た。「駐留軌道《パーキング・オービット》に降下開始」

ハントは今一度抗議の叫びを上げてスクリーンに駆け寄り、司令室の者たちに説明を求めようとふり返った。影のようにあたりにうずくまっていたはずのスタッフの姿はそこにはなかった。司令室そのものも、いや、J5それ自体が煙のように消え失せていた。

ハントは荒涼たる氷の原に寄り添うようにかたまった金属のドームと基地の建物の脇に並んだ宇宙フェリー、ヴェガを見下ろしていた。ガニメデのメイン・ベースだった。建物からやや離れた広い空地に〈シャピアロン〉号が銀色の巨塔となって聳《そび》えたっていた。異星の宇宙船の傍らで、ヴェガはまるで蟻《あり》のようだった。ハントは最前の場面から数日後の、〈シャピアロン〉号着陸の瞬間に立ち会っているのであった。

ところが、彼自身がその場に臨んだ簡素ながら心暖まる交歓風景とは異なり、ガニメアンの一行は重装備の戦闘隊に銃を突きつけられて氷の上を歩かされていた。隊列の背後からは装甲車の重砲がガニメアンたちを狙っていた。基地全体が防備態勢で、あちこちに砲床《なんどき》が設けられ、ミサイル発射台をはじめとして実際にはあるはずもない各種の兵器がいつ何時なりと戦闘の火蓋を切る構えを見せていた。あり得べからざることだった。

ハントは自分が基地のドームからその情景を眺めているのか、それとも、どこか別の高いところに浮かんでいるのか判然としなかった。先程の司令室と同じで、身の回りはぼんやりと薄闇に閉ざされていた。彼はあたりをふり返ろうとしたが、夢の中のように力が入らず、体がまるで言うことを聞かなかった。彼は一人ぼっちだった。だだっ広い氷原の上であるにもかかわらず、彼は閉所恐怖を感じた。異星人の乗りものから外へ出た時の驚愕《きょうがく》は去らず、神経を攻め立てて彼の思考力を奪った。「どういうことだ?」彼は叫んだが、声は咽喉《のど》の奥につかえて嗄《しわが》れた呟《つぶや》きにしかならなかった。「説明してくれ。何のつもりだ?」

「憶えていないかね?」どこかわからぬところから、耳を聾《ろう》するほどの大声が返ってきた。

ハントはうろたえてあたりを見回した。誰もいなかった。「憶えていないかとは、何の話だ?」彼は声にならぬ声で問い返した。「こんなことは記憶にない」

「これが記憶にない?」同じ声が詰問した。「きみはその場にいたではないか」

ハントは無性に腹が立ってきた。神経を痛めつけられた反動が遅ればせにやってきたようだった。「違う!」彼は叫んだ。「あんなふうじゃない。全部でたらめだ。これはいったい何の真似だ?」

「でたらめ? じゃあ、本当はどんなふうだったね?」

「ガニメアンは友好的だった。わたしらはガニメアン一行を歓迎したぞ。友好のしるしも贈った」抑え難い憤《いきどお》りが彼の全身を揺さぶった。「きみは何者だ? 狂っているのか? 出てこい」

ガニメデの基地が消え去り、さまざまな情景が順不同に彼の眼前を流れた。めまぐるしい展開だったが、彼はそこに明らかな情況の推移を読み取った。ガニメアン一行はアメリカ軍によって情け無用に逮捕され、彼らの進んだ科学技術を供与すると無理に約束させられて、やっと宇宙船の修理を許された。ガニメアンたちは地球に連れていかれ、もっぱらアメリカの利益のためにこき使われた後、その労をねぎらわれることもなく、ディープ・スペースに放逐された……

「これは事実ではないかね？」

「冗談にも程がある。でたらめだ！　誰だか知らないが、きみは狂っている」

「どこが事実に反すると言うのだね？」

「はじめから終わりまで、何もかもだ。いったいこれは……」

ソヴィエトのニュース・キャスターが半狂乱でしゃべっていた。ロシア語を知らないはずのハントにも、何故か話の中身はよくわかった。

今や戦争は不可避の情況となった。先制の手を打たなければ西側は優勢に乗じて何をしでかすかわからない……あちこちで煽動《せんどう》の演説が行なわれ、群衆は歓呼をもって応えている……アメリカは多目標核弾頭発射衛星を打ち上げた……ワシントンはしきりにプロパガンダを展開している……東側でも戦車やミサイル輸送車が動員され、中国軍歩兵部隊が出動した……強力放射線兵器は太陽系全域に密かに配備されている。歯止めを失った対立は鳴りもの入りで滅亡の道を突き進んでいる……

「止めてくれ!」ハントは胸も張り裂けよとばかり叫んだ。反響は四方八方から撥《は》ね返って彼を包み、やがて長く尾を曳《ひ》いて遠くに消えた。彼は体力が萎《な》え、自分がくずおれるのを感じた。

「嘘を言ってはいないようだな」どこかで静かな、しかし決然とした声が言った。ハントを呑み込んだ宇宙の混沌の渦の中で、その声は正気の最後の牙城であるように思われた。

ハントは昏倒《こんとう》した……どこか深いところへ限りなく落下した……目の前がまっ黒になった……彼は意識を失った。

9

ハントは柔らかく居心地の良い安楽椅子でまどろんでいた。もうかなりの時間そこでそうしているかのように、彼はすっかり体力を回復して寛《くつろ》いでいた。異常な体験の記憶はまだ生生しかったが、何故か彼はそれを学術的好奇心にも似た気持ちで、やや離れたところから冷静に眺めているようであった。恐怖は跡形もなく去っていた。空気は新鮮で、微《かす》かに芳香を漂わせていた。どこかで静かな音楽が聞こえていた。しばらくして、彼はそれがモーツァルトの弦楽四重奏であることに気づいた。狂夢は彼をどこへ導いたろうか?

ハントは目を開け、伸びをしてあたりを見回した。夢うつつに意識していたとおり、彼は安楽椅子に掛けていた。そこはごく普通の部屋の中で、もう一つ同じような椅子があり、読書用の小さな机の他に、中央に大きな木のテーブルが置かれていた。ドアの脇のサイドテーブルには豪華な鉢にバラが活《い》けてあった。焦茶の厚いパイルのカーペットはオレンジ色と茶色を基調にした部屋の内装とよく合っている。背後に一つだけある窓には厚いカーテンが吹き込む風に小さく揺れていた。ハントはいつの間にか濃紺のオープンシャツと薄いグレーのスラックスに着替えていた。部屋には誰もいなかった。

しばらくして彼は腰を上げた。気分は好《よ》かった。彼は小首を傾《かし》げながら窓に寄って僅《わず》かにカーテンを開けた。夏の陽射しがあふれる戸外の風景は、地球のそこそこの大都市ならどこにでもありそうな眺めだった。建ち並ぶ高層ビルが陽を浴びて白く輝き、見馴《みな》れた樹木や緑の芝生は彼を差し招いているようだった。すぐ目の下で大きな河が弧を描き、欄干《らんかん》のある古風なアーチ形の橋が懸《か》かっていた。よく知っている車が道を行き交《か》い、空にはエアモビルが引きも切らずに航行していた。ハントはカーテンをもとどおりに閉じて時計に目をやった。時計は止まっていなかった。〝ボーイング〟がマクラスキーに着陸してからまだ二十分と経っていない。彼はますますわけがわからなくなった。

窓を背にして両手をポケットに突っ込みながら、ハントは宇宙船の外に出る前から気に懸かっていたことを思い出そうと努めた。ほんの些細《ささい》なことである。カラザーがちらりと顔を見せてからハントがはじめて宇宙船外の異様な光景を目にし、すべてが狂いだすまでの僅かな間にははっきりと意識に上らなかった。が、カラザーを見て彼は何かがおかしいと思ったのだ。

思い出した。〈シャピアロン〉号ではゾラックが、イヤフォーンと咽喉《のど》に接するマイクを介してガニメアンと地球人の言葉を通訳した。ゾラックは自然に近い音声を合成したが、その言葉は話者の口の動きと合っていなかった。ところが、カラザーはそのような装置を使わずに流暢《りゅうちょう》に英語を話したのだ。それ以上に不思議なのは、元来ガニメアンの声帯は音域が低く、咽喉にかかった声しか出ないから地球人の声を真似ることは不可能であるにもかかわらず、カラザーが自然な英語を話したことである。カラザーの話し方は、音声のずれた映画のようではなく、口と声がぴったり同調していた。いったいどういうことだろう？

しかし、ここでただ考えているばかりでは答が出るはずもない。ドアはごく普通の部屋と変わりがなかった。開いているかどうか、調べる方法はたった一つである。ハントがドアに行きつくより早く、リンが袖なしのプルオーバーにスラックスという軽装で潑剌《はつらつ》とした顔を覗《のぞ》かせた。ハントは部屋の真ん中でつと足を止め、駆け寄って来る彼女を抱き止めようと身構えた。リンがヒロインの伝統に忠実に彼の首にすがりついて泣き崩れるものと思い込んでいたからだ。案に相違して、リンはドアを入ったところで立ち止まり、涼しい顔でざっと室内を見回した。

「悪くないわね」彼女は感想を述べた。「でも、カーペットがちょっと暗すぎるわ。もうちょっと赤が強いほうがいいわよ」

カーペットはたちまち赤みを帯びた茶色に変わった。

ハントは目を白黒させ、眉を寄せて彼女の顔を覗き込んだ。「どういう芸当を使ったんだ？」彼は今一度床に目を凝らした。気のせいではなかった。

リンは意外な顔をした。「ヴィザーよ。ヴィザーは何でもできるのよ。あなた、まだ話してないの？」

ハントはかぶりをふった。リンは首を傾げた。「ヴィザーと話さずに、あなた、どうやって着替えたの？　ホッキョクグマのもこもこの服はどうしたの？」

ハントはかぶりをふるしかなかった。「そう言われてもねえ。だいたい、どうしてこんなところにいるのか、自分でもわからないんだから」彼はもう一度、赤茶のカーペットを見下ろした。

「いや、おそれいったね。一杯やらないことには、どうも……」

「ヴィザー……」リンは心持ち声を張り上げた。「スコッチをいただけないかしら？　ストレートで、氷はいらないわ」

琥珀《こはく》色のウィスキーを半ば満たしたグラスがふっと傍らのテーブルに現われた。リンはグラスを手に取って、当たり前のような顔でハントに差し出した。ハントは内心、そんなものは視覚のいたずらであって、現実にはないほうがいい、と思いながらそっと指先をグラスに触れた。グラスは本物だった。彼はこわごわグラスを受け取り、試みに一口すすった。それから三分の一ほど一気に空けた。温かいものが咽喉を下り、じきに有難《ありがた》い効き目を現わした。

彼は大きく息を吸い、しばらく止めてから、気を落ち着けて努めて静かに吐き出した。

「煙草《たばこ》は？」リンが尋ねた。ハントは考えるより先にうなずいた。気がつくと、彼は指の間に火のついた煙草を挟んでいた。どうして、などと訊いてはいけない、と彼は自分に言い聞かせた。

すべては何らかの方法によって描かれた幻影に違いない。いつ、どこで、何のために、どうして、などということはこの際問題ではない。どうであれ、彼はこの場の情況に身を委ねるしかなさそうである。おそらく、テューリアンはこれから彼らが直面する体験に備えて、適応期間の意味でこのような予備段階も設けているのであろう。それならそれで話はわかる。言うなれば、中世の錬金術師をコンピュータ社会の真《ま》っ只中《ただなか》に放り出すようなものだ。テューリアンだか何者だか知らないが、とにかく、これから接触する異星人の社会には、準備してかからなくてはならないことが多々あるに違いない。ハントはそう考えて納得した。気持ちの整理がつくと、もう最大の難所は越えたという気がした。それにしても、リンはどうしてこうもすんなりこの情況に適応したのだろうか？　これまで自分では思ってみたこともない科学者の弱みとでもいったものがあるのかもしれない。

ハントは密《ひそ》かにリンの顔色を窺《うかが》った。どうやら上辺《うわべ》は何でもないふうを装っているが、彼女もまたハントと同様、内心はかなりうろたえているらしかった。ただ、愛《いと》しい肉親の死を知らされた者によくあるように、彼女はただ自衛本能で自分の置かれた情況やその意味するところを受けつけず、理解を拒んでいるに違いなかった。しかし、リンは彼ほど肉体的な苦痛を味わってはいない様子である。これは喜ぶべきことと言ってよかった。

ハントは椅子の腕に軽く腰かけた。「で、きみはどうやってここへ来た?」

「それはね、重力コンベヤーだか何だか知らないけど、とにかくあの変なところからあなたのすぐ後に続いて外へ出たでしょう。そうしたら……」ハントの不審らしい顔を見て、彼女はふっと口をつぐんだ。「何の話だか、あなたにはわからないんじゃない?」

ハントは首を横にふった「重力コンベヤーというのは?」

リンは説明に窮して眉を顰《ひそ》めた。「皆で飛行機の外へ出たでしょう?……広々した明るい場所で、まわりが全部さかさまだったり横向きだったりするところだったわね?……最初にわたしたちを機内に運び上げたのと同じ力が働いて、管の中に吸い込まれたでしょう?……黄色と白の太い大きな管よ……」彼女は一つ一つ質問する形を取りながらハントの表情を観察し、どこから別行動になったのか確かめようとしているらしかったが、すでに二人の体験ははじめから異質であることが明らかだった。

ハントは手をふって彼女を遮った。「ああ、そういう細かいことは飛ばしていいよ。きみはどこで一人になった?」

リンは答えようとして急に口ごもった。自分で思っているほど記憶がたしかではないことにはじめて気がついた様子だった。「さあ……」彼女は曖昧に言った。「とにかく、あれは……どこだかわからないのだけれど……大きな組織図があったわ。色分けした箱に名前が書いてあって、命令系統が線で結んであるの。それが、変なのよ。USSF……合衆国宇宙軍となっているのよ」記憶が戻るにつれて彼女もまた、一層わけがわからなくなった。「UNSAでわたしの知っている名前もたくさんあったわ。でも、機構や階級が全然でたらめなの。グレッグは将軍で、何とすぐその下にわたしの名前があるじゃないの。少佐ですって」彼女は説明を求められても困るという顔で肩をすくめた。

ハントは月の裏側で受信したテューリアンからのメッセージのコピーを思い出した。その内容はテューリアンが地球は東西に分裂して武力対決の状態にあると理解していることを物語っていた。しかも、そのありさまはミネルヴァが破局に至ったセリオスとランビアの対立を再現したかと思われるほど、惑星戦争前夜の情勢に酷似していた。ハントの体験を尋問と呼べるなら、あの尋問も明らかに地球の東西対立を前提としていた。偶然の一致とは思えない。「で、それからどうした?」

「ヴィザーに質問されたわ。わたしが働いている組織の機構はその図のとおりかっていうのよ」リンは答えた。「人の名前はそのとおりだけれど、他は全部でたらめだって言ってやったわ。グレッグが関係している武器配備計画がどうこうって、何だかわけのわからないことも訊かれたわ。それから、USSFが打ち上げたとかいう爆撃軌道衛星とやらの写真だの、月面に据えつけてあるという大きな放射線発射装置の図面を見せられたわ。実際にはどこを捜したってありもしないものばかりよ。わたし、ヴィザーに向かって、あんたは狂ってる、って言ってやったのよ。それから、いろいろ話して、仲好《なかよ》しになったの」

それが僅か十分あまりの間に起こったことだというのだろうか。ハントは思案した。何らかの形で、時間圧縮のプロセスが働いているに違いない。「他には?……その間、向こうが高圧的な態度に出ることはなかったかい?」

リンは不思議そうな顔をした。「そんなことないわ。とっても紳士的で、いい感じだったわよ。それでわたし、部屋の中でこんな恰好じゃあいやだって言ったの。そうしたら、あっと言う間に、このとおり」彼女は自分を指さした。「まるで着せ替え人形よ。それから、ヴイザーが他にもいろいろできることがわかったの。ねえ、IBMがあのくらいのコンピュータを市場に出すまであと何年かかるかしら?」

ハントは立ち上がって部屋の中を行きつ戻りつしはじめた。気がつくと手にした煙草はもとのままで、少しも灰が伸びていなかった。どうやらテューリアンはハントたちから個別に、言わば事情聴取を行なっていると考えてよさそうだった。テューリアンは現在の地球の情況について混迷を深めている。どういう理由からかはともかく、彼らは正確なところを知る必要に迫られているのだ。そうだとすれば、彼らのしたことは少しも時間の無駄ではない。ハントの体験は一種のショック戦術であろう。彼の精神状態が最も無防備で、虚偽の答弁をする余裕もないところを狙って真実を聞き出そうとしたのだ。テューリアンの思惑は図に当たった。いくらか業腹《ごうはら》でなくもなかったが、ハントはそう結論せざるを得なかった。

「そのあと、あなたはどこか尋ねたら、ヴィザーが廊下へ案内してくれたの。それで、ここにこうしているというわけ」

ハントが口を開きかけるところへ電話が鳴った。彼はきょときょととあたりを見回した。

ごく普通の内線データグリッドの端末機で、室内の雰囲気にしっくり融け込んでいたために、彼はそこに電話があることすら気づかずにいたのだ。コール・トーンがまた鳴った。

「出てごらんなさい」リンが促した。

ハントは端末機のある一隅に椅子を引き寄せ、腰を下ろして応答ボタンを押した。彼は目を疑った。スクリーンからこっちを見ているのはマクラスキー基地の管制官だった。

「ハント先生」管制官はほっとした様子で呼びかけた。「これは通常の点検手続きです。異常はありませんか？　皆さん機内へ入られてからもうしばらくになりますが、どうかしましたか？」

ハントはすぐには声も出ず、ただ茫然《ぼうぜん》とスクリーンを見つめるばかりだった。幻覚の中へ現実世界から電話が通じるという話は聞いたことがない。電話自体が幻覚のはずだ。幻覚に現われた管制官に何を話したらいいだろう？

「どうやって通話しているんだ？」ともすれば声が上ずりかけるのをやっと抑えて彼は尋ねた。

「ついさっき、そちらの機内から低出力でビームを絞って交信する分には構わないという連絡があったんです」管制官は言った。「それで、そのように手配してしばらく待ったんですが、何も言ってこないので、こっちから呼ぶことにしたんです」

ハントはちょっと目を閉じ、それから横目使いにリンのほうをちらりと見た。彼女もぽかんとして首を傾げていた。

「じゃあ、飛行機はあれから動いてないって言うのか?」ハントはスクリーンに向き直って尋ねた。

管制官は眉を寄せた。「ええ、もちろん……わたしは窓から飛行機を見ていますから。……本当に、異常ありませんか?」

ハントは無言で椅子の背に凭《もた》れた。頭の中はこんがらかっていた。リンが彼を押しのけるようにしてスクリーンの前に立った。

「何も異常はないわ。あのね、わたしたち、今ちょっと忙しいの。またあとで、こっちから連絡するわ。いいでしょう?」

「そっちが無事だとわかってさえいればね、いいだろう。それじゃあ、またあとで」管制官はスクリーンから消え去った。

リンは取りつくろった態度をかなぐり捨て、部屋に入ってからはじめて、不安におののく様子でハントの顔を覗き見た。「飛行機はまだ地上にいるって……ヴィック、いったいどうなっているの?」彼女は声のふるえを抑えることで精いっぱいだった。

ハントは顔を顰《しか》めて室内を見回した。それまで胸の底に抑え込んでいた何かが堰《せき》を切ってあふれ出しそうだった。

「ヴィザー」咄嗟《とっさ》に彼は呼びかけた。「聞こえるか?」

「どうぞ」耳馴《みみな》れた声が答えた。

「マクラスキーに降りた例の飛行機だがね……まだ地上にいるそうじゃないか。今、基地と電話で話したよ」

「そうです」ヴィザーは言った。「電話を取り次いだのはこのわたしです」

「いったいどういうことか、そろそろ説明してくれてもよくはないかね？」

「間もなくテューリアンたちがお会いして直接お話しするはずです。あなたがたにはお詫《わ》びしなくてはなりませんが、テューリアン一同は自分たちの口から説明したいと望んでいます。わたしを介してではなしに」

「せめて、ここはどこかだけでも聞かせてくれないか」ハントは満たされない気持ちで言った。

「いいですとも。あなたがたは今、知覚伝送装置、パーセプトロンの中にいるのです。装置はあなたが言われたとおり、マクラスキー基地のエプロンにあります」

ハントとリンはそっと当惑の視線を交わした。彼女は力なく頭をふって椅子に体を沈めた。

「腑《ふ》に落ちないようですね」ヴィザーは言った。「ちょっとデモンストレーションをお目に懸《か》けましょうか？」

ハントは自分の意志とはかかわりなく口が動いて声を発するのを感じた。自分が自分ではなく、目に見えない糸に操られる人形になったようだった。

「ちょっと失礼」顔がひとりでにリンのほうに向いて言った。「心配することはないよ。ヴィザーがちゃんと説明してくれるからね。わたしはすぐここへ戻る」

彼はどこかふかふかと柔らかいところに寝そべっていた。

「ほうら《ヴォワラ》」頭の上からヴィザーの声が降って来た。

ハントは目を開けてあたりを見回した。そこがどこだかわかるまでに数秒かかった。彼はマクラスキーに着陸した飛行機の、あのキュービクルの中の寝椅子に横たわっているのであった。

機内はひっそり静まり返っていた。ハントは立ち上がり、そっと通路に出て隣のキュービクルを覗いた。リンは寝椅子で心地好げに眠っているらしかった。彼女もハントも、もとどおりUNSAの防寒服姿だった。他のキュービクルの者たちも同じように静かに目を閉じていた。

「外へ出てみたらどうです？」ヴィザーが彼を促した。「あなたが降りている間に飛び立ったりしませんから」

ハントは寝惚《ねぼ》けたような気持ちで通路を機首に向かい、勇を鼓《こ》して昇降口との境のドアを潜《くぐ》った。機外は間違いなくアラスカのマクラスキー空軍基地だった。彼の姿を認めて地上作業員や士官たちが駆け寄った。ハントは昇降口へ進んだ。気がついた時には梯子《はしご》の下に立っていた。UNSAの男たちはどっとハントを取り巻き、エプロンを司令所に向かって歩きながら彼に質問の雨を浴びせかけた。

「中はどうなっているんです？」

「ガニメアンが乗っているんですか？」

「連中、出てきますか？」

「全部で何人です？」

「まだ……声を聞いただけだ。今のところはね。何だって？　ああ……うん、まあね。わたしにもよくわからない。ちょっと待ってくれ。ちょっとだけ時間をくれないか？　確認したいことがあるんだ」

食堂に入ると、ハントはまっすぐエプロン側の窓に寄せて設けられた管制室に向かった。管制官と二人の操作技師はハントが機外に出るのを見て待ち受けていた。

「先生、どうです、中の様子は？」ハントがドアを開けるのも待ちかねた口ぶりで管制官が尋ねた。

「うまくいっているよ」ハントは上の空で答えた。彼は制御卓やずらりと並んだスクリーンを眺めて、機内に入ってからのことを思い出そうと努めた。今目に映っているのは本物である。これが現実だ。電話は幻覚で、虚実の関係が逆転しているとは考えられない。現実の世界から幻覚の世界へ通信できるはずはない。しかし、はたしてそうか？

「わたしらが機内に入ったあと、向こうと接触があったのか？」ハントは室内の誰にともなく尋ねた。

「接触があったかって……」管制官は急に心配そうな顔になった。「今しがた、あなたと話をしたじゃないですか。ねえ、本当に大丈夫なんですか？」

ハントは額をさすって頭の中に渦を巻く混乱がおさまるのを待った。「どうやって交信した？」

「さっき話したでしょう。向こうから低出力ビームなら通話できると言ってきたんです。それであなたを呼び出したんですよ」

「もう一度やってみてくれないか」

管制官は中央操作卓の前に陣取ってキーを軽く叩き、スクリーンの上の双方向音声グリルに向かって呼びかけた。「マクラスキーより異星船へ。異星船、応答願います」

「マクラスキー、どうぞ」聞き馴れた声が応答した。

「ヴィザーだな?」ハントが代わって言った。

「やあ、これは。どうです、納得しましたか?」

ハントは目を細めて、何も映っていないスクリーンを見つめた。彼の意識はやっと正常に働きだし、事実を整理して順序正しく並べ替えたようだった。試みるべきことはただ一つ。

「リン・ガーランドに繋《つな》いでくれないか」

「ちょっとお待ち下さい」

スクリーンが瞬《また》き、すぐにリンが顔を出した。背景に映っているのは間違いなくついさっき彼がいた部屋である。ハントがマクラスキーから話しかけていることは向こうの画面に明らかなはずであるにもかかわらず、リンは少しも驚いた顔をしていない。ヴィザーから説明を受けたのであろう。

「さすがに呑み込みがいいのね」彼女はこともなげに言った。

はじめて事の本質を知る手がかりを得て、ハントはじわりと笑った。

「やあ。一つ、質問があるんだ。わたしが最後にきみと話してから、どうなった？」

「あなたは煙のように消えてしまったわ……掻《か》き消すようにって言うのはまさにあれね。びっくりしたわ。でも、ヴィザーが詳しく説明してくれて」彼女は顔の前に人差し指を立て、感に堪《た》えたように首を左右にふった。「こうして話していながら、これは自分でしていることじゃないなんて信じられないわね。全部、頭の中で起こっていることなのね。まるで嘘みたい」

この瞬間に限ってみれば、彼女は自分よりよほど詳しいことを知っているに違いない、とハントは思った。しかし、すでに彼はおおよそのところを理解していた。テューリアン・地球間即時通話……異星人が自在に操る奇蹟《きせき》……英語を話すガニメアン……ヴィザーはあの飛行機とも宇宙船ともつかぬ機械を何と言ったろう？　知覚伝送装置、パーセプトロン！　ハントははたと膝を叩いた。

「ヴィザーと話を続けるんだ。わたしもすぐそっちへ戻る」リンはもう安心という顔で笑い返した。ハントはウィンクして通話を切った。

「どういうことだか説明してくれませんか？」管制官は言った。「ですから、その……こちらにも任務上の責任がありますから」

「ちょっと待った」ハントは今一度キーを押して、送話グリルに呼びかけた。「ヴィザー」

「お呼びですか？」

「さっきパーセプトロンから出た時のあの場所だがね、あれは実在の場所なのか？　それとも、仮想世界かね?」

「実在です。ヴラニクスと言って、テューリアンの古い街です」

「わたしらが見たのは現在の姿かね?」

「ええ、そのとおりです」

「そうすると、ここことテューリアンはリアルタイムで結ばれているんだね?」

「だいぶわかってきましたね」

ハントはちょっと思案した。「あのカーペットを敷いた部屋は?」

「あれは作りものです。特殊効果で、それらしく見せているのです。わたしたちのやり方を知っていただくには馴れた環境のほうがいいと考えたものですから。これだけお話しすれば、あとはもうおわかりでしょう」

「これはわたしの思いきった想像だが」ハントは言った。「総合知覚刺激監視と瞬時情報伝達の組み合わせだね。わたしらはテューリアンには行っていない。きみがテューリアンをここへ運んできたんだ。リンは電話に応えていない。きみはリンの神経組織に直接働きかけて、電話ばかりではなく、他の行動も全部、自分でしているという意識を持たせたんだ。きみはリンの神経から情報を取り出して、映像と音声に変換して、その信号をこっちへ送った。こんなところでどうかな?」

「さすが、お見事」ヴィザーはおそれいった声を模した。「それでは、そろそろこちらへお戻り下さいませんか。間もなくテューリアン一同がお目にかかりますから」

「じゃあ、またあとで」ハントは答えて通話を切った。

「話して下さい。どうなってるんです？」管制官が説明を催促した。

ハントはどこか遠くを見る目つきで、考え考えゆっくり答えた。「あのエプロンに停まっているのは、つまり、空飛ぶ電話ボックスだよ。詳しい仕組みはよくわからないが、とにかくあの中には人の神経組織の知覚をつかさどる部分に直接作用する装置があって、離れた場所で人が受け取るであろうあらゆる刺激を情報化して脳に送り込むんだ。今スクリーンに出ていたのは、リンの頭脳から直接取り出された情報だよ。コンピュータがその情報を映像音声信号に変換して、ビームに乗せてこっちのアンテナに飛ばしてよこしたんだ。こっちからの情報はその逆の手順でリンの頭脳に直接伝わっているわけだ」

十分後、ハントはパーセプトロンに戻ってもとの寝椅子に横たわった。「何と言えばいいのかな？　〝ただいま、ジェイムズ〟とでも言っておくか」

今度は意識の擾乱《じょうらん》はなく、あっと言う間に最前の一室に湧いて出た。ヴィザーが前もって知らせたと見えて、リンはハントの出現を待ち受けていた。ハントはコンピュータの作り出した特殊効果がどこかで幻覚であることを露呈してはいないかとあたりに目を凝らしたが、室内は隅から隅まで何もかも本物としか思えなかった。何だか気味が悪いほどである。ヴィザーの完璧な英語と言い、パーセプトロンをボーイングに擬装するためのデータと言い、必要な情報はすべて地球の通信網から引き出されたはずである。事実上、地球に関する全情報が、何者かによっていつの間にか、どこかへ電子的に伝送されたのだ。テューリアンが今度のことでいっさい地球の通信網を避けようとしたのも今となってみればうなずける。

ハントは手を伸ばしてリンの腕にそっと触れてみた。彼女の張りのある肌の温《ぬく》もりが指先に伝わった。何もかも、ハントが推論したとおりだった。外界からの刺激の総量が、おそらくは神経を素通りして脳の知覚中枢に伝えられるのだ。驚異と言う他はない。

リンは彼の手をちらりと見やり、警戒する目つきで彼を見上げた。「そこまで生身と同じかどうか、自信がないわ。今のところ、わたしはそれほど実験精神が旺盛《おうせい》じゃないの。あんまり気分を出さないで」

ハントが言い返そうとするところへ電話が鳴った。彼が応えた。ダンチェッカーだった。怒髪天を衝《つ》く勢いである。

「これはひどい！　あんまりだ！」顳顬《こめかみ》に青筋が立ってぴくぴくしている。「わたしがどんなひどい目にあったかわかるか？　ここはコンピュータ化された癲狂院《てんきょういん》だ。きみはどこにいるんだ？　いったいこれは……」

「待て待て、クリス。まあ、落ち着いて」ハントは手を上げてダンチェッカーを制した。

「きみが思っているほどひどくはないんだ。これはね……」

「ひどくないって？　ここはいったいどこなんだ？　どうやったらここから出られるんだ？　他の連中はどうした？　異星人どもは何の権利があってこんな……」

「ここはどこでもないんだ、クリス。きみはさっきのまま、マクラスキーのエプロンにいるのだよ。わたしも同じ。皆一緒だ。どういうことかと言うと……」

「冗談も休み休み言いたまえ。わたしはちゃんとこの目で……」

「きみはまだヴィザーと話してないな。ヴィザーと話すことを勧めるよ。わたしよりよっぽどうまく説明してくれるはずだ。リンもここにいるよ。わたしは……」

「ヴィザーだか何だか、わたしは話してないし、話す気もない。テューリアンどもの態度は何だ。失礼極まる」

ハントは溜息《ためいき》をついた。「ヴィザー。教授を地球へ連れて帰って、よくわかるように話してくれないか。このままじゃあ、とてもわたしの手に負えない」

「任せておいて下さい」ヴィザーは請け合った。ダンチェッカーは空っぽの部屋を残してスクリーンから消え去った。

「大したもんだ」ハントは言った。これまでにもダンチェッカーにはさんざんてこずって、目の前から消してやりたいと思ったことは二度や三度どころではない。

小さくドアを叩く音がした。ハントとリンはぎくりとドアをふり返り、怪訝《けげん》そうに顔を見合わせて、もう一度ドアのほうに目を向けた。リンが肩をすくめてドアを開けに立った。ハントは端末機のスイッチを切って向き直った。リンがドアを開けた戸口を潜って、身長八フィートのガニメアンが体を起こしたところだった。リンは驚きに声を失って、ドアを半ば開いたまま立ちつくした。

「ハント先生、ガーランドさん」ガニメアンが口を開いた。「まず、一同に代わって、少々お騒がせしましたことをお詫びします。このあとすぐに説明があるはずですが、よんどころない事情で、どうしても必要な手続きだったのです。あなたがたをしばらく放っておいた恰好ですが、どうかお気を悪くなさいませんように。ほんの一時のことですし、順応期間を置いたほうがいいと考えたものですから。わたしは皆さんとお会いする約束であった中の一人、ポーシック・イージアンです」

10

一緒に歩きながらハントはイージアンの体形がごく僅《わず》かだが〈シャピアロン〉号のガニメアンたちと違うことに気づいた。金属光沢を持つ赤と琥珀《こはく》のシャツと、ゆったりした黄色のジャケットに包んだ上半身は見るからに骨太で頑丈だし、拇指《おやゆび》が二本ある六本指の手も同じだったが、肌の色はハントの記憶にある黒ずんだ灰色よりもやや明るく、顔もガニメアンの特徴を示して上下に長く引き伸ばされたようでありながら、〈シャピアロン〉号のガニメアンにくらべると下顎が後退して、頭部は地球人のそれに近く丸みを帯びていた。

「人工的に作り出した高速回転するブラックホールによって、物体をある場所から別の場所へ瞬間移動させることができます」イージアンは気さくに二人の話相手になった。「あなたがたの理論でも予測されているとおり、ブラックホールに高速の回転を与えると次第に偏平になって、やがて質量が周辺にかたまった環状体《トロイド》になります。その状態でドーナッツの穴に当たる部分を隔てた両側の空間は等質です。それで、中心の軸に沿って移動すれば、過激な潮汐《ちょうせき》効果に影響されずにトロイドを潜《くぐ》り抜けることができるのです。このドーナッツの穴の部分は、通常の時空の法則に支配されない超空間への入口になるわけです。この入口を作ってやると、超対称効果によって、通常空間が突出する形になって、それがトロイドの向こうへ抜ける出口の役を果たすのです。で、ブラックホールの大きさ、回転速度、方向、その他のパラメータを制御することで、数十光年までの距離であれば、出口の場所をかなり正確に設定できるのです」

イージアンを中に、三人は並んで照明の眩《まばゆ》い広々としたアーケードを歩いていった。壁面は微妙な曲線を描きながら舞い上がるように高い天井に繋《つな》がり、あちらこちらに地球で言えば公園によくある彫刻のようなものが輝きを放っていた。大きな開口部が別の空間に通じているところもあった。上下左右の感覚を狂わせるエッシャーの絵のような景観は前に見た時と似ていたが、はじめてパーセプトロンからこの世界を垣間見《かいまみ》た時とは違って、ハントもリンも、もう気圧《けお》されることはなかった。ガニメアンの重力工学はここテューリアンの建築にふんだんに応用されているのだ。彼らはいながらにしてテューリアンを訪れているのであった。彼らは部屋を出てからガニメアンで雑踏する回廊や大きなドームをいくつも過ぎてこの場所に出た。現実と幻覚の境目は段差なく融合して、ハントはいつ自分が幻覚の世界に踏み込んだかまるで記憶がなかった。これから二つの異星の文化が出会うのだ、とイージアンは言った。彼はそのための案内役だった。ヴィザーの性能をもってすれば、彼らは一瞬にしてテューリアン世界に渡ることもできたはずである。しかし順応期間中の彼らにとっては生身の案内役がいてくれたほうが自然だし、何かと心強い。ハントはなるほどと一人密《ひそ》かにうなずいた。これからの未知の体験に先立って、異星人とこうして打ち解けた話ができるのも好都合である。テューリアンの配慮は行き届いていた。

「パーセプトロンを地球へ運んだのもその伝《でん》だね」ハントは言った。

「地球の近くまでです」イージアンはハントの理解を補う口ぶりで答えた。「ある程度の物体を捉える大きさのブラックホールは広範囲にわたる重力場の擾乱《じょうらん》を起こします。そのようなブラックホールを惑星系の真ん中に放り込むわけにはいきません。時計や暦が全部狂ってしまいますからね。ですから、パーセプトロンは太陽系のすぐ外側に実体化させて、そこから先は通常の航法で地球まで行くようにしたのです」

「じゃあ、往復には四行程の段階を踏まなくてはならないのね」リンがしたり顔で言った。

「行きに二段階、帰りに二段階」

「そのとおり」

「なるほど、それでテューリアンから地球までほぼ一日かかるわけだ」ハントはうなずいた。

「そうです、惑星間瞬時移動はおいそれとはできないのです。しかし、通信となると話は別です。ガンマ周波帯のマイクロレーザー・ビームに信号を乗せて、これを顕微鏡的極小ブラックホールに通してやればいいのですから。そういう小さなブラックホールなら、惑星上の装置で他へ悪い影響をおよぼさずに作ることができます。惑星間の即時データ伝送は自由自在というわけですよ。それに、顕微鏡的ブラックホールを作るには、宇宙船を通すような大きなブラックホールを作るほどのエネルギーを必要としません。ですから、わたしたちは特にその必要がない限り、人や物を移動させることはないのです。情報移動で用が足りますから、そのほうが便利なのです」

イージアンの説明はハントの既成の知識と少しも矛盾することがなかった。彼もリンもマクラスキー基地にいて、いっさいの情報をヴィザーを通じて受け取っているのだ。

「情報伝達については今の説明でよくわかるがね」ハントは言った。「入力はどうするんだ？ そもそも、入力すべき情報はどこから出ているんだ？」

「テューリアンは惑星全体がネットワークで接続されていましてね」イージアンは説明した。「銀河系の一角に散らばっているわたしたちの世界の惑星はどこもみな同じです。惑星領域のいたるところにヴィザーの端末があります。建物や市街の構造物はもちろん、山岳、平野、森林地帯から惑星上空の軌道に至るまで、世界全体が稠密《ちゅうみつ》なセンサー網で覆われているのです。ヴィザーはその夥《おびただ》しいセンサーから伝送されてくるデータを統合、補完して、惑星内外の任意の一点で人が体験するであろう知覚情報を合成することができるのです。

「ヴィザーはそうやって合成した情報を、通常の刺激伝達経路、つまり神経系統を通さずに、高解像度空間ストレス波に乗せて直接、脳の知覚中枢に送り込むのです。どこであれ、特定の場所で人が体験するであろう外界からの刺激を総合的な情報として意識の中に投射するわけですね。同時にヴィザーは自律神経を監視して、筋肉運動をはじめ、ありとあらゆる人体の活動に伴うフィードバック情報を忠実に再生します。その結果、擬似体験によって、人は遠く離れた場所にいるのとまったく同じ状態に置かれるのです。現実にその場所に出かけてみたところで何一つ変わることはありません」

「楽々星間旅行というわけね」リンは半ばひとりごとのように言ってあたりを見回した。アーケードが尽きて、彼らは大きく波打つ曲面上を歩きだした。少し手前では壁のように見えていたところである。足を踏み出すと、曲面はゆっくり回転し、背後のアーケードとそれに続く構造全体がどんでん返しに立ち上がった。

「本当にこれが二十光年も離れた世界なの?」リンはまだ信じられない口ぶりだった。「しかも、わたしは現実にここへ来ているのではないのね?」

「違いがわかりますか?」イージアンは言った。

「そう言うきみ自身はどうなんだ?」ハントはふとあることに思い至って尋ねた。「きみは今現にここ、と言うか、そこと言うか、とにかくそのヴラニクスとやらにいるのかね?」

「わたしがいるのはテューリアンから二千万マイルのところにある人工世界です」イージアンは答えた。「カラザーはテューリアンですが、ヴラニクスからは六千マイル離れたテュリオスというところにおります。テューリアンの首都です。ヴラニクスは古都でしてね、わたしたちにとっては愛着の深い場所でもあり、また歴史的にも重要な意味があって保存されているのです。もう一人、皆さんにお会いすることになっているフレヌア・ショウムはジャイスターから九光年離れた別の惑星、クレイセスというところにおります」

リンは怪訝《けげん》な顔をした。「どうもよくわからないわ。別々のところにいて、どうしてこんなふうに共通の体験ができるのかしら？　あなたがそうやってヴィックの隣にいるのはどうしてなの？　あなたがたの世界が銀河系に散らばっているのに、ここで一緒に同じものを見ているのはどういうこと？」

ハントは今しがたのイージアンの話に驚嘆するあまり、質問を口にする気にもなれずにいた。

「ヴィザーは別々の場所から入力されるデータを統合して、全部をひっくるめた印象を作り出します。そして、それをトータル・パッケージとして分配するのです」イージアンはリンの疑問に答えた。「ヴィザーは視覚、聴覚、触覚その他ある特定の環境に関するいっさいのデータと、システムに接続している個々人の神経から取り出して合成したデータを総合することができるのです。そうして、各人にその特定の場所に他の者たちと同席して言葉を交わしている印象を抱かせるのです。この方法によって、わたしたちは他の宇宙を訪問したり、異種文化に接触したりします。他の恒星系に集《つど》って会議を開くこともあれば、宇宙の人工世界との間を往復することもあります。いずれの場合も、いながらにして瞬間移動するのと同じことです。もちろん、実際に体を運ぶこともないわけではありません。例えば、レクリエイションですとか、どうしても、情報だけではなく本人がその場にいることを要求される場合ですとか。しかし、ほとんどの場合、遠距離を隔てての仕事や旅行は電子工学と重力工学の応用で処理しています」

彼らの歩く曲面はさらに大きくめくれ上がって、やがて広い円形の露台のような場所に出た。手摺《てすり》越しに見下ろすと、一層下は賑やかな広場だった。頭上を仰ぐと起伏を描く曲面の狭間《はざま》に、つい今しがた彼らが歩いてきたアーケードの床が覗《のぞ》いていた。少なくとも、そこを歩いた時には床だった場所である。ハントもリンも大分馴《な》れてきたせいか、もうその程度では驚かなくなっていた。

「マクラスキーに降りた飛行機の中ではじめて寝椅子に横になった時、自分でも気が狂ったような感じだったけど」リンは記憶を辿《たど》りながら言った。「あれはどういうことなの?」

「ヴィザーがあなたの大脳のパターンと活動レベルに同調したのです」イージアンは言った。

「正確な、フィードバック・レスポンスを得るために波長を微調整するのです。個人差がありますからね。一度正確に同調しておけば、もう調整の必要はありません。言わば、指紋を採るようなものです」

「ポーシック」しばらく無言で歩いてからハントが質問した。「のっけからわたしはどかんと一発喰らった恰好だったけれども、きみたちは地球の現状について極めて歪《ゆが》んだ理解をしている。その真否を質《ただ》す必要からわたしを試したのだと思うのだが、そうなのだね?」

「カラザーからあらためて説明があるはずですが、わたしたちとしては何にもましてそれが重大問題だったのです」イージアンは言った。

「しかし、どうしてあんなことをしなくてはならなかったのかな?」ハントは重ねて尋ねた。

「ヴィザーは表象神経パターンを直接読み取ることができるんだろう。だったら、わたしの記憶から情報を取り出せばいいじゃないか。そのほうが、わたしが嘘を答える心配もない」

「たしかに、技術的には可能です」イージアンはうなずいた。「ですが、プライバシー保護のたてまえから、それは法で禁じられているのです。ヴィザーは、本来の知覚入力だけを脳に伝えるように、また同様に神経の運動衝撃出力だけをモニターするようにプログラムされています。言い換えると、ヴィザーは五感に伝わる情報のみを介してコミュニケーションを実現するのであって、読心能力は与えられていない、ということです」

「他の連中についてはどうだろう？　皆がこの体験をどう受け取っているか、その辺のところはわかるかね？　正直に言って、きみたちの歓迎式のやり方は、友好関係を樹立するのにはこれが一番と手放しで推奨するわけにはいかないね」

イージアンは口をすぼめた。かつてガニメアンと親しく接したハントは、それが彼らの笑い方であることを知っている。

「どうぞ御心配なく。他の方たちはあなたのようにヴィザーの本質に触れておいでではありません。ですから、まだいくらか混乱している人もいますが、その点を除けば皆さん不快なことはありません」

その混乱が彼らの狙いだ、とハントはふいに理解した。最初のショック戦術で完全に地球人たちの毒気を抜いてやろうと彼らは狙い澄ました一撃を加えたのだ。イージアンが案内役として登場したのも向こうの作戦のうちに違いない。

「さっききみが来る前にクリス・ダンチェッカーと電話で話したがね、だいぶ御機嫌斜めだったよ」ハントはリンの表情を見て密かにほくそえみながら言った。

「実を言いますと、ダンチェッカー先生は少々辛い思いをなさいました」イージアンは一歩譲った。「その点はお気の毒だったと思います。ですが、あなたとあの先生のお二人は特別なのです。〈シャピアロン〉号に関して特にわたしたちが憂慮していることがいくつかありまして、お二人は詳しい事情をご存じなのですから。他の方々については、それぞれの専門分野に関して質疑応答があっただけです。皆さんの話は何から何までぴたりと一致しました。わたしたちにとっては、これは大きな前進です」

「あなたとクリスはどんな目に遭ったの？」リンはハントの顔を見上げた。

「あとでゆっくり聞かせるよ」ハントは言った。

テューリアンたちのやり方は意表を衝《つ》くものではあったが、狙いは見事に図に当たったと言わざるを得ない。ハントは内心舌を巻いた。彼らはこの数分間にハントの一行から何日にもわたる話し合いで得られるよりも遥かに多量の情報を引き出し、分析評価を終えたのだ。彼らにとってそれほど緊急かつ重要な問題であったとすれば、月の裏側で国連代表団が煮えきらない態度を取り続けた後だけに地球人としてはこの荒療治に文句を言う筋はない。コールドウェル以下、他の者たちが自分と同じように考えるかどうか、ハントはいささか気懸かりだった。その点も間もなくはっきりするだろう。どうやら目的の場所はもうすぐそこだった。

扇形に拡がるなだらかな斜路を下ってアーチを潜ると屋外へ出た。ドーム状の構造物や段丘、遊歩道などが幾重にも重なる斜面がぐるりを取り巻く中央の、ちょうど円形劇場の舞台に当たるところに矩形《くけい》の広場があり、その四辺に広場を隔てて相対する階段状の座席がしつらえてあった。広場全体は、ゆっくりと流れる河やゆらめく噴水を思わせる光の演出で、とりどりの色彩とその陰翳《いんえい》が描く幾何学模様に満ちあふれていた。三方の座席はガニメアンでぎっしりと埋まっていた。彼らは起立してハントの一行を待ち受けているようだった。中央の一段高いところにいるのは、濃緑のチュニックと銀のケープから、前にちらりと顔を見せたカラザーと知れた。

ハントは広場の反対側の入口から、ガニメアンに付き添われたコールドウェルがずんぐりした体を揺すりながらやってくるのを見た。コールドウェルの後から、もう一人別のガニメアンに案内されてヘラーとパッカードが姿を現わした。ヘラーは泰然自若《たいぜんじじゃく》としていたが、パッカードはうろたえた様子できょときょととあちこちを見回していた。ハントは目を転じた。ちょうど、ダンチェッカーがアーチを抜けてやってくるところだった。ダンチェッカーは両脇のガニメアンに向かってしきりに腕をふりまわしながら何か言い立てていた。ダンチェッカーをなだめすかしてここへ連れ出すのは二人がかりの仕事というわけだった。別れ別れになった彼らは寸秒をも隔てずにこの場に到着した。偶然の一致であろうはずがない。

リンがあっと息を呑み、足を止めて頭上をふり仰いだ。ハントは彼女の視線を辿《たど》って目を上げた。彼もまた、息を呑んで立ちつくした。

広場を囲む斜面が外輪山のようになっているその向こう側の三ケ所から、桃色がかった象牙色のさして太くはない円柱が立ち上がっていた。三本の柱は遙か上方の目測を拒む高さで一つに交わり、回廊や城砦の堡塁《ほうるい》を逆さまにしたようなものに繋がり、その堡塁に似たものはそこからさらに拡がりながら果てしなく上に続いていた。そして、その向こうに……何ということだろう、それが拡がりきった向こうの、空のあるべきところには想像を絶する規模の超高層建築と思《おぼ》しきものが密集していた。建物群は目の届く限り一方に連なり、反対の方角を見ると視野のはずれに水平線が霞《かす》んでいた。ヴラニクスの街に違いない。が、その街は何マイルもの上空に逆さまに浮かんでいるのだ。

ハントは卒然として悟った。空に浮かんでいるのは彼らのほうなのだ。広場の外周から立ち上がっていると見えたピンクの円柱は、実は街から延びて、彼らのいる巨大な円形舞台を支えているのだ。そして、彼らは天井を這う蠅《はえ》のように、そこを逆さまに歩いているのであった。ガニメアンの迷路を引き回される間に彼らは方向感覚を奪われ、上下の逆転にも気がつかなかったのだ。局所的な人工重力効果によって、彼らはそれと知らずに逆さ吊りの姿勢で、遙か頭上のテューリアンの大地を見下ろしていたのである。

コールドウェルたちもそれに気づいて茫然《ぼうぜん》と立ちすくんだ。ダンチェッカーですら、しゃべり立てることも忘れてあんぐり口を開け、目を丸くして空を見上げていた。ガニメアンたちの最後の切り札だった。止《とど》めの一撃と言うべきだろうか。ハントの一行の中にまだガニメアンの一方的なやり方を快《こころよ》く思わない者がいたとしても、いよいよ対面という直前にこの驚異を見せつけられてはもはや気力も萎《な》えはてて、とても強いことは言えないだろう。この場としては見当違いでなくもなかったが、ハントは未知の異星人がすっかり気に入った。玄《くろ》人《うと》の仕事はいつ見ても気持ちが良い。

地球人《テラン》たちは一人また一人とようよう我に返って気を取り直し、ガニメアンたちの待ち受ける中央の広場に向かって歩きだした。

11

「皆さんにはお詫《わ》びしなくてはなりません」双方の紹介が済むのを待ってカラザーはぶっきらぼうに言った。「先程のような初対面は、地球の習慣ではよくないこととされているようですね。しかし、はっきり言って、どうしてなのかわたしには理解しかねます。いずれ話さなくてはならないことがあるなら、はじめからそれを話して、お互いにすっきりしたほうがいいではありませんか。すでにおわかりのことと思いますが、わたしどもは極めて重大ないくつかの事実を確認する必要がありました。わたしどもばかりではなく、皆さん地球の方々にとってもこれは大きな問題であると考えます。結論から言って、それを確認しようとしたことは間違いではありませんでした」

　予想に反して、かなりざっくばらんな話になりそうだった。ハントはほっとした。彼は今耳にしているのはカラザーの発言の忠実な通訳だろうか、それとも、ヴィザーの自由な解釈をまじえた作文だろうかとあらぬことを考えた。ある程度の感情的な行き違いは避けられないだろうし、まずくすれば正面からぶつからないとも限らない。ハントは半ば覚悟していたのだ。しかし、ガニメアン側の柔軟戦術は功を奏していると見てよさそうだった。コールドウェルもヘラーもこのままでは済まさないという固い意志を示して表情を強《こわ》ばらせてはいたが、まずは相手の出方を窺《うかが》って音無しの構えをきめていた。ダンチェッカーは明らかに一戦交える意気込みでやってきたのだが、最後の土壇場《どたんば》でガニメアンの文字どおり天から降って湧いたような左フックをもろに喰らって今のところまだ気力の失せたままである。パッカードは見るからに朦朧《もうろう》としていた。彼の場合は、トランキライザーが効きすぎたのだ。

一呼吸あって、カラザーは言葉を続けた。

「全種族に代わって、ここであらためて皆さんを歓迎します。われわれの世界へようこそおいで下さいました。別々の道を辿《たど》った両異星人種の進化の糸は長い歴史の過程を経て、今ついにこのところに出会いました。これからは二本の糸をより合わせて、お互いの利益と進歩のために友好関係を保ちたいものです」

カラザーは腰を下ろした。異星人同士の遭遇の場にしてはそっけない挨拶《あいさつ》だったが、ハントはこのほうがあっさりして、話が早くて結構だと思った。

地球人《テラン》たちは一斉にパッカードをふり返った。社会的な地位から言ってパッカードは当然彼らの代表である。しばらくしてやっと彼は皆の視線が自分に集まっていることに気づいた。パッカードはきょときょとと左右を見回し、椅子の腕を握りしめると唇を湿して足もとも怪しげに緩慢な動作で立ち上がった。「政府を……代表して……」言葉が跡切《とぎ》れた。パッカードはふらふらしながらずらりと並んだ異星人の顔を見渡し、それからヴラニクスの街とその周囲に拡がるテューリアンのパノラマを見上げて、信じられない表情で頭をふった。倒れるな、とハントが思った瞬間、パッカードはふっと姿を消した。

「遺憾《いかん》ながら、国務長官は御気分がお悪いようです」ヴィザーが一同に報告した。

これをきっかけに地球人たちはふるい立った。コールドウェルは仁王立ちとなり、口をきりりと結んで眼光鋭く異星人たちを見据えた。ヘラーも腰を浮かせたが、コールドウェルに一瞬遅れを取ってやむなく椅子に坐り直した。

「もうたくさんだ」コールドウェルはカラザーを睨《にら》んで陰にこもった声で言った。「慇懃《いんぎん》無礼は抜きにしよう。われわれに敵意はない。そちらの言い分を聞こうではないか」

あたりの様子が一転した。広場も円柱も、ヴラニクスも、天蓋を形作っていたテューリアンの大地も消え去って、彼らは大きな丸天井の一室で虹の七色に輝く水晶の円卓を囲んでいた。おもだった顔触れとその位置関係はコールドウェルが立ち上がった時のままだった。聴衆の席を占めていたガニメアンたちは、部屋の一方の、桟敷《さじき》のようなところから成り行きを見守っていた。広場と違って、室内は身の置きどころがある。地球人たちはいくらか安心を覚えた。

「ちょっとやりすぎでしたね」カラザーがとりつくろう口ぶりで言った。「このほうが、あなたがたには勝手がいいでしょう」

「不思議の国のアリスごっこはもう結構」コールドウェルは言った。「ああ、よくわかった。この世界の技術は驚異と言う他はない。脱帽するよ。それはさておき、わたしらはそちらの求めに応じてここへ来たのだ。ところが、われわれの一人は何の断わりもなく抹殺された。これは穏やかでない」

「あれはこちらの意図したことではないのです」カラザーは言い返した。「ヴィザーも言ったとおり、大変遺憾に思います。もっとも、御心配にはおよびません。御同役はすぐによくなります」

これが地球上の場面なら、二人のやりとりには裏の意味があるのだが、ここではそうはならない。ハントにはわかっていた。何故と言うに、ガニメアンは本性のしからしめるところとして、決して人を威嚇《いかく》することはなく、また人の威《おど》しに動ずることもないからだ。彼らは考え方が違う。カラザーは事実をありのままに述べているのであって、それ以上でもなければ以下でもない。地球人の考え方や慣習はここではまったく通用しないのだ。そのことはコールドウェルも承知していた。しかし、このままではすべてがガニメアン主導の話し合いになってしまう。どこかで線を引いておかなくてはならなかった。

「それでは、お互いに腹蔵《ふくぞう》のないところで質疑応答と行こう」コールドウェルは言った。

「さっきの話で、両人種はこれまで別々に進化してきた、とあったけれども、厳密に言うとこれは正しくない。二つの流れは遠い過去に一度出会っているからだ。これまで見聞きしたところから察して、きみたちの地球に関する知識はどこかで大きく歪《ゆが》んでいるようだから、現在われわれ地球人が知っていることをわたしの口からかいつまんで説明しよう。そうすれば多くの疑問や誤解が除かれるだろうし、時間の節約にもなると思う」

彼はちょっと言葉を切ったが、返事も待たずに先を続けた。

「われわれ地球人は、きみたちの文明が今からおよそ二千五百万年前までミネルヴァで栄えていたことを知っている。きみたちの祖先は多種多様な地球生物をミネルヴァに運んだ。遺伝子操作によって環境改造を図るためだったとわれわれは理解している。これに失敗して、きみたちの祖先は惑星ミネルヴァを捨ててジャイスターに移住した。後に残された地球動物から進化したのがルナリアンだ。ルナリアンは五万年前、惑星戦争でミネルヴァを破壊し、自分たちも滅び去った。ミネルヴァの衛星であった月《ルナ》は、太陽に引き寄せられる途中で地球に捕獲されたのだが、その時、月面に取り残されていたルナリアンの生存者が地球に渡った。このルナリアンの子孫が現在のわれわれ地球人だ。ここまでは、いいかな？」

ガニメアンたちの間に低いざわめきが拡がった。彼らが思っていたよりも地球人の知識が遙かに豊富かつ正確であることに驚いている様子だった。これは面白くなってきた、とハントは密《ひそ》かに胸を弾ませた。

はじめにフレヌア・ショウムと紹介されたテューリアンの女性大使が口を開いた。「ルナリアンのことをご存じなら、あなたがたがこれまで抱いてこられたはずの疑問に対する答も、すぐ手が届くところにあるのです。地球は監視されています。それは、地球人が祖先ルナリアンと同じ道を辿って、いつか高度の技術水準に達するとともに、惑星を一大軍事基地にするのではないかというわたしどもの懸念からなのです。ルナリアンは太陽系外へ進出する前に自滅しましたが、地球人については予断を許しません。ありていに言って、わたしたちは地球が銀河系の他の部分、いえ、いずれは銀河系全体に脅威を与える存在になるだろうと見ています」

ショウムはここまで来てもまだ地球が平和的な惑星であることを認めようとしていない口ぶりだった。親地球派《テラノフィル》と呼ぶには程遠い、とハントは思った。彼らが地球を監視してきた理由については今の説明を聞いたところで驚くには当たらない。ガニメアンとルナリアンの性質を考えれば、まあうなずけないこともないではないか。

「だったら、これほど秘密にこだわるのはどういうわけですか？」ヘラーが尋ねた。コールドウェルは彼女に発言を譲って腰を下ろした。「あなたがたはテューリアン全世界を代表していますが、テューリアン全世界を代表してはいませんね。現にこの会議も、誰であれ監視に当たっている人々には秘密にしているではありませんか。となると、あなたがたは本当におっしゃるとおりの立場なのか、わたしたちは首を傾《かし》げないわけにはいきません。もし、おっしゃるとおりの立場なら、同種族の間で行動を内密にするのはおかしいではありませんか」

「監視の任に当たっているのは、わたしたちの世界に属する、さる独立の組織……とでも申し上げておきましょうか」カラザーが女性大使に代わって答えた。「実は、その組織から伝送されてくる情報にいささか疑わしい節がありまして、それで、わたしどもとしてはその真否を確認する必要を感じたのです。しかし、こちらの誤解ということもあるかもしれない。

内密を図ったのはそのためです」

「いささか疑わしい節ですって？」ハントはカラザーの言葉を繰り返し、助けてくれと言わんばかりに両手を拡げてテーブルを見回した。「それじゃあまるで、二、三小さな疑問点があるという程にしか聞こえませんよ。冗談じゃない。それじゃあないですか。〈シャピアロン〉号が太陽系に生還して、地球に着陸した事実もそちらに伝わっていないじゃあないですか。あなたがたの同胞が乗っている、あなたがたの宇宙船ですよ。おまけに、地球の現状についてもあなたがたの理解は不正確なんていうものじゃない。どう考えても、故意に歪曲《わいきょく》された情報が伝わっています。いったい、どういうことですか？」

「それはテューリアン内部の問題です。わたしどもは今、何とかして問題を解決しなくてはならないところへさしかかっているのです」カラザーは自分たちの責任を強調した。彼は心なしかうろたえているようだった。コールドウェルの発言を聞いて、地球人が想像以上に多くを知っていることに驚いたためであろう。

「そちらだけの問題ではありません」ヘラーが一歩踏み込んだ。「問題はわたしたちの惑星全体にかかわることでもあります。誰が、いったい何のために地球について誤った情報を伝えたのか、その点をはっきりさせる必要があります」

「どうしてだかわかりません」カラザーは悪びれずに言った。「わたしどももそこが知りたいのです。その第一歩として、正確な事実を摑《つか》まなくてはなりませんでした。それで、皆さんに不愉快な思いを強いることになったわけで、それについてはここであらためてお詫びします。しかし、今ではもう、地球の現状を正しく理解しているつもりです」

コールドウェルはまだ不機嫌だった。「その組織とやらと直接話をさせてもらいたい。会って真意を質《ただ》そうじゃないか」

「それはできません」カラザーは言った。

「どうしてですか？」ヘラーが食ってかかった。「わたしたちがこのまま放っておけないと思うのは当然でしょう。そちらはそちらのやり方で事実を究明したじゃありませんか。あなたがたが本当にこの惑星を代表する立場なら、わたしたちをその組織に会わせる権限だってあるはずです」

「しかし、あなたがた自身、それを要求できる立場ですか？」ショウムがやり返した。「わたしどもの現状理解に間違いがなければ、あなたがたは全地球を代表する公式の団体ではありませんね。地球を代表するのは国連です。違いますか？」

「わたしどもは過去数週間にわたって国連代表団と話し合ってきました」カラザーが引き取って先を続けた。「国連はわたしどもの地球に対する誤った理解を正す努力を何一つしませんでした。それに、わたしどもと会見することに二の足を踏んでいるように見受けられました。そこへ、太陽系のまったく別の場所からあなたがたのメッセージが届いたのです。あなたがたはわたしどもの応答が公《おおやけ》に知られることを嫌っていると解釈せざるを得ませんでした。つまり、あなたがたもまた、秘密裡《ひみつり》に事を運んでいるわけですね」

「国連の煮えきらない態度をどう説明しますか？」ショウムは地球人を順に見渡し、最後にへラーにぴたりと目を据えた。

ヘラーは調子が悪そうに吐息を洩《も》らした。「さあ、それは。おそらく、非常に進んだ異星文明と接触することで、予測し得ない結果が招来されるのを懸念しているのではないかと思いますが」

「わたしどもの世界でも、一部にそうした懸念がないわけではないのです」カラザーが言った。これは異なことを聞くものだ、とハントは思った。テューリアンの水準から見れば地球など取るに足らないはずである。とはいえ、広い宇宙ではまったく何が起こらないとも限らない。

「それでしたら、わたしどもは国連代表団と直接話し合うべきではないでしょうか」ショウムは最前《さいぜん》のヘラーの言葉を投げ返した。地球人一同は声もなかった。

ハントはまだ腑《ふ》に落ちないことがいくつかあった。彼は椅子の背に凭《もた》れて、テューリアンの視点から事態の推移をふり返ってみた。彼らはいつの頃からか地球を宇宙の兵器庫と見なし、地球人を戦乱を好む暴力的な人種と思い込んできた。歪んだ情報を吹き込んで彼らの理解を誤らせた謎の組織は〈シャピアロン〉号についてはいっさい口を閉ざしていた。ところがある時、カラザーのお膝元にガニメアン・コードの信号が直接届いて、宇宙船が新しい故郷へ向かっていることを伝えたのだ。以後、月の裏側から送信されたメッセージは回を重ねるごとに従来の監視報告とはおよそかけはなれた地球の姿を伝えた。そこまではいい。が、テューリアンたちは何故、どちらの情報が正しいかを究明することにあれほどまでこだわったのだろう？　彼らの短兵急なやり方を見ても、それは単なる学問的好奇心や内政上の問題整理では説明できないもっとさし迫った重要な理由によるものであったはずである。

「はじめに返って、その中継装置……そちらが何と呼んでいるか知りませんが……とにかく、あなたがたが太陽系の外に設置している装置のことから話を聞きましょう」ハントは考えを整理して発言した。

「あれは、わたしらのものではないのです」イージアンがカラザーの隣で言った。「わたしらもその正体を知りません。わたしらが設置したのではないのですから」

「それはおかしいな」ハントはぐいと顎を突き出した。「きみたちの瞬間伝送技術によっているし、ガニメアンの通信方式が通用するじゃあないか」

「そのとおりではありますが、しかし、あれの設置についてはわたしらは関知していないのです」イージアンは答えた。「おそらく、地球監視に当たっている組織の手で設置されたハードウェアの一端でしょう。それが何かの手違いで、本来の相手ではなしに、わたしらのところへ信号を送っているのだと思います」

「その信号にきみたちは応答した」ハントは突っ込んだ。

「あの当時、わたしたちは信号が〈シャピアロン〉号から発信されたものと理解していました」カラザーが言った。「それで、何はともあれ、受信を確認したことを乗員に伝えなくてはならないと考えたのです。で、彼らがジャイスターを探り当てたのは正しいことで、その針路で飛んでくれれば間違いない、と言ってやったのです」

ハントはうなずいた。テューリアンの立場だったら彼だって同じことをしたはずである。コールドウェルは依然としてすっきりしない顔で言った。「それはまあいいとして、その中継装置だがね。どうして正体を突き止めようとしないのかね？　テューリアンと地球の間を一日で飛ぶ技術があるなら、それくらい何の造作もないことではないか」

「ハードウェアの誤動作でこっちへ直接信号が送られているのだとしたら、そのままそっとしておきたいのです」イージアンが言った。「なかなか興味深い情報も入ってきますので」

「その組織には内緒にしておきたいって言うんですか？」ヘラーはますますわけがわからない顔で訊き返した。

「そのとおり」

「でも、もう、もうそのことは伝わっているはずですよ。ジャイスターから応答があったことは地球のニュース網で発表されましたから。監視していれば当然知っていますよ」

「しかし、組織はあなたがたが中継装置に向けて発した信号を受け取っていません」イージアンが言った。「受けていればこっちにわかったはずです」

ハントは〈シャピアロン〉号が去った後、数ケ月にわたって月の裏側から続けられた送信にジャイスターが応答しなかったわけを理解した。テューリアンたちは地球のニュース網を通じて直接の交信を組織に知られたくなかったのだ。彼らが交信を再開するに当たって、ニュースでそのことを発表するなとくどいほど念を押したわけもそれでうなずける。

ヘラーは額に手をやって頭の中を整理した。「でも、監視組織のほうでもそのままでは済まなかったでしょう」やがて、彼女は顔を上げて言った。「地球のニュースで、あなたがたが〈シャピアロン〉号の消息を摑んでいることを彼らは知ったはずです。自分たちが報告しなかった事実ですよ。伏せたままにしておけば自分たちに嫌疑がかかるじゃありませんか。彼らは当然その場で何らかの手を打ったはずですね。何故そのような重大な事実を報告しなかったか、と問い詰められたら申し開きができないでしょうから」

「おっしゃるとおり。彼らは連絡してきました」カラザーは大きくうなずいた。

「どうしてもっと早くに連絡しなかったのか、説明を求めなかったのかね?」コールドウェルが脇から尋ねた。「だってそうだろう……宇宙船は地球に六ケ月も滞在していたのだからね」

「もちろん、説明を求めました」カラザーは言った。「〈シャピアロン〉号の安全を考えたからだ、というのが彼らの答です。へたに干渉して同船をますます危険に追いやることを恐れたというのです。その判断の正否はともかくとして、彼らは〈シャピアロン〉号が太陽系を離れてからわたしどもにそのことを伝える方針だったようです」

コールドウェルは鼻で笑った。謎の組織の説明はまるで体《てい》をなしていない。「監視の記録は提出させなかったのかね?」

「させました」カラザーは答えた。「伝送してきた録画を見て、わたしどもは彼らが〈シャピアロン〉号の安全を考えたという説明に納得したわけです」

この一言を聞いて、ハントは〈シャピアロン〉号のガニメデ到着のあの嘘っぱちの録画の出どころを知った。地球についての報告がすべてでっち上げだったのと同じで、あの録画も監視組織の手にかかる絵空事だったのだ。カラザーたちはそのでたらめな動画にまんまと一杯食わされたことになる。彼らの目を欺くほど、実写と架空の動画は巧みに合成されていた。あれだけの技術で事実に手を加えていたとすれば、カラザーたちが長年何の不審も抱かずに騙《だま》されていたのも不思議はない。

「わたしもその録画の一部を見ましたが」疑念を隠さずハントは言った。「あれがでっち上げではないかということはどこで気がつきましたか？　画面からではまずわからないと思いますが」

「わたしらは気がつきませんでした」イージアンが説明した。「発見したのはヴィザーです。すでにご承知と思いますが、〈シャピアロン〉号の推力機構は船体の周囲に時空の歪みを生じます。メイン・ドライヴで航行している時にそれが最も大きく見られますが、補助ドライヴでも同じことが起こっているのです。船体の向こう側の星の位置がずれて見える程度の歪みが生じるのです。ヴィザーは、画面によってその歪みがあるものとないものがあることに気づきました。それで、〈シャピアロン〉号に関する報告の信憑性《しんぴょうせい》が問題になったのです」

「それればかりではありません」カラザーが言葉を補った。「そういうことがあるとなると、地球からの他の情報もすべて疑ってかからなくてはなりません。ところが、比較検証しようにも、手もとには充分な資料がないのです」カラザーは真剣な眼差《まなざ》しでゆっくりと地球人一同を見渡した。「こう申し上げれば、われわれが何故この問題についてこれほど深刻になっているか、もうおわかりでしょう。わたしたちは地球について、真っ向から矛盾する二とおりの情報を持っているのです。しかも、そのどちらがどこまで正しいか、検証の方法がないのです。しかし、今仮に、これまでずっと吹きこまれてきたように地球が理不尽な、暴力的な世界であって、〈シャピアロン〉号の乗員たちがあの録画に見られるような扱いを受けているとしたら……」彼は途中で言葉を濁した。「さあ、わたしたちの立場だったら皆さんどうお考えですか？」

沈黙が円卓を覆った。テューリアンはどちらの情報を信じてよいかわからなかったろう。ハントは密《じか》かに彼らの混迷を察した。事実を知るために、彼らはこっそり地球と交信して地球人から直に話を聞くしかなかった。それが今のこの席である。しかし、それにしてもテューリアンたちのやり方は少し大袈裟《おおげさ》にすぎはしないだろうか？

ふいにリンがあっと口を開け、目を丸くしてカラザーの顔を覗《のぞ》き込んだ。「地球人が〈シャピアロン〉号を攻撃するのではないか、っていうことですね」彼女は声を上ずらせた。「地球人が報告どおりの暴力的人種かどうか、考えたらわかりそうなものじゃありませんか。もしそうだったら〈シャピアロン〉号が飛び立つのを黙って見ているものですか。テューリアンへ行って地球のことを話す前にガニメアンの口を封じますよ」

ようやく事態を理解して地球人一同は眉を曇らせた。コールドウェルですら、しばらくは恐縮の体だった。ジェロール・パッカードのことで感情の行き違いがあったのは悔やまれるが、テューリアンたちの態度を責めることはできない。

「しかし、ここまで引き延ばすことはなかったでしょう」ややあって、ハントが言った。「あなたがたには、何光年もの距離を隔ててブラックホールを任意の位置に作り出す技術がある。宇宙船を途中で捕獲して直ちに呼び寄せる手があったはずじゃありませんか。監視報告の真否について証言を求めるなら、〈シャピアロン〉号の乗員以上にふさわしい証人はいません。彼らは六ケ月地球で生活したんですから」

「技術上の制約がありましてね」イージアンが答えた。「テューリアンの宇宙船は一日で惑星系の外へ出られます。というのは、ブラックホールの効果と相殺して重力擾乱《じょうらん》を比較的限られた範囲に止める装置を積んでいるからです。〈シャピアロン〉号は昔の船ですから、そんな装置はありません。ですから、あなたがたの惑星の軌道を狂わせまいとすれば、〈シャピアロン〉号が何ケ月もかかって自力で太陽系の外へ飛び出すのを待つしかないのです。もしわたしたちの懸念がいわれもないものだった場合、太陽系惑星の軌道を狂わせたりしては申し訳が立ちませんからね。ですが、いざとなればその危険を冒すこともいたしかたない、という方針だけは固まっていました。事実、わたしたちは今〈シャピアロン〉号の安全を確認しなくてはならないところへ来ています。もう一刻も猶予はなりません。惑星の運行を狂わせてはならないなどと言ってはいられないのです」

「いずれにしろ、国連相手では一向に埒《らち》があかないとわかった時点で、わたしどもはブラックホールを発生させる方針を決めました」カラザーが言った。「そこへ木星からの信号が入りはじめて、計画は一時見合わせることにしたのです。すでに宇宙船団がブラックホール発生装置を積み込んで待機しています。合図一つでいつでも出動できる状態です」

ハントは椅子に体を沈めて深く溜息《ためいき》をついた。間一髪とはこのことだ。J5のジョウ・シャノンが一日二日もたついたら、地球の天文学はふりだしに戻って一から出直さなくてはならないところだったのだ。

「出動の合図を送るべきだ」

地球人側の端の席から声が上がった。皆はびっくりして一斉にふり返った。ダンチェッカーが、こんなこともわからないのかとでも言いたげに挑むような顔で一座を睥睨《へいげい》していた。地球人もガニメアンもしばらくはきょとんとして声もなかった。

ダンチェッカーは眼鏡をはずし、ハンカチで拭いてまた鼻に戻した。出来の悪い学生たちに出題の意味を理解する時間を与える教授の態度だった。ヴィザーも物好きだ、とハントは内心おかしくてたまらなかった。幻覚の中でまで眼鏡を曇らせることはなかろうに。ダンチェッカーの眼鏡拭きはただの癖で、無意識にしていることなのだ。

ダンチェッカーはおもむろに顔を上げた。「その、ああ……監視組織がいかなる性格のものであれ、彼らは〈シャピアロン〉号がテューリアンに行きつくことを望んでいない。それが自分たちにとって不利益だと考えていることは明らかでしょう」彼はちょっと言葉を切り、その意味が一同の胸におさまるのを待った。

「もし、わたしがその組織の意思決定に与《あずか》る立場にあるとしたらこの問題をどう考えるか、それをここでまとめながら話してみましょう。わたしは、今この場で持たれている会談についても、テューリアンと地球の間のやりとりについても、いっさい知らないものと仮定しなくてはなりません。わたしの情報源は地球の通信網であって、そこではこれらの事実を伝えていないのですから。従ってわたしは自分が歪曲《わいきょく》を加えて報告した地球に関する情報の真否が問われていることも、まったく知らずにいるわけです。さて、その仮定に立って考えてみましょう。例えば〈シャピアロン〉号が星間空間のどこかで、ああ、その……不慮の事故に遭ったとしますね。万一テューリアンが事故の原因に疑いを抱いたとしても、加害者として真っ先に浮かび上がるのは地球人だろう。わたしはそう判断して何の不安も感じないわけですよ」

ダンチェッカーは駄目を押すようにうなずき、テーブルを囲む一同が彼の言わんとするところを理解して愕然《がくぜん》とするのを見ると、ちらりと歯を覗かせた。

「そのとおり！」彼は声を張り上げて、正面からカラザーに向き直った。「〈シャピアロン〉号をこの危機から救う手段があるならば、躊躇《ちゅうちょ》は無用、直ちに行動を開始すべきです」

12

ニールス・スヴェレンセンはジョルダーノ・ブルーノ観測基地の上級幹部用の居室で枕に凭《もた》れながら、部屋の隅の鏡台の前で女が服を着るのを眺めていた。若くていかにも男好きのする女だった。目鼻立ちがくっきりして翳《かげ》りのない顔は典型的なアメリカ人の陽気な性格を示している。しどけなく解《と》いた黒い髪と白い肌の対照が際立って鮮やかだ。それにしても、体育館備え付けの太陽灯でもっと肌を焼いたほうがいい、とスヴェレンセンは思った。御多分《ごたぶん》に洩《も》れず、大学仕込みの知識は付け焼き刃で、一皮剝《む》けば彼女は凡百の他愛もない小娘と少しも変わるところがない。人生のより重要な側面に心血を注ぐ男にとっては悲しいかな必要欠くべからざる、また、そこそこ結構なお慰みである。「あなたはわたしの体だけが目当てなのよ」女たちは申し合わせたように眉を吊り上げて食ってかかる。彼の答はいつも同じだった。「他に何がある？」

女はシャツのボタンを掛け終え、鏡に向き直ってせわしげに髪を梳《くしけず》った。「あわただしく飛び出していくようだけど、わたし、今日は早番なの。本当よ。今だって、もう遅刻だわ」

「気にすることはないよ」スヴェレンセンは心にもなく優しい声で言った。「仕事第一だからね」

女は鏡台の脇の椅子の背からジャケットを取って肩にはおった。「カートリッジは？」スヴェレンセンをふり返って彼女は尋ねた。

スヴェレンセンはベッドサイドの抽斗《ひきだし》を探ってマッチブックほどのマイクロメモリー・カートリッジを取り出した。「ほら、これだ。くれぐれも慎重にね」

女は近寄ってカートリッジを受け取り、ティシューに包んでポケットに入れた。「わかったわ。今度いつ会えるの？」

「今日は非常に忙しい。また、こっちから連絡するよ」
「あまり長く待たせないでね」女は小さく笑い、屈《かが》み込んでスヴェレンセンの額に接吻《せっぷん》すると、そっとドアを閉じて立ち去った。

十分後、彼女がメイン・ディッシュ（中央アンテナ）制御室に入っていくとジョルダーノ・ブルーノ観測基地の天文部長グレゴーリ・マリウスク教授がむずかしい顔で待ち受けていた。

「また遅刻か、ジャネット」

戸口の脇のロッカーにジャケットを掛けて白の作業衣に着替える彼女に向かって教授は不機嫌に言った。「ジョンは今日プトレミー（プトレマイオス）へ行くので早くに出かけた。それでわたしが穴埋めをさせられる破目になったんだ。一時間後には会議だ。それまでに片づけなくてはならないことが山とある。こう度々《たびたび》遅刻されては困るね」

「すみません、先生。寝坊してしまったもので。これから気をつけます」彼女はつかつかと中央制御卓に向かい、馴《な》れた手つきで前夜のステータス・ログのルーティン、交信記録抜粋を呼び出した。

マリウスクはオフィスの出入口に並ぶ機材ラックの脇から顰《しか》め面《つら》で彼女の様子を眺めた。白衣の背に無造作に垂らした黒髪や、その白衣が包み隠すよりもむしろ浮き彫りにしている彼女の蠱惑《こわく》的な体の線は見まいとしても目に入る。「またあのスウェーデン人だな。そうだろう」考えるより先に彼は吐き捨てていた。

「それはわたし個人の問題です」ジャネットは顔を伏せたまま、努めて冷静な声で言った。「さっきも言いましたでしょ……これからは気をつけます」

彼女は唇を堅く結び、キーボードを邪険に叩いて前面のスクリーンに別のデータを呼び出した。

「五五七Bの相関チェックが昨日のうちに終わっていない」マリウスクは険を含んで言った。「予定では一五〇〇時に終わっているはずだぞ」

ジャネットは一瞬仕事の手を止め、目を閉じて唇を嚙んだ。「もう……」彼女は口の中で言い、それから大きく声に出した。「休憩抜きで仕上げます。残りは大したことありませんから」

「ジョンがもうやってくれた」

「すみません……。今度ジョンの勤務時間を代わって埋め合わせします」

マリウスクは彼女を睨《にら》みつけていたが、やがてくるりと踵《きびす》を返して物も言わずに制御室を出ていった。

ステータス・ログの点検を終えると、彼女はスクリーンのデータを消して送信サブシステムの補助プロセッサー・キャビネットのほうへ移り、蓋を開けて空のスロットにスヴェレンセンから渡されたカートリッジを挿入した。次いで彼女はシステム・コンソールの前へ回り、ルーティン・プログラムによって、すでにこの日の送信のために記号化されたメッセージのバッファにカートリッジの情報を送り込んだ。送信がどこへ向けられているか、彼女は知らない。が、国連代表団がブルーノに乗り込んできた時から何やら仕事が忙しくなった。国連関係の技術上の処理はマリウスクが一手に引き受けて、職員たちには仕事の中身を話そうとしない。

スヴェレンセンの説明では、カートリッジの情報は俗事にわたることで、地球から遅れて届いたために、すでに用意されたメッセージに補遺として加えるものだという話だった。本来ならば送信内容は代表団全員の承認を得なくてはならないのだが、そこまでするほどの中身はない。ただ、二、三微妙な点もあるので扱いは慎重に、と彼は言ったのだ。ジャネットは、たとえ些細《ささい》なことであっても国連の機密にかかわっているのだと思うとまんざら悪い気はしなかった。とりわけ、彼女にそのことを依頼したのが社会的な地位もある惚《ほ》れぼれするような好男子であってみればなおさらである。彼女は物語の世界に身を置いて胸をときめかせた。それに、人間どこで何があるかわからない。スヴェレンセンの口ぶりから考えて、彼女は将来のために大きな貸しを作っていると言えなくもなさそうだった。

「あの男は、きみたちと同じで、ここでは大切なお客だよ。わたしらはできるだけ気を遣《つか》っているんだ」マリウスクは昼前にソヴィエト代表のオフィスを訪ねてソブロスキンに言った。「しかし、そのために観測基地の仕事が妨げられるのは困るんだ。こっちの仕事を邪魔されてまで好き勝手を許すいわれはない。特に、わたしの目の前でああいうふしだらな真似をされては、こっちとしても黙っているわけにはいかない。彼のような立場にはあるまじきことじゃあないか」

「しかし、なにぶん代表団の仕事とはかかわりのない個人の問題だからね、わたしとしても口出ししかねるんだ」ソブロスキンは努めて穏やかに言葉を返した。マリウスクのただならぬ気配は仕事を邪魔された科学者の腹立ちというだけでは片づかないものがある。「きみの口から直接スヴェレンセンに話してくれたほうが筋がとおるのではないかね。だってそうだろう。ジャネットはきみの助手だよ。仕事を邪魔されているのはきみのところなんだ」

「もちろん話したとも。ところが、結果はあまり芳しくないんだ」マリウスクは頑《かたく》なに言った。「ロシア人の一人として、わたしの抗議をソヴィエト政府のどこであれ、代表団を管轄する部局に伝えてもらいたい。国連を通じて然《しか》るべき措置をとるように。それでわたしはこうしてソヴィエト代表部の責任者であるきみに話をしているんだ」

ソブロスキンは正直なところ、マリウスクの嫉妬《しっと》には興味がなかった。それよりも、こんなことでモスクワを騒がせるのはご免だという気持ちが強い。ゴシップが広まれば世論は月の裏側で国連の代表団はいったい何をやっているのかと騒ぎ立てるだろうし、そうなればいらざる疑惑を招き、痛くない腹を探られることは目に見えている。とはいうものの、マリウスクがこのままではおさまりそうにない。ソブロスキンが要求を撥《は》ねつければ、マリウスクは当局に直訴するかもしれない。選択の余地はなかった。「わかったよ」彼は溜息《ためいき》混じりに言った。「わたしに任せてくれないか。今日明日中にもスヴェレンセンに会って話してみよう」

「よろしく頼むよ」マリウスクは真顔で言うとそそくさと立ち去った。

ソブロスキンはその場に坐ったまましばらく思案していたが、やがて背後の金庫に手を伸ばし、ソヴィエト軍情報部の旧友に頼んで密《ひそ》かにブルーノに送らせた人事記録ファイルを取り出した。ファイルをめくって記憶を新たにし、あれこれ考え合わせた末に彼は方針を変えることにした。

ニールス・スヴェレンセンのファイルには不審な点が少なくなかった。記録によればスウェーデン人ニールス・スヴェレンセンは一九八一年マルメ生まれとされている。十代の末に傭兵《ようへい》としてアフリカ在役中に消息を絶ち、十年後にひょっこりヨーロッパに姿を現わしたが、その間どこで何をしていたか、とかくの噂があるばかりで本当のところは誰も知らない。消息が明らかな期間にはさしたる活動もしていないスヴェレンセンが、いつの間にか巨額の富を蓄えて社会的な地位を固めたのはいったいどういうことだろう？　マスコミの目を避けながら、彼はどうやって国際的な影響力を持つ要人たちと顔を繋《つな》いだのだろう？

女たらしは以前からのことである。ドイツのさる金融家の妻との情事はこの男の本性を知ろうとする者にとって注目に価《あたい》する。スヴェレンセンに妻を寝取られた男は復讐《ふくしゅう》の意志を明らかにしたが、それからひと月足らず後にスキー場で不可解な事故死を遂げた。当局に多額の金が流れて捜査が打ち切られたことを物語る証拠がある。そうなのだ。スヴェレンセンは自ら進んでそのことを認めようとはしないし、世間に知られることを好んでもいないが、各界の実力者に顔がきき、必要とあればその関係に物を言わせて容赦なく邪魔者を葬る男である。ソブロスキンはその点を胸に畳み込んだ。

最近、特にこのひと月ばかり、スヴェレンセンが密かにヴェリコフと連絡を取り合っているのも気に懸かることである。ヴェリコフはモスクワ科学アカデミーの宇宙通信の権威だし、ジャイスターと直接交信を企てているソヴィエト当局の最高機密に関与する人物ではないか。ソヴィエト政府は表向き国連の方針に批判的な態度を示しているが、その実、国連の鈍重な動きは思うつぼなのだ。つまり、ソヴィエトとしては独自のチャンネルを開く企てを誰にもまして国連に知られたくないということだ。アメリカはすでにソヴィエトの動きに薄々勘づいているようだが、まだ確証を摑《つか》んでいない。アメリカは出遅れているのだ。売りもののフエアプレイの精神にこだわるなら、それはアメリカの勝手である。それにしても、ヴェリコフとスヴェレンセンの間にいったいどのようなやりとりが交わされているのだろうか？

もう一つ解《げ》せないことがある。スヴェレンセンは国連の戦略軍縮推進の立役者であり、世界の生産性増進の旗頭だったはずである。それなのに、その目的を達成するために全人類にとってはまたとない好機が訪れたと言って良いはずの今、彼はどうして各国の努力に水を差すような国連のやり方を支持しているのだろうか？　どう考えてもこれはおかしなことである。そもそも、スヴェレンセンという男がどこを取っても謎なのだ。

それはさておき、マリウスクの助手についてはどうしたものだろう？　マリウスクの話では、彼女はアメリカ人だという。スヴェレンセンが問題を避けたがっている時を狙って、とっくり考える閑《ひま》を与えずに話をつける手があるのではなかろうか。愛国心の問題は別として、ソブロスキンはヘラーが基地を去った後、ペイシーが自国の方針を貫くために孤独な闘いを続けている姿に敬意を払わずにはいられなかった。今ではアメリカ人ペイシーと個人的に大変親しい間柄になっている。テューリアンとの交信をめぐってソヴィエト連邦とアメリカ合衆国が立場を異にしているのは実に嘆かわしいことと言わなくてはならない。ソブロスキンとペイシーは、腹の底ではお互いに他国の代表たちよりもずっと通い合うものを感じているのだ。長い目で見れば、このテューリアン誘致競争で米ソのどちらが勝ちを制したところで結果はそう変わらないのではないか、とソブロスキンは考えている。かつてカレン・ヘラーが言ったとおり、今は全地球人の将来を考えるべき時なのだ。一人の人間として、ソブロスキンは彼女の意見に賛成である。ジャイスターとの接触が彼の予測するとおりの結果をもたらすとすれば、五十年を待たずして国家同士の利害の対立などは取るに足りないことになるだろう。それどころか、国家という枠さえ過去のものになっているかもしれないのだ。しかし、それは一人の人間として考えた場合の話である。今はまだそこまでいっていない。ロシア人として、彼にはしなくてはならないことがある。

ソブロスキンは一人うなずき、ファイルを閉じて金庫に戻した。ノーマン・ペイシーに話して、あのアメリカ娘にそれとなく注意してもらうことにしよう。うまくいけば問題は自然な形で解決し、一時《いっとき》の小さな波紋もじきに消え去るのではなかろうか。

13

壁面の大部分を占めるスクリーンの中央に数千マイルの上空から捉えた惑星の姿が映っていた。惑星表面は深い海の色を湛《たた》えて青く、渦を巻く雲の隙間に覗《のぞ》く陸地は赤道付近の黄色がかった褐色から、緑の変化を見せて両極の白い氷へと続いている。太陽の光に満ちて温暖な、活力にあふれる惑星だった。しかし、スクリーンの映像はガルースの胸に、数ケ月前にはじめてこの惑星を訪れ、沸騰するばかりの生命力に触れた時のあの驚嘆と感動を甦《よみがえ》らせはしなかった。

科学調査隊を乗せた恒星間宇宙船〈シャピアロン〉号の司令官ガルースは個室のスクリーンに遠ざかる地球を眺めながら、相対論的複合時差による長い長い亜空間放浪の果てに太陽系に辿《たど》りついた彼らを熱狂的に迎えた驚異の人種に思いを馳《は》せていた。〈シャピアロン〉号の時間では二十数年前に当たる今から二千五百万年の昔、ガルースとその一行は科学上の実験調査の使命を帯びて文明の絶頂を極めたミネルヴァを後に恒星イスカリスへ向かった。実験がうまくいけば彼らは生涯の五年足らずを費やすのみで、時差を加えても二十三年後には故郷に帰れるはずだった。しかし、不測の事態が生じて実験は失敗に終わった。ガニメアンは〈シャピアロン〉号の帰還を待たずにミネルヴァを捨てて別の星へ移住した。後に残された動物から長い進化の後に新しい人種ルナリアンが出現した。ルナリアンは独自の文明を築き上げたが、やがて両極に分裂し、戦火を交えて、ついに惑星もろとも自滅した。ホモ・サピエンスは地球に帰り、それから数万年の歴史を書き綴《つづ》ったのだ。〈シャピアロン〉号を迎えたのは、このホモ・サピエンスの子孫だった。ガニメアンに事実上見捨てられた憐《あわ》れむべき畸《き》型《けい》のミュータントは絶望的に不利な条件を負いながらも、妥協を知らぬ苛《か》酷《こく》な環境を生き抜いて誇り高く、強靱《きょうじん》な精神力を持つ人種に成長したのみならず、宇宙が彼らの行く手に投げ出した障害物をことごとくせせら笑って踏み越えていった。かつてガニメアン文明が専制をほしいままにした太陽系は、今や地球人がその手で摑《つか》み取った正当な領分である。それ故〈シャピアロン〉号は再び地球から飛び立ち、ガニメアンの新しい故郷とされているジャイアンツ・スターを指して孤独な宇宙航海を続けることになったのだ。

ガルースは吐息を洩《も》らした。何をもってジャイアンツ・スターを新しい故郷と呼ぶべきだろうか？　そこには空《むな》しい希望があるだけで、論理学の初学者の目にすら、巨人たちの星の存在を裏づけるたしかな証拠はどこにもない。ガルースと、腹心の上級幹部数人だけが知っている現実を前に、行動決定の正当化を図るために藁《わら》をも摑む思いですがった僅《わず》かな可能性がジャイアンツ・スターだったのだ。巨人たちの星は地球人の想像の産物である。地球人の楽天主義と未知への憧憬《しょうけい》は止《とど》まるところを知らない。

地球人にはただただ驚き入る他はない……

地球人たちは巨人たちの星伝説を事実と信じ、ガニメアンの幸運を祈って、挙げて宇宙船の出発を見送ってくれた。船上のあらかたのガニメアンたちと同様、地球人もまたガルースが地球を去るに当たって説明した理由を疑っていない。地球文明はまだ若く未熟であって、いずれ数と力において彼らを圧倒するであろう異星人との共存は時期尚早である。それ故ガニメアンは一旦地球を離れるのだ、とガルースは言ったのだ。中にはアメリカ人生物学者のダンチェッカーやイギリス人科学者ハントのように真実を理解している地球人もいる……。遠い過去のある時、ガニメアンは遺伝子工学の試験管の中でホモ・サピエンスの祖先を造り出した。ガニメアンが押しつけた大きな負担にもかかわらず、地球人は生き延びて今日の繁栄を築いた。地球はガニメアンの干渉から解放されて然《しか》るべきである。すでにガニメアンは干渉しすぎたのだ。

そんなわけで、ガルースは伝説を信じ込んだガニメアンの一行を率いて地図のない旅を続けることにした。苦しい決断だった。しかし、少なくともしばらくガニメアンたちに希望を抱かせてやりたい。そう考えることで彼は自身を説得した。イスカリスからの長い航海に一行が耐えられたのも希望があったればこそである。あの時も今も、ガニメアンたちは彼を信頼している。ガルースと腹心の幹部、それに、おそらくはダンチェッカーやハントのようなごく限られた地球人だけが知っている事実を最後まで伏せておくことは決して間違いではあるまい。とは言うものの、あの回転の速い、時には直情径行な驚異の矮人種《わいじんしゅ》地球人の友人二人がはたしてどこまで本当のことを知っているかはガルースにもわからない。二度と再び彼らに会うことはないだろう。

ガルースは地球を飛び立ってからもう何度となく、こうして一人静かに遠ざかる惑星の映像や、これから向かう宇宙の果ての恒星図《スター・マップ》をスクリーンに呼び出しては眺めている。まだ何年もかかる虚空の彼方に、無数の星に混じって針の先で突いたように小さく見えているのが〈シャピアロン〉号の目的地である。地球の科学者たちの考えはまだ完全に否定されたわけではない。かけらほどではあっても一縷《いちる》の望みは残されている……。ガルースははっと我に返った。しょせんは夢のまた夢だ。現実は甘くない。夢から覚めれば、目の前にはただ暗黒があるばかりである。

ガルースは背筋を伸ばして妄想をふり払った。彼にはするべきことがある。「ゾラック……」彼は陰に籠もって言った。「映像を消してくれ。シローヒンとモンチャーに、今夜会いたいからと伝えるように。できれば、夜のコンサートが終わったらすぐにだ」地球の画がスクリーンから消えた。「第三課程教育カリキュラムの改正案を見せてくれ」

スクリーンに統計表と指導要領が出た。ガルースは表示を眺めてゾラックにいくつか彼の意見を記憶させ、次の資料を呼び出した。見せかけの平穏を保つためでしかない教育カリキュラムに彼が何故頭を悩ませなくてはならないのだろうか？　ガルースの決断によって、子供たちは巻き添えを食った形である。子供たちは〈シャピアロン〉号の他に故郷を知らず、星間の闇の虚空にはかない最期を遂げる運命にあるのだ。そんな彼らの教育カリキュラムをいじくってみたところで何の意味もないではないか。

ガルースはその投げやりな考えを意識から締め出して、熱心に仕事に取り組んだ。

14

「いいかね、わたしはきみの個人的な問題に口出しする権利はないし、もともとそんなつもりではないよ」ノーマン・ペイシーはブルーノ基地の私室にジャネットを呼んで言った。ソブロスキンと話し合ってから数時間後のことである。彼はできるだけ物わかりよく穏やかに、しかし厳しく話すことに努めた。「しかし、わたしの耳にもいろいろと聞こえて、代表団の仕事にも影響が出ているとなると、わたしとしても放ってはおけない」

向き合った椅子でジャネットは表情も変えずに彼の言葉に耳を傾けていた。僅《わず》かに目を濡らしているが、それが悔恨のせいか、口惜《くや》し涙か、あるいは感情とは何の関係もない、ただ涙腺《るいせん》の状態によるものか、ペイシーには見当がつきかねた。

「自分でも、馬鹿だったと思います」しばらくして、彼女は蚊の鳴くような声で言った。

ペイシーは顔には出さずに胸の裡《うち》で溜息《ためいき》をついた。「スヴェレンセンももう少しわきまえがあってよさそうなものだがねえ」こう言えばいくらか気休めになるだろう。「いやね……わたしの口から、きみにどうしろとは言えないよ。ただ、少なくとも無分別な行動だけは慎んでもらいたい。参考までにわたしの意見を言わせてもらえばだね、これまでのことはきれいに忘れて、きみは自分の仕事に専念したほうがいい。もっとも、これはわたしの考えであって、それをどう受け取るかはきみの自由だ。スヴェレンセンと切れたくないというなら、それはそれでいい。ただ、あまり派手にやらないことだな。そのことでマリウスクがわたしのところに何だかだと言ってこないように、うまくやってもらいたいのだよ。まあ、これがわたしの正直な気持ちだ」

ジャネットは手の甲で唇を押さえて微《かす》かに笑顔を覗《のぞ》かせた。「さあ、それはどうかしら。マリウスク先生がこのことでお冠《かんむり》なのは、本当を言うと、わたしがここへ来た時から気があったからですもの」

ペイシーは頭を抱えた。いつの間にか彼は父親の役を受け持ち、ジャネットもまたそのつもりで話しているような形になっている。ここで身の上話を打ち明けられてはかなわない。彼は忙しいのだ。

「そいつはまずいな……」彼は助けてくれとばかりに両手を拡げた。「くどいようだが、わたしはきみの私生活にまで嘴《くちばし》を入れるつもりはないのだよ。ただ、合衆国代表団の一人として、仕事上の立場からひと言注意しておく必要を感じたまででね。まあ、この話はこれまでとして、今後ともお互いにわだかまりのないように、仕事で仲好《なかよ》くやるとしよう。それでどうかね？」ペイシーは無理に笑顔を作って彼女の表情を窺《うかが》った。

ところが、ジャネットは何もかも吐き出して胸のつかえを降ろしてしまいたい気持ちだった。「ここへ来て、すっかり環境も変わったし、馴《な》れないことばかりで……何しろ、月の裏側でしょう……」彼女はちょっとはにかんだ顔を見せた。「自分ではうまく言えませんけれど……親切にされて嬉《うれ》しかったと言うか……」

「よくわかるよ」ペイシーは手を上げて彼女を遮ろうとした。「それは何もきみがはじめてというわけじゃない。ここではよく……」

「それに、あの人、これまで知り合った男の人たちとは全然違って……あなたもそうですけど、とてもわたしのことをよく理解してくれるんです」

ジャネットはふと眉を曇らせ、何かを話したものかどうかと迷う態度で上目使いにペイシーを見た。自分の部屋を告解聴聞室にされないうちに、とペイシーは腰を浮かせたが、それより早く、ジャネットは堰《せき》を切ったように話しはじめていた。

「実は、ちょっと気になっていることがあるんです……今まで誰かに打ち明けようかどうしようかと迷っていたんですけど……最初は何でもないことだと思いました。でも……やっぱり気になって……わたし、困っているんです」

彼女は先を促してほしい顔つきでペイシーを見上げた。ペイシーは眉一つ動かしもせずに彼女を見返した。ジャネットは言葉を続けた。「あの人からわたし、マリウスク先生が扱っている送信の追加データだというマイクロメモリーを渡されたんです。ほんの形式的なもので、中身はほとんど何もないから、って……それが、その……わたしにそれを言いつけた時のあの人の態度が何か変なんです」

彼女は気が楽になった様子でふっと吐息を洩《も》らした。

「よくわかりませんけど……でも、とにかくそういうことがあったんです」

ペイシーは打って変わった態度で身を乗り出し、じっと彼女の目を見据えた。その容易ならぬ表情を見て、ジャネットは自分が洩らしたことが思っていた以上に重大な事柄だったと知り、たちまち顔面蒼白《そうはく》となった。

「何度そういうことがあった？」ペイシーは鋭く尋ねた。

「三度です……今朝のを入れて」

「最初は？」

「二、三日……いえ、もう少し前だったかしら。カレン・ヘラーが出発する前です」

「マイクロメモリーの中身は？」

「さあ……」ジャネットは力なく肩をすくめた。「わたしに訊かれても困ります、ペイシーさん」

「おいおい、それはないだろう」ペイシーはじれったそうに手をふった。「何も不思議に感じなかったとは言わせないぞ。きみは制御室にいるんだ。スクリーンにデータを出力して読むこともできたはずじゃあないか」

「やってはみたんです」ちょっと間があって、彼女は言った。「でも、ロックアウト・コードが組み込まれていて、コンソール・ルーティンでは読み取れないんです。送信コールに連動する一回限定信号を内蔵しているんだと思います。つまり、一度発信されると自動的に消去されるんです」

「それを見て、きみは変だと思わなかったのか？」

「はじめは、何か国連の機密保持規定による手続きかと思いました……でも、はてなと思って、それから気になりだしたんです」彼女はおどおどしてペイシーの顔を覗き込み、それから声を落として言った。「あの人は、ほんの付け足しで、中身は何もないって言いました」

今はもうそんなことは信じていない。彼女はそれきり口をつぐんだ。ペイシーはどこか遠くを見つめる目つきで、無意識に拇指《おやゆび》の関節を嚙《か》みながら、ジャネットから聞いたことを頭の中で繰り返した。

「他に何を言った？」しばらくして彼は尋ねた。

「他に？」

「どんなことでもいい。スヴェレンセンの言ったりしたりしたことで、何かおかしいと思ったことはないか？　思い出してくれ。どんなつまらないことでもいい。これは問題だぞ」

「ええと……」ジャネットは眉を寄せて彼の背後の壁を見つめた。「あの人、わたしに世界の軍縮のためにどんな仕事をしてきたか、とか、国連を地球規模の有効な組織に育てるためにどう働いたか、とか、そんな話をしました。それで自分は各国の有力者と親しいんだ、って……」

「ああ、それはわたしらもよく知っている。他には？」

ジャネットはちょっと口もとをほころばせた。「あなたのこと、代表団の会議で話をややこしくするって、すごく怒っていましたよ。まるであなたが石頭のわからず屋だっていうみたいに。でも、どうしてかしら」

「なるほど」

彼女ははっと何かを思い出した。「それから、もう一つ変なことがありました……ええと、あれは……そう、昨日です」

ペイシーは黙って先を待った。彼女はちょっと考えてから言った。「わたし、あの人のところで……バスルームに入っていたんです。そこへ、代表団の誰かが、何だかすごく慌《あわ》てて飛び込んできました。誰だかわかりません。あなたではないし、あの頭の禿《は》げたロシア人でもありません。どこか他の国の人です。浴室のドアは閉まっていましたから、向こうもわたしがいるとは知らずに、その場で何かしゃべりだしたんです。そしたら、ニールスが、声が高いと言ってものすごく怒りました。でも、その時はもう、何でも宇宙のどこかにある何かが近く破壊されるというニュースが入ったとか、そんなようなことをしゃべったあとでした」彼女は額に皺《しわ》を刻んで首を横にふった。「わたしが聞いたのはそれだけで……あとはひそひそ話で聞こえませんでした」

ペイシーは耳を疑う顔で念を押した。「間違いないか？」

ジャネットは自信なげにかぶりをふった。「わたしにはそう聞こえたんですけど、はっきりとは……。水の音もしていましたし……」彼女は確言することを避けた。

「他に、何か耳に入らなかったか？」

「ええ……すみません」

ペイシーは立ち上がってゆっくりドアのところへ行き、しばらく外の気配を窺ってから引き返して真っ向からジャネットを見下ろした。「いいかね、きみは自分がどれほど大変なことに巻き込まれているかわかっていない」彼は重々しく、陰にこもって言った。ジャネットはすくみ上がった。「わたしの言うことをよく聴くんだ。きみはこのことを、絶対に口から外へ出してはいけない。わかるね？　誰にも言うんじゃない。名誉挽回《ばんかい》しようと思うなら、今、この場から気持ちをしっかりさせることだ。きみは今ここでわたしに話したことを、以後絶対に口外しないこと」彼女はぼんやりうなずいた。「誓ってもらいたい」

ジャネットは今一度はっきりうなずき、それから、ちょっと考えて尋ねた。「じゃあ、もうニールスとは会うなということですか？」

ペイシーは唇を嚙んだ。もっと詳しいことを探れるならこれに越したことはない。しかし、ジャネットは信頼できるだろうか？　ここが思案のしどころだ。

「ここでの話も、この先見たり聞いたりすることも、絶対に他言は無用の約束を守れるなら、会うなとは言わない。それから、何か異常を感じたら必ずわたしに伝えること。ただし、きみにスパイを頼んでいるのではないからね、自分から厄介の種をまくような真似をしてはいけないよ。ただ、目を大きく開けて、よく耳を澄ませておくことだ。はてな、と思うようなことを見るか聞くかしたら、このわたしだけに知らせてもらいたい。他の者には間違っても洩らさないこと。それから、書いたものを残すことは禁物だ。いいね？」

ジャネットはにっこりうなずこうとしたが、顔が強張《こわば》って笑いにはならなかった。「わかりました」

ペイシーはやや長めに彼女の顔を見つめてから、話はこれまでという仕種《しぐさ》で両手を拡げた。

「今日のところはこのくらいにしておこう。わたしはこれで失礼するよ。やることが溜まっているのでね」

ジャネットはついと立って戸口へ向かった。部屋を出ようとする彼女の背中にペイシーは呼びかけた。「ああ、ジャネット……」彼女は足を止めてふり返った。「頼むから、仕事には遅れないように気をつけてくれ。きみのところのロシア人先生を怒らせてはまずいから」

「大丈夫です」ジャネットは小さく笑って立ち去った。


ペイシーはいつの頃からか、ソブロスキンが自分と同じく、スヴェレンセンを中心とするグループから疎外されていることに気づいていた。その後、それとなく注意していると、どうやらソブロスキンはモスクワの意を体《たい》して孤軍奮闘しているらしく、国連の煮えきらない態度をただ身動きもままならぬ自分のためには好都合と考えているにすぎないように見受けられた。だとすれば、ソブロスキンはジャネットが小耳に挟んだ情報とは無関係と判断してよさそうである。テューリアンにかかわることはいっさい地球と交信してはならないという原則は動かない。ペイシーは自身の判断に賭けて、その夜、基地内でもめったに人の出入りがない資材倉庫で密《ひそ》かにソブロスキンと会うことにした。

「むろん、何一つ断言はできないがね、それが〈シャピアロン〉号攻撃を意味する可能性は濃い」ペイシーは言った。「これまでの経緯から言って、テューリアンは対立する二つの集団から成っていると見るべきだろう。われわれが交信している相手は、ガニメアン宇宙船の安全を心から願っている。しかしだね、この基地の、われわれとは考えを異にする一派がもう一方のテューリアン集団と意を通じていないと言いきれるだろうか？　それに、その一派も、わたしらに対して同じ見方をしているとしたらどうだろう？」

ソブロスキンは真剣な表情でペイシーの話に耳を傾けていた。「例の二進コード信号のことだな」彼は言った。はじめから予想されたとおり、謎の信号については誰もがいっさい関知していないと言って体をかわしていた。

「ああ」ペイシーはうなずいた。「わたしらはてっきりお宅だと睨《にら》んでいたよ。アメリカではないことはわかりきっているのだからね。しかし、それは間違いかもしれない。その点は認めよう。もし、国連がこのブルーノでやっていることは全部ただの見せかけで、実はわたしらの知らないところで別の手を打っているとしたらどうだろう？　米ソ両国にここで足踏みをさせておいて、裏で何か工作しているとしたら……？　具体的には言いかねるけれども、テューリアンのいずれか一方、あるいは、ことによると、両派と個別に連絡を取り合っているということも考えられはしないかね」

「何でまた？」ソブロスキンは問い返した。彼は探りを入れる口ぶりだった。今のところ自分から言い出すほどの考えは持ち合わせがないと見える。

「それは何とも言えないがね、わたしが心配しているのは〈シャピアロン〉号のことなんだ。わたしの間違いならそれでいい。しかし、間違いであることを祈って、ただこのまま放っておくわけにはいかないだろう。宇宙船に危険が迫っていると考える根拠があるとしたら、とにかくテューリアンに知らせるのが筋じゃないか。知らせてやれば、向こうなりに対策があるかもしれない」ペイシーはすでに何度かアラスカへ連絡することを考えたが、結局は思い止《とど》まっていた。

ソブロスキンはしばらく黙って考えにふけった。コード信号がソヴィエトの呼びかけに応答したものであることはわかっていたが、ここでそれを打ち明けなくてはならない理由は何もない。むしろソブロスキンとしてはスウェーデン人をめぐる疑惑を解明するほうが先である。モスクワは何よりもテューリアンとの友好を願っている。ペイシーがどのような手段を考えているにせよ、彼に協力してテューリアンに危険を知らせることでソヴィエトが失うものは何もない。ペイシーの危懼《きく》が根も葉もないものだったとしても、それによって誰が傷つくわけでもない。いずれにしたところでクレムリンに相談する時間はなかった。「腹を割った話をしてくれて感謝するよ」ソブロスキンは言った。本心であることはペイシーの目にも明らかだった。「で、わたしにどうしろと言うんだ？」

「ブルーノの送信機を使いたいんだ」ペイシーは答えた。「もちろん、代表団を通すわけにはいかない。そこで、マリウスクの手を借りたいのだよ。扱いにくい男ではあるけれども、マリウスクは信頼できる。ただ、わたしから頼んでも首を縦にふらないだろう。きみに口をきいてもらえば、何とかなるのではないかと思ってね」

ソブロスキンは怪訝《けげん》そうに小さく眉を持ち上げた。「助手の女の子がいるじゃないか、アメリカ人の」

「それも考えた。しかし、信頼していいものかどうか……。何しろ、スヴェレンセンに近すぎるのでね」

ソブロスキンはちょっと考えてうなずいた。「一時間待ってくれないか。きみの部屋に返事を伝えよう」彼は何やら思案するふうに歯の間から息を吸って言葉を足した。「あの女の子にはあまり負担をかけないほうがいい。わたしはスヴェレンセンについていくらか情報を摑《つか》んでいるがね、あの男は要注意人物だよ」


二人は夕方の当直交替時間に、夜勤の技術者たちがコーヒーを飲みに行っている隙を狙って中央制御室でマリウスクと談合した。マリウスクはソブロスキンがソヴィエト政府代表として警告発信を要請したことを明らかにする文書に署名することを条件に彼らの頼みを聞き入れた。マリウスクはソブロスキンの一札を私用のファイルに綴《と》じ込んでから制御室のドアに錠をかけ、コンソールのメイン・スクリーンにペイシーの口述するメッセージを映し出して送信用の暗号文を組み立てた。ロシア人二人はペイシーがメッセージを彼自身の名前で発信することに首を傾《かし》げずにはいられなかった。ペイシーはまだ隠していることがある様子だった。

15

緊急呼び出しがあってガルースが〈シャピアロン〉号の司令室へ駆けつけると、副官モンチャーが尋ねられるより先に顔を引き攣《つ》らせて言った。「船体周辺のストレス・フィールドにこれまで一度もなかった異常が起きています。外部からある種のバイアスが掛かって、縦方向のノード・パターンを乱しているんです。多次元位相空間は縮小して、グリッドベースはバランスを失いかけています。ゾラックにも原因がわかりません。今、変換量を計算し直しているところです」

ガルースは調査隊の学術主任シローヒンをふり返った。女性科学者は数人の技術者に囲まれて、ずらりと並んだスクリーンに次々と映し出されるデータの解析を急いでいた。

「どういうことだ?」ガルースは尋ねた。

シローヒンはお手上げとばかりかぶりをふった。「こんなのは聞いたこともないわ。座標軸が指数曲線的に反転した非対称時空に突入しているのよ。空間そのものが、この船を取り込んだまま崩壊しかけているわ」

「脱出できるか?」

「万事休すね。針路修正はまるできかないし、縦方向のイコライザーも、出力いっぱいに上げても補正できないんですもの」

「ゾラック。そっちはどうだ?」ガルースは声を張り上げた。

「通常空間と整合するグリッドベースが設定できません」コンピュータが答えた。「つまり、迷子になったということです。現在位置も方角もわかりません。それどころか、はたしてどこかへ向かっているかどうかもわからないのです。いっさい制御がききません。それを除けば、本船自体はどこにも異常はありません」

「システムの状態は?」ガルースは尋ねた。

「センサーも、チャンネルも、サブシステムも、点検した限りではすべて正常に作動しています。……いえ、わたしは故障していません。わたしの誤動作による錯覚ではありません」

ガルースは茫然《ぼうぜん》と立ちつくした。司令室中の視線が彼一人に集まって、彼の命令を催促していた。しかし、何が起こっているかわからない状態でいったいどのような命令を下すことができるだろう? 土台、打つべき手があるのだろうか?「総員緊急待機して次の指示に備えるように伝達しろ」ガルースは言った。どうするという当てがあるわけではない。とにかく、彼の一言への期待に応えなくてはならなかった。乗組員の一人が復唱して船内に指示を伝えた。

「ストレス・フィールドがそっくりずれているわ」スクリーンの最新データを睨《にら》みながら、シローヒンは口の中で呟《つぶや》いた。「確認可能な基準点とはいっさい隔絶しているということね」彼女を取り巻く技術者たちの表情は重苦しかった。モンチャーはただいらいらしながら傍らのコンソールの縁を握りしめるばかりだった。

しばらくして、ゾラックの声が響いた。「状態は急速に回復に向かいはじめました。結合および中継機能は新しいグリッドベースに統合されつつあります。基準点は反転してバランス方向に戻ろうとしています」

「何とか乗りきれそうね」シローヒンが控え目な声で言った。期待に満ちたざわめきが拡がった。シローヒンはディスプレイを今一度あらためてほっと肩の力を抜いた。

「ストレス・フィールドは常態に戻っていません」ゾラックは、安心するのはまだ早いという声を発した。「フィールドに外から抑制が働いて、速力は亜重力圏に落ちています。このまま行けば通常空間に浮上します。もう間もなくです」

何かが宇宙船に制動をかけて、無理にも通常空間に引き戻そうとしていた。

「浮上完了。本船は通常空間と接触を取り戻しました……」長い沈黙が続いた。「ただ、現在位置がわかりません。別の場所へ移転しているようです」

床の中央にある球形ディスプレイに火が入って宇宙船を取り巻く視野いっぱいの星空が映し出された。太陽系付近で見る宇宙の景観とはまるで違っていた。〈シャピアロン〉号が地球を出発してから宇宙の様相が変わったというのはとうてい考えられないことである。

「大型の人工構造物がいくつか接近してきます」ちょっと間を置いてゾラックが言った。「見覚えのない物体ですが、知的生物の手になるものであることは間違いありません。本船は未知の知的生物により、何らかの不明な目的のために、何らかの未知の手段をもって捕獲され、未知の宇宙領域に転位させられたものと見られます。相手の正体が不明であることを除けば、情況は明らかです」

「接近中の物体をスクリーンに出せ」ガルースが指示した。

長大な宇宙船の各所から異なった角度で捉えた映像が司令室の三つのスクリーンに送られてきた。ガルースが見たこともない飛行物体がゆっくりと近づいてくるところだった。司令室の科学者も乗組員も、ただ声もなくスクリーンを見つめるばかりだった。しんと静まり返った中にゾラックの声が響きわたった。

「未確認異星船から連絡がありました。信号方式はこちらと同じ、標準ハイ・スペクトル・フォーマットです。中央モニターに出します」

司令室を見下ろすような大型スクリーンに浮かんだ映像に、ガルース以下その場にいあわせたガニメアンたちは驚天動地のあまり身じろぎすることさえ忘れたかのようであった。

「はじめまして、カラザーです」スクリーンの顔が言った。「大昔にイスカリスに遠征された皆さん、ようこそ。われわれの新しい母星はもう間もなくです。今しばらく御辛抱下さい。向こうへ着いたら何もかも説明します」

ガニメアン……いくらか体形が違ってはいるが、スクリーンから語りかけた男がガニメアンであることは疑いの余地もなかった。歓喜と安堵《あんど》、満足と不安が錯綜《さくそう》して、ただでさえ頭が混乱したガルースは、もう何が何だかわからなくなった。これは、いったい……そう、地球人が月から発信したメッセージが届いたのだと解釈する他はない。ガルースは、あのせせこましく、貪欲《どんよく》で、一本気な地球人への思いで胸がいっぱいになった。地球人は正しかったのだ。ガルースは地球人を、地球人のすべてを、心から愛さずにはいられない気持ちだった。

他の者たちもやっと何が起こっているかに気がつき、あちこちから驚嘆の声が上がった。モンチャーは衝《つ》き上げるこもごもの感情を抑えきれずに、両手をふり回しながら輪を描いて歩きだした。シローヒンは椅子に体を沈めて声もなく、ただ目を丸くしてスクリーンを見つめるばかりだった。

ゾラックが、すでに一同の知っていることを確認した。「記録を手がかりに視野にある星たちの現在位置を推定しました。これまでの経過を説明しろと言われても返答に窮しますが、どうやら航海は終わりです。ここは巨人たちの星、ジャイアンツ・スターです」

一時間足らず後、ガルースはガニメアンの第一団を率いて〈シャピアロン〉号の降下舟艇からテューリアン船の照明も眩《まばゆ》いレセプション・ベイに降り立った。一行は整然と並んで静かに待ち受けるテューリアンたちの前に進み、そこで簡単な挨拶《あいさつ》を述べ合った。放浪者たちが長い航海の間胸に溜め込んでいた感情はついに堰《せき》を切ってあふれ出し、たちまち船上は笑いと涙の饗宴《きょうえん》と化した。終わったのだ。長い放浪は終わった。ガニメアンは新しい母星に帰り着いたのだ。

ひとしきり歓談が続いた後、新来のガニメアンたちは傍らの小部屋に案内され、しばらく寝椅子に横になるように指示された。何のためかは説明がなかった。彼らは一時的に知覚の惑乱を体験したが、ほんの短い間のことで、すぐに何もかももとどおりになった。手続きは終わりと告げられて、ほどなくガルースは彼に従うガニメアンたちと小部屋を出て最前《さいぜん》テューリアンたちと挨拶を交わした場所に戻った。彼はぎくりと足を止めた。自分の目が信じられなかった。

テューリアン集団から数歩手前に、あたかもガニメアンたちの驚愕《きょうがく》を哄笑《こうしょう》するかのように、彼のよく知っている小柄な、桃色の肌をした地球人が数人、こちらを向いてにやにやしていた。ガルースはぽかんと口を開け、目を白黒させて、一声も発さずにまた口を閉じた。地球人の中からつかつかと進み出た二人は他でもない……

「遅かったね、ガルース」ハントが愉快そうに話しかけた。「どこかで信号を見逃したか何かしたのか？」

「気を悪くしないでくれたまえよ」ダンチェッカーがおかしくてたまらないという顔で言った。「しかし、きみのその顔を見ているとどうしたって吹き出したくなるのだよ」

二人の後ろにもまだガルースの知った顔があった。がっしりとした体格で、霜降りの髪を短く刈った、彫りの深い顔の男。ヒューストンでハントの上司と紹介された男だ。隣の紅毛の女も同じオフィスで会ったことがある。他に男と女が一人ずついたが、この二人はガルースの知らない顔だった。ガルースは自分自身を叱咤《しった》して足を前に踏み出した。朦朧《もうろう》とした目で、ガルースはハントが地球人の挨拶のしかたで手を差し出しているのを見た。ガルースは心を込めてその手を握り、他の地球人たちとも握手を交わした。幻覚ではない。地球人の手は暖かかった。テューリアンはこの場のために、ミネルヴァ時代にはなかった何らかの手段によって地球人たちを連れてきたに違いない。

他のガニメアンたちがどっと地球人に駆け寄るのを横目に見ながら、ガルースは〈シャピアロン〉号に通じている襟もとのマイクにそっと呼びかけた。「ゾラック。これは、夢ではないんだな？　今、現にこういうことが起こっているんだな？」

ゾラックはガニメアンが常に額に装備している超小型ＴＶカメラの映像をモニターしていた。

「おっしゃる意味がわかりません」ガルースのイヤフォーンを通してゾラックの声が返ってきた。「わたしに見えるのは天井だけです。何か椅子のようなところに寝そべっているのですね。さっきから、もうかれこれ十分くらいそのままです」

ガルースは言葉を失った。あたりを見回すと、向こうからハントとカラザーがガニメアンと地球人でごった返す中を搔《か》き分けてやってくるところだった。「彼らが見えないのか？」ガルースは不思議そうに尋ねた。

「誰ですって？」

ガルースが答えるより先に、別の声が言った。「実は、今のはゾラックではありません。わたしがゾラックの声色を使ったのです。申し遅れましたが、わたしはヴィザーです。このあたりで、そろそろいくつかのことを御説明いたしましょう」

「ロビーではまずいな」ハントが言った。「船室へ行こう。積もる話もあるからね」

ガルースはますます混乱した。ハントはイヤフォーンを着けていず、しかも、対話はガニメアン語だったにもかかわらず、彼らのやりとりを理解しているらしかった。

カラザーは脇に控えて一行の挨拶と紹介が済むのをじっと待っていた。やがて彼はガニメアンと地球人の混合集団を巨大なテューリアン宇宙船の奥へ案内した。母星まではもう、ほんの数時間の距離だった。

16

ハントとダンチェッカーはどことも知れぬ広大な空間に立っていた。そこは壁に囲まれて、大きな箱を伏せたように暗く、足下の床は局所的な間接照明を受けて点々と斑《まだら》模様を描きながら全周に果てしなく拡がり、彼方《かなた》の闇に吸い込まれていた。頭上から決して瞬《またた》くことのないいくつもの大きな星が青白い光を投げてあたりをぼうっと照らしていた。

ジャイスター系の外側で〈シャピアロン〉号が捕獲された後、すっかり冷静を取り戻したジェロール・パッカードは新旧ガニメアン集団が交流する間、地球人はしばらく遠慮しようと言い、他の者たちもそれに賛成した。ヴィザーの厚意もあって、彼らはその機会に空いた時間を利用してテューリアン文明を探訪することにした。パッカードとヘラーはテューリアンの社会構造に関心を示して首都テュリオスに向かい、コールドウェルとリンは宇宙工学の実態を見学するために数光年の範囲に点在する衛星その他の拠点を巡る小旅行に出かけた。ハントとダンチェッカーは〈シャピアロン〉号捕獲作業を目《ま》のあたりにして、宇宙船の針路前方に巨大な環状ブラックホールを発生させたエネルギー源や、気の遠くなるほどの距離を隔ててブラックホールを制御する技術に興味を持った。ヴィザーはテューリアンのパワー・プラントに案内しようと言った。途端に二人は今いるところに現われたのだ。

　頭上を覆う天空のような透明ドームは宇宙空間に浮かぶ構造物の一部をなすものだった。それにしても何という桁はずれな規模であろう。ドームの外側の前後左右に緩やかな曲面を見せて上向きに反り返る萼《がく》のようなものが拡がっていた。鋼鉄の建造物とは思えないほどの微妙な線を持つ四本の腕は先細りに、目測を拒む遙か彼方の闇に伸びている。ちょうど地球儀に引かれた経線が赤道と交わるように、細長い三日月状のものが直角に交差した位置に彼らは立っているらしかった。三日月の各先端からそれぞれに、直径のさして大きくない筒型のものが突起していた。四本の円筒の軸を延長すれば、空間の一点で正確に交わるに違いない。四門の重砲が同時に一つの目標に照準を合わせた恰好である。周囲には尺度になるものは何もなく、三日月の先端までの距離はとても見当がつかなかった。

　三日月形の一端からさらに向こうの、ちょうどハントとダンチェッカーの正面にあたるところに、今彼らがその中にいるのとまったく同じ構造の物体が浮かんでいた。細い三日月が二つ交差して、先端に四本の銃身に似た突起があるのも同じである。距離が遠いためにそのもう一つ向こうがどうなっているかはわからなかった。目を反対側に転じると、そこにも同じものがあり、上下にもやはり同じものがあった。ハントは三日月の十字形を単位として、宇宙空間のある一点を中心にこの構造物が、目に見えぬ球面上に整然と配列されていることを理解した。設計図によくある分解組立図を想像すればいい。そして、三日月形の各先端の銃身に似た筒は、球の中心から放射状に引かれる半径線上に正確に位置していた。くすんだ紫色を呈する虚空の闇の、まさにその球の中心に当たるところにぼんやりと滲《にじ》んだような光の塊が渦巻いていた。

二人がとっくりとあたりを眺めるのを待って、ヴィザーは説明に移った。「ここはジャイスター系から約五億マイル離れたところです。あなたがたがいるのは〝ストレサー〟という装置の中です。ストレサーは全部で六基、空間の一部を球面で切り取った形に配置されています。三日月状の腕は全長五千マイル。つまり、銃身のように見えている突起まで、それだけの距離があるわけです。これで全体の大きさがおわかりでしょう」

ダンチェッカーは啞然《あぜん》としてハントをふり返り、あらためて頭上をふり仰いでから、もう一度ハントの顔を覗《のぞ》き込んだ。ハントは焦点を失いかけた目でダンチェッカーを見返した。

ヴィザーは説明を続けた。「ストレサーは曲面の内側に高密度の時空を誘起しますが、その密度は中心に近づくほど高まって、焦点においてブラックホールに陥没します」

滲んだような光の塊を赤い輪が囲んだ。ヴィザーが彼らの視覚にスーパーインポーズしたに違いない。「あの赤い輪の中心がブラックホールです。滲んだように見えるのは、向こう側の星の光が屈折しているのです。つまり、ストレサーによって変形された空間が重力レンズの働きをしているわけです。ブラックホールはあなたがたのいるところから約一万マイルの距離にあります。実は、お二人の周囲の空間も大きく変形を受けているのですが、わたしはその屈折率を読み取って感覚を補正していますから、普通の状態と少しも変わらないでしょう。

「ストレサーによって形作られた空間の殻の外側に一連のプロジェクターが並んでいて、質量消滅によって得られるエネルギーを高収束ビームとして、ストレサーの間からブラックホールへ照射します。そこでエネルギーに偏向を加えて、高次元グリッドを通して分配したものを通常空間に取り出して、必要なところへ流してやるのです。早い話が、このストレサーのシステム全体がh－スペース分配グリッドへの入力装置と考えればいいのです。これによって、星間の距離を隔ててどこなりと自在にエネルギー瞬間移動が可能なわけです。いかがですか？」

しばらく経って、ハントはやっと質問を声に出した。「二次側の仕組みはどうなっているのかな？……つまり、その……このシステム一つで全惑星のエネルギーをまかなっているのか、それとも……？」

「分配のパターンは非常に複雑です」ヴィザーは答えた。「いくつかの惑星はガーファランからエネルギーの供給を受けています。今あなたがたが滞在しているところです。現在テューリアンがあちこちで進めている、大きなエネルギーを必要とするプロジェクトもみなガーファランに頼っています。しかし、小型の出力装置があって、これを分配グリッドに接続すれば、エネルギーはどこでも取り出すことができるのです。宇宙船はもちろん、地上車や機械、家庭用エネルギー……およそエネルギーが必要とされる場所はすべてそれで間に合います。装置は小さくまとまっていますから、ほとんど場所を取りません。例えば、アラスカへ運んだパーセプトロンですが、エネルギーは環状ブラックホールの地球側の出口に仮設したステージのグリッドから取っています。自力航行の推進機構を搭載したらパーセプトロンはもっと図体が大きくなってしまいますからね。ところが、実際にはその必要はないのです。パーセプトロンに限らず、ここではパワー・ソースを自分で抱えている機械はほとんどありません。みな、惑星外に設けられた集中ジェネレーターと転送装置……今あなたが立っているところがその一つですが……から、グリットを通してエネルギーを取っています」

「信じられない」ダンチエッカーは溜息《ためいき》混じりに言った。「考えてみたまえ。ほんの五十年前、人類はエネルギー涸渇《こかつ》の危機に怯《おび》えていたんだからね。いやあ、驚いた……本当に、おそれいったとしか言いようもない」

「もともとのエネルギー源は?」ハントは尋ねた。「さっきの話だと、入力ビームは質量消滅によって得られるということだったね。何が消滅するのかな?」

「主として、燃えつきた恒星の核です」ヴィザーは答えた。「それによって得られたエネルギーの一部は、遠隔地から物質を転送するトランスファー・ポート……つまり環状ブラックホールのネットワークに流用されます。星の核を解体して消滅装置に送り込むのです。ガーファランから分配グリッドに供給される実質エネルギーの消費量は一日にほぼ月《ルナ》一個分に相当します。しかし、燃料はいくらでもありますから、エネルギー危機が訪れることはまずありません。どうぞ御心配なく」

「そのエネルギーを、ある種の超次元空間を通して、何光年も離れたところに収束させてブラックホールを発生させるというんだね」ハントは言った。「わたしらが見学した〈シャピアロン〉号捕獲作業は実に手が込んでいたけれども、いつもあんなふうに大がかりになるのかな？」

「いえ、あれは特別です。何よりも精密な制御と正確なタイミングを期さなくてはなりませんでしたから。あれにくらべれば、ただの物質転送は簡単そのものです。厄介な手続きは何もありません」

ハントは口を閉ざし、驚嘆を新たに異星のパワー・プラントを眺め回しながら宇宙船回収作戦の一部始終を思い返した。

ブルーノからノーマン・ペイシーの名前で〈シャピアロン〉号に危険が迫っているという含みの予期せぬメッセージが届くと、カラザーは時を移さず同船を捕獲することを決断した。テューリアンで地球人と彼らが情報を突き合わせてはじめて察知された危険を、その事実を知るはずもないペイシーがどうして嗅ぎつけたかは謎だった。

地球を監視する組織はカラザーの擁する技術者集団と同様、当然〈シャピアロン〉号の動きを追尾していると考えなくてはならなかった。カラザーは航行中の宇宙船を掻《か》き消すことで彼の行動を組織に勘づかれることを嫌い、イージアン以下技術陣を動員して、二十光年の彼方から〈シャピアロン〉号を掬《すく》い上げる一方、相手の組織の追尾システムに同号と同じデータを送り続けるダミーを航行させる作戦を立てた。宇宙船すり替えに伴う重力場の擾乱《じょうらん》を検知される危険があったが、技術上の制約を考えれば追尾システムの恒常監視は不可能であるはずだった。言うなれば、監視者も瞬《まばた》きぐらいはすることがあるわけで、その隙を狙って手品師の早業《はやわざ》さながらにさっとすり替えてしまえば追尾システムの裏をかく成算はあった。計画どおり、すり替えは滞《とどこお》りなく一瞬のうちに完了した。すべてがうまくいったとすれば、監視組織は〈シャピアロン〉号がすでに何光年もの空間を飛び越してテューリアンの傍に来ているとも知らず、今頃は替玉の宇宙船が発信する刻々のデータを大真面目に追尾しているはずである。すり替えが見事成功したかどうかは、いずれ時が来れば明らかとなるだろう。

ハントは、考え方の相違するらしいこの二派のガニメアンのいたちごっこの騙《だま》し合いをどう解釈したものかと首を傾《かし》げずにはいられなかった。ダンチェッカーがはじめに指摘したとおり、化かし合いはガニメアンの精神構造とは相容《あいい》れないことである。ハントは何とかしてヴィザーからこの事態の裏に隠されていることを聞き出そうと再三探りを入れてみたが、コンピュータは堅く沈黙を言い渡されているらしく、カラザーが時機を見て自分の口から説明するからと、その都度答をはぐらかした。

それはともかく、何故か〈シャピアロン〉号は攻撃も受けず妨害もされず、ペイシーの懸念は杞憂《きゆう》に終わって、今は安全を約束されている。ペイシーが何か勘違いをして一人相撲を取ったと考える他はなかったが、ペイシーの人柄を知っているハントとしてはそれではどうにも釈然としない。よくよく考え直してハントは好意的な解釈を下した。ペイシーは〈シャピアロン〉号が危険にさらされていると明言してはいない。彼は宇宙空間のどこかで何かが破壊されようとしていると見られる節があり、〈シャピアロン〉号に危険がおよばないという保証はない、と注意を促したにすぎない。カラザーは大事を取ったのだ。それを非難するには当たらない。が、しかし、警告の趣《おもむき》はやはりペイシーが何か途方もない勘違いを犯していたことを匂わせるものである。はたしてそうか？　ハントの疑問はふりだしに戻った。

ハントはふいに自然の要求を覚えた。まさか……。コンピュータが情報の上に組み立てた架空の肉体にそんなことがあるだろうか？　いったい何でそこまでしなくてはならないというのか。

気がついてあたりを見回すと、彼はパーセプトロンの寝椅子に横たわっていた。

「通路の突き当たりのドアです」ヴィザーの声が教えた。ハントは苦笑に首をふりながら起き上がった。例によってガニメアンたちはすることに抜かりがない。通路の奥のドアはそのためだったのだ。

数分後、ジャイスターに戻るとダンチェッカーがただならぬ表情で彼を待ち受けていた。

「きみがいない間に重大なニュースが入った」教授は言った。「ジョルダーノ・ブルーノの彼氏は、こっちが思ったほど見当はずれではなかったらしい」

「どうしたんだ？」ハントは訊き返した。

「月の裏側とテューリアンの交信を中継していた装置が働かなくなった。ヴィザーによれば、何者かが装置を破壊した模様だというんだ」

17

月の裏側に孤立して外部との連絡を絶たれていたノーマン・ペイシーはどうして中継装置が破壊されることを事前に察知したのだろうか？　太陽系外の唯一の情報源はジャイスターのテューリアンから送られる信号だが、テューリアンたちは現に通信が杜絶《とぜつ》するまでそのことを知らなかったのだ。それに、ペイシーは何故国連代表団に事態を諮《はか》らず、独断で警告を発したのだろうか？　しかも、ペイシーは密《ひそ》かに制御室に入り込んで、自身の手でメッセージを送信したと思われる。いったいどうしてそんなことができたのか？　ブルーノ観測基地はいったいどうなっているのだろう？

ジェロール・パッカードはテューリアン側に、そもそも今度のことが起こって以来の地球との交信の記録を残らず提示するよう要求した。カラザーは一も二もなく応諾し、ヴィザーがマクラスキーに降りたパーセプトロンのプリンターからハード・コピーを吐き出した。マクラスキー基地の一行がそれを地球側の記録と突き合わせてみたところ、いくつか不思議な食い違いが発見された。

冒頭の部分は両方の記録が一致していた。〈シャピアロン〉号が地球を去った後、ブルーノの科学者たちは国連の圧力に抵抗し、ガニメアンとの対話を再開する希望を抱いてジャイアンツ・スター宛に信号を送り続けた。しかし、最初の思いがけない簡単な応答以後ガニメアンは沈黙を守った。一方通行に終始したこの時期を通じて、地球人は自分たちの惑星の科学文明の水準や社会情勢に関する情報を送ったが、それらは総じて、今のところまだ地球人にはその正体が明かされていない〝監視組織〟が長年にわたってテューリアンに報告してきたこととはかけはなれた内容だった。この食い違いがきっかけで、テューリアンたちは監視報告の真否に疑問を抱くようになったのだ。が、いずれにせよ、この時期に地球から受信されたメッセージは、地球側に残された送信の記録と完全に一致していた。

続く一連の記録はテューリアンが対話を復活して、国連が地球を代表して応答に当たった部分だった。この頃から地球側の態度がはっきり変わりはじめている。ヒューストンではじめて会った時カレン・ヘラーがハントに話し、またハント自身がその後に実情をあらためたとおり、地球側のメッセージは消極的で優柔不断だった。国連は地球を銀河系の火薬庫と見るテューリアンの誤解を一向に正そうとせず、地球を訪れて直接会談したいというテューリアン側の要望に、何かと言を左右にして歯切れの良い返答を与えなかった。そして、この部分の記録に明らかな違いが発見されたのだ。

ヘラーが月の裏側に滞在した期間の送信の記録は、テューリアン側の受信の記録とことごとく一致していた。ところが、他にヘラーのいっさい関知しない二件の通達がテューリアンに届いていたのである。書式とヘッダーから見て、それがブルーノ基地を発信源とするものであることは疑いの余地もなかった。しかも、驚くべきことに、その内容は極めて好戦的であり、異星との修好を渋る国連でもこうまでは言うはずがないと思われるほど敵対感情を剝《む》き出しにするものであった。事実に反する記述もあり、全体としては、地球は自分で自分の面倒を見る、異星人のいらざる容喙《ようかい》は笑止千万、たって来訪すれば武力をもって阻止するであろう、と強硬である。さらに不可解なのは、その中にハントらがテューリアンと接触してはじめて明らかになった歪曲《わいきょく》された地球の姿を事実であると肯定するのみか、一層歪《ゆが》んだ印象を与えようとする記述があったことである。ブルーノ基地のいったい誰がこのような情報が伝えられたことを知っているだろう？

そこへ、ハントが木星から連絡してきた。ガニメアン・コードに変換されたメッセージは異星人の地球来訪を歓迎する意志を伝え、着陸地点さえ指示していた。それまでの地球側の態度とは天と地の違いである。テューリアンがこんがらかったのも無理はない。

そうこうするうちに、今度はソヴィエトが独自に接触してきた。応答時の機密保持についてあれこれと注意を添える念の入れようである。パッカードはカラザーに、アメリカ人一行、とりわけ彼自身が動転させられた尋問をソヴィエト人に対しても行なうべきだと主張した。ソヴィエトもテューリアンの来訪に乗り気だったが、木星経由で送られてくるハントのメッセージにくらべると、いささかおよび腰でなくもなかった。総じてソヴィエトの態度は慎重の上にも慎重だった。ところが、ここでもまた、全体とは基調を異にする情報が三度にわたって混入していることが判明した。ブルーノ基地からの〝非公式〟連絡と同様、それらは異星人への反感を露《あらわ》にしていたが、何とその一部には内容表現ともブルーノの怪情報とほとんど変わりないくだりがあった。偶然の一致とはとうてい考えられない。

ソヴィエトは現地にいたカレン・ヘラーですら知らないブルーノ怪情報をどこで摑《つか》んだのだろうか？　考えられるのはただ一つ、当のソヴィエトこそが怪情報の出どころではないのか……。だとすれば、クレムリンはやはり何らかの手段で国連を牛耳っているということだろうか？　ブルーノの代表団はアメリカをはじめ、ジャイスターのことを知っているいくつかの有力な国の目を欺く茶番にすぎないのだろうか？　代表団の一見慎重な、しかし、まるで進歩のない動きはソヴィエトがそのために送り込んだ人物――おそらくはソブロスキンの巧みな工作によるものではあるまいか。ブルーノ観測基地の天文部長がロシア人であることを考えると、この見方はますます真実味を帯びてくる。だが、しかし。怪情報はテューリアンを誘致しようとするソヴィエト自身の努力をぶち壊しにするものである事実は動かない。この矛盾はどう説明したらいいだろう？

そして、カレン・ヘラーがブルーノ基地を去った後、第三の、実に最後通牒《つうちょう》にも等しい激越な通信文が届いた。地球はテューリアンとの交流を望まず、以後いっさい対話を絶つべく、すでにその手配をした、という内容であった。最後に、宇宙空間で何かが破壊されようとしているというノーマン・ペイシーからの警告が届き、その後間もなく中継装置は機能を停止した。

謎は謎を呼んだが、それを解く鍵はアラスカにはない。パッカードは国務省の伝令がマクラスキーにやってきて、ジャイスターとの交信が杜絶し、国連代表団は地球に帰還することになったと公式に伝えるのを待ってコールドウェルと共にワシントンへ戻った。リンは二人に同行し、ペイシーから話を聞き次第マクラスキーにとんぼ返りすることになった。

ハントとダンチェッカーはマクラスキー空軍基地のエプロンでパッカードとコールドウェル、リンの三人を乗せたUNSAのジェット機がワシントンへ発《た》つのを見送った。ジェット機は南を指して急角度で上昇しながら遠ざかった。すぐ近くで地上作業員たちが、パーセプトロンの脚がコンクリートに穿《うが》った穴に雪を埋め戻していた。パーセプトロンは謎の監視組織の目を惹《ひ》かぬように、エプロンの端のUNSAの飛行機の間に移動していた。パーセプトロンの通信システムに使用されているブラックホールは顕微鏡規模の小さなものだが、それでも質量はちょっとした山一つほどある。マクラスキーのエプロンはそれだけの重さに耐えるように作られてはいなかった。

「しかし、考えてみれば妙な話だね」ジェット機が小さな点となって遠くの尾根を越すと、ハントは言った。「ヴラニクス・ワシントン間の距離は二十光年だよ。ところが時間を食うのは最後の四千マイルだけだ。このごたごたが片づいたら、この惑星のいくつかの地点をヴィザーの記憶に書き込むというのはどうかね？」

「いいね」ダンチェッカーは気のない返事をした。朝食の時から目立って浮かぬ顔である。

「そうすれば、グレッグも運輸関係の雑用から大幅に解放されるじゃあないか」

「だろうね」

「ナヴコム司令部とウェストウッドをプログラムに組み込んでもらうっていうのはどうだ？ オフィスからテューリアンへ行って、昼食には帰ってこられる」

「ん……」

二人は向きを変えて食堂のほうへ歩きだした。ハントは横目使いにそっと教授の顔を窺《うかが》ったが、ダンチェッカーはそれにも気づかず、むっつりと黙りこくっていた。

部屋に入るとカレン・ヘラーが通信文の記録とブルーノで書き溜めたメモをテーブルに拡げて頭を抱えていた。彼女は二人の姿を見て書類を脇へ押しやり、椅子の背に寄りかかった。ダンチェッカーは窓際に立って無言のままパーセプトロンを眺めやった。ハントは一隅の椅子に、後ろ向きに跨《また》がって腰を下ろした。

「どうしても理解できないわ」ヘラーは溜息《ためいき》混じりに言った。「月面であれどこであれ、わたしたち以外の誰かにこの情報が洩《も》れるというのは絶対にあり得ないことよ。カラザーの言う〝組織〟と接触がない限りはね。そんなことってあるかしら？」

「わたしもそこを考えているんだ」ハントは言った。「例の二進コード信号はどうなんだろう？ ひょっとすると、モスクワははじめからカラザー派を相手にしてないんじゃあないだろうか」

「いいえ、その点は調べました」ヘラーは傍らの書類の山を指さした。「月面で受信したメッセージは全部カラザーのところから出たものです。その点は間違いありません」

ハントは頭をふって椅子の背に腕を組んだ。「何とも解釈のしようがないね。ノーマンの帰りを待って向こうの様子を聞いてみないことには」

沈黙が室内を支配した。ダンチェッカーは相変わらず何やら考え込む様子で窓の外を眺めやっていた。しばらくしてハントは言った。

「しかし、妙なものでね……どこを取ってもわからないことだらけで、とうてい収拾がつかない状態になった時、ほんの何でもない、それまで誰もが見逃してきたごく些細《ささい》な事実に目を向けたところが、たちまち全体がはっきりして急転直下の解決を見る、ということがよくあるだろう。ほら、何年か前のルナリアンの起源で行き詰まった時がそうだ。月が移動したに違いない、と考えた途端に何もかもすっきり説明がついたのだからね。後からふり返ってみれば、そんなことははじめから明白だったはずなんだ」

「今度も何かそういうきっかけがあるといいのだけれど」ヘラーは書類をまとめてフォルダーにおさめた。「もう一つわたしがおかしいと思うのは、ガニメアンがどうしてあんなふうにこそこそするのかっていうことなの。ガニメアンらしくないでしょう。それが、片方のグループはどこかで何かこっそりやっていて、もう片方のグループも別のことをやりながら、お互いに自分たちのことを相手に知られまいとしているんですものね。あなたは誰よりもガニメアンのことをよくご存じでしょう。この状態をどんなふうにお思いになって？」

「それがわかればねえ」ハントは何とも答えようがなかった。「それに、中継装置を破壊したのは何者だろう？　カラザー派でないことはわかっている。だとすれば、別の一派の仕業だね。そうすると、あれだけ慎重を期したにもかかわらず、交信のことが向こうに知られたということになる。でも、だからと言って、どうして装置を破壊する必要があったんだろう？　たしかに、ガニメアンらしくないやり方だよ……少なくとも、二千五百万年前のガニメアンがそんなことをするとは思えない」

ハントはわれ知らずふり向いて、最後の一句をダンチェッカーの背中に投げ掛けた。ダンチェッカーは最前《さいぜん》から窓際に立ったまま一歩も動いていなかった。ハントはいまだに二千五百万年ではガニメアンの性格は変わりようがないという考え方に納得できないものを感じていた。しかし、ダンチェッカーの確信は揺るぎなかった。ハントの一言はダンチェッカーの耳に入らなかったろうか。いや、一呼吸あってダンチェッカーは窓外に目をやったままの姿勢で言った。

「あるいは、きみの最初の仮説は検討に価《あたい》するのかもしれないね」

ハントは黙って先を待ったが、ダンチェッカーはそれきり口をつぐんだ。

「仮説、というと？」ハントはたまりかねて催促した。

「交信の相手はガニメアンではないのではないか……」ダンチェッカーはあやふやな声で言った。短い沈黙が流れた。ハントとヘラーはそっと顔を見合わせた。ヘラーは眉を顰《ひそ》め、ハントは肩をすくめた。交信の相手がガニメアンであることは今や動かぬ事実である。二人は何が言いたいのかと問い返す目でダンチェッカーを見上げた。ダンチェッカーはくるりと向き直って、両手で上着の襟を摑んだ。「現実に沿って考えてみたまえ」彼は挑むように言った。「相手の行動はわたしらが知っているガニメアンからはどうしたって想像できない。わたしは向こうの二派の関係を問題にしているのだよ。一方のグループはわたしらが会って、ガニメアンであることがわかっている。ところがもう片方のグループには会わせてもらえない。ガニメアンはいろいろと理由を構えたけれども、そんなものはこじつけだとわたしは自信をもって断言するね。この事実から論理的に引き出される結論は何か——。別の一派はガニメアンではない、ということだよ。違うかね？」

ハントは虚を衝《つ》かれた思いで声もなくダンチェッカーを見返した。彼の結論は明快であって付け加えるべきことは何もない。ハントらはカラザーの言う〝組織〟がガニメアンであると頭から決めてかかっていた。テューリアンたちはそれを否定しなかった。が、そのとおりだとはただの一度も言わなかったのだ。

「もう一つ考えることがある」ダンチェッカーは言葉を続けた。「脳の組織構造と、表象レベルにおける神経活動パターンは地球人とガニメアンではまったく違っているのだよ。ガニメアン同士の意思疎通を図るものとして設計されたコンピュータとその端末が、そのままガニメアンと地球人の間でも機能するとはわたしにはとても考えられない。言い換えると、今あのエプロンにある船に積まれた装置はガニメアン用の標準モデルで、それがたまたま地球人との意思疎通をもやってのける、などという、そんな馬鹿なことはあり得ないということだよ。あの装置があのとおり機能しているのは何故か。考えられることはただ一つ。あれはそもそものはじめから、地球人の神経中枢に結合するように作られているからだ。つまり、設計者は地球人の神経中枢の働きを知りつくしているんだ。おそらく、地球監視によって得た現代の医学情報からではそこまで人間の頭の中のことはわからない。それよりも遙かに詳しい知識を彼らは持っているんだ。だとすれば、彼らはその知識を惑星テューリアンで得たとしか考えられないじゃあないか」

ハントは信じられない顔つきでダンチェッカーを見つめた。「何が言いたいんだ、クリス?」彼は押し出すような声で尋ねたが、すでに答は聞くまでもなかった。「テューリアンにはガニメアンだけじゃあなしに、地球人と同じ人種がいるということか?」

ダンチェッカーは大きくうなずいた。「そのとおり。はじめてパーセプトロンに入った時、ヴィザーはたちまちパラメータを調整して知覚刺激を地球人の数値に合わせたし、わたしらの神経系から苦もなくフィードバック情報を取り出しただろう。地球人における正常な刺激レベルがどのくらいだか、ヴィザーはどうして知っているのかな? フィードバック・パターンが正確かどうか、何によって判断したのかな? 唯一可能な解釈は、すでにヴィザーが人間をさんざん扱って、地球人の神経生理を知りつくしている、ということでしかないじゃないか」彼は言うことがあるなら言ってみろとばかり、挑発的な態度で二人の顔を見比べた。

「あり得ますね」カレン・ヘラーはダンチェッカーの発言を反芻《はんすう》しながらゆっくりうなずいた。「ガニメアンが時間を稼いでいるように見えるのもそう考えれば説明がつくわ。わたしたちの反応を見ながら、だんだんに事実を明らかにするつもりではないかしら。特に、地球人についてはは喧嘩《けんか》早いと思い込まされてきたわけだし……。それに、もしその一派がわたしたちと同じ人種だとしたら、地球監視の役割を与えられても不思議はありませんものね」

彼女は自分の言葉をふり返ってしきりにうなずいていたが、何かに思い至ったか、ふと眉を寄せてダンチェッカーを見上げた。

「でも、どうして地球人と同じ人種があの惑星にいるんですかしら？　ガニメアンが移住する前からすでにそこにいて、独自の進化を辿《たど》ったとか……何か、そんなようなことですか」

「いいや、それは断じてあり得ません」ダンチェッカーはじれったそうに言った。ヘラーは面食らって何やら言い返そうとしかけたが、ハントが小さく目くばせして、それとはわからぬほど微かに首をふるのを見て思い止《とど》まった。ダンチェッカーが進化論の講義をはじめたら日が暮れてしまう。ヘラーは片方の眉をちょっと上げてハントに了解の意を伝え、それきり口をつぐんだ。

「答は目の前にありますよ」ダンチェッカーは思わせぶりに言い、ぐっと胸を張って上着の襟を摑み直した。「ガニメアンは今からほぼ二千五百万年前にミネルヴァからテューリアンへ移住しました。すでにその頃、かつて地球からミネルヴァへ行った動物の中には霊長類《れいちょうるい》にまで進化しているものがあったことがわかっています。ガニメデの難破船でもその例がいくつか見られます。一方、あの難破船は、まさにテューリアンへの移住の途中で事故に遭ったものと考えるに足る根拠があるのです」あとは話すまでもなかろうという顔で、彼はちょっと言葉を切った。「明らかに、ガニメアンは人類の前段階にあるヒト科の生物を連れて移住したのです。その子孫が進化して人類社会を作った。そうして、惑星テューリアンでガニメアンと立派に共存しているのです。ヴィザーが人類とガニメアンの間に自在に意思伝達を成り立たせること自体がその何よりの証拠です」

ダンチェッカーは襟を摑んでいた手をはなして後ろに組み、得意然としてぐいと顎を突き出した。

「これこそ、ハント先生、わたしが大きな誤りを犯していない限り、きみがさっき言っていた、すべてを一気に解決する鍵であるところの、明白にして些細なる事実だよ」

18

ノーマン・ペイシーは、静かに、と片手を上げて話を遮《さえぎ》り、秘書とUNSAの兵卒二人が荷造りに忙しい次の間《ま》との境のドアを閉めた。ジャネットは書類の山をどけて腰を下ろした椅子からペイシーの動きを目で追った。書類は代表団のブルーノ撤退に備えて箱詰めされるのを待っていた。

「続きを聞こうか」ドアから戻ってペイシーは先を促した。

「ゆうべ遅く……もう真夜中を回っていたかもしれません。正確な時間は憶えていませんけど」ジャネットは言い出しかねる様子で作業衣のボタンをひねくり回した。「ニールスのところへ電話があったんです。ヨーロッパ連合のダルダニエだと思います。何でも急ぎの用事のようでした。ヴェリコフとかいう人の話だったと思います。で、ダルダニエが何か言いかけると、ニールスがそれを遮って、すぐそっちへ行く、と言いました。わたしは寝たふりをしていました。ニールスは服を着てそそくさと出ていきましたけど……何だかこっそりという感じで、わたしを起こさないように用心しているみたいでした」

「なるほど」ペイシーは小さくうなずいた。「で、それから？」

「それで……わたし、最初に部屋に入った時、あの人が何か書類を読んでいるのを見たんです。書類はすぐホルダーに隠しましたけど、錠をかけなかったのをわたし、見て知っていました。それで、ニールスがいない隙に、中を覗《のぞ》いてみたんです」

ペイシーは奥歯を嚙みしめて感情を殺した。スパイの真似事はするなとあれ程厳しく言ったはずではないか。とはいえ、彼女がそこで何を見たかは大いに関心がある。「それで？」ペイシーは膝を進めた。

ジャネットは怪訝《けげん》そうに眉を曇らせた。「いろんな書類に混じって、赤で縁取りしたピンクのフォルダーがありました。それだけなら何とも思わなかったでしょうけれど、その表紙にあなたの名前が書いてあるので、はてなと思ったんです」

ペイシーは額に皺《しわ》を刻んだ。ジャネットの言うピンクのフォルダーは国連規程の機密メモに違いない。「中を見たかね？」

ジャネットはうなずいた。「それが、何だか変なんです……。あなたに関する報告で、あなたがこのブルーノ基地でとかく代表団の妨げになっていると非難する内容なんですもの。最後に〝結論〟という一節があって、アメリカ合衆国がもっと協力的な態度を取っていれば、代表団の成果は挙がったはずである、って書いてあるんです。これじゃあまるで言いがかりでしょう。変だって言ったのはそのことなんです」ペイシーは言葉もなくジャネットの顔を見つめていた。彼が口を開くより先に、ジャネットはこれから話すことについては責任を負えないという態度で首を横にふった。「それから、あなたと……カレン・ヘラーのことが書いてありました。二人は……」彼女は口ごもり、片手を上げて二本の指を絡めてみせた。「……こういう関係だって。ええと、何て書いてあったかしら……。〝かかる目にあまるばかりの不謹慎なふるまいは国連代表団の一員にあるまじきものであり、おそらくはアメリカ合衆国の妨害工作の一環であると思われる……〟」

ジャネットは椅子の背に寄りかかって今一度かぶりをふった。

「全然でたらめですよね……。でも、あの人がそんな報告を書くとしたら、つまり……」彼女は言葉を濁した。

ペイシーは荷造りの途中の木箱に浅く腰かけ、呆気《あっけ》に取られた顔で彼女を見つめた。しばらくして、彼はやっと口を開いた。「きみはそれを、自分の目で見たんだね？」

「ええ。全部憶えてるわけじゃあありませんけど、でも、内容は今お話ししたとおりです」

ジャネットは困ったような顔をした。「わたしは信じていませんよ。そんな嘘っぱち……」

「きみが報告を読んだことを、スヴェレンセンは知っているのか？」

「知ってるはずがありません。ちゃんともとどおりに戻しておきましたから。他のも読んでお知らせしたかったんですけど、あの人がいつ帰ってこないとも限らなかったものですから。でも、実際にはなかなか帰りませんでした」

「それでいい。無理押しをしなかったのは賢明だよ」ペイシーは床に目を落とした。いきなり横面を張られたような気持ちだった。やがて、彼は顔を上げて尋ねた。「きみ自身のことについてはどうなのかね？　代表団の引き揚げが決まってから、スヴェレンセンの態度に何か変わった様子はないか？　何か、気になるようなことは？」

「例のマイクロメモリーのことで、口止めされたとか、威《おど》されたとか、そういうことですか？」

「うん……それもある」ペイシーは彼女の表情を窺《うかが》った。

ジャネットは寂しげに笑ってかぶりをふった。「それが、全然なんです。急に優しくなって、別れるのが残念だって言うんです。地球へ帰ったらまた会おうって……もっとお給料の良いところへ紹介してくれるような口ぶりでした。いろんな有名人にも会わせてやるとか、しきりとそんなことを言っています」

ペイシーはスヴェレンセンの抜け目のないやり方に感心した。上等な餌《えさ》をちらつかせておけば女は裏切らない。

「きみはあの男を信頼しているか？」彼は片方の眉を上げて尋ねた。

「いいえ」

ペイシーは満足げにうなずいた。「きみはなかなか進歩が速い」彼は室内をひとわたり見回し、くたびれきった様子で額をさすった。「ここはひとつ、じっくり考えてみなくてはならんね。知らせてくれてありがとう。それはともかく、その恰好でいるところを見るときみはまだ仕事中だろう。またマリウスクを怒らせるのはまずいぞ」

「部長は休みです」ジャネットは言った。「でも、おっしゃるとおり、わたしはまだ仕事があるんです」彼女は立って行きかけたが、ドアの手前でふり返った。「お知らせしてよかったのかしら。代表団の耳には入れないようにって、この前おっしゃいましたね。でも、大事なことのような気がして。それに、もう皆地球へ帰るのだし……」

「いいんだよ。きみは間違っていない。あとでまた会おう」

ジャネットはペイシーに言われてドアを開けたまま立ち去った。ペイシーは腰を上げずに、頭の中でジャネットから聞いたことを繰り返した。UNSAの兵卒が荷物を片づけにやってきて彼の思考を妨げた。ペイシーはコモン・ルームでコーヒーを飲みながら考えることにした。

コモン・ルームはがらんとして、バーの片隅でスヴェレンセンとダルダニエが他の代表二人と額を寄せ合って話しているばかりだった。彼らはペイシーが入っていくとほんの申し訳に会釈《えしゃく》をして、また自分たちだけで話し続けた。ペイシーはディスペンサーからコーヒーを取り出して、彼らとは反対の隅のテーブルに腰を下ろした。どこか別の場所にするのだったと悔やんでみてもはじまらない。コーヒー・カップ越しにそっと彼らの様子を窺《うかが》いながら、ペイシーは廷臣に取り巻かれているかのような、長身で姿の良いスウェーデン人をめぐる謎の数々を思い返した。

〈シャピアロン〉号についてのペイシーの懸念はどうやら見当はずれだったらしい。ジャネットが盗み聴いたのは、ジャイスターとの交信がふいに跡絶《とだ》えたこととかかわりのある何かだったのではあるまいか。その直後に交信が絶えている事実は何かを語っていはしないか。もしそうだとすれば、スヴェレンセンと、少なくとも他に一人、誰かが事前に交信杜絶《とぜつ》のことを知っていたのだ。これはどう説明したらいいだろう？　スヴェレンセンとダルダニエがヴェリコフと接触しているというのも妙な話ではないか。ＣＩＡの報告によれば、ヴェリコフはソヴィエトにおける宇宙通信の権威である。モスクワと国連内部の反動勢力が手を結んで陰謀を企てているのだとしたら、ソブロスキンは何故ペイシーに協力したのだろうか？　協力すると見せかけて、ソヴィエトはもっと深いたくらみをめぐらせているのではないだろうか？　ソブロスキンを信用したのは間違いだった。ペイシーは自分の迂闊《うかつ》さに臍《ほぞ》を噛《か》む思いだった。ジャネットをうまく使って、ソブロスキンやマリウスクは遠ざけておくべきだったのだ。

　そして何よりも理解に苦しむのは、あの悪辣《あくらつ》な中傷と個人攻撃である。カレン・ヘラーを悪女に仕立て、彼らがブルーノ基地で果たした役割を根も葉もない誹謗《ひぼう》で塗り潰そうとする狙いは何だろう？　スヴェレンセンがそんな姑息《こそく》な手段を弄《ろう》するというのもうなずけない。

ジャネットがこっそり覗いた書類は代表団の公式議事録に添付される性質のものではない。議事録は代表団全員の承認を経なくてはならないし、その写しはニューヨークの国連本部に送達されるのだ。スヴェレンセンがそれを知らないはずはない。欠点の多い男だが、スヴェレンセンは馬鹿ではない。ペイシーはあることに思い至って、胃の腑《ふ》から苦いものが衝《つ》き上げてくるのを感じた。これまで会議の模様を逐一書き止めた記録に目を通し、公式議事録として承認を与えてきたが、はたしてそれがそのままニューヨークに送られていただろうか？ すでにペイシーは何やら怪しげな闇の動きを感じている。目に見えないところで何が起こっているか知れたものではない。

「わたしに言わせれば、南大西洋政策はアメリカに譲ったほうがいいのだよ」スヴェレンセンは取り巻きを相手に長広舌《ちょうこうぜつ》をふるっていた。「アメリカ合衆国は今世紀はじめまでに、核産業の地盤沈下に対してとうとう有効な手を打てなかった。ソヴィエトが中央アフリカの市場を事実上独占したのはむしろ当然だよ。それによって、地球全域における両大国の影響力がバランスして、競争が激化するならば、これは長い目で見たら全地球の利益に繋《つな》がるんだ」三人はおっしゃるとおりとうなずいた。スヴェレンセンは物を投げ捨てるようなぞんざいな手つきをした。「要するに、わたしは立場上、一国一国の政策に手足を縛られてはならないのであって、長期的な視野から全人類の進歩を考えることがこの際もっとも重要なのだよ。これまでも、わたしはそれを信条としてきたし、これから先もわたしの態度は変わらない」

よくもぬけぬけと言えたものだ。ペイシーはたまりかね、コーヒーを呑み下して、カップを叩きつけるように置いた。バーの男たちはびっくりして彼をふり返った。

「よく言うよ」彼は部屋の隅から不機嫌に言った。「あんまり人を馬鹿にしてほしくないね」

スヴェレンセンは露骨に厭《いや》な顔をした。「どういうことだね？」彼は蔑《さげす》むように問い返した。「御説明を願おうか」

「全人類の進歩のために今回ほどの素晴らしい機会はあるものじゃない。それをきみはむざむざ投げ捨てた。そのことを言っているんだ。きみの偽善にはとうていついていけない」

「おっしゃることがわかりかねるのだがね」

ペイシーは唖然《あぜん》とした。「しらばっくれるな。わたしらがここでやっていた茶番は何だと言うんだ」声が上ずるのが自分でわかった。感情を剝《む》き出しにするのはよくないと知りつつ、憤懣《ふんまん》は抑え難《がた》かった。「ジャイスターと何週間も交信しながら、地球人は結局何も言わなかった。一歩も前進しなかった。全人類の進歩を考えるが聞いて呆れるね」

「ああ、おっしゃるとおり」スヴェレンセンは冷静を装った。「それにしても、きみともあろう人がそんなふうに食ってかかるとは意外だね。文句があるなら自国の政府に持ち込むのが筋というものではないかね」

スヴェレンセンの言うことはまるでとんちんかんではないか。ペイシーは面食らって頭をふった。「何を言っているんだ、きみは？　アメリカははじめから積極論だ。ずっとテューリアン受け入れを主張してきたじゃないか」

「だとすれば、その主張を貫けなかった君自身の器量不足こそ責められるべきだろう」スヴェレンセンは言い返した。

ペイシーは耳を疑った。他の三人の男の顔を見たが、誰一人彼に同情を示す者はなかった。やっと、うすうす事情が読めてきた。ペイシーの背中を何やら冷たいものが走った。彼は詰問する目つきでスヴェレンセンの取り巻きを順に睨《にら》みつけた。最後にダルダニエと目が合った。フランス代表は無言の威圧に耐えかねた。

「合衆国代表がことごとに全体の流れに逆らうようなことがなければ、異星人との話し合いももっと大きな進展があったとわたしは思いますね」ダルダニエはペイシーを名指しで非難することは避け、わざとらしく言いにくそうに眉を顰《ひそ》めた。

「何とも残念なことです」ブラジル代表のサラケスが言った。「月面に最初に足跡をしるした国の活躍に大いに期待したのですがね、裏切られましたよ。いずれまた、対話が復活した暁《あかつき》には、何とか今回の時間の損失を取り戻したいものです」

何もかもまるででたらめだ。ペイシーは開いた口が塞がらなかった。誰もがスヴェレンセンに手懐《てなず》けられているのだ。彼らが地球に戻ってこの調子であることないことしゃべりまくり、書き替えられた記録が国連に届けられれば、ペイシーの言うことは誰も信じなくなるに違いない。すでに彼は自分でもこの情況が現実かどうかさえ確信が持てなかった。まだブルーノ基地にいること自体、まるで嘘のようである。こみ上げる怒りに彼はわなわなとふるえた。ペイシーはテーブルを離れてスヴェレンセンに詰め寄った。

「どういうことだ？」彼は陰にこもって言った。「そうやってえらく気取って反《そ》っくり返って、いったい何さまのつもりか知らないが、そもそもここへ来た最初からわたしはきみのそのお高く止まった態度には我慢がならなかったんだ。いや、そんなことはどうでもいい。わたしは、今ここで何が起こっているのか、それを知りたいんだ」

「ここへきみの私的な問題を持ち出すのは考えものではないかね」スヴェレンセンは言い、それからあらためて言葉を加えた。「特にきみ好みの……ふしだらな人物に関することは」

ペイシーはかっと赤くなるのが自分でわかった。「何の話だ？」

「これはご挨拶《あいさつ》だね……」スヴェレンセンは眉を顰め、差し合いのある話はしたくないとでもいうふうにふっと顔をそむけた。「まさかきみは、お国の女性大使との一件は誰にも気づかれていないなどと思ってはいまいね。まったく……こんなことを言わされるこっちこそいい迷惑だ。この話はもう止《よ》そう」

ペイシーは正直、今身の上に起こっていることが信じられなかった。彼はスヴェレンセンからダルダニエに視線を移した。フランス人は顔を伏せてグラスに手を伸ばした。サラケスもペイシーの目を避けてむっつり黙り込んでいた。ペイシーはそれまで聞き役に回っていた南アフリカのヴァン・ギーリンクに向き直った。「思慮に欠けていたとしか言いようがないね」ヴァン・ギーリンクはいかにも気の毒そうな口ぶりをしてみせた。

「この男が……」ペイシーはスヴェレンセンを指さしながら一同をぐるりと見渡した。「きみたちは、この男が好き勝手にでたらめを吐くのを黙って見ているのか？　スヴェレンセンがどんな男か知っているだろう。きみたち、どうかしているぞ」

「きみの言い方は穏やかでないな、ペイシー」スヴェレンセンは言った。「何をあてこすろうとしているんだ?」

非はスヴェレンセンのほうにある。厚顔にも彼はあくまで白《しら》を切り通す気なのだ。ペイシーは殴りかかりたくなる心を必死に抑えた。「それじゃあ何か? きみはあのことについても、わたしがありもしないものを見ていると言うのか?」ペイシーは低く声を落とした。

「マリウスクの助手のことだ。きみは、何もなかったと言うのか? ここにいるきみの傀儡《かいらい》どもは、どこまでもきみに味方するのか?」

スヴェレンセンは大袈裟《おおげさ》に目を剝いてみせた。どうして、なかなかの役者である。「わたしが察するとおりのことを言うつもりなら、この場で今の発言を撤回して謝罪したまえ。きみはわたしを侮辱したのみか、きみ自身の地位にも泥を塗った。感情的な中傷には、ここでは誰も耳を貸さないぞ。それに、きみは地球へ帰っても非常な悪印象をもって迎えられるだろうが、誰もきみの名誉回復には力を貸すまい。きみはもう少し頭のいい男かと思っていたがねえ」

「どうも、参りましたな」ダルダニエは頭をふってグラスを口に運んだ。

「前代未聞ですね」サラケスが調子を合わせた。

ヴァン・ギーリンクはぎごちなく床に視線を落としたまま口を開こうとしなかった。

天井に埋設されたスピーカーから呼び出しの声が流れた。「国連代表団のミスター・スヴエレンセン。緊急連絡です。ミスター・スヴェレンセン、お近くの電話をお取り下さい」

「ああ、諸君。わたしは失礼するよ」スヴェレンセンは吐息を洩《も》らしてペイシーを睨み据えた。「この悲しむべき錯乱は、きみが地球外の環境に順応しきれなかったための一時的なものということにしておこう。このことをわたしは以後いっさい口にしない」彼は含むところある声で言った。「ただし、断っておくが、この基地という閉ざされた環境を去って後もなおきみが悪質な中傷をふりまくようなら、わたしとしても考え方をあらためなくてはならない。そうなった時、きみは非常に不利な立場に立たされるだろうし、将来のためにも影響は甚大《じんだい》だ。わたしが警告しなかったとは言わせないぞ」

言い捨ててスヴェレンセンは、ふんぞり返って立ち去った。他の三人もグラスを干してそそくさと引き揚げた。


ブルーノ観測基地最後の一夜となったその夜更け、ペイシーは驚愕《きょうがく》と憤懣、焦燥《しょうそう》で床に入る気にもなれなかった。彼は個室の床を歩き回りながら、この月面基地に来てからの一部始終をふり返り、いろいろに角度視点を変えては情況の分析を試みたが、どう考えても筋の通らないことばかりだった。よほどアラスカに連絡しようかと思ったが、今度もまた考え直して止めにした。

現地時間でかれこれ夜中の二時になろうとする頃、遠慮がちにそっとドアを叩く音がした。ペイシーははてなと首を傾《かし》げ、椅子から立ってドアを開けた。ソブロスキンだった。ロシア人はすり抜けるように部屋に入り、ペイシーがドアを閉じるのを待って内ポケットから大きい目の封筒を取り出すと、黙ってそれをペイシーに手渡した。ペイシーは中をあらためた。赤で縁取りしたピンクのフォルダーで、表紙に「機密。報告二三八／二G／NTS／FM。ノーマン・H・ペイシー――人物像とその行動」としてあった。

ペイシーは目を疑いながらも中を開けて走り読んだ。顔を上げて、彼は押し出すような声で尋ねた。「どうやってこれを？」

「まあ、方法はいろいろとあるものさ」ソブロスキンは曖昧に答えた。「そいつのことを知っていたのか？」

「いや……何か、この種のものがあるらしいと、うすうす察してはいたがね」ペイシーは慎重に言葉を選んだ。

ソブロスキンはうなずいた。「これが人目に触れるのはきみとしても好ましくないと思ってね。焼却することだね。コピーは他に一部しかない。そっちはもうわたしが処分したよ。だから、もうそいつが目当ての宛先に届くことはない」

ペイシーはあまりのことに声もなく、もう一度フォルダーに目をやった。

「それから、もう一つ、代表団の議事録でおかしなものを見つけたよ。こっちの記憶とまるで違うことが書いてあるんだ。それはきみやわたしが目を通して承認したものと差し替えておいた。だから、ニューヨークへは正確な中身のほうが届く。信じてくれて大丈夫だ。連絡員がタイコへ行く前に、わたしが自分で封印して行嚢《こうのう》へ入れたんだ」

「しかし……どうやって?」ペイシーはそう尋ねるのがやっとだった。

「間違ってもそれを君に話す気はない」ロシア人はそっけなく吐き捨てたが、その目には笑いが揺れていた。

世界中が残らず敵ではないと知って、ペイシーは思わず顔をほころばせた。「このあたりで、じっくり意見を交換する必要がありそうだね。ここにはあいにくウォツカがないんだが、ジンではどうかな?」

「いや、実はわたしもそう考えているところなんだ」ソブロスキンはまたもや内ポケットから一片のメモを取り出した。「ジンで結構。わたしは公平でね」

ソブロスキンはジャケットを脱いで戸口に掛け、安楽椅子にゆったりと腰を落ち着けた。ペイシーは次の間にグラスを取りに行き、冷蔵庫に充分氷があることを確かめた。長い夜になりそうだった。

19

ガルースは生涯のうちの二十八年を〈シャピアロン〉号で過ごした。

遙か昔、惑星ミネルヴァの科学者たちは大気中の二酸化炭素濃度の増大を予測して、広範囲におよぶ気候地質制御計画に取り組んだ。計画はありとあらゆる科学技術を動員する非情に複雑なものとなるはずだった。ところが、シミュレーション・モデルによって検討を重ねた結果、気候制御は太陽から遠く離れたミネルヴァで生命の維持に必要な役割を負っている二酸化炭素の温室効果を損ねて、当初の予測よりも早くこの惑星を居住不能の環境にしてしまう危険があることが判明した。この危険に対処するべく、一部の科学者集団が太陽の質量を操作して、放射される熱量を増加する方法を提案した。気候制御計画を推進し、もし大気の組成に不安が生じて温室効果が失われるようであれば、太陽の温度を上げて損失を補うという考え方である。そうすることによって、全体としてミネルヴァの環境はもとどおりに保たれるはずだった。

ミネルヴァ政府は慎重を期し、計画の実地テストを行なうことにして科学調査団を乗せた〈シャピアロン〉号を太陽によく似た星イスカリスに派遣した。イスカリスの惑星にはいかなる生命も存在しないことが知られていた。実験を行なうことにした政府の判断は正しかった。計算外の事態が生じて、イスカリスはノヴァに変わった。調査団は折から進められていた宇宙船メイン・ドライヴ機構の修理が終わるのを待つ閑《ひま》もなくイスカリスから脱出することを余儀なくされた。制動装置が働かぬまま全速力で宇宙に投げ出された〈シャピアロン〉号は太陽系の近くに戻って二十数年にわたって周回した。が、その間に、複合相対論的時差のために、船外では百万倍の時間が流れ去っていた。そして、宇宙船はミネルヴァを飛び立ってから実に二千五百万年後の地球にやってきたのだ。

ガルースは船内の学校の講堂に立ち、がらんとした階段座席と角のすり減った机、そしてその向こうの壁面に並ぶ表示スクリーンを見上げた。過ぎ去った年月の思い出が彼の胸中をよぎった。彼と一緒にミネルヴァを出発した多くの同胞がすでに故人となっている。時には同胞の誰一人、この情景に臨むには至るまいと予想した。が、去る者がある一方で新しく生まれる命がある。新しい世代が今では大きく育って船内の人口構成にかなりの部分を占めるまでになっている。ほんの短い間の地球滞在を別とすれば、宇宙船の中でしか暮らしたことのない世代である。いろいろな意味で、ガルースは彼ら若い世代の父親という自覚がある。彼は時に信念が揺るがぬでもなかったが、若い者たちの彼に対する信頼はただの一度として揺るがなかった。結果から言って、その信頼に応えてガルースは彼らを新しい母星に連れ帰った。はたして彼らにどんな未来が開かれているのか、ガルースにはそれを予測する術《すべ》もない。

いよいよ未知の母星に降りることになった今、ガルースの気持ちは複雑だった。面々の長い放浪に終止符が打たれるとなれば嬉《うれ》しくないはずはない。ガニメアンたちはついに同胞にめぐり合ったのだ。が、一方、胸の奥のどこか深いところで、この宇宙船という小さな自足の世界に絶《た》ち難《がた》い愛着を覚えていることもまた事実であった。宇宙船も、船内の生活も、その構成員すべてが互いに顔見知りである小ぢんまりとした共同体も、すべてガニメアンたちのものであると同時に、指導者であるガルースの肉体の一部と化していた。しかし、それももう終わりなのだ。彼は未知のテューリアン社会に、宇宙船におけると同様しっくり融け込めるだろうか？　彼の目にさえ魔法に近いものと映る驚異の技術文明を達成し、何光年四方におよぶ宇宙空間に何百億もの人口が分布する新しい社会に、はたして彼は自分の場所を見《み》出《いだ》し得るだろうか？　彼一人ではなく、〈シャピアロン〉号のガニメアン全員についても同じ疑問を抱かないわけにはいかない。もしこの新しい社会に融け込めなかったら、もはやガニメアンに安住の地はないのだろうか？

ガルースは講堂を後にして人気《ひとけ》の絶えた通路とコミュニケーション・デッキを抜け、司令室へ通じる輸送管の入口へゆっくりと歩いた。長年大勢の足に踏まれた床はすり減り、通路の壁もこすれて黒光りしていた。壁の染みや柱の傷の一つ一つに秘められた歴史がある。どれもがみな、長い放浪生活の記念であり、貴重な記録でさえある。それもやがてはすべて忘れ去られてしまうのだろうか。

ある意味では、すでに忘却ははじまっているとガルースは思った。〈シャピアロン〉号はテューリアン上空の軌道に待機中である。乗員のほとんどは地上の施設に収容されている。歓迎の儀式も祝賀の行事もなかった。宇宙船が何光年もの距離を隔てて捕獲された事実は今のところまだ公表できない事情があった。ガルース以下ガニメアン一行の存在を知る者はほんのひと握りのテューリアンに限られている。

司令室ではシローヒンが一人、ディスプレイのデータを眺めていた。近づいていくガルースをふり返って彼女は言った。「宇宙船回収の手順のややこしいことと言ったらないわ。ここに応用されている物理学の理論を見るとこちらの時代遅れを思い知らされるようね」

「どういう点で？」ガルースは訊き返した。

「イージアンの技術陣は複合開口超空間を作り出すのよ。両用環状ブラックホールとでも呼べばいいかしら。つまり、ブラックホールの片側は入口で、その反対側は出口の働きをするの。これを使って一瞬のうちに宇宙船のすり替えをやってのけたんだわ。この船と替え玉がブラックホールの中ですれ違ったのよ。しかも、そのタイミングがピコセカンドの精度で制御されているの」シローヒンは言葉を切り、気遣《きづか》わしげにガルースの顔を覗《のぞ》き込んだ。「顔色がすぐれないようね。どうかして?」

ガルースは曖昧に今辿《たど》ってきた背後の通路を指さした。「いや、何でもない……ただ、誰もいない、がらんとした船内を歩いてきたものでね。長い間の習慣というのは恐ろしい。何だか知らない場所にいるような気がしてね」

「わかるわ、その気持ち」シローヒンもまた同じ気持ちだったに違いない。「でも、気を落とすことはないでしょう。あなたは約束を果たしたのですもの。皆、じきにここの生活に馴《な》染《じ》んでそれぞれの生き方を見つけるでしょう。それでいいのよ」

「わたしもそう思いたいね」ガルースは言った。

ゾラックが二人に声を掛けた。「ヴィザーからまた連絡がありました。カラザーが、時間が空いたのでそちらがよければこれから会いたいそうです。場所はここから約十二光年離れたクウィースという惑星です」

「すぐ行く」ガルースは答え、驚嘆に頭をふりながらシローヒンと連れ立って司令室を出た。

「どうも勝手が違ってやりにくいね」

「地球人たちは苦もなく順応しているようね」シローヒンは言った。「ちょっと前にヴィック・ハントと話をしたら、あの人、自分のオフィスにヴィザーと接続するカプラーを据えつけることを考えているのよ」

「地球人はどんなところでもやっていけるんだ」ガルースは感に堪《た》えぬ声で言った。

二人はテューリアンが移動式の知覚伝送カプリング・キュービクル四基を据えつけた一室に入った。〈シャピアロン〉号はヴィザーと結ばれていないので、テューリアンの情報交換システムとの接続にはこの方法しかない。だから、カラザーが宇宙船を訪問することはできなかった。宇宙船が軌道上でフリーフォールの状態になかったら、伝送装置のモジュールが内蔵する極小ブラックホール、マイクロトロイドの重みで床がめり込むどころでは済まないだろう。ガルースとシローヒンはそれぞれにキュービクルの寝椅子に横たわり、ヴィザーと接続した。次の瞬間、二人はクウィースの上空五十マイルの高さに浮かぶ人工島の一部をなす大きな部屋に、カラザーと肩を並べて立っていた。

「地球人《テラン》はきみたちが考えているよりも遙かに優秀な頭脳を持っている」ひとしきり三人で話し合ってから、ガルースは言った。「わたしらは地球に六ケ月滞在したから、よく知っているんだ。謀略と、それを察知することとは彼ら地球人の生き方の一部でね、そこがガニメアンにはなかなか理解のおよばないところだが、彼ら地球人は天性の勘とでも言うべきものがあって、必ず真相を探り当てるのだよ。これ以上事実を伏せておけば、地球人がそれを嗅《か》ぎつけた時、かえってお互いに気まずいことになる。もう、このあたりでありのままを打ち明けるべきだ」

「それに、事実を隠すのはガニメアンのやり方ではないでしょう」シローヒンも傍から言葉を添えた。「地球の実状はすでにお話ししたとおりだし、地球人がわたしたちに、本当に献身的と言えるほど良くしてくれたことも話しましたね。あなたがたがこれまで地球人を疑ってきたのはジェヴレン人の虚偽の報告のためですから、その点は責められません。でも、もはや情況は変わりました。あなたがたは地球人に対して、また、わたしたちガニメアンに対して、真実を明かす義務があります」

カラザーは二人からやや離れて、手を後ろに組んで思案をめぐらせた。今彼らのいる部屋は人工島の下側に、ちょうど魚が卵を抱いたようにぶら下がっている。透明な壁はそのまま床に繋《つな》がって球の内面を作り、遙か足下の雲間に紫紅色に霞む惑星クウィースの大地が覗いている。頭上には人工島の腹が大きく拡がり、鋼鉄の外板が波を打つここかしこに彼らがいる場所と同じシャボン玉のような構造物が突き出している。それらの起伏や突起はやがて遠くの平面に呑み込まれ、人工島は視野の果てでまくれ上がるように尽きていた。

「やはり……秘密は守り通せないと言うのですね」

しばらくして、カラザーは二人に背を向けたまま言った。

「ジェヴレン人が〈シャピアロン〉号を破壊して、地球人に罪をなすりつけようとしているのではないかという可能性をいち早く指摘したのは他ならぬ地球人だったことを忘れてはいけない」ガルースは駄目を押すように言った。「テューリアンには思いも寄らなかったことだろう。ここは現実を直視しなくてはいけないんだ。地球人《テラン》とジェヴレン人は精神構造に多分に共通するものがある。ガニメアンは彼らとはまるで違う。わたしたちは肉食をしない。わたしたちの頭は肉食をする者の考えを読むようにはできていないのだよ」

「それとまったく同じ理由で、本当のところジェヴレン人の狙いは何かを知るためには、きっと地球人の知恵を借りなくてはならないでしょう」シローヒンが言った。「ジェヴレン人が長年にわたって意図的に地球について虚偽の報告を続けてきた理由は何か、多少なりと説明できますか？」

カラザーは球面状の透明な壁から二人に向き直った。「説明の糸口も掴《つか》めません」

「昨日や今日にはじまったことではないんだ」ガルースは追い討ちをかけた。「きみたちは、月面から接触があるまでかけらほども疑わなかったじゃあないか」

カラザーは深くうなだれて、やがて諦め顔で溜息《ためいき》混じりにうなずいた。「おっしゃるとおりです……わたしたちは疑うことを知りませんでした。つい最近までわたしたちは、ジェヴレン人がわたしたちの社会に融合して、わたしたちの科学、文明を真剣に学ぼうとしているものと信じてきました。ジェヴレン人はわたしたちと手を携えて宇宙に新しい世界を開く協力者であると考えていたのです……」彼は眼下の大地を指さした。「例えば、この惑星です。わたしたちはここに自治権を与えて完全に独立した惑星国家を育てるために協力を惜しみませんでした。いずれはわたしたちと共に銀河系に新しい文明を築くようになってくれたらと期待したのです」

「それが、どこかで何かが間違ってしまいましたね」シローヒンがずばりと指摘した。「何がどこでどう間違ったか、正確に見極めるには地球人の思考が必要でしょう」

カラザーはやや長めに二人を見つめてからもう一度うなずいた。「公式には、対地球外交はフレヌア・ショウムの管轄です。ショウムと話し合わなくてはなりません。ここへ来られるかどうか、都合を訊いてみましょう」カラザーは僅《わず》かに視線を上げてヴィザーを呼んだ。

「ヴィザー。フレヌア・ショウムの都合を訊いてくれ。時間が空いているようなら、今のこの場の話を再生した上で、ここへ来られるかどうか返事をするように伝えろ」

「直ちにそのように手配します」ヴィザーは応答した。

短い沈黙の後、シローヒンが言った。「ヴラニクス会談の録画で見た限りでは、ショウムはあまり地球人に好感を持っていないような印象を受けましたけれど」

「ショウムははじめからジェヴレン人を信用していませんでした」カラザーは言った。「地球人に対しても同じ気持ちを抱いているようです。まあ、無理からぬことでしょう」またしばらくの沈黙が続いた。「クウィースというところはなかなか面白い惑星ですよ。ほぼ全域に、知性人種へあと一歩という段階の人種が生存しています。ジェヴレン人はこれまでにも、同じような惑星をいくつもわたしたちの世界に併呑するに当たって協力的な態度を示してきました。ガニメアンと違って、彼らジェヴレン人は原始人種の扱いにかけては持って生まれた才能があるのです。ちょっと例をお見せしましょう。ヴィザー……さっきわたしが見ていたところを出してくれ」

床の中央に立体映像が浮かんだ。ほとんど自然のままの石と、土を焼いた煉瓦《れんが》で造られた、変わった形の粗末な住居が並ぶ部落を空から俯瞰《ふかん》した映像だった。部落の中央に六方から広い階段で登る小丘があり、その頂きに円柱と破風《はふ》を備えた堂々たる建物が聳《そび》えていた。ガルースは地球で写真を見た古代の神殿を思い出した。一方の階段の下の広場はぎっしりと群衆で埋まっていた。

「クウィースはまだヴィザーに接続していません」カラザーが映像を指しながら説明した。「ですから、こっちから現地へは行かれません。この映像は軌道上から望遠で捉えたものを、あなたがたの視神経に直接投射しているのです」

映像の視野が狭まって倍率が上がった。群衆の一人一人が見分けられた。惑星クウィースの住民は二本の足で直立し、両手や頭の配置は人類とほとんど変わりなかったが、僅かに身にまとった粗末な衣服の端に覗く素肌は人間の皮膚とは似ても似つかぬ桃色で、水晶の光沢を帯びていた。頭は上下に長く、顱頂《ろちよう》から後頭部へかけて赤みがかった縮れ毛が濃く生えている。手足は引きしまって長く、その動作は流れるように滑らかで、不思議にガルースの心を捉えるものがあった。

と、彼は階段の上から群衆を見下ろしている五人の異人種集団に気づいて目を丸くした。五人は頭にきらびやかなかぶりものを戴き、長衣を風に翻《ひるがえ》して昂然《こうぜん》と肩をそびやかしていた。その態度は尊大で、群衆を蔑《さげす》んでさえいるようだった。ガルースはすぐさま、ピンクの肌の細造りな異星人たちの動作が何を意味するかを悟った。彼らが繰り返す動作は恭順と祈りを示すものに他ならない。これは信仰の情景なのだ。宇宙船司令官は含むところある顔できっとカラザーをふり返った。

「クウィース人はジェヴレン人を神だと思っています」カラザーは説明した。「魔法の船で空から降りてきて、奇蹟《きせき》を働く神々なのです。ジェヴレン人は以前から、こうやって未開人種を懐柔して、自分たちに対する尊敬と信頼を植えつける方法を試みています。そうした上で、未開人種を徐々に文明社会に触れさせていくわけですが、これはジェヴレン人が長年の監視を通じて地球から学んだ方法ですね」

シローヒンが不安げに尋ねた。「賢明なやり方と言えるでしょうか？　そのような非科学的な心情を基盤とする人種が、はたして合理主義の上に成り立つ科学文明に移行できるか、自分たちを取り巻く環境に正しく対処できるかどうか、地球の例から見ても問題があるのではないでしょうか？」

「おそらく、そのような質問が出ると思っていました」カラザーは言った。「実はわたし自身も同じことを考えて思い悩んでいるところなのです。今度のことがあるまで、どうやらわたしたちはジェヴレン人を信頼しすぎていたようです」彼は深刻な顔でうなずいた。「遠からず、事態は大きく変わることでしょう」

ガニメアンの二人が口を開く閑もなく、ヴィザーから声があった。「フレヌア・ショウムがそちらに参ります」

「映像はもういい」カラザーが言うとクウィースの情景が消え、入れ違いにショウムがカラザーの脇へ姿を現わした。

「わたしは賛成しかねます」ショウムは自分の気持ちを隠さずに言った。「地球人はどうしてもジェヴレン人に直接会わせろと言うでしょう。そうなると、事はますます厄介ですよ。今だってすでにこれだけ面倒なことになっているんですから」

「しかし、ジェヴレン人に地球監視の任を与えたのはわたしたちだ」カラザーはたしなめるように言った。「その結果をわたしたちが引き受けなくてどうするね？」

「わたしたちが任を与えたというのは違います」ショウムは言い返した。「それはジェヴレン人のほうから言い出したことです。彼らの要求があまり執拗《しつよう》だったので、当時のテューリアン政権はとうとう根負けしてジェヴレン人に地球監視を任せることにしたのです。事実上は乗っ取りです」彼女は不安な面持ちでかぶりをふった。「今後の事情調査に地球人を参加させるのはどうかと思います。地球人がテューリアンの科学技術を吸収することを考えると、わたしはとても心配です。ルナリアンの例があります。ジェヴレン人がヴィザーと同じ機能を持つシステムを自分たちで手にしてからどうなったか見てごらんなさい。誰の目にも明らかでしょう。彼らは皆同じです。進んだ技術を身につければ、彼らはきまってそれを悪用するのです」

彼女はガルースとシローヒンにちらりと目をやって、カラザーに向き直った。「わたしたちは〈シャピアロン〉号の安全を気遣いました。今はもう、宇宙船は無事テューリアンに着いています。わたし個人としては、ここで地球とはいっさい接触を絶って、ジェヴレン人との情況打開に専念するべきだと思います。地球人に用はありません。彼らはもう、役割を果たしたのです」

「それは違う」ガルースは声を張り上げた。「地球人はわたしらにとってかけがえのない盟友なんだ。地球人の助けがなかったら、わたしらは決してテューリアンまで辿りつけなかったろう。そんなふうに地球人を切り捨てることは許されない。それでは〈シャピアロン〉号のガニメアンたちが納得しない」

カラザーが答えるより早く、ヴィザーが新たな連絡を取り次いだ。「失礼します。ポーシック・イージアンがそちらへ行きたいと言っています。急用だそうです」

「そうか。ここはもうじき終わる」カラザーは答えた。「いいだろう、ヴィザー。イージアンをここへよこせ」

イージアンがふっと姿を現わした。「今テューリアンでハントとダンチェッカーと別れて来たところです」彼は言った。テューリアンはヴィザーによる知覚伝送を当たり前のことと受け取っているから、いちいち挨拶《あいさつ》を交わす習慣はない。「いずれこういうことになるだろうとは思っていましたが……彼らはジェヴレン人のことを嗅ぎつけましたよ。ついてはその件で、わたしら三人が揃《そろ》ったところで会談したいと言っています」

カラザーは度を失った。他の者たちも度肝を抜かれたのは同じである。

「どうして？」カラザーは問い返した。「どうしてジェヴレン人の存在が地球人に知れた？

ヴィザーは地球向けのデータ・ビームを残らず検閲しているはずだぞ。ハントやダンチェッカーがジェヴレン人が一人でも入っている映像を見ることはないはずだ」

「彼らはここに人類がいるはずだと推論したのです」イージアンは前言を訂正した。「地球監視は人間の手で行なわれているに違いないと、彼らは論理的に割り出したんですよ。何とかしなくてはなりません。わたし一人では、もうこれ以上彼らを食い止められそうにありません……特に、ダンチェッカーは手に負えません」

ガルースは両手を大きく拡げてカラザーとショウムに向き直った。「言いたくはないが、さっきわたしが話したとおりだ。地球人にかかっては、秘密は守りとおせるものではない。こうなった以上、話すしかないな」

カラザーは意見を乞う表情でショウムをふり返った。

ショウムは考えをめぐらせたが、他に思案のあろうはずもない。「いいでしょう……」彼女は渋々うなずいた。「どうしてもということであれば。こうして顔が揃っているうちに二人をここへ呼んで、事実を話すことにしましょう」

「カレン・ヘラーはどうしている、ヴィザー？」カラザーは尋ねた。「今、システムに接続しているか？」

「ヘラーはテューリアンで過去の監視報告を調べているところです」

「それなら、ヘラーもここへ呼べ」カラザーは指示を下した。「三人揃ったところで、すぐこっちへ」

「ちょっとお待ち下さい」短い沈黙があって、ヴィザーは言った。「今、報告の一部をハード・コピーに取ってマクラスキーに転送するところです。三十秒ほどでそちらへ回ります」ヴィザーの声が切れると同時に、ハントとダンチェッカーが床の中央に姿を現わした。

「どうも勝手が違って具合が悪いな」ガルースはそっとシローヒンに耳打ちした。

20

「わたしたちは、人類の文化の黎明《れいめい》期から地球を監視してきました」カラザーはきっぱりと言った。「監視作業はもっぱら、わたしたちの社会を構成する種族の一つであるジェヴレン人がこれに当たって今日に至っています。ジェヴレン人についてはこれまである事情から伏せて参りましたが、すでに御明察のとおり、彼らはあなたがたとそっくり同じ人間です」

「ホモ・サピエンスは、何と言うか、その……大変、気性が激しいですね」フレヌア・ショウムが補足説明の必要を感じたらしい口ぶりで言った。「人類は本能的に強い対抗意識があります。わたしたちは、この情況は極めて微妙な問題を含んでいると考えたのです。いずれ明るみに出ることならば先へ延ばしても良いのですが、今日ここで打ち明けてしまえば、もう秘密でも何でもありません」

「やっぱり」ダンチェッカーはいかにも満足げにハントとその向こうのカレン・ヘラーをふ

り返った。「わたしが言ったとおりだよ……ミネルヴァからテューリアンに移住した時、一緒にジャイスター系に渡った霊長類《れいちょうるい》を祖先に、独自にここでヒトが進化したんだ」

「いえ……そうではないのです」カラザーが言いにくそうに言った。

ダンチェッカーはまるで不当な辱《はずか》しめを受けたとでもいうふうに、目を白黒させて異星人を見返した。「何ですって？」

「ジェヴレン人はあなたがおっしゃるよりもっとずっとホモ・サピエンスに近いのです。近いどころか、彼らはあなたがたと同じ、五万年前の祖先ルナリアンの直系です」

カラザーはちょっとそわそわした態度でショウムに目をやり、向き直って地球人たちの反応を窺《うかが》った。ガルースとシローヒンは沈黙を守った。二人は真相を知りつくしている。

ハントとダンチェッカーは等しく当惑を感じて顔を見合わせ、再びガニメアンたちに目を向けた。ルナリアンの生存者は月から地球へ渡ってきたはずである。そのルナリアンがどうしてテューリアンにいるのだろう？　考えられる唯一の可能性はテューリアンが連れていったのではないかということだ。しかし、テューリアンはいったいどこからルナリアンを連れていったのだろうか？　ミネルヴァには生存者は一人もいなかったはずである。たちまち疑問はそれからそれと湧いて出て、ハントはどこから手をつけてよいやらわからなくなった。ダンチェッカーも同じところで立ち往生しているらしかった。

ややあって、カレン・ヘラーが口を開いた。「はじめに戻って、いくつか基本的な事実を確認しましょう」彼女はもっぱらカラザー一人を相手にしていた。「わたしたちは、ルナリアンはあなたがたがテューリアンに移住した時に置き去りにした地球動物を祖先としてミネルヴァで進化したと考えています。これは事実ですか？　それとも、他に何かわたしたちの知らないことがあるのですか？」

「いえ、おっしゃるとおりです」カラザーは答えた。「今から五万年前頃までに、あなたがたの推論されたとおり、ルナリアンは非常に進んだ技術文明を達成したのです。そこまでは、あなたがたの理論に何も誤りはありません」

「ひとまずは安心といったところですね」ヘラーは実際ほっとした様子でうなずいた。「でしたら、それから後のことを順を追って聞かせて下さい。そうすれば、質問も大幅に省けるでしょう」

「それはいい考えです」カラザーは相槌《あいづち》を打ち、頭の中で話をまとめながら、三人の地球人を見比べておもむろに言葉を続けた。

「ガニメアンはテューリアンに移住するに当たって、ミネルヴァの変化を見守るために観察システムを残していったのです。今と違って当時はまだ通信技術も不完全でしたから、伝送される情報は間欠的で不備なものでした。しかし、それでもミネルヴァのその後の変化は充分に捉えることができました。センサーが捉えた当時のミネルヴァの模様をお目に懸《か》けましょう」

カラザーはヴィザーに指示を下し、一歩退《さが》って床の中央に視線を据えた。触れればどっしりと手応えのありそうな大きな立体映像が浮かび上がった。惑星ミネルヴァだった。

ハントは海岸線の細かな出入りに至るまで、惑星表面のありさまを詳しく知っている。月面探査の過程で発掘された宇宙服姿のルナリアン〈チャーリー〉の死体は近来の科学史上記念すべき大発見だったが、これをきっかけに広範囲にわたる調査研究が進められて、ついに人類はミネルヴァの運命を明らかにし、〈シャピアロン〉号の出現より早くにガニメアンの存在を知ったのだ。チャーリーが所持していた地図をもとに、ナヴコムの研究者たちは直径六フィートの惑星儀を完成した。しかし、今ハントが目の前にしている惑星には、模型にある両極の大きなアイス・キャップや熱帯がなかった。二つの大陸は、かなり輪郭が変わってはいるものの、ほぼ模型のとおりだった。もっとも、これもよく見ると南北両極に向かって模型よりもひと回り大きな拡がりを持っていることがわかる。両極のアイス・キャップは現在の地球の極地圏とほぼ同じ広さだった。映像は五万年前のルナリアン時代のミネルヴァではなく、ルナリアンが登場する以前、二千五百万年の昔の姿だから、表面のありさまに違いがあるのは当然である。しかも、これは模型ではなく、当時のありさまをそのままに伝える実写なのだ。ハントはダンチェッカーをふり返ったが、教授は催眠術にでもかかったようにただぽかんと立体映像を見つめているばかりだった。

続く十分間、彼らは惑星の移り変わりを眺めながらカラザーの説明に聴き入った。軌道上から望遠レンズで捉えた映像が、地球動物が進化し、繁殖し、先住のミネルヴァの生物を駆逐しながらこの惑星に適応してゆくありさまを、一分間に二百五十万年の速度で再現した。やがて、地球から運ばれた霊長類に遺伝子操作が加えられた後、社会生活を営む最初の類人猿が出現した。

進化のパターンは、大筋において以前から地球の科学者が考えていたとおりだった。ただ、二〇二八年まで、その進化が別の惑星で起こっていたのだということを科学者たちは知らなかっただけである。紀元前五万年弱のものと推定される化石の分類学上の位置づけに問題があったとしてもやむを得ない。ところが、映像で再現されたミネルヴァの歴史には、地球の人類学者がかつて想像もしなかったようなくだりがあった。初期の類人猿は陸上の肉食動物から身を守る術《すべ》を持たず、それがために、一時期浅い水中に帰ったのである。かくて、類人猿はクジラをはじめとする水生哺乳《ほにゅう》動物と同じ道を辿《たど》りはじめたが、知性が発達して身を守る術を獲得するに至って再び陸に揚がった。まだ肉体的な適応を示す際立った変化が生じる前のことである。これによって、この時期の類人猿が直立歩行し、体毛を持たず、拇指《おやゆび》と人差し指の間の水搔《みずか》きも未発達であるわけがわかる。他にも、涙腺《るいせん》の塩分濾過《ろか》機能のように、地球の学者たちの間で論議の種とされてきた顕著な特色がいくつかあったが、それらはいずれも、類人猿が短期の水中生活で陸に戻ったことで説明がつく。ダンチェッカーにとってはこれ一つで向こう一週間しゃべり詰めにしゃべるに充分な材料であろう。ハントは別の機会にイージアンとその問題を話し合うように教授をなだめて、カラザーに説明の続きを促した。

陸へ揚がった人類の祖先はやがて道具と火を使うことを覚え、集団生活をはじめる。社会秩序が徐々に形を整え、原始狩猟生活から農耕経済を経て都市が出現し、ついに彼らは科学を知って工業化の道を歩みはじめる。この時期にも、地球の歴史とはやや趣《おもむき》を異にするところがあった。ルナリアンはすべてにおいて徹底した合理主義、現実主義を貫いていた。彼らは与えられた資源と自分たちの能力を最大限に活用した。地球人が古来習慣としてきたように、問題の解決を迷信や呪術に頼ることはなかった。狩りの収獲を約束するのは良い武器と優れた技倆《ぎりょう》であって、生贄《いけにえ》によって目に見えぬ神々の怒りを鎮めることではなかった。豊年満作のために必要なのは種子と土壌と気象に関する知識であって、儀式や祈禱《きとう》ではなかった。いくばくもなく、彼らは測定と観察、そして理知の力を鍵として宇宙を支配する法則を発見し、エネルギー制御と富の蓄積に新たな地平を切り開いた。これを契機にルナリアンの科学産業は一夜にして百花繚乱《りょうらん》の繁栄を達成した。これにくらべれば、その後の地球の進歩は同じ筋道を辿りながらもここで迷い、かしこで躓《つまず》き、文明への道程は遅々たるものだった。

ルナリアンの歴史を僅《わず》かな資料から再現した地球の科学者たちは、彼らが手もつけられぬほど戦闘的な性格を持ち、進んだ技術を身につけた時、彼らは否応もなく自滅の道を歩みはじめたと解釈した。が、今ハントたちは必ずしもそうとばかりは言いきれないことを知った。たしかに歴史の初期にルナリアンはあちこちで対立抗争を繰り拡げたが、産業化社会の幕が上がる頃にはもうそのようなことはなくなっていた。より大きな共通の目的がミネルヴァ世界の結束を促したからである。科学者たちは氷河期の接近とそれによってもたらされるであろう環境悪化を予測した。何世紀かの後には大挙してより温暖な惑星に移住したいという悲願から、ルナリアンは科学技術の進歩に憑《つ》かれたように力を注いだ。天文学者たちは、火星と地球を移住の候補地に挙げた。ルナリアンの存亡を懸けた移住計画である。同種間の対立に費やすべき資源があるはずはなかった。ところが……

惑星を破壊することになった最後の大戦争に先立つこと約二百年のある時、ミネルヴァ世界の情況を根底から揺るがす大きな変化が生じたのである。

カラザーは語った。「種属固有の、極端な情緒不安定がまだ遺伝的に稀釈《きしやく》されずに残っていた結果と考えられますが、蒸気の利用を覚えて、電気の時代にさしかかろうとする頃、ルナリアンの中から特に優れた資質を持つ人種が出現して、それまでの惑星の水準を大きく引き離して独自の進歩を遂げたのです。彼らがいつどのようにして出現したのかはわれわれにもわかりません。数の上でも、はじめはほんのひと握りでした。それが、急激に数を増して大きな勢力に発展したのです」

「それは、惑星の両極化がはじまる頃のことですね？」ヘラーが質問を挟んだ。

「そうです」カラザーはうなずいた。「この特種な一属がランビアンです。ランビアンは極めて冷酷な人種でした。彼らは軍備を強化して、全体主義の統治を行ないました。そうして、他の国々が対抗するだけの力を蓄える以前に惑星の広い部分を武力で制圧したのです。ランビアンの狙いはミネルヴァの産業技術を一手に支配して、自分たちだけ地球へ移住することでした。そこで、そのために共同して努力を重ねている国々を支配下におさめようとしました。狙われた国にとっては、降伏はすなわち滅亡を意味します。で、他の国々は同盟を結んで、武器を取って自分たちの安全を守る以外に道はありません。これがセリアンです。こうして、二大勢力の死に至る対立は避けられない情況になったのです」

映像の再生はさらに続いた。ミネルヴァは次第に軍事一色に塗りつぶされ、産業機械はすべて戦争の準備にかり出された。正視に堪えぬ悲劇だとハントは思った。戦争の必要はまるでなかったのだ。全ルナリアンの倍の人口を地球へ運んでもあり余る物的人的資源が戦争のために注ぎ込まれていた。この時期にランビアンが出現しなかったら、ルナリアンは地球移住を果たしていたに違いない。幾千年もの努力の末に、彼らはその目的まであと僅か二百年というところまで行きついていたのだ。彼らは滅亡を免れ、彼らの文化を守ることができたはずである。にもかかわらず、ルナリアンはそのすべてを投げ捨てて亡《ほろ》び去ったのだ。

ヴィザーは戦乱の情景を映しだした。都市を一瞬にして蒸発させる火の玉の衝撃に大地は震撼《しんかん》し、海は煮えたぎり、森林は火の絨毯《じゅうたん》と化してめくれ上がり、死の灰をまきちらした。やがて黒煙と灰燼《かいじん》は惑星表面を覆いつくし、ミネルヴァは黒と焦茶の酷《ひど》い斑《まだら》の塊となった。そのあちこちに、赤と黄色の光点がぼんやりと明滅しはじめたと見る間に、それは輝きを増して拡がり、繋《つな》がり合って大陸を舐《な》めつくした。惑星の内部から熔岩が噴き出し、張り裂けた地殻の破片は虚空の八方に飛散した。小惑星帯誕生の瞬間であった。後に冥王星《めいおうせい》となって太陽系の辺境をめぐることになる惑星は、そこに文明を築いた民族の墓標になろうとしていた。ガルースとシローヒンはすでに何度も見て知っている光景を前に、今また悄然《しょうぜん》として声もなかった。その場にいあわせる中で、二人だけはミネルヴァを文字どおりの故郷としていた。

カラザーはひとしきり感情の波に揺られた一同が落ち着きを取り戻すのを待って言った。

「ガニメアンは久しい以前から、ルナリアンの祖先を遺伝子操作の被害者にしたことに良心の呵責《かしやく》を感じていました。それ故、彼らはミネルヴァに関しては不干渉の方針を貫いてきたのです。その結果が、今ごらんになったとおりです。大破局の後、ひと握りの生存者が月面に残されましたが、生き延びる望みはありません。その頃、テューリアンはすでにブラックホールを制御して、情報や物体を瞬間移動する技術を完成していました。だから、ガニメアンは事態の推移をリアルタイムで捉えていたのです。そして、ルナリアンの生存者に救いの手を差し延べることにしました。不干渉の方針を貫いた結果を目《ま》のあたりにして、彼らはルナリアンの生存者を見捨てるに忍びなかったのです。そこで、ガニメアンは救助隊を編成して、大型宇宙船をルナとミネルヴァの近くに送り込みました」

ハントはやや遅れてカラザーの言ったことの意味に気づいた。彼は驚いてガニメアンの顔を見た。「太陽系の中まで？」ハントは尋ねた。「惑星系の内部には大型のブラックホールを作らないということだったんじゃありませんか？」

「この場合は非常事態です」カラザーは答えた。「この時ばかりはガニメアンも原則を枉《ま》げることにしたのです。一刻も猶予はありませんでした」

ハントはその意味するところを理解して目を丸くした。冥王星を現在の位置に動かしたのはこれだった！　ミネルヴァとその衛星を切り離したのもテューリアンの人工ブラックホールだったのだ。ただひと言の説明で、ナヴコムの研究者や職員の半数は仕事を失った……。

「そうすると、人類の祖先であるルナリアンは月に乗って地球にやってきたのではないんですね」カレン・ヘラーが言った。「ガニメアンが彼らを地球に運んで、月は月で後から移動してきた、ということですね」

「そうです」カラザーはこともなげにうなずいた。

これでまた一つ謎が解けた。地球の科学者たちが作った数学モデルでは、月がミネルヴァから地球を回る軌道に移るまでには非常に長い時間を要する。ルナリアンの生存者がその間どうやって持ちこたえたのか、ということがこれまで大きな謎とされ、論議を呼んできたのだ。彼らが自力で地球に渡ったと考えることにも無理があったのだ。が、ここでガニメアンが介入したとわかれば何のことはない。その事実を投入すれば方程式はたちまちにして解けるではないか。ガニメアンのちょっとした助けを得て、ルナリアンはささやかな集団生活の場を確保し、文明再興の道を歩みはじめることができたわけである。だが、そうだとしたら、彼らは何故に原始人のふりだしに返って、かつての水準に戻るのに何万年もの時間を費やさなくてはならなかったのだろうか？　考えられる答はただ一つ。月が地球に捕獲されたことによって生じた擾乱《じょうらん》現象がその理由である。真実とは何と皮肉なものだろう、とハントは思った。彼らが以前から馴《な》れ親しんできた月《ルナ》に邪魔されることがなかったら、ルナリアンは遅くとも紀元前四万五千年までには再び宇宙へ飛び去っていたはずである。

「ところが、生存者の全員が地球へ運ばれたわけではなかった」ダンチェッカーが先回りして言った。「一部はテューリアンに運ばれて、その子孫が今のジェヴレン人だ、ということですね」

「そのとおりです」カラザーはうなずいた。

「それだけの体験をしながら……」ショウムが引き取って説明を続けた。「セリアンとランビアンは折り合いませんでした。ミネルヴァの破局を招いたそもそもの原因はランビアンですから、当時のガニメアンは彼らをテューリアンに引き取って、自分たちの社会に包含して行くのが良いと考えたのです。セリアンは自分たちから望んで地球に渡るほうを選びました。ガニメアンは引き続き援助することを申し出たのですが、彼らはそれを拒みました。そういうわけで、監視態勢は彼らを見張るためではなく、どちらかと言えば、むしろ彼らを見守るためでした」

ハントは首を傾《かし》げた。その頃から監視が続けられていたとすれば、ガニメアンは当然、自分たちが力を貸した集団が原始人に退化したことを知っていたはずである。どうして見て見ぬふりをしたのだろうか?

「それで、もう一方の集団……ランビアンはその後どうなりましたか?」ヘラーが質問した。

「その当時からランビアンが地球監視に当たっていたはずはありませんね。いつから、どうして彼らがその仕事をするようになったのですか?」

カラザーは苦しげに吐息を洩《も》らした。「テューリアンは彼らにさんざん手を焼かされました。そのために、月が地球に捕獲された結果、天変地異が起こって、辛うじて生き延びたセリアン社会がまたもや滅亡の危機に見舞われても、もう放っておくしかないということになったほどです。テューリアンはランビアンという問題児を抱えて頭の痛い思いをしていましたから、地球人となったセリアンたちが性急な進歩を目指すことを歓迎しなかったのです。ミネルヴァの悲劇を繰り返す恐れが多分にありましたからね」彼は、良い悪いの問題ではなく、それが当時の実状だったのだという含みでちょっと肩をすくめた。「が、その後、ランビアンも世代交替を繰り返すうちに、かなり性質が変わりました。これならガニメアン社会にうまく融け込めるだろうという望みも出てきたのです。そこで、ガニメアンは積極的に彼らを受け入れて宥和《ゆうわ》を図る政策を採ることにしました。そのような経緯があって、その頃はすでにジェヴレン人と呼ばれるようになっていたランビアンの子孫は地球監視計画を任されることになったのです」

「間違いでした」ショウムが口を挟んだ。「彼らは追放されるべきだったのです」

「ふり返って考えれば、そのとおりだとわたしも思う」カラザーは言った。「しかし、これはわたしやきみが生まれる前の、遙か昔の話だからね」

「その、監視システムのことを聞きたいのですがね」ハントが話題を変えた。「どういう仕組みですか？」

イージアンが説明に立った。「基本的には地球圏外からの査察です。百年前までは、さして厄介なことはありませんでした。地球がエレクトロニクスと宇宙開発の時代に入ってからは、ジェヴレン人たちものんきな高みの見物では済まなくなったのです。使用されている機材は極めて小型で、宇宙空間ではまず目に見えないと言って差し支えないようなものです。情報の大半はあなたがたの通信網、例えば地球と木星を結んでいるレーザー・リンクなどを傍受して、それをそのまま転送しています。地球の宇宙計画初期の頃、ジェヴレン人はあなたがたが使い捨てた人工衛星に似せたものをこしらえて、それに査察装置一式を搭載したことがあります。地球人が宇宙掃海に乗り出すようになって、このやり方は打ち切りになりました。しかし、これはなかなか便利な方法ですよ。パーセプトロンをボーイングに擬装したのも、実はこのアイディアをいただいたわけです」

「それにしても、どうしてあれだけのことをやってのけるには、ヴィザーのようなシステムが必要だろう。なみの汎用コンピュータではとてもああはいかない」ハントは質問した。「あれだけ本当らしい情報をでっち上げることができたのかな？」

「そのとおりです」イージアンはうなずいた。「事実、彼らにはそういうシステムがあるのです。もう、かなり以前のことですが、ジェヴレン人に対してある程度楽観的になっていたテューリアンは彼らに自治権を与えて独立を認めました。これがジェヴレンです。彼らの惑星はわたしたちが開発した宇宙世界のはずれに位置していますが、そこはジェヴェックスというシステムが全域を覆っているのです。ヴィザーとまったく同じものですが、この二つのシステムは接続していません。ヴィザーと同じように、ジェヴェックスはジェヴェックスで独自の情報世界を作っているわけです。このジェヴェックスに地球監視システムは接続しています。わたしたちはジェヴェックスからヴィザーを経て間接的に報告を受けているのです」

「事実の歪曲《わいきょく》や画面の合成がいともたやすくできた理由がこれでおわかりでしょう」ショウムが言った。「博愛主義もこれまでです。そもそも、ジェヴレン人にあのようなシステムを持つことを許したのが間違いでした」

「虚偽の情報を流した狙いは何ですか？」カレン・ヘラーが切り込んだ。「これまでのところ、まだその点の説明がありません。ジェヴレン人の報告は、第二次世界大戦までは実に正確です。二十世紀後半の情勢になるとだいぶ誇張が目立ちます。が、問題はその後です。過去三十年に関しては、これはもう純然たる創作です。彼らはどうしてあなたがたに、地球は第三次大戦に突入すると思い込ませたがっているのですか？」

「人間の歪《ゆが》んだ精神構造をどう説明しろと言うのですか？」ショウムはジェヴレン人と地球人をひっくるめて人間と呼んだ。自分ではそれに気がついていない。

彼女が一瞬カラザーにちらりと視線を投げるのをハントは見逃さなかった。どうやら、まだ何か裏がある。この期《ご》におよんでなおテューリアンが打ち明けたがらないことがあるのだ。何事であるかはともかく、それはガルースやシローヒンでさえ知らされていない事実であることを、ハントはその場で直観した。しかし、今はその点を追究するべき時ではなさそうである。ハントはふとあることを思い出して、話を技術上の問題に戻した。

「ジェヴェックスはどの範囲まで事実を記憶しているのかな？　ヴィザーと同じに、ミネルヴァのガニメアン文明まで溯《さかのぼ》るのかね？」

「いえ」イージアンが答えた。「ジェヴェックスはずっと後世に完成されたシステムです。ヴィザーの記憶する情報をそっくり教えてやる必要はありませんでした。ガニメアンに関することばかりですから」彼は怪訝《けげん》そうにハントの顔を窺《うかが》った。「〈シャピアロン〉号の録画でヴィザーが発見した、背景の星のずれのばらつきを言っているんですね？」

ハントはうなずいた。「今の話ですっきりするね。そうだろう。ジェヴェックスは背景の星がずれることを知らなかったはずだよ。ヴィザーは〈シャピアロン〉号の設計データを摑《つか》んでいたけれども、ジェヴェックスにはそれがなかった」

「おっしゃるとおりです」イージアンは言った。「他にもおかしな点がいくつかありましたが、いずれも古いガニメアン技術に関係することで、ジェヴェックスの情報が欠落していたための誤りです。それがわかって、わたしたちははじめて疑惑を抱きました」

以後ジェヴェックスから送られてくる情報はすべて疑ってかからなくてはならなくなったであろうことは想像に難《かた》くない。しかし、ジェヴレン人の頭越しに直接情報源である地球に照会する手段はなかった。にもかかわらず、テューリアンはまさにそれをやってのけたのだ。

カラザーはしきりに話題を変えたがった。話の跡切《とぎ》れた隙を捉えて彼は言った。「ガルースから、あなたがた地球人にとって興味深い、別のくだりを見せるようにという要求がありました。ヴィザー……ガニメアンのゴーダ着陸の模様を見せてくれ」

ハントははっと顔を上げた。ゴーダの名は耳に覚えがある。ダンチェッカーも眉を寄せて顎を突き出した。ヘラーは不思議そうな顔で二人を見比べた。チャーリーの最期については彼女はあまりよく知らない。

ドン・マドスンを指導者とするナヴコム言語学班は非常な努力の末に長いこと謎のまま残されていたチャーリーの手記を解読した。手記は月面に生き残ったセリアン集団の一人であるチャーリーが廃墟《はいきょ》と化した基地に一縷《いちる》の望みを託して決死の行軍を続ける途中、次々に仲間が息絶えてゆくのを目の前にしながら毎日の行動を書き綴《つづ》ったものだった。手記はチャーリーが発見された場所に行きついたところで跡切れていたが、すでにその頃仲間は皆力尽きて、残ったのはチャーリーと、コリエルと呼ばれる僚友の二人だけとなっていた。そのチャーリーも生命維持装置の故障で倒れ、コリエルは基地を指して単独行を続けることになった。その後コリエルがチャーリーの倒れた場所に戻ったことを示す記録はない。彼らが目指した月面基地の名がゴーダである。

　床の中央に新しい映像が浮かんだ。星の降る黒い空の下に荒涼たる岩石砂漠が拡がっていた。高熱に焼かれた跡も生々しい岩石や砂礫《されき》は戦闘の激しさを物語っている。広大な基地であったに違いないその場所は破壊しつくされて見る影もなかった。荒廃の只中《ただなか》に、僅かに倒壊を免れた構築物がみすぼらしい姿をさらしていた。トーチカか砲塔を思わせる箱形の建物は片側の壁が吹き飛んでいた。中は真っ暗だった。

「ゴーダで残ったのはこれだけです」カラザーが解説を加えた。「この画は今着陸したばかりのテューリアン船から撮っています」

　長四角の胴体に脚と角《つの》を付けたような小型の舟艇が月面から二十フィートほどの高さで、画面の手前からゆっくりと廃屋のほうへ向かった。建物のすぐ近くに降りた舟艇から宇宙服に身を固めた一団のガニメアンが飛び出し、壁の破れ目にそろそろと近づいていった。あるところまで行って、彼らはぎくりと足を止めた。前方の暗がりで動くものがあった。

奥に明りが点《とも》って壁の破れ目を照らした。そのトーチカのようなものがもとは何の建物であったのか、画面からは判然としないが、地下室への降り口と思われるところに宇宙服姿の小集団がかたまっていた。ガニメアンの宇宙服とは形が違う。彼らは数ヤードの間合いで向き合ったガニメアンの肩よりも背が低かった。それぞれに武器を携えてはいるが、互いに顔を見合わせ、ガニメアンの様子を窺う態度からも彼らが非常に動揺していることがわかる。事態が呑み込めず、どうしてよいやら決断がつきかねているありさまだ。その中に、一人だけ例外がいた……

仲間たちより一歩前に進んで立ったその男の青い宇宙服は焼け焦げ、ほこりだらけで見るからに敗残のみすぼらしさをさらけ出していた。しかし、男は両足をしっかりと踏みしめて仁王立ちとなり、片手に構えたライフルに似た武器は微動だにせず、ぴたりと先頭のガニメアンを狙っていた。空いたほうの手で、男は仲間たちに前へ出ろと合図した。絶対の権威を示す動作だった。他の者たちは彼の指示に従って両脇に散開し、さらに物陰から異星人一行に銃を向けた。彼は仲間たちよりもずっと背が高く、体もひと回り大きくがっしりとしていた。ヘルメットの奥で歪めた唇の間にまっ白な歯が覗《のぞ》いた。無精髯《ぶしょうひげ》が伸び放題のどす黒くすんだ頬のせいか、歯の白さがひときわ鮮やかに見えた。音声回路から何やら聞き取りにくい言葉が洩れた。意味は不明ながら、昂然《こうぜん》として戦いを挑む声であることは疑いもなかった。

「当時はまだわたしどもの監視システムは不完全でした」カラザーが言った。「お互いに言葉が通じないのです」

ガニメアンの指揮官は声の抑揚に意味を込め、仕方咄《しかたばなし》で自分たちが味方であることを伝えようとしているらしかった。ひとしきり身ぶり手ぶりのやりとりがあって緊張が解けた。やがてセリオスの巨人が銃を降ろすと、他の者たちも物陰から次々に進み出た。巨人はガニメアンたちについてくるように合図した。背後の仲間たちは二つに分れて道を開けた。巨人はガニメアンの一行を案内して建物の奥へ入った。

「あれがコリエルです」ガルースが言った。

すでに察しはついていたが、ハントはそれを聞いて何故かほっとした。

「やったな！」ダンチェッカーは顔を輝かせて歓声を上げ、それからごくりと唾《つば》を呑んだ。「コリエルはゴーダへ行きついたんだ。いやあ、よかったよかった。本当によかった」

「まったくです」ガルースはハントの顔に早くも兆《きざ》した次の疑問を読み取って言った。「宇宙船の日誌を調べてみると、彼らはコリエル隊の辿《たど》った道を引き返しています。コリエルと最後まで一緒だった一人はすでに死亡していました。それで、そのままにして立ち去ったのです。しかし、途中で落伍《らくご》した何人かはまだ生きていて、救助されました」

「で、この後は？」ダンチェッカーが尋ねた。「わたしらの間で前々から話題になっているのはね、コリエルは最終的に地球に渡った一団の中にいたのかどうか、という点なのだよ。これで見ると、やはりその中にいたものと想像されるけれども、そこのところはわかっているのかな？」

答に代えて、カラザーは別の映像を呼び出した。地球人の目には見馴《みな》れない移動式居住設備と思われるものが十数棟、河岸に並んで小集落を作っていた。背後は亜熱帯の森林らしく、その向こうに山脈が霞んでいた。傍らに物資の集積所が設けられ、木箱やドラム罐《かん》に似た種種の梱包《こんぽう》が幾列にも積み上げてあった。前景に二、三百人あまりの群衆がかたまっている。地球人と少しも変わらぬ姿である。粗末だが、いかにも機能的と見受けられるシャツとズボンという出で立ちで、大半が腰のホルスターに武器を吊り、あるいは紐《ひも》で肩に担っている。

コリエルは群衆より数歩進んで、両の拇指《おやゆび》をゆったりと腰のベルトに掛けて立っていた。仲間たちより頭ひとつ大きく、肩幅も広い。黒い髪は豊かに波打ち、顔はいかめしく、彫りが深い。両脇と背後に腹心らしい部下が控えている。群衆のあちこちで武器が高く上がり、一同は手をふりはじめた。別れの挨拶《あいさつ》に違いなかった。

映像は傾きながら遠ざかり、小集落は見る間に生い繁る緑の中に沈んで消えた。密林もやがてただ一面の緑の濃淡に変わり、視野が拡がるにつれて周囲の地形が見えてきた。

「地球を発《た》ってテューリアンへ帰る宇宙船から捉えた最後の映像です」カラザーが言った。

紅海の一部とわかる海岸線が視野に入り、遠近の差で周辺が歪んでいるとはいえ、まぎれもない中東の地形になった。ついで視野に入った惑星の天と地の境目は早くもくっきりと円弧を描きはじめていた。

一同は遠ざかる地球を無言のままいつまでも見守っていた。その地球もついには消え去って、ダンチェッカーは溜息《ためいき》混じりに呟《つぶや》いた。「信じられるかね……あのたったひと握りが全人類のはじまりだったとはね。あれだけの苦難を乗り越えて、彼らは世界を征服したんだ。

実に驚嘆すべき人種だったと言う他はない」

ダンチェッカーが何かに本当に心を揺さぶられている姿をハントは滅多《めった》に見たことはない。その思いはハントもまた同じだった。彼はルナリアン戦争の情景を思い返し、ジェヴレン人がでっち上げた、地球が同じ破局に向かって突き進むさまを描いた映像を想起した。へたをすれば、地球はあの架空の映像に描かれたとおりの運命を辿っていたかもしれないのだ。きわどいところだった。地球は破局の淵に一度は立ったのだ。そこで踏み止《とど》まったから良かったものの、針路を変更しなかったらほんのあと二、三十年で地球はミネルヴァの轍《てつ》を踏んだに違いない。そうなれば、チャーリーやコリエルや、ゴーダ基地のセリアンたち、それに、テューリアンの努力はすべて水の泡である。加えて、その後に彼らが営々として築き上げたものがことごとく灰燼《かいじん》に帰するところだったのだ。

ハントはワーテルローの戦いでナポレオンを破った後にウェリントン将軍が言った言葉を思い出した。「きわどいところだった。間一髪とはこのことだ。生涯でもこれほどの瀬戸際に立ったことはまたとない」

21

ブルーノ観測基地の事情についてノーマン・ペイシーの報告を聞いたジェロール・パッカ

ードは早速、極秘の文書をもってCIAにスヴェレンセン個人に関する過去のいっさいの記録と、念のために月面国連代表団全員の記録を合わせて開示するよう要求した。これを受けてCIAの情報担当官クリフォード・ベンスンは翌日、国務省にパッカードを訪ねて密《ひそ》かに人事記録要約を手渡した。コールドウェルとリン、それにノーマン・ペイシーがその場に呼ばれてベンスンの説明を聞いた。

「スヴェレンセンは二〇〇九年に西ヨーロッパにひょっこり姿を現わしましたが、その時はすでに、各国政界、金融界の有力者と密接な関係にありました。いつの間にどう手を回したかはわかっておりません。それ以前の十年間の動きはまるで摑《つか》めないのです。具体的には、スヴェレンセンがエチオピアで殺されたとされている時を境に、その後の消息はまったく空白です」

ベンスンは壁に貼り出したサマリー・チャートを指しながら言った。夥《おびただ》しい人名や組織の名前が並び、写真が添えられ、相互関係を示す線が縦横に引かれていた。

「最も関係が深いのは、フランス・イギリス・スイスにまたがる投資銀行コンソーシアムですが、これに加わっている銀行のほとんどは、十九世紀に中国のアヘン貿易の利益を隠匿する目的で東南アジア一円に金融網を張りめぐらした銀行家の血縁がそのまま役員を引き継いでいます。そこで目につくのは……このコンソーシアムのフランス勢で大きな発言力を持つ中の一人がダルダニエの親類であることです。実に、スヴェレンセン・ダルダニエ両家の関係は三代前まで溯《さかのぼ》ります」

「高利貸し仲間は結束が堅いからね」コールドウェルが口を挟んだ。「付き合いが長かったところで、大した意味があるとも思えないな」

「二人だけの関係であれば、わたしも特に問題にはしないと思います」ベンスンはうなずいた。「ですが、ちょっとこっちを見て下さい」彼はチャートの別の部分を指さした。「イギリスとスイスの銀行は世界の金取引の大きな部分を支配していますが、これが、ロンドン金市場と鉱山関係を通じて南アフリカと繋《つな》がっているのです。ここにも目につく名前が、登場します」

「そこに名前が出ているヴァン・ギーリンクというのは、スヴェレンセンの取り巻きの、あのヴァン・ギーリンクの血族ですか？」リンが眉を寄せて尋ねた。

「そうです」ベンスンは言った。「親類がたくさんいましてね、それが全部、何らかの形で同じ一つの仕事に関係しているんですよ、とにかく、複雑怪奇です」彼はちょっと言葉を切った。「今世紀はじめの何年かまで、ヴァン・ギーリンクの息のかかった多額の金が南アフリカの白人支配を維持するためにこの地域に流れ込んでいました。政治経済の両面からブラック・アフリカの土台に揺さぶりをかけるためでした。一九七〇年代から九〇年代にかけて、キューバその他の共産勢力に対するレジスタンス支援に誰も関心を示さなかった理由の一つがそれです。輸出入禁止という事態に立ち至って、ヴァン・ギーリンク一族は自分たちの立場を確保するために、兵器商人に変身しました。その仲立ちとなって、しばしば彼らに便宜をはかったのが南米の各国政権です」

「そこでブラジルの男が一枚嚙《か》んでくるわけか」コールドウェルは眉を持ち上げた。

ベンスンはうなずいた。「他にもその種の手合いはいますがね。サラケスの父親と祖父はともに大手の金融業者で、特に石油業界に顔がききました。ヴァン・ギーリンクと石油業界が陰で人を操って、二十世紀終盤の中東紛争を煽《あお》っていたのです。エネルギーの主役が核へ移行する前に短期の石油利潤を荒稼ぎしようという狙いでした。この時期に符丁を合わせたように核反対の世論が盛り上がったこともこれで説明がつきます。その副作用で、中米の石油に対する需要が高まって、サラケス一門はここでも濡れ手で粟《あわ》の大儲けをしました」ベンスンは両手を拡げて肩をすくめた。「まだ他にもいろいろありますが、これであらましはわかるでしょう。国連代表団の背景を洗うと、多かれ少なかれ似たような話が出てきます。代表団は、要するに陽の当たる大家族なのですよ。事実、姻戚関係で結びつく顔触れも少なくありません」

ベンスンの話が一段落すると、コールドウェルは新たな関心を示してチャートを眺めた。椅子の背に凭《もた》れて彼は尋ねた。「で、だからどうだって言うんだ？　今の話と、月の裏側で起きたことと、どこでどう繫がるんだ？　そいつはこれから考えるところか？」

「わたしは事実を提供するだけです」ベンスンは言った。「解釈はそちらにお任せしますよ」

パッカードが部屋の中央に進み出た。「これを見ていると、もう一つ面白いことに気がつくね。この人間関係は、ある共通のイデオロギーで括《くく》ることができる。封建主義だ」

他の者たちは不思議そうな顔をした。パッカードは説明を試みた。「さっきクリフはこの高利貸し集団が三、四十年前の反核ヒステリーの火付け役であったことを指摘した。ところが、それだけでは済まないんだ」彼はベンスンと入れ替わってチャートを指し示した。「例えば、スヴェレンセンの足場になっているこの金融コンソーシアムだがね。一九〇〇年代最後の四半世紀を通じて、彼らは第三世界に盛大に金をばらまいて反進歩、反科学の院外団に仕立てることを策動した。南アフリカでも同じように、人種差別勢力が台頭して進歩的な政府の実現を阻んだし、工業化や黒人教育に反対した。大西洋を隔てた南米では右翼ファシスト政権が少数派の権益を標榜して次々に軍国化を図りながら、全体の進歩を妨げた。一歩退《さが》ってこれを眺めると、明らかに一つの基本的イデオロギーが見えてくるじゃないか。時の権力構造において封建領主の立場にある者の特権と利益を守るということだよ。つまり、わたしに言わせれば、世の中は昔から少しも変わっていないんだ」

リンが首を傾《かし》げて言った。「そんなことありません。ずいぶん変わっているんじゃありませんか？　だって、今のお話は現状と違いますもの。スヴェレンセンにしても、他の人たちにしても、していることは今のお話とまったく反対でしょう。全世界の進歩を掲げているんですから」

「わたしが言いたいのは、いまだに同じ人間が力を握っているということだよ」パッカードは言った。「たしかにきみの言うとおり、この三十年ばかりの間に彼らの基本政策は変わってきたかもしれない。スヴェレンセンの融資団はナイジェリアの核融合プラントと製鉄プラント建設に緩やかな条件で信用を供与している。金本位制の水準を考えたら、これはヴァン・ギーリンクのような人物が首を縦にふらなければとうていまとまる話ではなかったはずだ。南米の石油は水素を基本とする代替エネルギーへの移行を促して中東の緊張緩和をもたらした。これが軍縮実現の背景の一つになっている」パッカードは肩をすくめた。「ある時期からはっきり変わりだしたんだ。本来なら五十年前にできたはずのことを、ここへ来て急に後押しする動きが目立つようになった」

「それとブルーノにおける彼らのやり方と、どう結びつくんだ？」コールドウェルが釈然としない顔で尋ねた。「話が繋がらないじゃないか」

短い沈黙があってから、パッカードは話を一歩先へ進めた。「一つの考え方として、こういうのはどうかね？　支配階級を占める少数派は進歩によって何も得るところがない。歴史を通じて支配階級が常に技術革新に反対の態度を取ってきたのはそのためだ。変化が自分たちに利益をもたらす保証がない限り、彼らは腰を上げない。つまり、自分たちが利益を独占するならば進歩も結構というわけだね。この旧態依然たる姿勢は前世紀いっぱい続いた。ところが、その頃世界情勢は、早いところ何か手を打たなければ誰かがボタンを押すだろうということが目に見えるところまでいっていた。そうなっては魚が生き延びる池もなくなってしまう。原子炉か、核爆弾かの選択しかない。そこで彼らは革新に踏み切った。その過程で、巧みに自分たちの権益は守ったのだよ。ここまでは良かった……

「しかし、テューリアンが進んだ技術を手土産に登場するとなると事情は一転する。技術革命の余波がおさまる頃には、彼らは出る幕もなくなっているだろう。そこで国連に圧力をかけて、自分たちの身のふり方の目処《めど》がつくまで、壁を築いて時間を稼ごうとした」

彼は両手を拡げ、発言を促す表情で一同を見渡した。

「中継装置については、彼らはどうして知っていたんですか？」ノーマン・ペイシーが部屋の隅から声を発した。「グレッグとリンの話で、例のコード信号は無関係であることがわかりました。ソブロスキンも無関係です」

「スヴェレンセン一派が破壊工作に一役買っていることは間違いないな」パッカードは言いきった。「どうしてと訊かれても答えようがないが、そうとしか考えられないだろう。口の堅いUNSAの技術屋を使ったかもしれないし、あるいは、どこかの国の政府か、独自の技術を持っている民間企業に手を回して誘導弾か何かを発射したかもしれないんだ……そうだとすれば、彼らはすでに何ケ月も前、ジャイスターから最初に信号が入った時点で手を打ったに違いないな。つまり、これまでの牛歩戦術は誘導弾が目標に達するのを待つ時間稼ぎだったのだよ」

コールドウェルはうなずいた。「それなら筋が通る。まんまとやられたな……スヴェレンセン一派はもう一歩で交信妨害に成功するところだったんだ。マクラスキーで通信が確保されていたから良かったものの、それがなかったら……」

重苦しい沈黙が室内を閉ざした。リンは気遣《きづか》わしげに男たちの顔を見比べた。「それで、これからどうなるんですか？」

「さあ、そこがむずかしいところだ」パッカードは思案顔で言った。「どっちを見ても事情は複雑でね」

リンはパッカードの気持ちを測りかねる様子だった。「まさか、このままでは済まされないでしょう？」

「成り行き次第で、何とも言えんね」

リンは目を丸くした。「そんな！　成り行き次第で何とも言えないって……スヴェレンセンのような人たちが昔から、自分たちの利益を守るために世界の進歩を妨げたり、教育を駄目にしたり、愚かな俗信やプロパガンダを支持したりしてきたのに、それに対して何も打つ手がないなんて、そんな馬鹿な」

「この情況はきみが考えているほど単純明快ではないぞ」パッカードはむっとした。「さっきも言ったとおり、事情は複雑だ。あることを確信することと、それを立証することとは全然別なんだ。これをスヴェレンセン一派の共同謀議として告発する気なら、こっちは相当の準備をしてかからなくてはならない」

「でも……でも……」リンは言葉を捜した。「他に何が必要なんですか？　証拠は全部揃《そろ》っているじゃありませんか。太陽系外の中継装置を破壊した事実だけだって充分なくらいです。国連代表団の名を借りながら、彼らはこの惑星の代表じゃあありません。地球全体の利益なんて頭から考えていないんです。そのこと自体、彼らを罪に問う立派な根拠だと思います」

「彼らが事実破壊工作に手を下したというたしかな証拠は何もないんだ」パッカードは彼女をたしなめる口ぶりで言った。「それはまったくの憶測にすぎない。装置は自然に故障したのかもしれないんだ。カラザーの組織が破壊したという可能性だって否定できない。今のところ、スヴェレンセンの仕事だときめつける根拠は一つもない」

「スヴェレンセンは装置が破壊されることを知っていたんですよ」リンは反論した。「それが破壊工作に関係していた何よりの証拠じゃありませんか」

「知っていた、とどうして言える?」パッカードは切り返した。「ブルーノの一介の職員にすぎない若い女が何かを小耳に挟んで、わけもわからずにただそう思い込んだというだけだろう」彼はかぶりをふった。「ノーマンの話をきみは聞いているな。スヴェレンセンはその気になれば、彼とその女の子の間には何もなかったと証言する人間でこの部屋をいっぱいにすることだってできる。女の子のほうはのぼせていたが、スヴェレンセンが洟《はな》もひっかけないので、腹いせにノーマンのところへ駆け込んでありもしないことを言い立てた。というようなことで話はそれまでだ。そういう例は何も今にはじまったことじゃあない」

「スヴェレンセンが女の子に発信させた怪情報はどうですか?」リンは食い下がった。

「怪情報?」パッカードは肩をすくめた。「同じことさ。そんなものはどこにもありはしない。女の子のでっち上げだ。そう言われればそれでおしまいだよ」

「でも、テューリアン側の記録でちゃんと受信したことになっているんですよ」リンは言い募った。「今はまだアラスカのことを公表する段階ではないとしても、いざという時にはテューリアン中のガニメアンを連れてきて証言させることだってできるじゃありませんか」

「ああ、そのとおり。その結果はっきりすることと言えば、公式に発信されたものではない雑情報がまぎれ込んでいたという事実だけだ。誰がどこから発信したか、ガニメアンたちの証言からでは決められない。月の裏側から発信されたと見せかけるために何者かがヘッダーの書式を改竄《かいざん》したのではないかとでも言われれば、それ以上は突っ込めない」パッカードはまた頭をふった。「こうやって考えていくと、一つとして核心に触れる証拠はないんだ」

リンは助けを求める顔でコールドウェルをふり返った。コールドウェルは無念らしくかぶりをふった。「パッカードの言うことは理屈だよ。そんなものは全部ひっくり返してやりたいと思う気持ちはわたしとしてもきみと同じだ。しかし、慌《あわ》てて事を起こすのはまずい」

「口惜《くや》しいかな迂闊《うかつ》に手出しはできませんね」ベンスンが再び話に加わった。「彼らは滅多《めった》に尻尾を出しません。たまに出すことがあっても、その時はこっちが脇見をしているんです。今度のブルーノの件にしても、似たようなことはこれまでだって何度か起こっているんですよ。でも、結局のところ決め手になりません。たった一つでもいい……必要なのはこの決め手というやつです。ここはひとつ、スヴェレンセンのひざもとに誰かを送り込むことですね」彼はあまり気乗りのしない声で言った。「しかし、それをやるには詳しい調査と綿密な計画が必要です。人選にもじっくり時間をかけなくてはなりません。早速準備にかかりますが、あまり期待なさいませんように」

リンとコールドウェル、ペイシーの三人はワシントンのセントラル・ヒルトンに泊っていた。その夜、食事を済ませた後、彼らはコーヒーを飲みながらパッカードのオフィスでの話の続きに時を移した。

「歴史を通じてこの対立のパターンは変わっていないよ」ペイシーは言った。「二つの理念が対立しているんだ。一方に封建貴族がいて、もう一方に職人、技術屋、土木工事屋の共和主義がある。古代奴隷経済社会においても、教会が知識階級を弾圧した中世ヨーロッパにおいてもこれは同じ。イギリス帝国の植民地主義から、ひいては最近の、東側の共産主義や西側の消費主義に至るまで、この構造は連綿として変わらないんだ」

「ひたすら働かせろ。目的に殉《じゅん》じる気持ちにさせろ。ただし、考える閑《ひま》は与えるな、か。え？」コールドウェルはわかりきったような顔で言った。

「そういうことだ」ペイシーはうなずいた。「教養があって、豊かで、精神的に解放された市民階級の出現を搾取階級は何よりも嫌うんだ。権力というのは富の規制と管理の上に成り立つものだからね。科学技術は無尽蔵の富をもたらす。故に科学技術は規制しなくてはならない。知識と理性は敵である。迷信とまやかしを武器とせよ」

一時間ほどしてロビーの隅のやや奥まったところにある静かなテーブルに席を移してからも、リンはこの二人のやりとりを思い返していた。最後に一杯飲んで解散しようということになったのだが、バーが混雑して騒々しかったので彼らはその場所を選んだのだ。本人が意識しているかどうかはいざ知らず、ハントが生涯を賭しているのも同じ戦いだ、と彼女は理解した。テューリアンとの交信を絶とうとしたスヴェレンセン一派はガリレオに学説の撤回を強いた宗教裁判所の判事であり、ダーウィンに反論した主教である。アメリカを自国の産業の専属市場として支配しようとしたイギリス貴族や、鉄のカーテンの両側で核兵器を握って世界を脅迫した政治家どももその反動姿勢においてスヴェレンセン一派と選ぶところがない。彼女は何とかしてハントの戦いを支援したかった。味方であることを示すジェスチャーに終わったとしても、じっとしているよりはましである。しかし、彼女には方法がなかった。彼女はかつてこれほどの不安と無力を同時に味わったことはなかった。

コールドウェルがヒューストンに急ぎの連絡をしなくてはならない用件を思い出し、すぐに戻ると言い置いて、土産物店や紳士服の店が並ぶアーケードをエレベーターのほうへ立ち去った。ペイシーは椅子に体を沈め、グラスを置いてテーブル越しにリンを見つめた。

「いやにおとなしいね。ステーキの食べすぎかな?」

リンは小さく笑った。「いえ……ちょっと考えごとをしてたものですから。大したことじゃあないんです。でも、今日は深刻な話をしすぎたみたい」

ペイシーはテーブルに手を伸ばし、小皿のクラッカーを取って口に放り込んだ。「ワシントンDCへはよく来るのかね?」

「ええ、しょっちゅう。でも、ホテルはここじゃなくて、たいていハイアットかコンスティテューションなんです」

「UNSAの人は皆そうだね。ここは政治向きの人間が集まるところだよ。よく外交会議の二次会みたいになることがある」

「UNSAの場合はハイアットがそんなふうですね」

「ああ。きみはたしか、東部の出身だったね？」

「ニューヨークの、イーストサイドの北寄りです。学校を出てからUNSAに入って、それで南部へ移りました。本当は宇宙飛行士になりたかったんですけど、結局、デスクの飛行士で」彼女はふっと溜息《ためいき》をついた。「でも、不満はありません。グレッグの秘書をしていると面白い体験もできますし」

「よくできるね、あの男は。上司としては仕事がしやすいだろう」

「やると言ったことは必ずやる人ですね。できないことははじめからやると言わないんです。ナヴコムの人たちは皆尊敬しています。必ずしも本部長のやり方に皆が全面的に賛成するとばかりは限りませんけれど、でも、それはお互いさまですもの。グレッグがいつも言うことですが……」

呼び出しの声が二人の話を遮った。「お呼び出しを申し上げます。ノーマン・ペイシーさま、いらっしゃいましたらフロントまでお越し下さい。急ぎの連絡がございます。ノーマン・ペイシーさま。どうぞフロントまでお越し下さいますよう、お願いいたします」

ペイシーは立ち上がった。「今頃、何だって言うんだろう？　ちょっと失礼」

「どうぞ」

「ついでにお代わりを注文しようか？」

「いえ、自分でしますから、どうぞいらっしゃって」

ペイシーは出入りの客やこれから遅い食事をしようというグループでごった返すロビーを、

掻《か》き分けるようにフロントへ向かった。係の男はペイシーを見てちょっと怪訝《けげん》そうに眉を上げた。

「ペイシーだが。今、呼び出しがあった。ここへ何か連絡が届いているとかで」

「ちょっとお待ち下さい」男は背後の小仕切りから白い封筒を取り出した。「三五二七号室のノーマン・ペイシーさまですね？」

ペイシーは部屋のキーを示して封筒を受け取った。

「ありがとう」彼はイースタン航空の支店に近い一隅で封を切った。一枚の便箋《びんせん》に手書きの文字が認《したた》めてあった。


至急面談いたしたきことあり。当方、ロビー反対側。内密の用件故、貴殿の私室にてお会い願いたし。

ペイシーは眉を顰《ひそ》め、顔を上げてロビーを端から端まで見渡した。フロアを隔てた向こう側に、ダーク・スーツを着た背の高い、色浅黒い男が立っていた。傍で数人の男女が賑《にぎ》やかに談笑していたが、浅黒い男はその仲間ではないようだった。目が合うと、男は微《かす》かにうなずいた。ペイシーは一瞬迷ってからうなずき返した。男はさりげなく時計を覗《のぞ》き、あたりを見回すと、アーケードをゆっくりエレベーターのほうへ歩きだした。ペイシーはその後ろ姿を見送ってリンのところへ取って返した。

「ちょっと用事ができた。済まないが、わたしはこれから人に会わなくてはならないんだ。グレッグによろしく伝えてくれないか」

「その用事のことも伝えます？」

「実はわたしもまだ知らないんだよ。どのくらいかかるかもわからない」

「そうですか。わたしはここでゆっくり世の中を眺めていますから。それでは、また後ほど」

ペイシーはロビーを横切ってアーケードに入った。一足違いで彼は、長身瘦軀《そうく》で銀髪の美しい、上等な身なりの男がフロントでキーを受け取ってロビーに向き直るのを見逃した。銀髪の男は悠揚迫らぬ態度でロビーの中央に進み、立ち止まってあたりを見回した。


しばらく後、ペイシーが三十四階でエレベーターを降りると、件《くだん》の浅黒い男が廊下の少し先で待ち受けていた。ペイシーが近づいていくと、男は無言で三五二七号室まで進み、脇へ避《よ》けてペイシーがドアを開けるのを待った。ペイシーは男を先に立てて部屋に入った。彼がドアを閉じる間に、男が明りをつけた。

「それで？」ペイシーははじめて口を開いた。

「イワンと呼んで下さい」浅黒い男はヨーロッパ訛《なま》りの強い英語で言った。「ワシントンのソヴィエト大使館の者です。わたしの口から直接あなたに伝えるように指示されている用件がありますので、それをお話しします。ミコライ・ソブロスキンが、ある重大な事柄について至急あなたと会談したいと希望しています。あなたにとっても、極めて重要な問題です。

こう申し上げればおわかりでしょう。会談の場所はロンドン。すでに手配は整っています。会談に応じていただけるかどうか、わたしが御返事をうかがって、ミコライに伝えます」

イワンはペイシーが返答に窮するさまをしばらく見守っていたが、やがて、内ポケットから厚地の紙を二つ折りにしたものを取り出した。「これをお見せすれば、わたしがいかがわしい者ではないとおわかりいただけるはずだ、と言われて来ました」

ペイシーはそれを受け取って折り目を伸ばした。赤で縁取りしたピンクの、国連の機密メモ用箋だった。ペイシーは何も書かれていない用箋をじっと見つめ、それからイワンに向かって一つうなずいた。「しかし、この場でわたしの一存で即答するわけにはいかんね」彼は言った。「しばらく時間をもらいたい。今夜遅く、もう一度会えるかな?」

「そういうことになるだろうと予想していました」イワンは言った。「一つ先の角に〈ハーフ・ムーン〉というコーヒー・ショップがあります。そこでお待ちします」

「ちょっとある場所まで足を運ばなくてはならないだろうと思うのだがね」ペイシーはあらかじめ断わっておくことにした。「遅くなるかもしれないぞ」

イワンはうなずいた。「何時まででも待っておりますから」それだけ言って彼は立ち去った。

ペイシーはドアを閉じてからしばらく、思案顔で室内を行きつ戻りつしていたが、やがて、データグリッドの端末に向かって腰を落ち着け、キーボードを叩いてジェロール・パッカードの私邸を呼び出した。

三十四階下のロビーの片隅で、リンはエジプトのピラミッドや、中世の大伽藍《がらん》や、イギリスの弩級《どきゅう》戦艦、そして二十世紀末の軍拡競争のことなどを考えていた。これらのことにも歴史は同じパターンを繰り返しているのだろうか？　技術革新が人類の富を増大し、一人当たりの収入をどれだけ伸ばしても、結局、何かが剰余分を吸い取って、一般大衆は終生あくせく働くしかない。生産性がどんなに向上しても、労働の質が変わるだけで、人が労働そのものから解放されることはない。一般大衆が自分たちの労働の成果である富と自由を与えられないとしたら、いったいその収穫は誰が持ち去っているのだろうか？　リンはこれまでにない角度からものを見て、いろいろなことがわかりかけてきた。

彼女は声を掛けられるまでペイシーが立った後の席に腰を下ろした男に気がつかなかった。

「お邪魔じゃありませんか？　目の回るような一日の終わりに、しばらくこうしてのんびりと、世の中の動きを眺めるというのはいいものですね。どうか、御相伴《ごしょうばん》をお許し下さい。世間にはえてして孤独を好んで人生を暗くしてしまう偏屈な人間がいますが、わたしから見ると、実につまらないことです。どうしてそんなことをする必要があるのか、理解に苦しみますね」

リンは危うく手にしたグラスを取り落とすところだった。テーブルを隔てて向き合った男の顔を、彼女はつい数時間前パッカードのオフィスで、クリフォード・ベンスンが壁に貼り出した写真で見たばかりだった。ニールス・スヴェレンセンである。

彼女はグラスの残りを一息に飲み干し、むせ返りながらやっと答えた。「ええ、本当に……そのとおりですわね」

「失礼ですが、ここにお泊りですか？」スヴェレンセンは尋ねた。彼女はうなずいた。スヴェレンセンはにやりと笑った。貴族的な押し出しと、計算された傲慢《ごうまん》さは世の常の男性とはどこかひと味違っている。女にはそこが何ともたまらない、とリンは密かに認めずにはいられなかった。エレガントな銀髪と上品な顔立ちは、そう、〈プレイガール〉の標準から見ればいわゆるハンサムではないかもしれない。が、そこがまた不思議な魅力でもある。どこか遠くを見つめるような目には、何か吸い寄せられるようなものがある。

「お一人で？」

リンはもう一度うなずいた。「ええ、まあ」

スヴェレンセンは眉を持ち上げ、彼女に向けてグラスを掲げた。「そちらは空いているようですね。実は、これからバーで肩をほぐそうとしていたところです。どうやらこの場に限ってはお互いに世界九十億の人間から見放された孤島の住民ですね。悲しむべきことです。わたしとしては何とかしなくてはなりません。不躾《ぶしつけ》とは承知の上ながら、いかがです、御一緒願えませんか？」

ペイシーはエレベーターでロビーへ戻る途中のコールドウェルと鉢合わせした。

「意外に長くかかってね」コールドウェルは言った。「予算の配分についてヒューストンはすったもんだの最中《さなか》だよ。そろそろ帰らなくてはならないだろうな。今だって、すでに留守が長すぎているんだ」彼はペイシーを見てはてなという顔をした。「リンはどうした？」

「下にいるよ。わたしは呼び出しを食って」ペイシーはエレベーターの閉じたドアを見つめて言った。「ソブロスキンがここのソヴィエト大使館を通じて接触してきたよ。何かわたしに話すことがあって、ロンドンで会いたいと言っている」

コールドウェルは驚いて眉を高く上げた。「会いに行くのか？」

「まだ結論は出していない。今、パッカードに電話をしてね、これから車を拾って、相談に行くところなんだ。その後、さる人物に会って返事をすることになっている」彼はやれやれとばかり頭をふった。「せめて今日一晩くらいはゆっくりしたかったのだがね」

二人はエレベーターを降りて、もとの場所に戻った。テーブルには誰もいなかった。あたりを見回したが、リンの姿はどこにもない。

「トイレにでも行ってるんだろう」コールドウェルが言った。

「そんなところだ」

二人は話しながらしばらく待ったがリンはなかなか帰ってこなかった。しびれを切らしてペイシーが言った。「もう一杯飲むつもりが、ここじゃあ用が足りなくてバーへ行ったんじゃないかね。まだいるかもしれない」

「見てこよう」コールドウェルは回れ右してロビーを突っ切った。

ほどなく彼は、ヒルトンのロビーで考えごとをしながら歩いているところを背中から市街電車に撥《は》ねられた、とでもいう顔つきで戻ってきた。

「いるよ」コールドウェルはうつろな声で言い、空いた椅子にどさりと腰を下ろした。「それが、一人じゃないんだ。きみも行って見てこい。ただし、顔を見られないようにしろ。見てきたら、あの子の相手がわたしの思ったとおりの人物かどうか、教えてくれ」

一分後、ペイシーはコールドウェルの向かいの椅子にどさりと腰を下ろした。折り返しの市街電車に撥ね飛ばされたような顔つきだった。

「間違いない」ペイシーは間の抜けた声で言った。かなり時間が経ったと思われる頃、ペイシーは半ばひとりごとのように言った。「やつはコネティカットのどことかに屋敷がある。ブルーノからの帰りにこのワシントンで何日か羽を伸ばしているんだ。そうと知っていれば、こっちは別のホテルにしたのになあ」

「リンは、どんな調子だった？」コールドウェルは尋ねた。

ペイシーは肩をすくめた。「御機嫌だよ。調子づいて一人でしゃべっている。知らない者が見れば、男のほうが引っかけられて何百ドルがとこ散財する場面だと思うだろうな。リンは、自分の面倒くらいは見られますから御心配なく、てな顔をしているよ」

「しかし、どういうつもりだ、いったい？」

「知るものか。きみはあの子の上司だろう。こっちは、まだろくに付き合いもないんだ」

「まずいぞ、しかし。放っとくわけにはいかんだろう」

「どうしろって言うんだ？　自分であそこへ行ったんだろう。子供じゃないんだ。それに、わたしが行って連れ出すわけにはいかないぞ。スヴェレンセンと向かい合って知らない顔はできないからね。ここで事を荒立てるのはうまくないよ。これは君の問題だ。さあ、どうするね？　上司の権限をもって野暮で押すかね？　どうだ？」

コールドウェルは苦虫を嚙《か》み潰した顔でテーブルを見つめていたが、思案に窮しているようだった。ペイシーは腰を上げ、申し訳なさそうに両手を拡げた。「ああ、グレッグ。意地悪を言うようで済まないが、ここはどうなりと、きみの好きに任せるしかないね。パッカードを待たせているんでね。こっちをすっぽかすわけにはいかない。わたしは失敬するよ」

「わかった、わかった。さっさと行ってくれ」コールドウェルは投げやりに手をふった。

「戻ったら電話で成り行きを知らせてくれよ」

ペイシーはロビーに面したバーの前を避け、脇の出口から立ち去った。コールドウェルはその場に坐ったまましばらく考えにふけったが、やがて困惑の体《てい》で頭をふり、溜まった書類に目を通しながらペイシーの連絡を待つことにして自分の部屋へ引き揚げた。

22

ダンチェッカーはテューリアンのさる研究所の一室で、二つ並べて表示された立体映像を長いこと見つめていた。ガニメアン世界の海底に棲息《せいそく》するある種の腔腸《こうちょう》動物の細胞を大きく拡大したもので、構造がよくわかるように、核その他の細胞を形作る物質が色分けされていた。ついに彼は頭をふって体を起こした。

「いやあ、残念ながら降参だ。わたしには両方ともまったく同じものにしか見えない。これが、全然別種の生物だと言うのかね？」とうてい信じられない口ぶりだった。

数歩退《さが》って立ったシローヒンは控え目に笑った。「左側に出ているのはある種の単細胞微生物でしてね、自身のＤＮＡを融解して、宿主のＤＮＡを模倣する特殊な酵素を持っているんです」彼女は説明を加えた。「この模倣過程が完了すると、この微生物は宿主が何であれ、相手の細胞とまるで見分けがつかない姿になるんです。つまり、その時点でこの微生物は宿主の体の一部となって完全に同化するわけですね。ですから抗体や拒否反応とは無縁です。おそらくは、これは非常に高温の青色星から強い紫外線を受けるある惑星で進化したんです。この微生物は極端な変異を起こすことなく、種として定着したのだと考えられています。適応の例としては非常に珍しいものですね。きっとあなたは関心がおありだろうと思いまして」

「これは珍しい……」ダンチェッカーは低い嘆声を洩《も》らし、映像のもとであるデータをおさめた金属とガラスの装置に近づいた。彼は体を屈《かが》めて、体組織のサンプルが入っている小さな容器を覗《のぞ》きながら言った。「わたしも地球へ帰ったら、ぜひこの微生物を研究したいね。ああ……テューリアンはわたしにサンプルを分けてくれるだろうか？」

シローヒンは声を立てて笑った。「それはもう、二つ返事ですわ、先生。でも、どうやってサンプルをヒューストンへ持っていらっしゃるおつもり？　現実には、今あなたはここにいらっしゃらないんですよ」

「そうか。わたしとしたことが」ダンチェッカーは舌打ちして残念そうに頭をふり、あらためて室内に並ぶ装置機材を見回した。彼には何のためともわからない装置がまだ他にいくつもあった。

「わたしの研究はまだまだこれからだ……」彼は自身に向かって低く言った。「まだまだこれからだよ……」

物思いにふけっていたダンチェッカーはふと眉を顰《ひそ》めてシローヒンに向き直った。「実は、テューリアン文明全体についてちょっと不思議に思っていることがあるのだがね。知恵を貸してもらえないだろうか？」

「わたしでわかることでしたら。どういう御質問でしょう？」

ダンチェッカーは深く溜息《ためいき》をついた。「それが、その……何と言うか……二千五百万年の歴史にしては、テューリアン文明は意外に進んでいないという気がわたしはするのだよ。もちろん、地球とはくらべものにならない。しかしだね、地球が現在のテューリアンに追いつくにはそんなにおそろしく長い時間はかからないだろうと思う。その点が、どうも腑《ふ》に落ちないんだ」

「わたしも同じことを考えましてね」シローヒンは言った。「イージアンと話をしてみました」

「説明が得られたかね？」

「ええ」シローヒンはダンチェッカーの物問いたげな顔を長いこと見つめてからおもむろに口を開いた。「テューリアン文明はあるところで長期にわたって停滞したのです。それが皮肉なことに、科学の進歩がもたらした結果でした」

ダンチェッカーは眼鏡の奥で目をしばたたいた。「それはまた、どうして？」

「先生はガニメアンの遺伝子操作技術について詳しくお調べになりましたね」シローヒンは言った。「テューリアンへ移住した後、その技術はさらに一段と進んだのです」

「それがどうして文明の停滞に繋《つな》がるのかな？」

「テューリアンは遠い先祖の時代から夢だった能力を獲得したのです。……遺伝子を操作して、肉体の老化、衰弱を永久に防止する技術を完成したのです」

ダンチェッカーがその言葉の意味を理解するまでには数秒の間があった。彼はあっと息を呑んだ。「不老不死を実現した……？」

「そのとおりです。以来、長いことユートピアが実現したと考えられていました」

「考えられていた？」

「その結果はすべて予測しつくされてはいなかったのです。不老不死が達成されてからしばらくは、いっさいの進歩発展が止まってしまいました。創造性が失われてしまったのです。テューリアンは賢すぎる、知りすぎた人種になったのです。特に、不可能を見越すという意味で、あまりにものわかりが良すぎるようになってしまったのです。諦めが良すぎる、と言い換えることもできますね」

「夢を描くことがなくなったのだね」ダンチェッカーは悲しげに頭をふった。「それは悲劇だ。わたしたちが今当たり前と思っていることはすべて、誰かが突拍子もない夢を描いたところからはじまっているんだからね」

シローヒンはうなずいた。「そして、その夢を描くのは、かつては若い世代の特権でした。精神が柔軟で、恐いもの知らずの若い世代が失敗をものともせずに大きなことを企てて、それが驚異的な進歩や発展の原動力になっていたのです。ところがもう、そういう若い世代がいなくなってしまった」

ダンチェッカーは何度もしきりにうなずいた。「社会全体が老人性の精神障害を来《きた》してしまったのだね」

「そういうことです。そこに気がついて、はじめて昔の生き方に帰ろうという動きが起こりました。ところが、すでに文明の停滞は慢性化していたのです。そんなわけで、やっと突破口が開けたのは比較的最近のことです。瞬間移動の技術も、ルナリアン戦争の末期に辛うじて介入に間に合うのがやっとでした。h-スペース・パワー分配グリッドや、機械と神経系の直接結合、そうして、ヴィザーが完成したのはそれからまだずっと後のことです」

「その間の事情は充分想像がつくね」ダンチェッカーは心ここにない声で呟《つぶや》いた。「人はよく、やりたいことをやるには一生は短すぎると不満を言う。ところが、その制限がなかったら何もしやあしない。時間が限られているということは、何よりも強い動機になるのだよ。

わたしもこれまで何度かこの問題を考えてみたことがあるがね、不老不死が実現したら、結局は退屈だけが残るだろうと思っていたよ」

「テューリアンの経験に多少とも意味があるとすれば、おっしゃるとおりであることが証明されたということでしょうね」

二人はなおしばらくテューリアンの歴史について話し合った。シローヒンはやがてガルースとモンチャーに会いに〈シャピアロン〉号へ引き揚げた。ダンチェッカーは研究室に残って、ヴィザーの案内でテューリアン生物学の成果を見学した。興味はつきなかったが、彼はまだ印象が薄れないうちにいくつかの疑問点をハントと話し合いたいと思った。そこで彼はヴィザーに、ハントがシステムに接続しているかどうか尋ねた。

「いえ、接続していません」ヴィザーは答えた。「十五分ほど前に飛行機でマクラスキーを発《た》ちました。何でしたら、基地の管制室に繋ぎましょうか？」

「うん……ああ、そうしてくれ」

ダンチェッカーの目の前数フィートのところに通話スクリーンが現われた。マクラスキー基地の管制官が映っていた。

「ダンチェッカー先生。こちら、管制室です。何か御用ですか？」

「ヴィザーに聞いたのだが、ヴィックはどこかへ出かけたそうだね。何かあったのかな」

「午前中ヒューストンへ行ってくる旨、あなた宛に伝言があります。ただし、それだけで、詳しいことは何も書いてありません」

「クリス・ダンチェッカーからなの？　わたしが出るわ」どこか遠くでカレン・ヘラーの声が聞こえた。間もなく、管制官と入れ替わってヘラーが画面に顔を出した。「こんにちは、先生。ヴィックはリンがワシントンからなかなか帰らないので、しびれを切らしてヒューストンに連絡したんです。ところが、グレッグは戻っているのに、リンはまだですって。それで、ヴィックは様子を見に行ったんですけど、わたしが知っているのはそこまでで……」

「ああ、そう」ダンチェッカーは首を傾《かし》げた。「しかし、おかしいな」

「実は、わたしからも先生にお話ししたいことが、あるんですけれど」ヘラーは続けて言った。「カラザーとショウムと、ルナリアンのある時代の歴史について話し合ったところが、ちょっと面白いことが出てきたんです。そのことで、先生の御意見をお聞きしたいと思いまして。いつこちらへお戻りですか？」

ダンチェッカーは何やら口の中でぶつぶつ言いながら研究室を見回した。と、彼はヴィザーからの信号が空腹を伝えていることに気づいた。「いや、そろそろ帰ろうと思っていたところでしてね。十分ほどしたら、食堂で会いませんか？」

「では後ほど」ヘラーはうなずき、スクリーンごと消え去った。

十分後、ダンチェッカーはマクラスキー基地の食堂でベーコンと卵、ソーセージ、それにハッシュ・ブラウンの盛大な食事に取りかかっていた。テーブルを挟んでヘラーはサンドイッチをつまみながら話した。ＵＮＳＡの隊員たちは基地恒久化の改造作業に出払い、調理場で食器を洗う音が聞こえる他はあたりに人の気配はなかった。

「ルナリアン文明と地球文明の発展の度合いを比較分析してみたのですが、びっくりするほど開きがあるんですね。ルナリアンは道具を使いはじめてからほんの何千年かで蒸気機関の時代に入っています。地球はその十倍もかかっているんですよ。これはいったい、どういうことですかしら？」

ダンチェッカーは眉を寄せて口の中のものを呑み込んだ。「ルナリアンの進歩に拍車をかけた要因はすでに明らかにされているはずですがね」彼は学生の質問に答える口ぶりで言った。「一つには、ルナリアンが年代的には地球人よりもガニメアンの遺伝子操作実験の時代に近いということ。つまり、その分だけ、彼らは遺伝的に不安定なものを多く持っていたわけです。従って、それだけ飛躍的な変異の可能性を孕《はら》んでいたということでしょう。ランビアンの突然の出現はこのことを裏づけるものです」

「でも、その説明は少し納得しかねますね」ヘラーは考えながら言った。「先生御自身がこれまでに何度も、たかだか何万年では大きな変化は起こり得ないとおっしゃっていますでしょう。〈シャピアロン〉号が地球に来た時ゾラックが集めた人間の遺伝データを使って、ヴィザーに計算させてみたんですが、その結果からも同じことが言えます。ルナリアンの遺伝子パターンはランビアンの出現より遙か以前に確立されているんです。ランビアンの出現は戦争前ほんの二百年くらいのことですよ」

ダンチェッカーはパンにバターを塗りながら、ふんと鼻を鳴らした。政治家が科学者を気取るとはしゃらくさい。「ルナリアンはガニメアンがミネルヴァに残していった高度な文明の遺産を引き継いだのです」彼は言った。「彼らが科学文明のレベルに達した時、目の前に、まるで充実した博物館や図書館があったようなものです。地球とは出発点が大きく違うのですよ」

「でも、地球へ渡ってきたセリアンはすでに完熟に達した文明を持っていました」ヘラーは切り返した。「そこでハンディキャップは解消しますね。だとしたら、他の何がこの違いを生んだのでしょう？」

ダンチェッカーは眉間に皺《しわ》を寄せた。女政治家が科学者に議論を吹っかけるとは、まったく鼻持ちならない。「ルナリアン文明は氷河期が迫って環境の悪化が進むという、非常に厳しい条件の下で急激に発達したのです。危機感が進歩を加速したのです」

「セリアンが渡ってきた時、地球は氷河時代に入るところでした」ヘラーは待っていましたとばかりに応酬した。「氷河期はその後長く続いています。ですから、その点でも条件は同じですね。となると、どこで違いが出たのでしょう？」

ダンチェッカーは腹立たしげにフォークを肉に突き立てた。「生物学者として、また、人類学者としてわたしが言うことに疑問を持たれるのは、それはもちろん、あなたの勝手です」彼は陰にこもって言った。「しかし、わたしの立場として、事実を説明するのに最小限度の必要を超えてこじつけの仮説をでっち上げるようなことは認められません。これまでにわたしたちが知っていることは、すでに事実を充分説明しているのです」

ダンチェッカーからこれに類する言葉が出ると予測していたヘラーは眉一つ動かしはしなかった。「先生は生物学者の視点にこだわりすぎていらっしゃるのではないかしら」彼女は婉曲《えんきょく》に言った。「社会学の視点から問題を逆に捉えてみたらどうでしょうか」

ダンチェッカーにしてみれば問題に逆も真もありはしない。「どういうことです？」彼は憮然《ぶぜん》として問い返した。

「何がルナリアンの進歩を速めたか、ではなくて、何が地球の進歩を遅らせたか、ということです」

ダンチェッカーは眉を寄せて皿を覗《のぞ》き込み、それから顔を上げてにんまりと歯を見せた。「月を捕獲したことで、地球の自然環境が激変したからですよ」彼は勝ち誇ったように言った。

ヘラーは不信を隠そうともしなかった。「それが彼らを後戻りさせて、もとの水準を回復するのに何万年もかかったっておっしゃるんですか？　まさか、そんな！　せいぜい何百年かの遅れならわかりますよ。でも、何万年もなんて、とても考えられません。その説明には納得しかねます。ショウムも、カラザーもそれは違うと言うはずです」

「ほう」ダンチェッカーは鼻白《はなじろ》んだ様子で皿のベーコンを突ついていたが、やがて顔を上げて言った。「それではお聞きしますが、あなたはこれをどう説明するんです？　何か他に考えがありますか？」

「これまで先生がまったく触れていらっしゃらないことがあります」ヘラーは教授の挑戦に

応じた。「ルナリアンは早い時期から非常に合理主義的な、科学的な意識を身につけて、はじめからその上に立って文明を築いていきました。それにくらべて地球のほうは、何千年もの間、問題の解決を呪術や神秘主義に頼っています。人間は長いことサンタクロースや、イースター・バニーやトゥース・フェアリーが願いを叶えてくれると信じてきました。ものごとを科学的に考えるようになったのはやっと最近になってからですよ。それに、いまだに迷信はなくなっていません。わたしたちはそういう非科学的な精神構造が文明の進歩にどう影響するか、ヴィザーに計算させてみました。何と、他のもろもろの要素を全部合わせたよりも、これが大きな足枷《あしかせ》になっているのです。地球の進歩を遅らせたのは、人間の非合理的非科学的精神構造そのものだったのです」

ダンチェッカーはしばらく考えてから気のない声で言った。「なるほど」それから、彼はぐいと顎を突き出した。「しかし、その話が特に別の問題を提起しているとは思えませんね。要するに、早くから合理的な考え方を持っていた片方の人種は急速に進歩して、それがなかったもう片方の人種は進歩が遅れた、というだけのことでしょう。で、あなたは何が言いたいんです?」

「カラザーとショウムと話してから、わたしそのことをずっと考えているんです。どうしてそういうことになったのか……。ヴィックは物事には必ず理由があるといつも言っています。表面からは見えなくても、探っていけばきっと何かがあるはずだ、って。だとしたら、ちょっとまともに考える力があれば迷信や呪術なんて何の意味もないことくらいすぐわかるはずなのに、地球人が何千年もの間、そういう非科学的なものにとらわれてきた理由はいったい何だったのでしょうか?」

「あなたは、科学の方法のむずかしさということがよくわかっていませんね」ダンチェッカーはさとすように言った。「事実と虚偽、真実と神話を確実に弁別する方法を打ち立てるには長い時間、おそらくは何世代にもわたる蓄積が必要なのです。一夜にしてそれがわかるということはあり得ませんよ。そんな単純なものではありません」

「でも、だったら、そのむずかしさがルナリアンにとっては足枷にならなかったのはどうしてですか?」

「そんなことは、わたしはわかりません。あなたはわかりますか?」

「さっきから、お訊きしたかったのはそこなんです」ヘラーは身を乗り出すと、テーブル越しにじっとダンチェッカーの顔を覗き込んだ。「一つの仮定として、こういう考え方はどうでしょうか。地球人が神話や魔術を深く信じて、長いことそれが社会の根底を支配してきたのは、地球文明の初期には、今でこそわたしたちが伝説だ迷信だと言っていることが現実だったのではないか……」

ダンチェッカーは食べかけていたものを咽喉《のど》に詰まらせて顔を真っ赤にした。「何ですって? 冗談じゃない。あなたは、宇宙の動きを支配する物理法則が、過去数千年の間に変わったと言うんですか?」

「いいえ、そんなことは言っていません。わたしはただ……」

「こんな馬鹿げた話は聞いたことがない。今われわれが直面している問題は、ただでさえ複雑で学界の各領域が頭を悩ましているんだ。そこへ占星術だの、ESPだの、何だか知らないが、荒唐無稽《こうとうむけい》なお伽噺《とぎばなし》だのを持ち込まれてはたまったものじゃない」ダンチェッカーはやりきれない顔であたりを見回し、ふっと小さく溜息をついた。「あのね、科学というものと、子供向けの雑誌に盛んに載っている安手のお話の区別がつかない人には、いくら説明してもきりがありませんよ。悪いことは言わない。こんな話をしても時間の無駄です……ついでながら、あなたは自分の時間だけではなしに、わたしの時間も無駄にしているんですよ」

ヘラーは冷静を保つことに努めたが、声が尖《とが》るのをどうすることもできなかった。「わたしはそんな話をしているんじゃありません。お願いですから、もう少しわたしの言うことを聞いて下さい」

ダンチェッカーはうんざりした顔で上目使いにヘラーを見ながら食事を続けた。ヘラーは話を先へ進めた。

「こういう筋書きを考えてみて下さい。ジェヴレン人は自分たちがランビアンで、地球人がセリアンであることを忘れていないのです。それで、彼らは今なお地球を仇敵《きゅうてき》と睨《にら》んでいます。その彼らは、テューリアンでガニメアンの技術を手当たり次第、選《よ》りどり見どりで吸収したのです。ところが、地球へ渡ったライバルのほうは月の接近による環境の激変のためにふりだしに戻る破目になりました。ジェヴレン人となったランビアンは地球監視の権限を摑《つか》み取りましたが、その頃、すでに彼らの惑星は独立して、ジェヴェックスという独自のコンピュータ・システムを持っていましたから、宇宙船であれ何であれ、銀河系のどこへでも好きなところへ瞬間移動させることができました。おまけに、彼らは人間です。姿かたちは地球人と見分けがつきません」

ヘラーは僅《わず》かに体を引き、この先は話さなくてもわかるはずと言いたげに、期するところある目つきでダンチェッカーの顔を見つめた。ダンチェッカーは口へ運びかけたフォークを宙に止め、面食らって彼女を見返した。

「ジェヴレン人は魔法を使い、奇蹟《きせき》を働くことができたのです」頃合いを計ってヘラーは言った。「彼らは古代の地球に、さしあたり今の言葉で言えば、工作員《エージェント》を送り込んで、迷信や、魔術信仰や、神秘思想を広めたのです。そのようにして形作られた非科学的な精神構造はいまだに地球人の中に尾を曳《ひ》いています。原始宗教を吹き込んだのは、地球人が科学を再発見して技術を開発することをできる限り遅らせるための謀略でした。技術を身につければ、地球人は再びかつてと同じ脅威的な存在になりますから。こうして時間を稼ぐ一方で、ジェヴレン人はガニメアンのノウハウを吸収しながらジェヴェックス・システムを拡充して、その先で何を狙っているかはさておき、自分たちの勢力を拡大したのです」

彼女は椅子の背に凭《もた》れ、両手を拡げてダンチェッカーの顔を覗き込んだ。「いかがですか？」

ダンチェッカーは愕然《がくぜん》として、しばらくは声もなかった。

「論外だ」やっとのことで彼は言った。

ヘラーは堪忍袋《かんにんぶくろ》の緒を切らした。「どうしてですか？　今の話の、どこが間違っていますか？」彼女は詰問した。「現実の問題として、何かが地球の進歩を遅らせたんですよ。今のように考えれば説明がつきます。先生のおっしゃったことは、どれ一つ取ってみても充分な説明になっていません。ジェヴレン人には地球の進歩を遅らせる動機と手段があったんです。今の論理は現実と合致します。他に何が必要ですか？　科学者というのは、少なくとも事実に対しては公平な目を持っているはずだと思いましたけれど」

「こじつけにしてもひどすぎる」ダンチェッカーは侮蔑を露《あらわ》に言い返した。「あなたはもう一つ、科学の鉄則を忘れているね。仮説は実験によって検証しなくてはならないのだよ。その途方もない思いつきを、あなた、どうやって検証するって言うんです？　まあ、こう言ってもあまりお役に立たないかもしれないが、〈スーパーマン〉のイラストレーターか、スーパーマーケットで売っている婦人雑誌の記者あたりに相談してみることですね」それきり彼は食事に専念した。

「そういう態度なら、ええ、よくわかりました。どうぞ、ごゆっくりお食事を」ヘラーは席を蹴って立ち上がった。「ヴィックがルナリアンの存在をあなたに認めさせるのにさんざん苦労したということを聞きましたけど、そりゃあそうでしょうって」彼女は後をも見ずに立ち去った。

三十分後、カレン・ヘラーはまだ煮えくり返るような思いでエプロンのはずれからＵＮＳ

Aの隊員たちが発電小屋の設営作業を進めるのを眺めていた。ダンチェッカーが食堂から顔を出し、彼女の姿を認めると、後ろ手をしてゆっくりとエプロンの反対側に向かった。フェンスのはずれに立って、彼は時折りちらちらとヘラーのほうを盗み見ながら、基地のはずれに拡がる沼地を長いこと眺めやっていた。どのくらいの時間が経ったろうか。ダンチェッカーは思案げに深くうなだれて食堂のほうへ引き返した。入口まであと数歩というところで彼は立ち止まり、もう一度ヘラーの背中に目をやって、しばらく躊躇《ためら》った後、きっと顔を上げてつかつかと歩み寄った。

「ああ、さっきは……どうも失礼」彼は言った。「あなたの話には、なるほど聞くべき点がなくもないようです。あの結論は、もう一歩突っ込んで検討するに価《あたい》します。早速、他の連中と話し合ってみることにしましょう」

23

「何だって?」

ナヴコム司令部最上階のオフィスへ通じる廊下で、ハントはコールドウェルの腕を取って引き戻した。

「あの男はリンに、ニューヨークの母親に会いに行くような時には電話をよこせと言った。

だからわたしはあの子が母親に会いに行けるように、休暇をやったんだ」コールドウェルはジャケットの袖からハントの指を引き剝《は》がすようにして歩きだした。

ハントはしばらくその場に根が生えたように立ちつくしていたが、すぐまた気を取り直してコールドウェルに追いすがった。「何でまた？　それはあんまりだ？　わたしにとって、リンは赤の他人じゃあない」

「こっちにとっては彼女は部下だ」

「しかし……あの男に会って、リンは何をするんだ？　詩の朗読でも聞かせるのか？　グレッグ、それはないだろう。彼女にこんなことをさせるのは止《よ》してくれ」

「小姑《こじゅうと》みたいな言い方だな」コールドウェルは軽く受け流した。「わたしは何もしてやしない。これはあの子が自分で段取りしたことだ。それに、わたしとしてもチャンスを無駄にする手はないからな。有力な情報が手に入らないとも限らないんだ」

「リンの職務記述書には、マタ・ハリの真似事をさせるなどということはどこにも書いてないはずだ。これは明らかにこの局の業務規定と雇傭《こよう》契約の範囲を越えた不当な人権侵害だ」

「どういたしまして。これは将来への踏み台になる絶好の機会だよ。彼女の職務記述書は自主性と創造性を強調している。まさに持ってこいの仕事じゃあないか」

「こんなことがリンの将来のために何の役に立つって言うんだ？　スヴェレンセンというやつは一つのことしか頭にない男だぞ。意外に思われるかもしれないが、リンがあの男の千人斬りの犠牲者の一人になるのをわたしは黙って見てはいられないんだ。わたしの考えが古いのかもしれないさ。しかし、ＵＮＳＡで仕事をするというのがそんなことだとは知らなかったね」

「まあ、そう大袈裟《おおげさ》に言いなさんなって。誰もあの子をそんな目に遭わせようとは思っちゃいない。ただ、うまくすればこっちの知りたいことが多少なりとも摑《つか》めるかもしれないというだけの話なんだ。チャンスが天から降って湧いた。リンはそいつを摑まえたんだ」

「詳しいことはカレンから聞いたよ。いいだろう。こっちはルールを知っている。リンもルールを知っている。しかし、スヴェレンセンはルールを知らないぞ。やつはどうすると思う？　机に向かってアンケートに答えを記入するか？」

「リンはうまくやるよ」

「彼女をそんなふうに使うのはあんまりだ」

「わたしにはどうすることもできんね。リンは休暇で母親に会いに行っているんだ」

「じゃあ、わたしも特別休暇を取らせてもらおう。今、この瞬間からだ。ニューヨークに私的な急用ができたのでね」

「却下する。きみにはここでやってもらわなくてはならないもっと重要な仕事が山ほどあるんだ」

二人は黙りこくって控え室を抜け、コールドウェルの城である奥のオフィスに入った。コールドウェルの秘書が口述筆記のオーディオトランスクライバーから顔を上げてにっこり会《え》釈《しゃく》した。

「グレッグ、いくらなんでもこれはひどい」ハントはまた同じことを蒸し返した。「これには……」

「これにはきみが思っている以上に深い事情があるんだ」コールドウェルはハントを遮った。「わたしはノーマン・ペイシーとＣＩＡからじっくり話を聞いた。だから向こうから機会が転がり込んだ時、見送る手はないと判断したんだ。リンもその点は充分承知しているよ」彼は上着を戸口のハンガーに掛け、デスクの反対側へ回ってブリーフケースを置いた。「スヴェレンセンについては、こっちが夢にも知らなかったことがずらずら出てきた。まだほじくればいくらでも出そうだ。とにかく落ち着いて、五分だけそこへ坐ってわたしの話を聞け。これまでのあらましを話すから」

ハントは深く溜息《ためいき》をつき、こうなってはいたしかたないと諦め顔で両手を拡げると、傍らの椅子にどさりと腰を下ろした。

「五分じゃあとても間に合わないだろう、グレッグ」向き合って坐ったコールドウェルに彼は言った。「こっちも、昨日テューリアンから仕入れてきた話があるんだ」

ヒューストンから四千八百マイル離れたロンドンのハイド・パークで、ノーマン・ペイシーはサーペンタイン池畔のベンチに腰かけていた。夏の訪れを待ちかねていたようにオープン・ネックのシャツや夏物の軽装で繰り出した市民の群が公園を囲む緑に色を添え、樹冠の向こうには街の建物がどっしりとした景観を見せている。五十年この方、ほとんど変わっていない風景である。これこそが人々が心から求めているものなのだ。ノーマン・ペイシーはあたりを眺めながら、そう思った。日々安楽に暮らし、市民としての務めを果たし、そして他人には邪魔されないこと。それが大方の市民のささやかな、しかし、強い希望である。それなのに、ごく少数の野望を抱く者たちが権力を握り、自分たちに都合の良い規範を一般大衆に押しつけようとするのはいったいどうしたことだろう？　狂った信念に憑《つ》かれた一人と、信念などはどこ吹く風という百人とでは、はたしてどちらの罪が重いだろうか？　しかし、自由を強く求めること自体、一つの信念であり、自由のために闘う者がやがて狂信者になり下がった例は歴史上枚挙にいとまがない。一万年にわたって人間はこの問題に取り組んできたが、いまもって解決に至ってはいない。

地面に影がさして、ミコライ・ソブロスキンが隣に腰を下ろした。この陽気に厚手のスーツを着込み、きちんとネクタイを締めて額を汗で光らせている。

「ジョルダーノ・ブルーノからここへ来ると本当に生き返るようだね」彼は挨拶《あいさつ》代わりに言った。「月面の海《マライア》が本当の海だったらさぞいいことだろうな」

ペイシーは池の面《おもて》からロシア人に向き直ってにやりと笑った。「木も何本かほしいところだな。え？　どうやらUNSAはこのところ金星冷却と火星酸素化の計画にかまけて、月まではとても手が回りかねているようだ。そうでなくても、はたして月面の環境改良を考えている人間がいるかどうかね？　しかし、何とも言えないぞ。そのうち、月も棲《す》みよくなるかもしれない」

ソブロスキンは吐息を洩《も》らした。「そのために必要な知識や技術が目の前に差し出されていたんだ。それをわたしらは投げ捨ててしまった。わたしらは、おそらく人類史上最大の犯罪を目撃したのだということにきみは気がついているかね？　しかも、世界はその事実を知らされることがない」

ペイシーはうなずき、努めてさりげない態度を装った。「それで？　話というのは？」

ソブロスキンは胸ポケットからハンカチを出して額の汗を拭った。「ジャイスターからのコード信号はきみの言ったとおり、ソヴィエトが独自に設置した送信機からの呼びかけに応答したものだったよ」

ペイシーは驚きの表情も浮かべず、ただ小さくうなずいた。すでにそのことはワシントンでコールドウェルとリン・ガーランドから伝わっていたが、知っていると言うわけにはいかない。「ヴェリコフとスヴェレンセンがその件とどういうかかわりか、わかったかね？」

「だいたい摑めたつもりだよ」ソブロスキンは言った。「二人はテューリアンとの交信を妨害することを目的とする地球規模の結社に属しているらしい。やり方が同じなんだ。ヴェリコフはソヴィエトが独自にチャンネルを開くことに強力に反対している一派でね。反対の理由も国連と同じときている。ところが、有効な妨害工作の手筈《てはず》が整わないうちに送信がはじまって、反対派にとっては寝耳に水だったんだ。で、スヴェレンセンと同様、ヴェリコフは自分の立場を利用して、密《ひそ》かに対話をぶち壊しにするような雑音を挿入した……と、少なくともわたしらはそう読んでいる。まだ証拠は摑めていないがね」

ペイシーはまたうなずいた。これもすでにわかっていることである。「きみの言うその雑音だがね、内容はわかっているのか?」彼はそれもテューリアンから伝えられたコールドウェルのメモで読んでいたが、ふと興味に駆られて尋ねた。

「それは知らない。まあ、見当はつくけれども。彼らはジャイスターと地球を結ぶ中継装置の機能が停止することを事前に知っていた。要するに、彼らは妨害派の一味ということじゃないか。おそらく、一味は何ケ月も前から工作していたに違いない。それなりの技術を持った民間企業に手を回すか、あるいは、気心の知れたUNSAの誰かを抱き込んだか……それは何とも言えないがね。まあ、その点はともかく、一味の作戦は、中継装置が破壊されるまで、国連とソヴィエトの二つのチャンネルの対話を進展させずにただだらだらと引き延ばすことだったと見ていいだろう」

ペイシーは池の対岸を見渡した。池の一部を柵で仕切った中で、子供たちが初夏の陽を浴びながら水とたわむれていた。歓声や笑い声が時折り風に運ばれてきた。ヴェリコフが一味であるという他は、ソブロスキンの話に新しいことは何もない。「で、きみとしては、この情況をどう考えるね?」池の向こうを見つめたまま、ペイシーは尋ねた。

重苦しい沈黙が長く続いた。ソブロスキンは言った。「ロシアはね、今世紀のはじめまで圧制の伝統を引きずってきたんだ。十五世紀にかつての征服者モンゴルの支配を脱して以後、ロシアは自国の安全に異常なほど執着するようになった。他国の安全はロシアの脅威であって、これは許せない、と思いつめるほどだよ。それで、次々と近隣の諸国を侵略して、弾圧と恐怖政治とテロによって国境を押し拡げた。しかし、これはどこまでいってもきりがない。国を一つ乗っ取れば、その向こうにまた国境があるのだからね。共産主義は世界を少しも変えやあしなかった。しょせんはおめでたい理想主義者を掻《か》き集めて、暴虐を正当化するための旗印でしかなかったんだ。一九一七年の革命後の僅《わず》か数ケ月を除いては、ロシアは共産主義じゃあない。中世の教会がキリスト教の本質からはずれていたのと同じでね」

ソブロスキンはハンカチを畳んでポケットにしまった。ペイシーは黙ってその先を待った。

「しかし、それも今世紀のはじめに熱核戦争の脅威が去って、より次元の高いインターナショナリズムに向かって変わりはじめた、とわたしらは考えていたよ。表面的にはそのとおりだった。わたしと同じようなたくさんの人間が、これもまた、それなりに圧制を脱した西側との相互理解と共通の進歩のために自分を投げ出して努力したんだ」ソブロスキンは溜息をついて、悲しげに頭をふった。「ところが、今度の対テューリアン問題を通じて、ロシアを暗黒時代に追い込んだ勢力は亡《ほろ》び去っていないことがはっきりした。それに、狙いとしているところも変わらない」彼はきっとしてペイシーに向き直った。「西側に宗教テロと経済搾取をもたらした勢力も亡びていない。東西で、彼らはただ自分たちの保身のためにいくらか姿勢を変えただけなんだ。この地球という惑星には、無数のスヴェレンセンと無数のヴェリコフを結ぶ網が張りめぐらされている。彼らは鐘や太鼓で解放を叫んでいるがね、そこで言う解放とは彼ら自身が美味《うま》い汁を吸うことであって、その旗印に従う多数の利益などははじめから彼らの眼中にないんだ」

「ああ、そのとおりだ」ペイシーは言った。「わたしのほうでもそれはだいぶ見えてきている。で、結論は？」

ソブロスキンは遠い池の対岸を指さした。「わたしに言えることは、あそこであやっている子供たちは、別の世界で別の太陽の下で大きくなってもいいはずだということだよ。そのためには知識が必要なんだ。ところが、形態の如何《いかん》を問わずすべて圧制者にとって、知識は敵なのだよ。知識は歴史を通じて、いかなるイデオロギーや信仰にもまして多くの人間を貧困と抑圧から解放した。あらゆる隷属は、非抑圧者の奴隷根性に発するんだ」

「どうも、ぴんと来ないな」ペイシーは言った。「何が言いたいんだ？　西側へ亡命を考えてでもいるのかね？」

ソブロスキンはかぶりをふった。「この戦いはイデオロギーの問題じゃあない。子供たちの意識を解放しようとする者と、彼らテューリアン文明の恩恵を与えまいとする者の激突だよ。最近の戦闘でわたしらは一敗地にまみれたがね、それで戦いが終わったわけじゃあないんだ。いつか必ず、テューリアンとの対話を復活する日が来る。それはそれとして、今モスクワではクレムリンの主導権をめぐって風雲急を告げているところなんだ。わたしはモスクワを離れるわけにいかない」

彼は背中に手を回して、文書の束と思《おぼ》しき紙包みをペイシーの前に差し出した。「きみの国と違って、ソヴィエトでは昔から内政問題の解決には情け無用の手段に訴えるしきたりだ。向こう何ケ月かの間に、かなり大勢の人間が消されるだろう。わたしもその中の一人かもしれない。覚悟はできているつもりだが、これまでの努力がまったく無駄だったとは思いたくないんだ」彼は包みをベンチに置いて手を引っ込めた。「そこに、わたしの知る限りのことが残らず書いてある。モスクワの同志に預けるのは危険だ。わたしと同じで、明日にはどうなるかわからない身の上だからね。しかし、きみならその情報を有効に活かしてくれると信じているよ。きみは本質的な戦いにおいて、わたしらが味方同士であることを知っている人間だと思うから」

ソブロスキンは立ち上がった。

「知り合えてよかったよ、ノーマン・ペイシー。両陣営の間に、地図の色分けには左右されない強い絆《きずな》があるとわかったのは非常な慰めだ。いつかまた会おう。しかし、もうその日が来ないとしたら……」彼はみなまで言わずに右手を差し出した。

ペイシーも立ってその手をしっかり握った。「きっとまた会おう。情況は必ず好転するよ」

「だといいがね」ソブロスキンは手をはなし、踵《きびす》を返して池の端を歩きだした。

ペイシーは包みを強く握りしめて、運命との果たし合いに臨むべく立ち去ろうとしているずんぐりと背の低い男のぎくしゃくとした後ろ姿を見つめた。子供たちの笑顔を瞼《まぶた》に描いて死んでゆく覚悟であろう。見捨てることはできない、とペイシーは思った。何も知らずに死地へおもむく彼を黙って見送ることはできない。

「ミコライ！」ペイシーは彼を呼び止めた。

ソブロスキンは足を止めてふり返った。ペイシーはその場を動かなかった。ロシア人はゆっくりとベンチの傍に戻った。

「一敗地にまみれた、ときみは言ったね。それは違う」ペイシーは打ち明けた。「もう一つのチャンネルで、今もテューリアンと交信は続いている……アメリカはやったんだ。中継装置は必要ない。もう何週間もテューリアンと対話しているんだ。カレン・ヘラーが地球に帰ったのはそのためだよ。話し合いは進んでいる。世界中のスヴェレンセンが束になってかかっても、もはや友好を阻害することはできないんだ」

ソブロスキンはじっとペイシーの顔を見つめた。ペイシーの言葉が彼の胸におさまるには長い時間がかかった。やがて、ソブロスキンはゆっくりと、それとはわからぬほど微かにうなずき、どこか遠くを眺める目つきで低く言った。「ありがとう」

彼は向きを変え、今度は夢の中にいるかのようにそろそろと歩きだした。二十ヤードほど行ったところで、彼はまた立ち止まってペイシーをふり返った。ソブロスキンは無言で手をふった。次に歩きだすとすぐ、その足取りは目に見えて軽くなった。

二十ヤードを隔てて、ペイシーはソブロスキンの顔に輝く歓喜をはっきりと見た。ペイシーはソブロスキンの姿がボートハウス付近の人込みに消えるまで見送り、それから向きを変え、反対側のサーペンタイン橋を指して歩きだした。

24

ニールス・スヴェレンセンの時価百万ドルの邸宅はニューヨーク市から四十マイル離れたコネティカットの、ロングアイランド湾を見下ろす緑地帯に二百エーカーを占める敷地に建てられていた。段丘状の植込みに囲まれて、クローバーの葉をかたどった大きなプールがあり、屋敷はL字型に庭園を抱え込んでいる。プールを隔てた反対側にテニスコート、一方に翼屋《ウイング》と向き合って別棟がある。屋敷はゆとりを大きく取った斬新なデザインで、片流れの屋根が鋭角的に一気に地面近くまで傾《なだ》れ落ちているところは、建物それ自体が一個のアブストラクト彫刻といった趣《おもむき》である。側面へ回ると、磨き出したブラウンストーンやモザイク・タイルやガラスの壁が、あるいは垂直に、あるいは斜めに空を切って入り組んでいる。中央のひときわ高い部分はスヴェレンセンの居室で、広々とした部屋が二層に重なっている。片翼は平屋で、週末ごとのパーティや、その他さまざまな目的で集まる客用の寝室が六つと大広間、反対側は居室部分よりやや低めだが、こちらも二階造りで、スヴェレンセンと秘書のオフィスと書庫、その他仕事のためのスペースにあてられている。

スヴェレンセンの邸宅には何かといわくありげな噂がつきまとっている。

リンはクリフォード・ベンスン子飼いの工作員に伴われてニューヨークへ飛んだ。工作員の紹介で地元のCIA支局を訪れたリンは、そこでスヴェレンセンに関する資料を調べた。それによれば、スヴェレンセンの屋敷は十年前、さる超大複合企業の建設部門であるワイスマンド興業の手で建てられたものであった。同社は工場建設が専門で個人住宅は手がけていない。外部から設計技師やデザイナーがコンサルタントとして招かれたのはそのためである。それはまあ良いとしよう。不思議なのは、ワイスマンドがカリフォルニアに本拠を持つ会社であることだ。地元に一流の建築業者がいくらでもいるはずなのに、スヴェレンセンは何故カリフォルニアの業者に工事を依頼したのだろうか？

さらに調べてみると、ワイスマンド興業の株式はカナダのある保険コンソーシアムがほとんど一手に保有していることがわかったが、このコンソーシアムは無名のスヴェレンセンが一躍国際社会の第一線に登場した時にその足場となったイギリス、フランス、スイスの銀行家連合と密接な関係にあった。スヴェレンセンはかつての恩に報いただけのことだろうか？それとも、彼が義理のある、そしておそらくは秘密の繫《つな》がりを持つ業者に屋敷の施工を依頼するにはそれなりの深い理由があったのだろうか？

リンはビキニ姿でプールサイドの寝椅子《シェイズ》に横たわり、花壇の向こうの屋敷を眺めながら何度も同じ疑問を頭の中で繰り返した。スヴェレンセンは真紅の海水パンツで傍らのパラソルの下のテーブルに掛け、アイス・レモネードを傾けながら、ラリーと呼ばれる男と話し込んでいた。隣のシェイズにはチェリルというブロンドの女が生まれたままの姿で俯《うつぶ》せになり、プールの中ではサンディとキャロルが明らかに地中海人種とわかるエンリコという男と黄色い声を上げてはしゃいでいた。サンディはトップレスで、エンリコが下も脱がせようとしているのがこの馬鹿騒ぎの原因だった。他にもう一組カップルがいたのだが、一時間ほど前に姿を消したきり戻ってくる気配もない。時刻は金曜日の昼下がり。夕方から明日の朝へかけてもっと大勢集まってくる、とリンは聞かされていた。木曜の朝、リンの電話に答えたスヴェレンセンは、ごく親しい友人たちの気楽な集まりだから、と言って彼女を誘ったのだ。

リンは屋敷を眺めながら、オフィスの一画が他とはどこか感じが違うと思った。先に屋敷の中を案内したスヴェレンセンは、オフィスには私的な客は通さないことにしていると言った。至極もっともな話だが、それだけでは説明のつかない何か異様な空気をリンは察していた。ガラス張りの面積を大きく取って、引き戸で自由に出入りのできる開放的な居住部分と違って、オフィスの一画は高いところに小さな窓が並んでいるだけの閉鎖的な造りだった。その窓も厚い壁に深く窪んで、内部に明りを取り入れるよりは、むしろ陽光を遮るのにふさわしいと思われるほどである。リンは窓に目を凝《こ》らした。念入りな細工の飾りと見えたのは、カムフラージュした頑丈な鉄格子であった。それもこそ泥を防ぐ程度の生やさしいものではない。戦車の攻撃にも持ち堪《こた》えるだろう代物だった。外に通じる出入口はない。オフィスは屋敷の中からしか入れなかった。意識して眺めなかったらリンはそのことに気づかなかったであろう。オフィスの一画は化粧タイルとペンキ塗りの壁で他の部分と見た目はほとんど変わりがないが、その実、そこは独立した要塞に他ならなかった。

プールの喧噪《けんそう》が一段と高まって、エンリコが女の体と飛沫《しぶき》を掻《か》い潜《くぐ》り、ビキニの下半分を高々と掲げて浮かび上がった。「いっちょう上がり。さあ、もう一人」彼は得意になって叫んだ。

「ずるいわ！」サンディは金切り声を上げた。「あたし溺れるところだったわよ。そういうのを弱い者いじめって言うのよ！」

「キャロルの番だ」エンリコは言った。

「んーん、もう！」キャロルは笑った。「ようし、二対一よ。サンディ、手を貸して。この人、やっちゃいましょうよ」また大騒ぎがはじまった。

「女二人じゃあ無理だろう」スヴェレンセンがリンをふり返って言った。「きみも加勢してやったらどうかね。ここは無礼講だ。遠慮はいらないよ」

リンはシェイズに頭を寝かせて取ってつけたように笑った。「ええ、でも、時にはこうやって観客に回るのもいいものよ。それに、彼女たち二人で充分よ。わたしは予備役で結構」

「御立派だねえ。後のために体力を残しておこうというわけだな」ラリーがスヴェレンセンの耳もとで言いながら、リンに向かって大きくウインクした。彼女は見て見ぬふりをした。

「賢いことだ」スヴェレンセンが言った。

「お楽しみはこれからだよ」ラリーは厭味《いやみ》に笑って言った。リンは曖昧に笑い返したが、内心さてどうしたものかと途方に暮れていた。

「いろんな人間を紹介するよ。各界の売れっ子ばかりだ」

「楽しみだわ」リンはそっけなく答えた。

「いい子だろう」スヴェレンセンはラリーに向かって言い、悦に入った様子でリンに視線を戻した。「ワシントンで知り合ってね……見つけものだよ。ニューヨークへはちょくちょく人に会いに出てくるんだそうだ」

リンは自分が商品にされたような気がした。実際、この情況ではそれと大して変わりがない。だと言って、彼女は今さら腹も立たなかった。上辺《うわべ》だけでも調子を合わせる気がなかったらはじめからこんなところに乗り込みはしない。

「わたしもワシントンへよく行くんだよ」ラリーが言った。「きみは、仕事か何かで？」

リンはかぶりをふった。「いいえ。務めはヒューストンの宇宙軍。コンピュータとレーザーと、数字でしゃべる人ばっかりで……。でも、食べていくためには仕方がないでしょう」

「ああ。しかし、それももうじき変わるんだ。そうだろう、リン」スヴェレンセンが脇から言った。「実は、わたしの関係でワシントンに彼女にぴったりの口があるんだ。仕事もずっと面白いと思うよ。ラリー、きみはフィル・グレズンビーを知っているな？　このあいだワシントンへ行った時、一緒に食事をしたんだ。その席で出た話でね、今度新しく開設する代理店を任せられるばりばりの若い人材を捜していると言うんだよ。報酬がまた桁はずれなんだ」

「きみがそこへ移るなら、ワシントンで会えるね」ラリーは彼女に向かって言い、それからわざとらしく眉を顰《ひそ》めた。「しかし、それは仕事の話で、まだ先のことだろう。何もワシントンでなくたっていい。ここでお互いに充分知り合えるじゃないか。きみは、独りかい？」

「ああ、自由の身だ」スヴェレンセンが言った。

「それは結構」ラリーは声を弾ませた。「こちらもここでは鰥夫《やもめ》でね。きみを皆に紹介する案内役には最適だよ。いや、本当に、きみは人を見る目があるね。趣味もいいことだろう。ああ、こうしよう……これから皆でいろいろと趣向を変えて遊ぶことになっているけれども、きみはわたしのパートナーだ。これで先約ができたわけだ。いいね？」

「わたしは刹那《せつな》主義よ」リンは言った。「今現在のことしか考えないの。先のことはまたその時になってから。おわかり？」彼女は眩《まぶ》しそうに太陽を見上げ、スヴェレンセンをふり返った。「当面の問題としては、わたし、このままじゃあ日射病になってしまいそう。日陰に入って、何か着て、もう少し涼しくなったらまた来るわ。いいでしょう？」

「ああ、構わんよ」スヴェレンセンはうなずいた。「何が困ると言って、きみに倒れられるほど困ることはないからね」

リンはシェイズから起き上がって屋敷のほうへ歩み去った。

「あの女をものにするのはなかなか骨だぞ。その前に……」

彼女はスヴェレンセンの低い声を背後に聞いたが、後半はプールから新たに弾けた嬌声《きょうせい》に掻き消された。

チェリルは顔を上げて、遠ざかるリンを植込みの葉越しに見送った。「あんたなんかじゃあさまにならないわよ。ラリー」彼女は言った。「わたしなら、あの子をうんと楽しませてやれるけど、全然違った味でね」

「だったら、三人取りという手はどうだ?」ラリーは言い返した。

リンにあてがわれた一室にはキングサイズの対のベッドが並び、家具も調度も屋敷の外観から期待されるとおり、すべてに贅《ぜい》をつくしていた。相客はドナという女と聞かされていたが、まだ来ていない。リンはシャツブラウスとショートパンツに着替え、窓際に立って思案した。

部屋にはTV電話があったが、手を触れる気にもならなかった。盗聴される恐れが多分にある。それに、いざとなれば電話など必要なかった。クリフォード・ベンスンの手配に抜かりはない。戸棚に掛けたショルダーバッグには超小型送信機を仕込んだコンパクトがある。安全装置をはずして隠しボタンを押せば非常信号が発信される仕掛けである。リンがボタンを一度押すと、直ちにCIAの工作員が兄と名乗って電話をよこし、親類に不幸があって、すでに迎えのタクシーが急行しつつあると伝える手筈《てはず》である。ボタンを三度押せば、一マイルほどのところにエアモビルで待機している二人の工作員が三十秒で飛んでくる。ただし、これは本当に二進《にっち》も三進《さっち》もいかなくなった時、と彼女は釘を刺されている。いずれにせよ、今のところまだコンパクトを持ち出す段階ではなかった。屋敷内はしんと静まり返っている。夕方になればこの静けさが嘘のように思えることだろう。密《ひそ》かに偵察を試みるには絶好の機会である。たかだか二時間いただけで手ぶらで逃げ帰るなんて許されない、と彼女は自身を叱咤《しった》した。

リンは深呼吸をして唇を湿し、ドアを細目に開けて外の様子を窺《うかが》った。人の動く気配もない。そっと廊下に出ると、向かいのドアの奥から圧《お》し殺した笑い声が洩《も》れた。リンは立ちすくんだ。それきりあたりは物音一つしなかった。彼女は忍び足で建物の中央部へ向かった。

廊下は奥まった小部屋を突っ切って、吹き抜けの大広間に出た。片側は全面、屋根の勾配に沿ったガラス壁である。毛足の長いカーペットを敷き詰めた広間は鉤《かぎ》の手に向こうへ続き、ひとところ床が沈んだ正面に煉瓦《れんが》を積んだ重厚な暖炉が設けられている。周囲の一段高い床は扇形に拡がって、他の部屋へ通じる出入口や階段に繋がっていた。

広間を過ぎて裏手の廊下へ出ると、キッチンからくぐもった話し声や食器の触れ合う音が聞こえた。しかし、目の届く範囲に使用人の姿はなかった。リンはあちこち覗《のぞ》きながら内装や置物、壁の絵、照明器具などに注意を凝らしたが、特にこれと言って注意をひかれるほどのものはなかった。足を止めて部屋の配置をしっかりと頭に焼きつけてから、彼女はオフィス・ウィングに通じているらしい狭い廊下を進んだ。

最前《さいぜん》スヴェレンセンにざっと案内された時に見た覚えがある部屋をいくつか過ぎ、オフィス・ウィングに通じる、おそらくはたった一つのドアの前に出た。そっと把手《とって》を回してみたが、案の定、鍵がかかっていた。彼女は軽く握った拳でドアを叩いた。音は何かに吸い取られるようで、板扉につきものの深みのある響きがない。表面は板張りだが、その下には何か堅いものが厚く詰まっているに違いない。ドアはただ境を区切るためだけのものではなさそうだ。削岩機を担ぎ込むか、さもなければ、軍の爆破工作隊でも連れてこない限り、そこから先は一歩も進めない。彼女は諦めて広間へ引き返すことにした。途中でふと、さっき広間で見た置物のことを思い出した。その時は何とも思わなかったのだが、よく考えてみると、どうも見覚えがあるような気がした。まさか……。置物の形を頭に描いて、彼女は慌《あわ》てて自分の疑惑を打ち消した。そんなはずはない……。眉を顰めながら、彼女はわれ知らず足を速めていた。

置物は煉瓦造りの暖炉の脇の、龕《がん》に似た壁の窪みに間接照明の柔らかい光を受けて飾られていた。金と銀の輝きを帯びた水晶のような素材の抽象的な造形で、高さは約八インチ。ずっしりと重そうな黒い台座に立っている。最前、通りすがりに見た時は、よくあるアブストラクト彫刻の類《たぐい》だと彼女は気にも留めなかった。しかし、今こうして手に取ってつくづく眺めてみると、その造形と彼女の記憶にある形が重なるのはただの偶然の一致とは思えなかった。

基部のごつごつと盛り上がったところは特に意味はない。問題はその中央から立ち上がっている彫刻の本体である。精緻に刻まれたテラスや平屋根や控え壁が複雑に入り組み、重なり合って、全体が微妙な曲線を描く先細りの円柱を形作っている。何かの塔の模型だろうか？　彼女は首を傾《かし》げた。以前どこかで見たことのある円塔……。円塔の尽きるところから三本の細い枝が伸び、それがやがて一つに交わろうとするあたりで皿に似た一枚の円板を支えている。展望台だろうか？　円板の表面にも細かな模様が刻まれていた。手にした置物をさかさにして、彼女はあっと息を呑んだ。円板の裏側に描かれた模様は一目でそれと見定められる同心円だった。彼女が手に持っているのはヴラニクスの街の中央に聳《そび》える塔の模型だったのだ。あり得べからざることではないか。とはいえ、現にそれ以外の何ものでもありはしない。

リンはふるえる手で置物を龕に戻した。いったい何ごとに巻き込まれたというのだろうか？　彼女は自問した。一刻も早く、荷物をまとめてここを抜け出そう、と部屋へ駆け戻ろうとして彼女は思い止《とど》まった。気を静めようと努めるうちに、少しずつ思考力が働きはじめた。ここで逃げ出すわけにはいかない。このような機会は二度と再び向こうからやってきはしまい。この裏に何が隠されているか、今彼女が探らなければ、この先ついに誰も知ることなく終わるかもしれない。リンは目を閉じて深呼吸を繰り返し、勇を鼓《こ》して最後まで見届けよう、と自身を励ました。

秘密を知るにはオフィス・ウィングを探らなくてはならなかったが、忍び込む術《すべ》がない。何とか道はないものだろうか？　地下から入ることはできないだろうか……。このような建物に地下室がないはずはない。だとすれば、階段はキッチンの近くであろう。彼女はキッチンに続く廊下の端に出た。人声が聞こえたが、ドアは閉まっている。廊下に並んだ二つのドアはクローゼットだった。さらに進んでもう一つ先のドアを細目に開けると、木の階段が地下に通じていた。彼女は体を横にして戸口をすり抜け、そっとドアを閉じて階段を下りた。

地下室というのはだいたいどこも同じようなものである。日曜大工の作業台と工具の棚。買い置きの雑貨の山。縦横に走るパイプやダクト。鎧扉《よろいとびら》の中で機械が唸《うな》っているのは空調設備であろう。階段を下りたところから、地下室は建物の両翼に向かって伸びていた。彼女はオフィス・ウィングのほうへ進んだ。物置き代わりに使われていると見え、そこにも木箱や内装材の余りが雑然と片寄せられていた。突き当たりの壁の中央に僅《わず》かな隙間が開いていた。リンは近づいて隙間の向こうを覗いた。がらんとした小さなスペースがあって、また壁になり、地下室はそこで行き止まりだった。オフィス・ウィングとは完全に遮断されている。彼女は神経を凝らしてあたりを見回した。その一画は同じ地下室でありながら、他とは明らかに、造りが違う。特に奥の壁は構造が変わっていた。

壁と天井が合わさったところに、フランジの幅が少なくとも十五インチはありそうな太い鋼鉄の梁《はり》が走っていた。梁を支える両端の鉄骨も同じように太く頑丈で、コンクリートの土台に深く食い込んでいるらしかった。天井も、角々に三角の補強板を入れて横桁で念入りに支えてある。地下室の他の部分と同じに白ペンキで塗りつぶされた部材はざっと見ただけでは目につかなかったかもしれない。しかし、特別の関心をもって見る者の目に、そこだけがとりわけ強度の高い構造になっていることはあまりにも歴然としていた。

オフィス・ウィングは土台からして、壁を境に他の部分からはっきりと独立しているのだ。リンはその土台と鉄骨の一部を目の前に見ていることになる。部材の質と構造から察して、そこは軍艦一隻の重さに耐えることができそうだった。いったい、この上にこれほどの強度を必要とする何があるというのだろうか？　彼女は不審の眉を曇らせた。

記憶の底から、マクラスキーのコンクリートのエプロンに穿《うが》たれた穴のことが浮かび上がった。

テューリアンの星間通信システムはスイッチ一つで発生する顕微鏡的規模の人工環状ブラックホールを使用しているのではなかったか……。

いや、そんな馬鹿な話があろうはずがない。この建物が建てられたのは十年前のことである。二〇二一年にはテューリアンどころか、ガニメアンの存在すらまだ地球には知られていなかったのだ。

彼女は仕切り壁からゆっくりと後退《あとずさ》り、首を傾げてふらふらと階段に引き返した。階段を上りきったところで立ち止まり、心臓の鼓動が落ち着いて頭の混乱がおさまるのを待った。ドアをそっと開けて隙間に目を当てると、スヴェレンセンが今まさに、角を曲がって向こうの部屋へ姿を消そうとするところだった。何かを捜す様子でしきりに左右を見回している。捜しているのは人だろうか……？　リンはたちまち新たな恐怖に襲われて激しくふるえだした。ヒューストンのナヴコムが急に遠くなったような気がした。とにかくここを抜け出さなくては。抜け出すことができたら、もう二度と再びヒューストンの居心地の良いオフィスから出ないようにしよう。

彼女を捜しているとしたら、スヴェレンセンは当然まず部屋の戸を叩いたはずである。少少まずいことになった。部屋にいなかった理由を用意しておかなくてはならない。リンは知恵を働かせ、廊下に出ると足音を忍ばせてキッチンに駆け込んだ。しばらく後、彼女はコーヒー・カップを手にしてキッチンから現われ、客室のほうへ歩きだした。

「ああ、そこにいたのか」背後でスヴェレンセンの声がした。暖炉を囲む一段高い床を半ば横切りかけたところだった。足がすくんで、彼女はその場にぴたりと立ち止まったからよかったのだ。身動きしようものならカーペットにコーヒーをぶちまけてしまうに違いない。やっと気を静めて向き直ると、脇の一室からスヴェレンセンが顔を出した。水泳パンツのままで、シャツを軽く肩にはおり、サンダルを突っかけている。彼は何かに勘づきながらも今一つ確信がないという表情で、探るようにリンの顔を見据えた。

「コーヒーが飲みたくなったから……」彼女は言わずもがなのことを口にして、すぐに後悔した。取ってつけたように笑わなかったのがせめてもの慰めである。スヴェレンセンの視線が自分を素通りして背後の龕の置物に伸びるのがわかった。置物の上にでかでかとネオンサインが点《とも》って、〝この女が手を触れた〟という文字が瞬《また》いているような気がした。彼女は置物をふり返ってみたい衝動と必死に闘った。

「ヒューストンの人間が日射病を気にするとは解《げ》せないねえ」スヴェレンセンは言った。

「それも、きみのように見事に陽焼けしている人が」上辺はさりげなかったが、その声は明らかに、どういうことだ？　と詰問していた。

彼女は一瞬返答に窮した。「ちょっと、一人になりたかったのよ。あの人……ラリーだったかしら……すごくくどいんですもの。わたし、ああいう雰囲気には馴《な》れていないし」

スヴェレンセンは、そうか、やっぱり、と何やら思い当たる目つきで胡散《うさん》臭げに彼女を見た。「そういつまでも堅くなっていないで、少しは打ち解けてもらいたいね。だってそうだろう。皆、羽を伸ばしにここへ来るんだからね。一人ご清潔ぶってるのがいるせいで、せっかくの気分がぶちこわしになったんじゃあ目も当てられないじゃないか」

うろたえながらも、リンは険を含んで言い返した。「でもね……わたし、まさかこんなふうだとは思ってもいなかったわ。ああいう軽薄な人たちが集まるなんて、あなた、ひとことも言わなかったわ」

スヴェレンセンはあからさまに不愉快な顔をした。「こいつはおそれいった。きみはまさか、わたしに向かって中流の道徳を説こうっていうんじゃないだろうね。きみはどういうつもりでここへ来たんだ？　わたしは親しい友だちが集まると言ったはずだよ。わたしとしては皆に存分に楽しんでもらいたい。彼らの好みに合ったもてなしをしたいんだ」

「彼らの好み？　行き届いていらっしゃること。皆さんお喜びでしょうね。でも、わたしの好みはどうなるの？」

「ほう、わたしの友人は程度が低い、ときみは言いたいのか？　これは面白い。きみの好みならもうよくわかっているよ。きみは何事にもよらず趣味が奢《おご》っている。贅沢《ぜいたく》に憧れているんだ。いいだろう。贅沢な思いをさせてやろうじゃないか。しかし、世の中にただのものはないことくらい、きみだって心得ているはずだな」

「わたしはね、あそこできゃあきゃあ騒いでいる、体だけ大人になった子供たちの御機嫌を取るキャンディにされるのはご免だわ」

「きみこそ、何を青臭いことを言うんだ？　わたしはここの主人として、客であるきみに、わたしの好意に対して皆とうまくやってくれることを期待する権利もないのかい？　それとも、きみはわたしを博愛主義者か何かと間違えて、慈善事業でこの家を開放しているとでも思っているのか？　断っておくが、わたしはそんなおめでたい人間じゃない。わたしに限らず、現実の何たるかを理解する頭を持っている人間は皆同じだ」

「誰が慈善事業だなんて言って？　現実の何たるかという中には、人の気持ちを認めることも入っているんじゃあないの？」

スヴェレンセンは鼻で笑った。人の気持ちなど彼にとってはどうでも良いことなのだ。

「それも中流のまやかしだ。わたしに言わせれば、きみが何を期待してここへ来たかは知らないが、とにかくきみの期待はいわれのない幻影だよ」彼は溜息《ためいき》をついて肩をすくめた。すでに彼女に対する興味は失われていた。「金の心配も悩みごともなしに、人生を大いに楽しむ機会は目の前に開けているんだ。だがね、それを摑《つか》み取る気なら、子供の頃に吹き込まれた愚にもつかない貞操観などはかなぐり捨てて、自分の立場を現実的に考えなきゃあ駄目だ」

リンは無性に腹が立ってきたが、辛うじて冷静な声で言った。

「現実的に考えたつもりよ」それ以上言う必要はなかった。

スヴェレンセンは顔色一つ変えなかった。「そう言うことなら、すぐタクシーを呼んで、似非《えせ》ロマンティシズムと手の届かない夢の世界へさっさと帰ることだ。こっちは痛くも痒《かゆ》くもない。女は他にいくらでもいるんだ。どうしようときみの勝手だがね」

リンは身じろぎもせず、スヴェレンセンの顔に熱いコーヒーを浴びせてやりたいのを懸命に堪《こら》えた。ひとしきり高まった義憤の波が退《ひ》き、彼女は昂然《こうぜん》と肩をそびやかして自分の部屋へ引き揚げた。スヴェレンセンは冷やかな目で彼女の後ろ姿を見送り、侮蔑に肩をすくめると、足を速めて、仲間たちのいるプールサイドへ戻った。

二時間後、リンはニューヨークまで同行したCIAの工作員と並んでワシントン行きの飛行機に乗っていた。まわりの席には家族連れやカップルの客がいた。単身の客もいれば団体も乗っていた。服装もとりどりで、ビジネス・スーツあり、ジャケットあり、シャツにセーター、ジーンズとくだけた装いも少なくない。談笑する客もいれば読書に耽《ふけ》る客もいる。眠っている人もある。皆、ごく普通の、まともで慎ましい、善意の人々だ。リンは客たちの一人一人を抱きしめたい気持ちだった。

25

ヴィザーが作り出す幻視の世界で、カレン・ヘラーは身長五億マイルの巨人となって空間に浮いていた。緩やかな結合を示すピンポン球ほどの二連星が目の前をゆっくりと回転していた。一つは黄色、今一つは白色星である。周囲を見渡せば、墨汁を流したような果てもない空間に無数の星が針で突いたほどの光点となって散らばっている。連星の質量の中心は、惑星スリオの軌道に重ねてヴィザーが映し出した極端に偏平な楕円《だえん》の一方の焦点に当たっている。

ヘラーのすぐ隣に、宇宙を玩具にさてこれから何をして遊ぼうかと思案をめぐらす大神といった面持ちで浮かんでいるダンチェッカーが、楕円軌道を回る惑星を指さした。ヴィザーが時間を縮めているので惑星の動きは速い。

「スリオは、この楕円の両端でまったく別の条件にさらされるわけですよ」彼は言った。「こちら側では二つの太陽に照りつけられる。従って、非常に暑い。反対側では太陽から遠くなって、非常に寒い。惑星の一年は、表面が寒冷な海に覆われる時期と、事実上水界がなくなって熱く乾ききってしまう時期が半々です。イージアンの話では、これまでにテューリアンの発見した世界でも、このように珍しい例は他にないそうです」

「信じられませんね」ヘラーは感に堪《た》えぬ声で言った。「その条件で生命が発生したっておっしゃるのね。そんなことがあり得るでしょうか」

「誰だってそう思うでしょう」ダンチェッカーはうなずいた。「わたしも、イージアンにこれを見せられるまでは信じられなかった。それで、あなたにもお見せしようと思ったのですよ。近くへ寄って惑星そのものを観察することにしましょう」

ヴィザーが彼の言葉に応え、二人は見る見るスリオに接近した。連星は背後に消え去り、惑星は球体となって脹《ふく》れ上がり、さらに近づくと視野いっぱいに平らに拡がった。寒冷な海が惑星表面を覆いつくす時期に当たっていた。二人の体が小さくなり、見馴《みな》れた水平線が目に入ったと思う間もなく、彼らは異星の水棲《すいせい》生物が泳ぎ回る海の底に立っていた。サメの仲間を思わせる魚に似た黒い動物に彼らの視野は絞られていった。ヴィザーが二人の視覚に送り込む情報を差し替え、その生きものの体組織は透きとおって骨格が外から見えるようになった。海面から射し込む光線がスロー・ストロボのように明滅を繰り返した。魚の映像はその間二人の目の前に固定されていた。

「明暗は夜と昼を表わしています」ダンチェッカーはヘラーの怪訝《けげん》そうな顔を見て説明を加えた。「ヴィザーが時間を縮めて再現しているんですよ。観察しやすいように、対象は静止させてくれているのです。日照時間がだんだん長くなっていくのがわかりますか?」

ヘラーはすでにそれに気づいていた。同時に、魚の骨格に微妙な変化が起こっていることも彼女は見逃さなかった。背骨は次第に太く短くなり、鰭《ひれ》の骨は長く伸びて、明らかに関節を持つ肢《あし》の形になった。そして、その鰭は時とともに背中から腹部に近いほうへ移動していった。

「どうしてこんなことになるのかしら?」

「適応ですよ。これをお見せしたかったんだ」ダンチェッカーは言った。「惑星は今、暑さに向かっています。海水はどんどん蒸発して水位が下がっている最中《さなか》です」

ヴィザーは早速二人を海面上に連れ出してそのありさまを示した。惑星表面はすでに最前《さいぜん》二人が降りてきた時とはすっかり様子が変わっていた。海は遠くに退《ひ》いて、高い崖に囲まれて落ち込んだ水溜まりがあちこちに残り、大陸棚が現われて、かつて島だったところが繋《つな》がって広い陸地を形作っていた。後退する海岸線を追って草木の緑が拡がり、また、不毛だった山岳地帯へも這《は》い登っていた。雲が湧いて厚く垂れ込め、高地に滝のような雨が降り注いだ。

二人はなおしばらく惑星表面の変貌してゆくさまを眺めた。それから、内陸の降雨が河となって流れ下り、やがて海に注ぐ浅い河口に降り立って、あたりの変化をつぶさに観察した。大陸棚に谷を穿《うが》った流れが落ち込もうとする礁湖《しょうこ》は早くも涸《か》れようとしていた。さっきまで魚のようだった動物は、この頃にはもう、未発達ながら脚を使って沼沢地を歩き回る両棲類に変わっていた。頭は完全に分化して頸部《けいぶ》から上だけが自由に動くようになっていた。

「特別な腺《せん》がありましてね、環境の変化があるところまで進むと、ある種の物質を分泌して骨を溶かすんです。そうやって、新しい環境で生きていくのによりふさわしい骨格に作り変えるんですね」ダンチェッカーは言った。「実にこれは大変なことです」

ヘラーから見れば、それは適応などという生やさしい言葉ではとても納得できない変容だった。「魚のままで、もっと深い海へ移るという道もあるんじゃありません？」

「いや、もうじき海そのものが消えてしまうんです」ダンチェッカーは言った。「まあ見ていてごらんなさい」

海は点々と湿地に囲まれた小さな沼になり、やがて完全に干上がった。大気の温度はますます上がり、高地に発した河川は斜面を下るうちに細々とした流れになって、僅《わず》かに残る水溜まりに行きつく前に蒸発した。かつての海底はいつか一面の砂漠と化していた。一度は拡がった緑も再び後退して、僅かに高原や山地にオアシスを残すばかりとなった。件《くだん》の動物は今や完全に陸棲となり、鱗《うろこ》はあるが、物を摑《つか》むことのできる手を持つ、ちょうど地球の爬虫《はちゅう》類《るい》に似た姿に変わっていた。

「これが変化の最終段階です」ダンチェッカーが言った。「スリオの一年間に、この生物は形態学上の両極を振り子のように往復するんです。苛酷《かこく》な条件に対して、生命というものがいかに粘り強いものかを示す好個《こうこ》の一例だとは思いませんか？」

二つの太陽の日照時間が重なって一日が長くなり、やがて、スリオが楕円の端を回って寒冷期に向かうと日は短くなりはじめた。植物は斜面を下って拡がり、それにつれて例の動物の四肢《しし》は退化した。海から陸へ上がった時の変化を逆に辿《たど》りはじめたのだ。

「こういう情況で知性が生まれるものでしょうか？」ヘラーは興味深げに尋ねた。

「それは何とも言えませんよ」ダンチェッカーは言った。「ほんの何日か前には、わたしも今見たことが本当とは思えなかったんですから」

「まるでお伽噺《とぎばなし》のよう」ヘラーはすっかり驚き入っていた。

「いや、これが現実です」ダンチェッカーは言った。「現実というやつは、生身の人間の空想を遙かに超えて不思議なものですよ。例えば、人間の目には赤外線や紫外線は逆立ちしたって見えません。結局、人間は体験を組み合わせることによってしか物を考えられないんです。本当に新しいものは外界である宇宙から与えられるしかない。その宇宙に横たわる事実、真相を発見するのが科学の役割です」

ヘラーは横目使いに彼を見て、ちょっとからかう口ぶりになった。「先生のことをあまり知らなかったら、議論を吹っかけられたと思うでしょうね。あまり深入りしないうちに、ヴィックから連絡があったかどうか、行ってみません？」

「そうしましょう」ダンチェッカーはうなずいた。「ヴィザー。マクラスキーへ帰してくれないか」

彼は寝椅子から起き上がり、パーセプトロンの通路に立って隣のキュービクルからヘラーが出てくるのを待った。二人は連れ立って昇降口に出ると、ふわりと地上に降り立って、食堂に向かってエプロンを歩きだした。

「でも、先生、いずれ話の結着はつけなくてはね」しばらく行って、ヘラーは言った。「わたしは法律専攻ですけれど、法律もやはり真実の究明に大きな比重があることはご存じでしょう。方法も科学に近いものですわ。科学者の仕事にコンピュータが必要だからと言って、論理が科学者の専売特許ということにはなりませんでしょ」

ダンチェッカーはちょっと考えてから、皮肉っぽく一歩譲った。「うん……なるほど。数学音痴にとって、法律はそれに代わる何かを提供してくれるものである、ということはあるでしょうねえ」

「あら、そうですかしら？　法律はもっと閃《ひらめ》きを必要とする世界ですよ。それどころか、科学者が使おうともしない頭が要求されるんですよ」

「ほう、これは異なことをうかがう。そこのところを、もう少し説明していただきたいものですね」

「自然界はたしかに複雑怪奇ではあっても、決して不正直ではありませんでしょ、先生。故意に偽られた証拠や、事実をひた隠しに隠そうとする相手にてこずったことがおありかしら?」

「ふん。それじゃあお訊きしますが、あなたは御自身の仮説を厳密な実験によって立証しなくてはならなかったことがありますか?　どうです?　答えられますか?」ダンチェッカーは詰め寄った。

「わたしたち法律家は、実験を繰り返す贅沢《ぜいたく》は許されません」ヘラーは切り返した。「犯罪者が条件を一定に保った実験室で同じ罪を犯すということはまずありませんから。それだけに、わたしたちは最初の判断が肝腎なのです」

「うん、なるほど。うん……」

二人は良い時にマクラスキーに戻った。管制室へ入ると、ちょうどハントから連絡があったところだった。

「こっちへは、いつ帰れるかね?」ダンチェッカーは尋ねた。「カレンから実に意表を衝《つ》く提言があってね。わたしも考えてみたが、なるほどとうなずかざるを得ない。それで、できるだけ早い機会に君たちとも話し合いたいと思うのだよ」

「グレッグと一緒に、これからすぐ発《た》つところだ」ハントは言った。「今しがた、ジョンの当市来訪のことを聞いたよ。これですべてに新しい光が当たることになった。早急に委員会で検討する必要がある。手筈《てはず》を整えてくれないか」

これは、ペイシーとソブロスキンの会見についてのパッカードの報告がヒューストンに届いたという意味である。ハントは早急にカラザー以下テューリアン首脳との会談を招集しなくてはならないとダンチェッカーに伝えたのだ。

「すぐ手配しよう」ダンチェッカーは請け合った。


一時間後、ダンチェッカーがカラザーと打ち合わせを済ませてハントとコールドウェルの到着を待っているところへ、ワシントンのパッカードから緊急連絡が入った。

「いっさいの行動を一時停止だ」彼は言った。「メアリーが戻った。直ちに飛行機でそちらに向かわせる。現在そちらでどこまで知っているかは知らないが、そんなものは話にならん。メアリーは爆弾を土産に持ってきた。とにかく、彼女の話を聞くまでは何もするな」

「わかりました。そのように取り計らいましょう」ダンチェッカーは溜息《ためいき》をついた。

26

テューリアン文明の一構成種族であるジェヴレン人の指導者、ジェヴレン連邦首相イマレス・ブローヒリオにとって過去数ケ月は、何代も前の祖先から周到に練り上げつつ引き継がれてきた大計画を危機にさらす予期せぬ出来事の連続であった。

その第一は、まったく計算外だった〈シャピアロン〉号が降って湧いたように地球に再登場したことである。宇宙船の出発に当たって地球人が連絡をよこすまで、テューリアンたちはそのことを知らなかった。地球人の発した信号は何故かジェヴェックスを素通りしてヴィザーに直接届いたのだ。どうしてそのようなことが起こったのかは今もって謎である。ブローヒリオは糾明の矢面《やおもて》に立たされることを避けるために、やむなく先手を打ってカラザーにジェヴレン側の態度を釈明した。ただでさえ何をしでかすかわからない兇暴《きょうぼう》な地球人を相手にしているところへテューリアンが介入しては情況の混乱を招く恐れがあると判断したため、〈シャピアロン〉号が地球圏を脱するまで措置の正否はひとまず度外視して、報告を差し控えることにしたという趣旨である。差し迫った中で急場しのぎの釈明だったが、カラザーはこれを了承したものと思われた。地球からの信号を中継した装置はかつてテューリアンが太陽系外に設置したものではなかった。ブローヒリオがその点を指摘すると、カラザーは地球監視の権限をジェヴレン人に与えることを決めた協定をテューリアン側は一度として破っていない、と言って取り合わなかった。しかし、ブローヒリオ配下の技術陣は中継装置がテューリアンの手によって維持されていると考える以外にこの情況を説明しようがなかった。そうだとすれば、テューリアンはブローヒリオが考えていたよりもよほど知略に長《た》けていると判断しなくてはならない。

数ケ月後に彼の危懼《きく》は現実となった。テューリアン側は密《ひそ》かに地球との対話を再開したのみか、何とその目的はこれまでジェヴェックスが地球監視報告として提供してきた情報の真否を究明することだったのだ。ブローヒリオはこれに大っぴらに抗議することができなかった。へたに騒ぎ立てればテューリアン側には秘密にしておかなくてはならない地球上の情報源を暴露する結果となるからである。ブローヒリオは急遽《きゅうきょ》地球側の動きを制御することでひとまず時間を稼ぎ、カラザーの矛先をかわした。思いもかけずソヴィエトが第二のチャンネルで交信を求めてきた時、ブローヒリオはこれを利用して情況を有利な方向へ導こうとしたが思うようにいかず、切羽詰《せっぱつ》まって彼は地球との交信をいっさい遮断するという思い切った手段に訴えざるを得なかった。彼としては、テューリアン側が地球と直接対話を進める可能性を考えて、これは最後まで避けたかった。テューリアンは正面切って協定を破棄することに躊躇《ちゅうちょ》を覚えるはずだという計算もあったのである。

テューリアン側は地球との交信がなお続けられていることを伏せていた。ブローヒリオの側近たちは、テューリアン側に中継装置の破壊は地球人の仕事であると思い込ませる作戦が図に当たったと判断した。加えて彼らは、テューリアンが沈黙を守っているのは、これまで苦労して吹き込んできた悪逆無頼の地球のイメージが無傷である証拠と考えた。そんなわけで、テューリアンが対地球外交を進展させて親善使節団を派遣するようなことはあり得まい、とジェヴレン人はたかを括《くく》っていたのである。

油断は禁物ながら、賭は当たったと思われた。残る問題は〈シャピアロン〉号である。太陽系の外に向かう同号はすでにブラックホールで捕獲しても惑星の軌道にさしたる影響を与えないところまで達していた。テューリアンは生来の用心深さから何よりも安全第一を心懸《こころが》け、〈シャピアロン〉号が充分太陽系を離れるまでは行動を起こすまい、とブローヒリオは読んでいた。中継装置の破壊を優先したのもそのためで、また、それによってテューリアンがいかにおめでたいか、ちょっと試してやろうという狙いもあった。破壊は異星人に敵意を抱く地球人の仕業だと信じ込ませることができればしめたものである。そうなれば、〈シャピアロン〉号が破壊された時、まず疑われるのは地球人である。中継装置の破壊はブローヒリオの読みが正しかったことを裏づけた。長いことイマレス・ブローヒリオを悩ませ続けてきた頭痛の種も、もはや解決は時間の問題だった。

ジェヴレンの奥地の深い山懐に抱かれた作戦会議室で補佐官や幕僚らに囲まれて、ブローヒリオは難局を乗り切った深い満足感を味わっていた。ジェヴェックスは追尾システムから送られてくる何光年も離れた〈シャピアロン〉号の動きを刻々にスクリーンに映し出していた。ブローヒリオはジェヴレン軍の黒い制服に身を固めた将軍たちや、帝国の隅々から情報をもたらし、彼の命令を帝国中に隈なく伝える通信システムの夥《おびただ》しい装置をひとわたりゆっくりと見回した。いよいよ運命が彼に与えた栄光の時が満ちるかと思うと、衝《つ》き上げる興奮と期待に体がふるえた。栄光はジェヴレン人の優越と鉄の意志を高らかに証すものであった。彼こそは父祖代々が営々と積み重ねてきた努力を受け継いで開花を実現する待望の人物である。遠からず、ブローヒリオの支配は銀河系全域におよぶであろう。

制服はまだ公《おおやけ》に知られてはいず、時にジェヴレンを訪れて長期滞在するガニメアンの要人たちがこの作戦本部に案内されることはなかった。軍の編制、作戦の立案、訓練は依然秘密裡《ひみつり》に進められていたが、すでに予備隊将校団を核として実戦の訓練を経た戦闘部隊の命令系統も確立され、徴兵計画の細目も固まって、いざとなれば直ちに戦時体制に移行する準備が整っていた。ジェヴレンの遠い惑星アッタンの地下工場は数年前から武器弾薬を製造備蓄しており、ジェヴレンの全産業経済はいつなりと進んだ段階の戦時編制に組織することができる状態であった。

しかし、時局はまだそこまで熟していない。この数ケ月の間に何度かブローヒリオは側近のいわれなき動揺によって時期尚早の行動に誘われかけた。が、その都度彼は明晰《めいせき》な思考と英断、そして強靭《きょうじん》な意志の力をもって側近たちの手綱《たづな》を締め、障害を一つ一つ乗り越え、あるいは回避して、ついに〈シャピアロン〉号のみを唯一の問題として残すところに漕ぎつけたのだ。その問題も、もう解決は目に見えている。彼は試練に耐えて器量を証した。彼がテューリアンの軛《くびき》をかなぐり捨てる時、セリアンどもはそのことを思い知るはずである。しかし、まだその時は来ていない。もうしばらくだ。

「目標、一走査周期内に接近」ジェヴェックスが告げた。室内は期待を孕《はら》む緊張に満たされた。〈シャピアロン〉号は数日前に、テューリアンの追尾システムに重力場の擾乱《じょうらん》を検知されないように距離を隔てたところから環状ブラックホールによって針路に打ち込んだ宇宙機雷に接近中であった。機雷は数ギガトン相当の核爆弾で、目標がある距離以内に近づくと自動的に起爆するようにプログラムされている。重力受動態処理をほどこされているため、宇宙船の推進機構が誘起するストレス・フィールドの位相差を読み取って相手の動きを捉えるテューリアンの追尾システムには検知されることがない。ジェヴェックスの報告は、追尾システムが次に走査を一度終えるまでに機雷が爆発することを意味する。

ブローヒリオの科学顧問の一人、ガーウェン・エストードゥはそわそわして言った。「それはまずい……今さら言っても無駄ですが、われわれはあの船に針路を変えさせて、アッタンかどこかに抑留するべきでした。これは……」彼は表情を曇らせた。「これは行きすぎです。テューリアンにこのことが知れたら、弁明の余地もありません」

「これこそ千載一遇の好機というものだ。ガニメアンどもは心理的に地球不信に傾いている」ブローヒリオは傲然《ごうぜん》と言い放った。「これほどの機会はまたとない。機会は逃さず利用することだ。優柔不断に機を逸するなどもっての他だ」彼は科学者に軽侮の視線を投げた。「わたしが命令してきみたちが従うのもそのためだ。天才は、優良危険と無謀の別を知って乾坤一擲《けんこんいってき》の勝負に出る。中途半端では大きなことは何一つものにならない」彼はふんと鼻を鳴らした。「第一、テューリアンどもに何ができる？　やつらは力と力の対決を好まない。悲しいかな、やつらは遺伝的性質のために、宇宙の現実に宇宙の命ずる方法をもって対処する能力に決定的に欠けているのだ」

「にもかかわらず、彼らはこれまでずっと生き延びてきました」エストードゥは言い返した。

「あれはまやかしだ。テューリアンは一度として闘いを勝ち抜いたことはない」ワイロット将軍がブローヒリオを支持して言った。「力によって生き抜くのが宇宙の摂理というものだ。

自然の流れに任せたら、テューリアンどもはひとたまりもないだろう。やつらに未知の銀河系開拓の先鋒たる資格はない」

「流石《さすが》は軍人。頼もしいな」ブローヒリオは当てつけるようにエストードゥら科学者の一団を見渡した。「きみらは安全な場所でガニメアンの羊どものようにぶうぶう言うが、山中でライオンの群に出会った時、いったい誰がきみらを守るのだ？」

と、そこへジェヴェックスの報告が入って論議は一時中断した。

「最新情報、分析評価……」

ジェヴレン軍作戦本部司令室は水を打ったように静まり返った。

「目標は走査視野より消滅。目標消滅。破壊効果百パーセント。任務完了」

たちまち緊張は解けて室内にざわめきが拡がった。ブローヒリオはにんまり顔をほころばせ、そっくり返って側近たちの祝辞を受けた。権力と威光の実感が胸に満ちあふれて、彼ははじめて制服が板についた気がした。ワイロットは指導者に向き直り、片手を上げてジェヴレン流に敬礼した。他の者たちも一斉に立ち上がってそれに倣《なら》った。

ブローヒリオは軽く答礼し、ざわめきがおさまるのを待って、あらためて片手を高く掲げた。

「これは、来《きた》るべき大事業の、ほんの小手調べである」彼の声は朗々として室内に響きわたった。「運命に従って前進するわれらジェヴレン人の行く手を遮るものは何もない。テューリアンどもは、太陽系を席捲《せっけん》し、やがては銀河系をも呑みつくすハリケーンの前に一握《いちあく》の藁《わら》屑《くず》となって消散するであろう。諸君はわたしに進んで従うか？」

「進んで従います！」一同は口々に答えた。

ブローヒリオは今一度にんまり笑った。「諸君を裏切るようなことは断じてない」

ひとしきり賞讃の声が高まって、やがて波の退《ひ》くように静まった。ブローヒリオはやや調子を落として穏やかに言葉を続けた。「しかし、当面われわれとしては、支配者であるガニメアンに対して果たすべき務めがある」彼が皮肉に口を歪《ゆが》めて押し出したひと言に、席上の何人かは苦笑を禁じ得なかった。ブローヒリオはちらりと天井に目をやった。「ジェヴェックス。ヴィザー経由でカラザーに、極めて重大な用件でエストードゥとワイロット、それにわたしの三人が直ちに面談を求めると伝えろ」

「かしこまりました、閣下」ジェヴェックスは応答した。しばらく間があって、ジェヴェックスはテューリアンからの返事を取り次いだ。「ヴィザーによれば、カラザーは会議中で、しばらく待ってくれないかということです」

「今しがた、極めて重大な情報が入った」ブローヒリオは言った。「待っている閑《ひま》はない。カラザーに、重ねて失礼ながら、何としても即刻テューリアン側と会談を要求すると伝えろ。ヴィザーに、われわれは〈シャピアロン〉号が事故に遭ったと信ずるに足る情報を摑《つか》んでいると言え」

二分ほどして、ジェヴェックスがテューリアン側の意向を伝えた。「カラザーが、すぐ会います」

27

ヒューストンにおいて、コールドウェルはハントに、おそらくは何世紀もの昔から世界史の裏面で地球を動かしていたに違いない権力構造の存在について語った。今世界に網を張ったその勢力は人類の進歩を阻害し、地球科学の発展を制御して、自分たちの特権を守り、利益を図ってきた。テューリアンとの交信を妨害し、ついにはこれを遮断するに至った一連の動きは、その闇の勢力の構図と策謀の表面化と見て間違いあるまい。

そうこうするところへ、マクラスキー基地のダンチェッカーが見るからに興奮した様子で、カレン・ヘラーがまったく新たな視点からコペルニクス的転回ともいうべき解釈を打ち出した、と伝えてきた。数時間後、アラスカに着いたハントとコールドウェルは、ジェヴレン人が歴史の黎明《れいめい》期から地球文明の発達を阻害する一方、自分たちはガニメアンの科学技術の恩恵に浴しながら勢力を伸張してきたと考えるに足る証拠があることを知った。この解釈はあまりにも衝撃的であったために現実の情況に当て嵌《は》めて考えることはなかなかむずかしかったが、そこへワシントンからリンが一同を驚天動地させる報告を持ち帰った。スヴェレンセンはすでに何年も前からジェヴレン人と交信を保っていたのみならず、例のヴラニクスの塔の模型から察して、ジェヴレン人は今も時折り地球にやってきているに違いなかった。つまり、ジェヴレン人は歴史の初期に地球に干渉を加えたと言うに止《とど》まらず、ペイシーとソブロスキンがその一部を暴露した謀略こそ、まさにジェヴレン人を元凶とするものに他ならなかったのだ。

たちまちそれからそれと新たな疑問が湧いて出た。スヴェレンセンは生まれながらの地球人であって、ただ協力者として活動しているにすぎないのだろうか？　それとも、彼は地球に潜入したジェヴレン人工作員で、かつてアフリカで死亡したスウェーデン人の名前を騙《かた》っているのだろうか？　地球人であるとジェヴレン人であるとを問わず、はたして現在スヴェレンセンと立場を同じくする者が地球圏にどれだけ潜伏しているだろうか？　彼らを見分ける手だては？　ジェヴレン人は何故地球が主戦論に傾いていると偽りの報告をしたのだろうか？　ガニメアンに対して、地球の太陽系外侵略の危険を口実に、自分たちの軍備増強を正当化するためだろうか？　仮にそうだとして、ならば彼らの兵器保有を動機づける仮想敵国はどこだろう？　テューリアンを討ってガニメアン支配の時代に終焉《しゅうえん》をもたらそうというのか。それとも、地球を攻めて五万年前の抗争に結着をつけようというのか？　彼らの狙いが地球攻略にあるとすれば、過去数十年来スヴェレンセン一派が推進している戦略軍縮と平和共存政策は、地球を丸腰にするための巧妙な擬態と言わなくてはならない。なまじ抵抗力があれば、地球はかつてのミネルヴァ同様、黒煙を吹いてくすぶる灰の塊と化すであろう。それを嫌って、彼らは地球の産業経済を無傷のまま乗っ取る考えではあるまいか？　しかし、そうだとしたら彼らは対テューリアン戦略をどのように考えているのだろう？　テューリアンが拱手《きょうしゅ》傍観をきめ込むはずはないではないか。

何はともあれガニメアンと会談する必要があった。連絡を受けたカラザーは、〈シャピアロン〉号のガルース、シローヒン、モンチャーを含めて、関係者を直ちにテュリオスに呼び集めた。会談は二時間におよんだが、そこへヴィザーが声を挟み、〈シャピアロン〉号の替え玉が何者かの手で破壊されたことを告げた。そして、その直後に、ジェヴレン連邦首相イマレス・ブローヒリオがカラザーに即刻の面談を求めてきた。

テュリオス政庁の一室にマクラスキーの一団と共に座を占めたハントは、ジェヴレン人との初の対面を期待と緊張の入り混じった表情で今や遅しと待ち構えていた。〈シャピアロン〉号のガルースと二人の腹心はハントらと向き合った位置に並び、カラザー、イージアン、ショウムと他に数人のテューリアンが別の一角に陣取っていた。〈シャピアロン〉号のガニメアンたちは自分たちの理解を超える虚偽の報告や妨害工作を知った衝撃からまだ立ち直りかねている様子だった。フレヌア・ショウムすらも、虚構を見抜く地球人独特の能力を借りなければ自分たちはとうていこの事態の本質を正しく把握することはできなかったろうと謙虚に認めた。他者の意志を疑うことは肉食型の思考にしかないものであろう。ガニメアンはもともと肉食動物の系統ではない。

「地球では、泥棒を捕えるには泥棒をもってせよ、と言いますね」ガルースは言った。「この場合もそれと同じで、人間を捕えるには人間をもってせよですね」

「彼らは科学者として立派かもしれませんけれど、法律家としては落第でしょうね」カレン・ヘラーはダンチェッカーにそっと耳打ちした。ダンチェッカーはふんと鼻を鳴らしたきり何も言おうとはしなかった。

カラザーはジェヴレン人が手綱《たづな》をゆるめたらどこまで虚偽を押し通そうとするか試すつもりだった。それに、彼自身がどこまで知っているかを明かす前に聞き出しておきたいこともあった。そこで彼はジェヴレン人と、〈シャピアロン〉号のガニメアンおよび地球人とを直ちに対決させず、ヴィザーに命じてジェヴェックスに送り込む情報からこの二つのグループに関するいっさいのデータを削除することにした。具体的には、ハントとガルースの一行はその場にいながらジェヴレン人の目には映らないという情況が設定されたわけである。このようなやり方は潔癖を身上とするテューリアンの倫理にもとるものだったし、ヴィザーが実用化されてこの方、絶えて例のないことでもあった。が、カラザーはジェヴレン人の取った行動の甚大な影響に鑑《かんが》みて、敢《あ》えて不文律を犯すことにしたのである。ハントはどうなることかとわくわくした。

「ブローヒリオ首相、ワイロット長官、エストードゥ科学顧問」ヴィザーが紹介した。ハントは体を堅くした。カラザー以下テューリアン勢と対面する位置に、三人のジェヴレン人がふっと姿を現わした。中央がブローヒリオであることは一目で知れた。身の丈は六フィート三インチを下るまい。精悍《せいかん》な面 魂《つらだましい》で黒い目が鋭く、房々した漆黒《しっこく》の髪は見事だった。旺盛《おうせい》な闘争心を口角に漂わせ、髯《ひげ》はきりっと刈り整えている。胸板は厚く、見るからに頑丈な上半身を藤色のチュニックに包み、上に重ねた半外套《はんがいとう》は金糸の輝きを帯びている。

「〈シャピアロン〉号はどうした？」カラザーはいきなり、ことのほか激しい権幕《けんまく》で詰問した。これにはハントも驚いた。属領とはいえいやしくもブローヒリオは国家元首である。当然、外交儀礼に則《のっと》った挨拶《あいさつ》があるのが順序であろう。ジェヴレン人たちの面食らった顔も、彼らがそれを期待していたことを物語っていた。中の一人がまっすぐにハントのほうを見た。が、その視線はハントを素通りして背後の壁に伸びている。ハントは透明人間の奇妙な心境を味わった。

「推参お許しいただきたい」ブローヒリオが口を切った。さびのある深い声で、かなり無理してへり下った口調である。「たった今、極めて由々《ゆゆ》しい事態の報告がありました。宇宙船は追尾データにいっさいの痕跡《こんせき》を止めず消息を絶ちました。破壊されたものと結論せざるを得ません」彼はちょっと言葉を切って室内を見回した。「単なる事故ではありますまい。何者かが故意に破壊したと考えるべきでしょう」

テューリアン一同は長いこと無言のままブローヒリオを見返した。懸念や落胆どころか、驚きの表情すら示そうとしない。テューリアンの反応を見て、というよりはむしろ彼らがまったく反応しないのを見て、ブローヒリオの目にはじめて微《かす》かな動揺が走った。こんなはずではなかったのだ。

ブローヒリオと並んだ今一人のジェヴレン人はまだ異常を察していないらしかった。この男は背が高く、紺と黒のいかめしい装いである。銀髪をきれいに撫《な》でつけ、目は碧《あお》く、氷のように冷やかである。どちらかと言えば丸顔で、非常に血色が良い。テューリアンたちと同じで、自分もこの情況を極めて遺憾《いかん》に思う、という仕種《しぐさ》で彼は両手を大きく拡げた。「われわれは警告したはずです。こうなる前に宇宙船を保護するべきであると、再三にわたって進言したはずです」これはまったくの偽りである。思い入れたっぷりの演技は相手を納得させるものと信じていると見える。「地球人は〈シャピアロン〉号がテューリアンに着くのを黙って見逃すはずがない、とわれわれはあれほど言ったではありませんか」

向こう側でガルースがぎろりと目を剝《む》くのをハントは見た。ガニメアンとしては精いっぱいの憎悪の表現である。「落ち着くんだ、ガルース」部屋を隔ててハントは声を掛けた。「どうせもうすぐきみの出番だよ」

「幸い、ガニメアンは気の長い人種でしてね」ガルースは答えた。もちろん、二人のやりとりはジェヴレン人たちの耳には入らない。ハントは何とも不思議な気がした。

「そうかな?」ややあって、カラザーが声を返した。うなずくでもなければ首を傾《かし》げるでもない。「きみの憂慮にはおそれ入る、ワイロット長官。きみはまるで自分の嘘を信じてでもいるようだな」

ワイロットはあっと息を呑んだきり声を失った。虚を衝《つ》かれて立ち往生の体《てい》である。第三のジェヴレン人エストードゥは鉤鼻《かぎばな》の細面《ほそおもて》で瘦《や》せ型の男だった。黄色いシャツに金糸の縫い取りのある若緑の上下を品良く着こなしている。エストードゥは両手をふり上げて大袈裟《おおげさ》にびっくりしてみせた。「嘘? それはどういうことです? 何が言いたいのですか? そちらはそちらで宇宙船を追尾していたはずじゃありませんか。ヴィザーはデータを確認していないのですか?」

ブローヒリオはどす黒い顔で陰にこもって言った。「これはわれわれに対する非常な侮辱だ。ヴィザーのデータはわれわれの言うことと違うのか?」

「データのことを言っているのではない」カラザーはきめつけた。「しかし、言っておくが、きみたち、もう一度よく考え直して、この情況に対して釈明を用意したほうがいい」

ブローヒリオは傲然《ごうぜん》と肩をそびやかして正面からテューリアンたちを睨《にら》み返した。せいぜい厚かましく振る舞おうという態度だった。「どういうことだ、カラザー?」

「まず、そちらの説明を聞きましょう」ショウムがカラザーの隣の席から言った。低く抑えた声だったが、いっぱいに巻ききったぜんまいの緊張を孕《はら》んでいた。ブローヒリオはぎくりと彼女に向き直り、それから動揺を隠さず左右にせわしなく視線を走らせた。彼は罠に嵌まったことを直観していた。

「〈シャピアロン〉号のことはひとまず措《お》きましょう」ショウムは言葉を続けた。「ジェヴェックスはいつから地球に関して虚偽の報告をしていますか?」

「何だって?」ブローヒリオは飛び出さんばかりに目を剝いた。「いったい何の話だ? 何を証拠に……」

「いつからですか?」ショウムは風を切る笞《むち》のように鋭い声を発した。その声も、他のテューリアンたちの表情も、いっさいの言い逃れを撥《は》ねつけていた。ブローヒリオは顔面に朱を注いだ。が、彼はあまりのことに返す言葉がなかった。

「何を証拠にそのようなことを？」ワイロットが食ってかかった。「言いがかりもはなはだしい。地球監視はわたしの管掌です。これはわたしに対する個人攻撃と受け取らざるを得ない」

「証拠？」ショウムは即座に問い返した。ワイロットの空々しい態度には開いた口が塞がらないとでも言いたげだった。「地球は今世紀に入って二十年の間に戦略的軍備縮小を断行して、以来、平和共存の努力を推し進めています。にもかかわらず、ジェヴェックスの報告にはそれについて一言もありませんでした。ジェヴェックスによれば、軌道上に核兵器が配備されています。月面には放射線プロジェクターが据えつけられています。太陽系全域に軍事施設があるという報告もありました。その他にも、ジェヴェックスの報告は、実際にはありもしないことだらけです。あなたはそれを否定しますか？」

エストードゥは一心不乱に思案をめぐらせていた。「それは違います！」彼は思わず叫んだ。「報告は修正を加えたものであって、ありもしないことを述べているのではないのです。わたしどもの情報筋から入った連絡によりますと、地球各国の政府は監視に気づいて、軍国化の色彩を隠そうとしているということです。それで、わたしどもはジェヴェックスにデータを修正して、監視を悟られなかった場合の推移を予測させたのです。それによって得られた結果を事実として報告したのは、テューリアン世界は防衛努力を怠ってはならないという意味合いを含めてのことです」

テューリアンたちの表情に露骨な侮蔑を見て取って、エストードゥは鼻白《はなじろ》んだ。「たしかに、修正は、その……意図的ではなしに、多少誇張された部分もあったかと思いますが」

「もう一度訊きます。いつからですか？」ショウムは畳みかけた。「いつからそのようなことが行なわれていますか？」

「十年か、二十年前……いえ、正確なことは記憶しておりません」

「記憶にない？」ショウムはワイロットに向き直った。「監視はあなたの管掌です。記録はないのですか？」

「ジェヴェックスがすべて記録しています」ワイロットの返事は歯切れが悪かった。

「ヴィザー！」カラザーが声を張り上げた。「ジェヴェックスの記録を表示しろ」

「言語道断だ！」ブローヒリオがどす黒い怒りに顔を歪《ゆが》めて叫んだ。「地球監視は以前からの協定でわれわれに権限を任されているはずだ。テューリアンから情報開示を要求されるいわれはない。そういう約束だぞ」

カラザーは耳も貸さなかった。しばらくしてヴィザーは報告した。「ジェヴェックスの応答は意味不明です。記憶を消去されたか、さもなければ、表示を規制されているものと思われます」

ショウムは少しも騒がずに、エストードゥに向き直った。「いいでしょう。それでは、あなたの言葉を額面どおりに受け取ります。二十年前から、ということでしたね。そうすると、それ以前のジェヴェックスの報告には修正は加えられていないのですね？　間違いありませんか？」

「いえ、もう少し前からだったかもしれません」エストードゥは慌《あわ》てて言った。「二十五年か、三十年前から……」

「じゃあ、もっと前からとしましょう。地球における第二次世界大戦の終結は今から八十六年前です。わたしは大戦中のジェヴェックスの報告を調べてみました。そこには、例えばこんなことが述べられています。ハンブルク、ドレスデン、ベルリンの諸都市は通常爆弾の絨《じゅう》毯《たん》爆撃によって潰滅したのではなく、核兵器によって破壊された——。また、これもジェヴェックスによれば、一九五〇年代の朝鮮動乱は米ソの全面的武力衝突にエスカレートした——。現実には、そんな事実はありません。一九六〇年代から七〇年代にかけて、中東で戦術核が使われたことはただの一度もないし、一九九〇年代に中ソ対立が交戦の危機を迎えたこともありません」

ショウムの声はさながら刃物のように鋭くなった。

「〈シャピアロン〉号がアメリカ軍の手でガニメデ駐屯要塞に抑留された事実はありません。アメリカ軍がガニメデに駐留したことはないのです」

エストードゥは返す言葉もなかった。ワイロットは身じろぎもせず、ただ空《くう》の一点を見つめていた。ブローヒリオは憤怒の形相で、激しく肩で息をした。

「証拠を見せてもらいたい！」彼は喚《わめ》いた。「そんなものはあるまい。事実無根だ。証明できるものならお目に懸《かか》りたい。証人はいるのか？　そもそも何の権利があってわれわれにこのような非礼を働くのだ？」

「わたしが答えましょう」カレン・ヘラーがつと立ち上がった。今度はコールドウェルに先を越されることはなかった。ハントの目には室内に何の変わりもなかったが、ジェヴレン人たちが愕然《がくぜん》としてヘラーのほうをふり返ったところを見ると、ヴィザーが彼女を登場させたに違いない。

ジェヴレン人たちに口を開く隙を与えず、カラザーが言った。「きみの要求に応える人物を紹介しよう。アメリカ合衆国国務省派遣テューリアン特使、カレン・ヘラー」

エストードゥは真《ま》っ蒼《さお》になった。ワイロットはしきりに口を動かしたが、ついにその口から声が出ることはなかった。ブローヒリオは両の拳を握りしめ、無念さに全身をわなわなとふるわせた。

「証人ならいくらでもいるぞ」カラザーが言った。「九十億の地球人がみな証人だ。が、この場としては何人かの代表で充分だろう」

ハント以下、地球人代表団が姿を現わすと、ジェヴレン人たちは目を丸くした。誰も向こう側に目をやろうとしない。カラザーはヴィザーに、まだ〈シャピアロン〉号のガニメアンを登場させるきっかけを与えていないのだ。

カレン・ヘラーはジェヴレン人の地球に関する情報操作について山ほどの疑問を抱えていた。いずれも彼女の推論に基づくことであって何一つ証拠はない。が、はったりを咬《か》ませてジェヴレン人たちから証拠を引き出すのにこれほどの機会はまたとあるまい。彼女はおめずおくせず切り込んだ。

「ミネルヴァ戦争の後、月《ルナ》からテューリアンへ連れていかれたランビアンは、その後もセリアンを仇敵《きゅうてき》と睨んでついに怨みを忘れることがなかったのです。ランビアンは地球の存在を脅威と見て、いつか亡《ほろ》ぼさなくてはならないと考え続けてきました。その日のために、彼らはガニメアンの科学技術に接することのできる有利な立場を活かして、宿敵地球を後進段階に押し止めることに力を注ぎました。地球が再び手強い相手として立ち上がらないように、進歩を阻害しながら、一方で彼らは無敵の力を身につけるべく、ガニメアンの知識と技術を最後の一滴まで吸い取ろうとしたのです」

彼女はわれ知らず、あたかも法廷における検事が裁判官や陪審員を相手にする口調になって、カラザー以下テューリアン一同に訴えかけていた。彼らは黙ってじっと耳を傾けていた。

ヘラーは一呼吸置いてやや調子を変えた。

「いったい、知識とは何でしょう?」彼女は問いかけた。「物事の表面を撫《な》でるだけでなく、願望の眼鏡をとおして物を観るのでもなく、現実をあるがままに受け取ってその本質を捉える真の知識とは何でしょう? 事実と虚偽、事実と神話、現実と幻影を正しく識別する有効手段として確立された唯一の思考形態は何でしょうか?」彼女は呼吸を計って一段と声を張り上げた。「それは科学です! 一念をもって信じることが事実をも動かすという考えから人は往々にして何かを一途《いちず》に思い詰めますが、事実は飽くまで揺るぎないものです。そのような不動の事実として今わたしたちが知っていることはすべて合理的な科学の方法によって明らかにされたのです。科学のみが立証に耐える思想の土台となり得ます。何となれば、科学は結果を予測し、予測された結果は検証を経てはじめて真実と認められるからです。にもかかわらず……」彼女は声を落とし、地球人たちをも説得する口吻《こうふん》になった。「にもかかわらず、過去数千年にわたって地球人は俗信、迷信、非合理な教義、無力な偶像にすがってきました。人類は冷静に見つめれば明らかに目に映るはずのものを拒み続けたのです。呪術や魔力を信じて、自らそうした力を身につけようとすることがいかに不毛であるかを、人類は認めようとしませんでした。実際には、呪術は収穫をもたらさず、予言は当たらず、魔力など何の役にも立たなかったにもかかわらずです。さらに言うならば、そうした俗信の類《たぐい》は役にも立たなかった代わりに、さして大きな害もありませんでした。つまり、毒にも薬にもならなかったということです。そして、これはランビアンたち、後のジェヴレン人たちの見地からすれば、実に願ってもないことでした。偶然にしてはできすぎと言っていいほどの理想的な情況だったのです」ヘラーはきっとしてジェヴレン人たちに向き直った。「しかし、今ではもう、それが偶然ではなかったことをわたしたちは知っています。偶然の要素はかけらもなかったのです」

ダンチェッカーは驚嘆の面持ちでハントにそっと耳打ちした。「いやあ、おそれいった。まさかあの人が、こんな大演説をぶつとは思ってもいなかったよ」

「わたしもだ」ハントは囁《ささや》き返した。「きみは彼女に何を吹き込んだんだ?」

ジェヴレン人一同をはったと見据えて、ヘラーはなおも舌鋒《ぜっぽう》をゆるめなかった。「初期の人類に迷信を植えつけたのは、あなたがたジェヴレン人の手先が地球人の目の前で働いてみせた奇蹟《きせき》であったことをわたしたちは知っています。ジェヴレン人は雇い入れた手先を訓練して、工作員として地球人の中へ送り込みました。そして、群集心理を操って、神話伝説に基づく、言うなれば反文明工作を推し進めたのです。それによって、地球人が合理的思考に目覚めることを妨げ、技術文明を達成して環境を征服し、やがてジェヴレン人の領域を脅かす存在に成長することを阻害したのです。それは違う、と言えますか？」

彼女のはったりが効を奏したことはジェヴレン人たちの顔を見れば明らかだった。彼らは驚愕と、急所を衝かれた苦悶《くもん》に身動きもならず、抗弁の術《すべ》もなく、ただじっと立ちつくすばかりだった。一層自信をつけて、ヘラーはテューリアン勢に向き直った。

「地球文明初期の迷信や古代宗教はいずれも周到な計画の下に人類に深く植えつけられたものでした。バビロン、マヤ、古代エジプト、中国の文明はみな迷信、呪術、民話、伝説などを信じる無知の上に成り立ったものです。盲信は人類の論理的思考の芽を摘み取りました。そのような非合理的な精神構造に根を発した文明は、やがて都市を築き、美術や農耕技術を育て、船や単純な機械を作りましたが、人類は無限の未来の扉を開く鍵である科学の発達にはほとんど無関心でした。人類は恐れるに足りなかったのです」

テューリアンたちはここに至ってはじめて、地球人がいかに事の本質を深く理解しているかを知った。低いざわめきが室内に拡がった。

「地球の最近の歴史については、どう考えますか？」カラザーはこの問題に彼のように直接深いかかわりを持ってはいない他のテューリアンのことを念頭に置いて質問した。

「歴史を通じて近代に至るまでこの構造は変わっていません」ヘラーは答えた。「天のお告げをもたらしたり、奇蹟を働いて伝説を生んだ聖人や異形の者たちは、地球の進歩を食い止めるためにジェヴレンから送り込まれた工作員です。心霊教やオカルト、擬似科学、その他の荒唐無《こうとうむ》稽《けい》な信仰や運動が十九世紀のヨーロッパや北米で盛んな流行を見せたのも、真の科学と理性の発達を妨害する工作でした。二十世紀に入ってからも、科学技術を否定し、経済成長に反対するいわゆる大衆行動が盛り上がりました。反核運動もその一つです。いずれも計算ずくで操られた行動でした」

「きみは何と答える？」カラザーはブローヒリオに激しく詰め寄った。

ブローヒリオは腕組みをして大きく息をつき、ゆっくりとヘラーに向き直った。彼は落ち着きを取り戻しているらしかった。まだまだ敗北を認めるつもりはない。挑むように地球人たちを睨み据えてから、彼はカラザーをふり返った。

「ああ、そのとおり。事実は今の話にあったとおりだ。ただし、動機の説明が間違っている。地球人でなくてはとてもあのようなことを考えられるものではないな。地球人は心が歪んでいるために、われわれの姿まであのように歪んで見えるのだ」彼は詰《なじ》るように地球人たちを指さした。「地球の歴史は知っているはずだな、カラザー。ミネルヴァを破壊した暴虐と流血を好む残忍な性質は今なお地球人に色濃く残っている。対立、戦争、革命、殺戮《さつりく》の際限もない繰り返しである地球の歴史については今さらここでわたしの口から言うまでもあるまい。しかも、いいか、ここが肝腎なところだ。地球人どもは、われわれがあれほど平和のために努力したにもかかわらず、殺戮を繰り返してきたのだ！　たしかに、われわれは地球人の目を科学技術と理性からそらせるために工作員を送り込んだ。いったい誰がそれを非難できる？　何万年も前に地球人が宇宙へ帰ることを許していたら、現在銀河系がどのような地獄絵と化しているか、考えてもみるがいい。われわれジェヴレンのみならず、テューリアン世界がいかなる危機にさらされたか、仮にも想像がつくというのか？」

ブローヒリオは侮蔑を露《あらわ》に地球人たちを一瞥《いちべつ》した。

「やつらは野蛮人だ。しかも、頭が狂っている。どこまでいっても変わらない。われわれが地球人を未開のままに閉じ込めてきたのは、子供に火遊びをさせないのと同じ理屈だ。それは火事を防ぐことであると同時に、子供を火傷の危険から守ることでもある。この先もわたしの方針に変わりはない。わたしは間違っていない。非難を浴びるいわれはないぞ」

「あなたがたは言うこととすることが裏腹です」フレヌア・ショウムが攻勢に転じた。「もし、あなたが戦闘的な惑星に平和を根づかせたと自信をもって言えるなら、あなたはその成功を誇りと思うはずです。まさかその実績を隠したりはしないでしょう。しかし、現にあなたがたは自分たちのしたことをひた隠しにしてきました。あなたがたの望んだとおり、地球は平和の道を歩きはじめたにもかかわらず、あなたがたは地球が戦争に向かってまっしぐらに突き進んでいるかのように偽りました。なるほど、あなたがたはミネルヴァ人の闘争本能が稀釈《きしやく》されて、大人の知恵がつくまで地球の進歩に制動をかけたかもしれません。しかし、あなたがたはその事実を隠したのみか歪曲《わいきよく》しています。これをどう説明しますか？」

「地球の平和は一時の気まぐれだ」ブローヒリオは言い返した。「一皮剝けば、やつらは少しも変わっていない。最近の報告に大幅な修正を加えたのは、上辺《うわべ》に騙《だま》されてはならないという考えからだ。いずれこの問題については最終的解決を図らなくてはならない」

カレン・ヘラーは二人のやりとりを聴きながらめまぐるしく思案をめぐらせた。最終的解決とは、ジェヴレンが地球の脅威を口実に軍備拡張を進め、時至れば武力によって銀河系の覇権を握ることを意味しているに違いない。これも彼女が記録を漁《あさ》って事実関係を追跡する過程で浮かび上がってきた解釈である。正否を確かめるにはちょうど良い場面だが、それには今一度はったりに訴えなくてはならない。

「その説明には納得しかねます」彼女は言った。「さっきわたしが話したことは、ジェヴレン人がこれまでしてきたことの、ほんの一部でしかありません」

室内の者たちは一斉に彼女をふり返った。

「十九世紀になると、ジェヴレン人の必死の妨害工作にもかかわらず、西欧文明は科学産業技術を急速に発展させました。これを見て、ジェヴレン人は戦術の転換を図ったのです。彼らはそれまでとは逆に、あちこちの領域で少しずつ情報を洩《も》らしました。これが突破口となって、地球の科学は加速的に発展しました」彼女はここでちょっと首を傾《かし》げた。「ハント先生。この点について、何か御意見がおありですか？」

ハントはこの質問を予期していた。彼は発言に立った。

「十九世紀後半から二十世紀初頭へかけて、物理学および数学の歴史に見られる大きな不連続、非線型的飛躍は、従来から学界の謎とされていました。私見を述べさせてもらえるなら、この飛躍的進歩、概念の革命は、当時の学術水準から推して、外部の影響なしにはとうてい達成され得なかったものです」

「ありがとうございました」ヘラーが言った。ハントは腰を下ろした。ヘラーはテューリアンたちの怪訝《けげん》な顔をひとわたり見回した。「それまで仇敵である地球の足を引っぱってきたジェヴレン人は何故ここで戦術を転換したのでしょうか？　それは彼らが、もはやそれ以上地球の進歩を堰《せ》き止めることはできないと悟ったからです。そこで、ジェヴレン人は、地球が高度に技術化された惑星になるならば、これまでに積み上げてきた社会基盤をうまく利用して、地球がその技術によって自滅する方向へ進歩を導こうと考えました。つまり、彼らは地球の科学技術を助成しながら、それを昔から人間を苦しめ悩ませてきた厄災の防止や病害の駆除に役立てるのではなく、かつてない大規模かつ激越な世界戦争の手段とするように仕向けたのです」

話しながら彼女はブローヒリオの表情を観察した。彼女の発言は図星だった。彼女は止めの一撃を繰り出した。

「十九世紀の末にヨーロッパ貴族社会に潜入して階級内相互の憎しみを煽《あお》り、ついには第一次世界大戦の発火点まで加熱させたのはジェヴレン人の工作員たちではありませんか？」彼女は厳しく断定した。「一九一七年の革命後、ロシアの支配権を握って典型的な全体主義体制を作り上げたのはジェヴレンの息のかかった傀儡《かいらい》集団だったのではありませんか？　第一次大戦後、疲弊したドイツを牛耳って、国際連盟が平和的手段によって排除しようとした反目を再燃焼させたのはジェヴレン人集団だったのではありませんか？　集団の指導者層は、特に選ばれて訓練を受けた工作員たちでした。違いますか？　本当のアドルフ・ヒトラーはどうなったのですか？　それとも、ヒトラーは本人のままで、誰かが陰で操っていたのですか？　アルフレート・ローゼンベルクですか？」

三人のジェヴレン人は答えるまでもなかった。彼らの血の気も失せて強張《こわば》った顔がすべてを語っていた。ヘラーはテューリアンたちに向き直って説明を加えた。「第二次世界大戦は、ジェヴレン人の計画では核戦争になるはずでした。そのための科学、政治、社会、経済上の条件は全部整っていました。結局は計画どおりにはなりませんでしたけれども、危ないところでした。本当に、もう一歩という瀬戸際まで行ったのです」

テューリアンの間に新たに驚嘆のざわめきが走った。それが静まるのを待って、ヘラーはやや声を落として発言のまとめにかかった。

「その後、対立は五十年の長きにわたりました。しかし、その間ジェヴレン人たちは努力を続けたにもかかわらず、ついに彼らが意図した地球の破局は訪れませんでした」ここから先はまったくの推断だったが、彼女は声の調子を変えずに続けた。「ジェヴレン人はいずれ宿敵地球と対決する日がやってくるに違いないと判断しました。この時期を境に、彼らは地球の軍事色を極端に誇張しはじめたのです。そして、地球の脅威を口実に、自分たちはひたすら防衛力の増強を図りました。一方、地球に対しては再び戦術を転換して、緊張緩和、軍縮を推進しました。加えて地球人が本来の希望に従って資源と人材を創造的に活用することを奨励したのです。その狙いは、言うまでもなく、地球を丸裸の標的にすることです。自分たちの軍備拡張を正当化するために、ジェヴレン人たちはテューリアンに伝送する報告にどんどん手を加えて、最後にはジェヴェックスの記憶にしかない架空の世界を作り上げるまでになったのです」

ヘラーはここでもう一度言葉を切ったが、室内は水を打ったように静まり返ったままだった。彼女はいきなり正面からジェヴレン人たちを指さして精いっぱい声を張り上げた。

「地球人が殺戮を好むなどと、いったいどこを押せばそんな言葉が出るのです？　地球の歴史を血に染めた唾棄《だき》すべき暴力行為がすべてジェヴレン人工作員の策謀の結果であったことを、誰よりもよく知っているのはあなたがたではありませんか。あなたがたは、かつて惑星地球の支配者たちが殺害した人民をすべて合わせたよりももっと大規模な殺戮をやってのけたのです」彼女は低く落とした声に険を帯びて言った。「ところが〈シャピアロン〉号の予期せぬ出現でジェヴレン人の計画は根底から覆される破目になりました。ガニメアンがテューリアン世界と接触することを許せば、これまでの偽りはことごとく暴露されてしまいます。ジェヴレン人が〈シャピアロン〉号のことをテューリアンに秘密にしていた本当の理由はそこにあったのです」

ただでさえ土気色《つちけいろ》だったブローヒリオの顔は見る間に蒼白《そうはく》に変わった。ワイロットは顔に血が上って苦しげに息を乱し、エストードゥは脂汗を流してわなわなとふるえていた。部屋の向こう側ではガルース、シローヒン、モンチャーの三人が、いよいよ出番が近づいたことを察して膝を乗り出していた。

「さて、問題はその〈シャピアロン〉号です」ヘラーはわざとらしいほど穏やかな声で言いながらも、ジェヴレン人たちを見据える目は異様な光を帯びていた。「先程、〈シャピアロン〉号を破壊したのは地球人であると匂わせる発言がありました。しかしその発言の根拠をなすものは今見てきたとおり、ことごとく偽りです。〈シャピアロン〉号は六ケ月間の地球滞在中、ただの一度も危険にさらされたことはありません。それどころか、地球人とガニメアンの関係はこの上もなく友好的でした。そのことを示す証拠は山とあります」彼女はちょっと間《ま》を置いて続けた。「しかし、地球人が宇宙船とその乗員に決して危害を加えなかったことを明らかにするのに記録や物的証拠に頼る必要はありません。そんなものよりも遙かに雄弁な証拠があるからです」

ガルースたちはきっと体を堅くした。今しもカラザーはヴィザーに合図を送ろうとするところだった。

ジェヴレン人たちはふっと消え失せた。

掻《か》き消すように、というのはまさにこれだった。皆の口から驚きの声が洩れた。少し経《た》ってヴィザーが告げた。「ジェヴェックスは接続を絶ちました。交信の手だてはありません。いくら呼んでも応答がありません」

「どういうことだ？」カラザーは訊き返した。「ジェヴレンとは通信が杜絶《とぜつ》したのか？」

「惑星ジェヴレンは外部との接触を絶ちました。ジェヴレン世界は孤立しています。ジェヴェックスはこちらとの通信を遮断して、単独のシステムになりました。ジェヴェックス系の宇宙ゾーンとは交信はもちろん、知覚伝達も含めていっさいの情報移動は不能です」

テューリアンたちの動揺はこれが極めて異常な事態であることを語っていた。ハントはふり返った。不思議そうな顔のダンチェッカーと目が合った。ハントは肩をすくめた。「ジェヴェックスは国交断絶に踏み切ったと見えるね」

「どういうつもりだろうか？」ダンチェッカーは尋ねた。

「さあねえ。まあ、言うなれば籠城《ろうじょう》かね。彼らはジェヴェックスに管理された自分たちの世界に閉じ籠《こも》って、外部との接触を絶っているんだろう。こうなると、宇宙船で乗り込まない限り、談判はできないわけだ」

「そんなのんきな話じゃあないんじゃないかしら」リンがハントの隣で言った。「ジェヴレン人が銀河警察をもって自ら任じているとしたら、この先ちょっと厄介よ」

テューリアンたちは沈痛な面持ちで押し黙っていた。カラザーとショウムはあたりを憚《はばか》るようにそっと視線を交わした。イージアンは顔を伏せて、調子が悪そうにしきりに手の甲をこすっていた。地球人と〈シャピアロン〉号のガニメアンたちはどうして良いやらわからず、ただ何かを待つ顔つきで彼らを眺めやっていた。やがて、カラザーは溜息《ためいき》をついて顔を上げた。

「ジェヴレン人から真相を引き出したあなたがたの手腕は実に見上げたものです。ただ、一つだけその推論に誤りがあります。勢力を伸ばそうとする地球の脅威はもとより、その他のいかなる理由によっても、ジェヴレン人は防衛力強化を言い出したことはないのです」

ヘラーは、それがどうした、という表情で腰を下ろした。「彼らがどんな人種かは今の話でわかったはずですね」彼女は言った。「彼らが密《ひそ》かに軍備を拡張していなかったとどうして言いきれますか?」

「たしかに、断言はできません」カラザーは一歩譲った。「もし彼らが軍備を増強していたとすれば、これはテューリアンと地球の両人種にとって極めて深刻な事態です」

コールドウェルは面食らった。彼は頭の中を整理するふうにしばらく眉を寄せ、ヘラーの顔を窺《うかが》ってから、カラザーに向き直った。「しかし、彼らが虚偽の情報をでっち上げた理由はそれだとわたしらは解釈している。そうでないとしたら、他に何か理由があるのかね?」

テューリアン一同はますます困惑の態度を示した。ショウムはカラザーの顔を覗《のぞ》き込み、何やらもうこれ以上は隠しておけないという仕種で両手を拡げた。カラザーはなおも躊躇《ためら》いを見せたが、ついに重たくうなずいた。

「ジェヴレン人が情報を偽った理由はもう明らかです」ショウムが部屋全体を見渡して言った。何事かを待ちかまえる緊張に室内はしんと静まり返った。ショウムは深く息をして言葉を続けた。「それには、さらに込み入った事情があるのです。わたしたちはこれまで……」彼女はガルースたちのほうにちらりと目をやった。「その点については皆さんにいっさい伏せておくことが賢明であると判断してきました」ガルースたちも、地球人たちも、じっと黙ってその先を待った。

「久しい以前から、ガニメアンの子孫であるわたしたちテューリアンは、ミネルヴァの亡霊が甦《よみがえ》ることを恐れていました。もし、そのようなことが起これば、今度はあの悪夢が銀河系全域を巻き込むのではないかと危惧《きく》しないわけにはいきません。今から一世紀足らず前、ジェヴレン人はわたしたちより一世代前のテューリアンに、地球がまさにそのような脅威の存在になりつつあると説いて、地球を永久に封じ込めることの必要を認めさせたのです。これを受けて、テューリアン側は有事対応策の具体化に取りかかりました。ジェヴレン人の虚偽の情報でテューリアンは地球脅威論を真に受けていましたから、計画の実現に力を入れました。その時点で地球の実状が正しく伝わっていたら、テューリアンは有事対応計画などはじめから問題にもしなかったはずです。今にして思えばジェヴレン人は明らかに、競争相手である地球を永久に封じ込めて、将来銀河系の覇権を一手に握るためにテューリアンの技術を自家薬籠中《じかやくろうちゅう》のものとする狙いで情報を偽っていたのです。ブローヒリオの言う最終的解決とはこのことなのです」

地球人たちにはショウムの言うことがぴんと来なかった。

「どうも、よくわかりませんね」ダンチェッカーがたまりかねて尋ねた。「地球を封じ込めるとはどういうことですか？　まさか、武力に訴えるというのではないでしょう」

カラザーはゆっくりとかぶりをふった。「それはガニメアンの流儀ではありません。だから、対決ではなく、封じ込めなのです。わたしたちはこれをはっきり区別しています」

ハントは眉を寄せてカラザーの言わんとする意味を汲《く》もうと努めた。地球を封じ込める？　もはや手遅れではないか。人類はすでに地球を離れて行動半径を拡げつつあるのだ。だとすれば……まさかと疑いながらもハントは驚きの目を瞠《みは》った。いくらテューリアンでもそこまで大きな発想を抱くはずはない。「太陽系を……？」カラザーの顔を見てハントは思わず声を発した。「まさか、太陽系全体をそっくり封じ込めるというのではないでしょうね」

カラザーはものものしくうなずいた。「ガニメアン重力工学の応用で、わたしたちは、重力傾度《けいど》の極めて険しい殻《シエル》によって大きな宇宙空間を包み込む技術を開発しました。この重力殻は地球人の旺盛《おうせい》な闘争心をもってしても破ることはできません。いや、光さえもこの殻を透過することはできないのです。重力殻内部には何の変化も起きません。地球人はこの殻の中で何をしようとまったく自由です。殻の外で、わたしたちもまたわたしたちの道を自由に往《い》く……」カラザーはひとわたり室内を見回し、他の者たちの驚愕の視線を毅然として受け止めた。「それがわれわれの最終的解決となるはずだったのです」

28

かくてガニメアンはその長い種の歴史を通じてはじめて戦争を体験することになった。厳密には戦争とは言えないが、情況は彼らにとってほとんどそれに等しく、呼び方などはこの際問題ではなかった。テューリアン側の迅速《じんそく》果断な対応は実に驚異と言う他はなかった。カラザーはヴィザーに命じて、テューリアンとその周辺のガニメアン領に在住するジェヴレン人に対するいっさいのサービスを停止した。生まれた時から情報の瞬時伝達はもとより、何光年という距離すら情報化による瞬間移動で自由に行き来することを当たり前としてきた大勢のジェヴレン人がたちまち身動きもできなくなった。生活のすべてを情報と機械に頼っていた彼らは突如として右も左もわからない、まったく体験のない社会に投げ出されたのと同じであった。彼らは孤立し、行動の術《すべ》を知らず、恐慌を来《きた》した。数時間を経ずして、無力なジェヴレン人たちは残らず逮捕抑留された。抑留はガニメアンが彼らの扱いについて方針を決めるまで、身心の安全と健康を守るための処置でもあった。だから、捕虜と言うのは当たらない。こうしてガニメアン世界に散らばっていたジェヴレン人は僅《わず》かな時間で全員が収容された。第五列の暗躍の余地はなかった。

残る相手は惑星ジェヴレンと、ヴィザーによってではなくジェヴェックスによってそれに結ばれた惑星世界だけである。ところが、これが思いの外に難攻不落であった。ハントがはじめに言ったように、宇宙船を送り込んで攻めるというわけにはいかなかったからである。問題はジェヴレンがジャイスターから何光年も離れていることだった。宇宙船を派遣するにはヴィザーが投射する環状ブラックホールを潜《くぐ》らせるしかない。ところが、ヴィザーがジェヴェックス系のゾーンにテスト・ビームを発射すると、ジェヴェックスは苦もなくこれを遮断した。ジェヴレン人がかなり以前からテューリアンとの国交断絶に備えていた証拠である。ジェヴェックスのビーム遮断能力がおよぶ範囲の僅か手前にブラックホールで宇宙船を送り込み、そこから通常空間を接近する作戦も現実的ではなかった。何となれば、テューリアン宇宙船は動力も制御もすべて中央発動管制センターからテューリアンh‐グリッドを経て送られるビームに頼っているからである。このビームもジェヴェックスは容易に遮断するであろう。つまり、ジェヴェックスが稼動している限り、何ものもジェヴレン圏に侵入することはできず、ジェヴェックスの稼動を停止させるには、その手段となる何かをジェヴレン圏に送り込まなくてはならない道理である。テューリアンはここで行き詰まった。

加えて一層深刻なのは、ジェヴレン人はかねてからこのことあるのを予期して兵器を大量に準備していたに違いなく、彼らの宇宙船は自航自動制御能力を備えていると考えられることである。ジェヴレン勢は何の障害もなくヴィザーの管理下にあるテューリアン圏に侵入して勝手放題、暴虐の限りをつくすであろう。決め手は時間だった。テュリオスでの決裂はジェヴレンの離反を予定より早めたであろうことは明らかである。テューリアンの行動が速やかであればあるほどジェヴレン側の立ち遅れに付け込むチャンスは大きい。とはいうものの、いまだかつて外界と戦火を交えたこともなく、兵器の備えもないテューリアンにいったいどんな行動を期待できたろう？　仮に戦闘能力があったとしても、敵の勢力圏に接近することが不可能では、まったく手も足も出ないではないか。何ら方策の目処《めど》も立たぬままいたずらに時間が過ぎていったが、テュリオス会談決裂からまる一日を経た頃、ガルースとシローヒン、それにイージアンがカラザーに内談を申し込んだ。

「気を悪くしないでもらいたいのだが、きみたちは明白な事実を忘れている」ガルースは言った。「ジェヴレン人はテューリアンの先進技術の中にどっぷりと漬かっているから、別の視点からものを考えられないのだ」

カラザーは両手を上げて一同をなだめた。「まあ落ち着いて。そんなに腕をふりまわさないでくれないか。いったい何が言いたいのかね？」

「ジェヴレンに侵入する手段は、今この瞬間、テューリアン上空の軌道にあるということです」シローヒンが進み出た。「〈シャピアロン〉号です。あなたがたの目には旧式と映るでしょうが、あの船は自航能力があります。ゾラックの航行操作制御は完璧です。h－グリッドからビームで遠隔操作する必要はないのです」

カラザーは茫然《ぼうぜん》としてしばらくは声もなかった。言われてみればそのとおりである。ジェヴェックスが接続を絶ってからぶっ通しで対策会議を続けていながら、テューリアン科学者の誰一人、〈シャピアロン〉号の存在を考えた者はない始末だった。それにしても、あまりにも安直な話ではないか。どこかに穴があるのではなかろうか。カラザーはイージアンをふり返り、無言のうちに意見を求めた。

「行けますよ。絶対です」イージアンは言下に答えた。「シローヒンが言うとおり、ジェヴェックスは〈シャピアロン〉号の侵入を食い止められません」

この提案の裏にはもっと深い何かがある。ガルースの表情を窺《うかが》ってカラザーは直観した。

ガルースは口に出さなかったが、ジェヴェックスは〈シャピアロン〉号のジェヴレン圏侵入を阻止できないとしても、ひとたび圏内に入った同号を攻撃する手段にはこと欠かないというのもまた明白な事実ではないか。昨日、ガルースはジェヴレン人との対決を目前にして逸《はや》る心を抑えかねていた。最後の土壇場《どたんば》で相手に逃げられて、彼は地団駄踏んで口惜《くや》しがったのだ。ガルースは自分自身ばかりか、宇宙船と乗組員を危険にさらしてまで、ブローヒリオに対して無謀な私的復讐《ふくしゅう》を企んでいるのだろうか？　カラザーにしてみれば、そんなことは許せるはずもなかった。

「いいや、自力で航行しようとどうしようと、〈シャピアロン〉号は探知される」彼は抑えつけるように言った。「ジェヴレンは全惑星系に探査体を配備して監視態勢を取っているに違いないからな。そんなところへ迂闊《うかつ》に宇宙船を送り込むわけにはいかない。〈シャピアロン〉号はテューリアンと交信できないし、自衛のための武器一つ積んでいないではないか。そんな船が……」彼はみなまで言わず、あとは顔つきで拒否の姿勢を示した。

「その点でしたら技術的に解決できます」シローヒンが言った。「〈シャピアロン〉号の舟艇何隻かにジェヴェックスには探知されない低出力のh－リンク通信機を積んで、本船の前方二十マイルあたりに展開させるのです。舟艇と本船のコンピュータの間には超光速双方向通信が確保されます。ゾラックが相殺電波を発信して、舟艇は本船から反射される光波とレーダー波長の電波と合わせて、これを位相のずれた信号として前方へ飛ばすのです。これで然《しか》るべき距離を隔てれば、どの角度から探知電波を受けても、相殺効果で向こうの計器のふれはゼロです。つまり、〈シャピアロン〉号は電磁波上、覆面宇宙船となるわけです」

「しかし、h－スキャンに影が出るだろう」カラザーは納得しなかった。「ジェヴェックスは宇宙船メイン・ドライヴのストレス場を検知するぞ」

「メイン・ドライヴで航行することはありません」シローヒンは引き下がらなかった。「ヴイザーのブラックホールを潜る間にh－スペースで加速されますから、向こうへ飛び出してから慣性で、一日でジェヴレン圏に達します。接近したら補助ドライヴで減速して姿勢を立て直せばいいのです。補助ドライヴならストレス場はまずほとんど検知されません」

「その場合も、環状ブラックホールを惑星圏外に設定しなくてはならない」カラザーは言った。「重力場の大擾乱《じょうらん》をジェヴェックスが見逃すはずはないな。当然、こっちの動きは読まれてしまう」

「無人宇宙船を囮《おとり》として二、三隻送り込めばいいでしょう」シローヒンは即座に言い返した。「ジェヴェックスは無人の宇宙船を撃墜して、それで事は終わりと判断するはずです。〈シャピアロン〉号から注意をそらすのに、囮を使うのは実にうまい作戦だと思います」

カラザーは何としてもこの提案が気に入らなかった。彼は三人に背を向け、後ろ手を組んでゆっくり室内を歩きながら壁を睨《にら》んで思案した。彼は科学技術には疎《うと》かったが、素人なりに理解する限り、作戦は理論的には見込みがあると思われた。テューリアン宇宙船は必ず環状ブラックホールの発生に伴う擾乱現象を緩和して、その規模を最小に止《とど》めるための緩衝装置を搭載している。それ故、宇宙船は通常空間を一日飛んだだけで、h－スペースを潜って惑星圏外に出ることができるのだ。〈シャピアロン〉号の時代にはまだそのような技術はなく、従って緩衝装置は積んでいない。同船が太陽系を脱出するのに何ケ月もかかったのはそのためである。カラザーは、しかし、これもまた技術的に容易に解決できる問題であることに気がついた。〈シャピアロン〉号に緩衝装置を搭載するにはほんの二、三日もあれば充分である。それに、他に技術上の困難があったとすれば、イージアンが早々と指摘しているはずである。

作戦の狙いについては説明を乞うまでもない。ジェヴェックスはヴィザーと同様、惑星圏を広大な通信網で覆いつくしている。超通信グリッドの他に、このシステムはジェヴレン周辺の近距離ローカル通信用に、通常の電磁波信号を用いており、そのビームも惑星表面に稠《ちゅう》密《みつ》な網を拡げている。テューリアン側がビームのどれか一つ、できればいくつかのビームに一般の通話を装って接続を確保すれば、ジェヴェックスの中央演算装置に直結してシステムを内部から破壊し得るであろう。作戦が成功すれば、ジェヴレン世界の全機能が麻痺《まひ》する。前日、テューリアン在住のジェヴレン人社会で小規模に起きたと同じ状態がジェヴレン圏全域を襲うのだ。しかし、ジェヴレン通信網の情報を傍受する装置は具体的にどこにどう設置するか、これはなかなかの難題だった。イージアンの率いる技術陣は前の日からこの問題を検討しているが、まだこれと言った妙案はない。

カラザーは三人に向き直った。「わかった。侵入手段についてはきみたちの考えに万事遺《い》漏《ろう》ないようだな」彼はひとまず譲歩した。「これからわたしの言うことに抜けている点があったら指摘してもらいたい。まず、ジェヴェックスのように超大規模なシステムの機能を破壊するとなると、こちらのコンピュータの能力もそれ相応に大きなものでなくてはならない。ゾラックではとうてい歯が立つまい。実用システムで見込みがあるのはヴィザーだけだ。ところが、ヴィザーはh−リンクを必要とするからゾラックとは結合できない。ジェヴェックスが稼動している限りh−リンクは使えないのだからな」

「そいつはやってみないことには何とも言えません」イージアンはカラザーの指摘する困難を認めた上で言った。「しかし、ゾラックは何もジェヴェックスのシステム全体を破壊する必要はないんです。ヴィザーを向こうの心臓部に直結するチャンネルを確保すればそれで充分なんですから。それにはまず、〈シャピアロン〉号とその舟艇にヴィザーとh−リンクで結合する装置を積み込むことです。舟艇を散開してジェヴェックスのチャンネルを複数箇所で傍受するのです。ゾラックがジェヴェックスのh−リンク妨害機能ブロックまで食い込んだところで、ゾラック経由でヴィザーの攪乱《かくらん》情報をどっと流し込んでやればいい。ジェヴェックスは八方から叩かれる恰好です。あとはヴィザーが何とでもしますよ」

成算はなくもない。カラザーは内心うなずかざるを得なかった。どこまで可能性を見込めるかはわからないが、チャンスはチャンスである。言い出したのはガルースだが、これまでに提案されたどの作戦よりも現実的である。しかし、ジェヴェックスという全能の魔神が支配する敵領域に、それにくらべればいたいけな子供のようなゾラックを積んだ、身を守る術もない〈シャピアロン〉号を単独で派遣することを思うとカラザーはぞっとした。三人の厳しい視線を意識しながら、彼はゆっくり部屋の中央に戻った。ガルースたちの表情を見れば、彼が何と答えることを期待しているかは明らかだった。「もちろん、〈シャピアロン〉号をどのような危険にさらすことになるかは承知の上だな?」彼はガルースに向かって重々しく言った。「ジェヴレン側がいかなる態勢で迎え撃つかはまったく予測の外だ。ひとたびジェヴレン圏に侵入したら、仮に進退谷《きわ》まったとしても、もう救出の手だてはないのだぞ。相手方に知られずにテューリアンと連絡を取ることはできない。連絡を取ればたちまち交信は妨害される。〈シャピアロン〉号は孤立無援だ」

「わかっているとも」ガルースは答えた。その顔は厳しく、声はいつになく険しかった。「わたしはやる。ガニメアンたちについてこいと言うつもりはない。来るか来ないかは各人の意志に任せる」

「わたしの気持ちはもう決まっています」シローヒンが言った。「全員が作戦に参加する必要はありません。しかし、有志は必要な数を上回るでしょう」

カラザーはすでに彼らの隙のない論理に屈していた。事態は急を要している。ジェヴレン人の野望を打ち砕く行動は一日早ければそれだけ効果も大きいのだ。とはいえ、ガルースとその配下の技術者たちは、ジェヴェックスを向こうに回して戦いを挑むにはテューリアンのコンピュータ技術について知識が不足していることは否めない。作戦にはどうしてもテューリアンの技術者の参加が必要である。

カラザーの心中を読み取ったかのように、イージアンが低く言った。「わたしも行きます。

わたしの部下にも有志は多すぎて断りきれないほどいます。その点はわたしが保証します」

長く重苦しい沈黙が流れた。シローヒンが言った。「グレッグ・コールドウェルはむずかしい決断を速やかに下す彼一流のやり方を持っていますね。問題自体の難易はひとまず措《お》いて、他にこれに代わる手段があるかどうかを考えるのです。代案がないとなれば、それで決まりです。今がちょうど同じ情況ですね」

カラザーは深い吐息を洩《も》らした。彼女の言うとおりだった。危険は大きい。しかし、今ここで行動を起こさず、先へ行ってさらに計画を推し進め、陣容を整えたジェヴレンと対決しなくてはならないとしたら、そのほうがもっと危険は大きいのだ。

「どう思う、ヴィザー？」

「全面的に賛成です。特に、最後の決断についてのくだりは説得力があります」ヴィザーは答えた。

「ジェヴェックスと渡り合う自信があるか？」

「まあ、任せておいて下さい」

「ゾラックだけを足場に、充分機能できるのか？　ジェヴェックスを麻痺させられるか？」

「麻痺させる？　八つ裂きにしてやりますよ」

カラザーは驚きの目を瞠《みは》った。ヴィザーは少々地球人と付き合いすぎたのではあるまいか。カラザーは表情を引き締めて思案に耽《ふけ》り、やがて、一つきっぱりとうなずいた。決断は下った。彼は打って変わってきぱきとした態度になった。「作戦の成否は時間一つにかかっている。時間の計算はどうだ？　予定は立っているのか？」

「人員の選択および命令伝達に一日。ジャイスター系離脱の時間を縮小するために〈シャピアロン〉号に重力場緩衝装置を搭載するのに五日。母船と舟艇にh－リンクおよび煙幕用の通信機を装備するのに五日」イージアンが即座に答えた。「もっとも、これは平行して進められますし、テストは航行中に行なえます。ジャイスター系離脱に一日。ブラックホールの出口からジェヴレンまでが一日。これに、ヴィック・ハントのいわゆるマーフィー・ファクター、すなわち予備の一日を加えて、テューリアン発進は六日後の計算です」

「いいだろう」カラザーはうなずいた。「時間が決め手ということで意見が一致したならば、善は急げだ。直ちに行動を開始しよう」

「もう一つ、話しておきたいことがあるのだが」ガルースは言いかけて口ごもった。

カラザーは一呼吸待って先を促した。「何かね、司令官？」

ガルースは両手を拡げて、すとんと落とした。「地球人のことだ。このことを知れば必ず参加を申し出る。わたしにはよくわかっているのだよ。彼らはパーセプトロンで体ごとテューリアンへやってきて、作戦に参加させろと言うに違いないのだ」彼は同調を求める目つきでシローヒンとイージアンをふり返った。「しかし、この戦いは……ガニメアン科学の現場における純粋な技術戦だ。地球人にははっきりいって出る幕がない。彼らをいたずらに危険にさらしたところで意味がないし、それ以上に、今度のことでわれわれは地球からの情報に非常に多くを負っている。おそらく、この先も、地球に頼る場面が出てくるだろう、つまり、この際マクラスキーとの交信を絶つことは何としてもできないということだ。マクラスキーにいてくれれば地球人には重要な役割もある。だから、わたしは彼らが参加を希望してきても認めたくない。これは何よりも彼ら自身のために言うことだ」

カラザーはガルースの目に、ブローヒリオが〈シャピアロン〉号撃墜のことを認めた時に浮かんだと同じ色が走るのを見た。カラザーの思ったとおりだった。ガルースは個人的にブローヒリオに決戦を挑む覚悟なのだ。ガルースは他人を巻き添えにしたくない。ハント以下、親しい地球人は特に遠ざけておきたいのだ。カラザーはシローヒンとイージアンの表情を窺《うかが》った。二人ともガルースの胸中は読んでいるに違いなかった。しかし、それを口にしてガルースの権威と自尊心を傷つけるような二人ではない。カラザーにしても同じである。

「よくわかった」彼はうなずいた。「きみの意に添うようにしよう」

29

ソヴィエトの軍用ジェット機は夜の闇に紛れて、フランツ・ヨシフ諸島と北極の間の氷原をかすめて北へ向かった。クレムリン内部とソヴィエト連邦の支配階級の間に表面化した対立は深まりこそすれ和解の兆しはなく、連邦構成国もまた二派に割れて睨《にら》み合いの状態が続いていた。そのような中で、ジェット機は夜陰に乗じて密《ひそ》かに離陸したのであった。ヴェリコフは武装した護衛兵二人に挟まれて暗いキャビンの最後部に端然と坐っていた。数人の将校らは、あるいは微睡《まどろ》み、あるいは声を落として何やら深刻らしく話し込んでいた。ミコライ・ソブロスキンは窓外の闇に目をやりながら、過去四十八時間の驚嘆すべき事態をふり返った。

異星人たちは尋問に持ちこたえられなかったと判断してよさそうだった。少なくとも、ヴェリコフは白《しら》を切り通せなかった。そう、ヴェリコフは異星人だったのだ。姿かたちは地球人と見分けがつかなかったが、彼はテューリアン世界の地球監視組織の一員であり、人類の歴史を通じて社会に潜入し、進歩を阻害する工作を続けてきたジェヴレンの密使の片割れだったのだ。ニールス・スヴェレンセンもまたその一人である。地球の軍縮は、彼らがジェヴレン人を後ろ楯に支配の座に着くための地ならしで、スヴェレンセンはジェヴレンの属領となった地球の太守に任ぜられることになっていた。地球はいずれ非産業化され、ジェヴレン貴族の保養地と、功労者に褒賞《ほうしょう》として与えられる別荘地にされる予定であったという。そのような地球で、労働とサービスからあぶれた多数の人口の生活はどのようにして支えられるのか、ジェヴレン人がどんな政策を用意していたかについては説明されていない。

以上のことが明らかにされると、ヴェリコフの命の値段は急落した。身の安全を図って彼は地球側に寝返り、嘘ではない証拠にジェヴレンと地球工作員を結ぶコミュニケーション・リンクの詳細を暴露した。コネティカットのスヴェレンセンの私邸内に設置された通信機は、妨害工作の隠れ蓑《みの》となっているアメリカのさる建築会社のジェヴレン人技術者によって完成されたものであるという。この通信機によってスヴェレンセンはテューリアンが月の裏側の地球人と密かに続けていた交信の中身を逐一ジェヴレンに報告し、ジェヴレンから指示を仰いで地球側の応答に手加減を加えていたのである。これまでのところ、ヴェリコフはノーマン・ペイシーの話にあったアメリカのチャンネルについては何も知っていない、とソブロスキンは判断した。ジェヴレン人の恐るべき情報収集能力をもってしても、この秘密には手が届かなかったのだ。

ソブロスキンは、異星人の組織を潰滅させる第一歩は、彼らがまだ事態を悟らぬうちにコネティカットの通信リンクを遮断することだと考えた。言うなれば、ジェヴレン人一派の寝込みを襲う作戦である。しかし、そのためには当然、ワシントンの誰かに助力を乞わなくてはならない。ジェヴレン人の組織がどこまで根を張っているかはヴェリコフ自身も知らなかった。となると、安心して相談できるのはノーマン・ペイシーしかいない。そこで彼はソヴィエト大使館のイワンを介して、暗号文でペイシーに連絡を取った。八時間後、合衆国国務省からモスクワのソブロスキンに電話が入った。ソヴィエト外交団のホテルの予約を確認する内容であった。ソブロスキンの先のメッセージを了解したという意味である。

「着陸五分前」暗い天井のインターコムからパイロットの声が響いた。キャビンに鈍い明りが点《とも》り、ソブロスキン以下ソ連軍将校たちは煙草をポケットにしまい、書類を片づけ、荷物をまとめると、外の寒さに備えて厚いコートを着込んだ。

ソヴィエト機は夜空を降下して、アメリカの科学観測基地と極地測候所を兼ねた施設の照明も寂しい飛行場に着陸した。エプロンのはずれの暗がりにアメリカ空軍の輸送機がエンジンをかけて待機し、その傍らに防寒服に身を固めた小集団がソヴィエト機を出迎えていた。キャビン前方のドアが開いて蛇腹《じゃばら》式の階段が地面に伸びた。ソブロスキンの一行は護衛兵二人に挟まれたヴェリコフをさらにもうひと回り取り囲む形で雪の上を進み、出迎えのアメリカ人たちの少し手前で立ち止まった。

「やっぱり、すぐまた会うことになったじゃないか」ノーマン・ペイシーは手袋のままソブロスキンと握手して言った。

「話したいことが山ほどある」ソブロスキンも挨拶代わりに言った。「きみが想像しているよりも、こいつは遙かに根が深いぞ」

「さあどうかな」ペイシーはにやりと笑った。「こっちも、あれからじっと坐っていたわけじゃあない。聞いてびっくりしなさんなよ」

一行が輸送機に乗り込もうとする背後でソヴィエト機が離陸し、一直線に夜空に消えた。三十秒後にはアメリカ軍の輸送機も飛び立ち、大きく旋回して北へ向かった。北極回りでカナダから東海岸沿いにワシントンＤＣへ南下するはずである。

マクラスキーの夜は更けていた。基地は寝静まっている。各種の航空機が翼を休めている近くで、フェンスに沿ってぽつりぽつりと夜間照明がオレンジ色の光を落としている中で、ハントとリンとダンチェッカーの三人は肩を寄せ合うようにして牡牛《おうし》座を見上げていた。

彼らはカラザーに食ってかかり、理を尽くして考えを主張し、駄々をこね、泣き落としに訴えて、この事態は地球の問題でもあるのだと抗弁した。ガルースとイージアンが進んで危険に身をさらすなら、その危険を共に分かつことこそ地球人の名誉ある務めであると言い立てた。しかし、無駄だった。カラザーは頑としてパーセプトロンの移動を認めなかった。国連の上層部や合衆国政府に口添えを求めるわけにはいかなかった。ジェヴレン人はどこにどんな顔で紛れ込んでいないとも限らない。そんなわけで、ハントらはただガニメアンの幸運を祈りながら待つしかなかった。

「馬鹿よ」しばらくしてリンが言った。「ガニメアンはこれまでに一度だって戦争なんてやったことがないのよ。それなのに、奇襲作戦で惑星を一つまるまる制圧しようなんて、いったいどういうつもりかしら。ガニメアンがそんな真似をするなんて、思ってもみなかったわ。ガルースはどうかしちゃったんじゃないかしら?」

「もう一度だけ、自分の宇宙船で飛びたいんだろう」ハントは低く吐き捨て、面白くもないというふうにふんと鼻を鳴らした。「二千五百万年も乗っていりゃあ、いい加減飽き飽きしたって不思議はないだろうになあ」

ガルースは伝説によくある艦長のように、自分の船と運命を共にする気ではないだろうかという考えが頭を過《よぎ》ったが、ハントはそれを口に出そうとはしなかった。

「それにしても、実に高潔と言うべきだね」ダンチェッカーは溜息《ためいき》混じりに頭をふった。「しかし、どうも心配だな。パーセプトロンをここから動かせないというのが第一わからない。何かの口実だとは思わないかね。わたしらは、それはまあ、技術上のことについては何の役にも立たないかもしれないが、いざと言う時にはガルースたちのために、何らかの形で手を貸すことはできるはずなんだ」

「例えば？」リンが尋ねた。

「だって、そうだろう」ダンチェッカーはわかりきったことでも言いたげだった。「わたしらはガニメアンと親しく接して、お互い、考え方の違いをよく知っている。ジェヴレン人もいっぱしの策士か謀略家気取りでいるかもしれないが、なあに、その実、自分たちが思っている程でもないのだよ。ところが、そこを見抜いて、付け込むとなると、これには地球人の勘がなくてはどうにもならない」

「彼らは、要するにガニメアンしか知らないからね」ハントが言った。「ところが、こっちは何千年来、人間同士でやっている」

「そこだよ、わたしの言いたいのは」

短い沈黙が流れた。リンが半ばひとりごとのように言った。「こういうのはどうかしらね？　ジェヴレン人たちがどんなに優秀なつもりでいるか知らないけれど、本当に能力のある相手にかかったらどんな目に遭うか、思い知らせてやるのよ。でっち上げの情報で人を騙《だま》しおおせた気になっているなら、まんまと裏をかいてやるのよ。こっちはヴィザーがついているんだから、方法はあるはずでしょう」

ハントは眉を寄せた。「何の話だ、いったい？」

「自分でもよくわからないけれど」リンは曖昧に言って肩をすくめた。「ジェヴェックスはずっと前からテューリアンに偽の情報を吹き込んでいたんでしょう。だから、こっちも同じことをしてやったらいいんじゃないかって……ちょっとそんなふうに思ったのよ。別に深い意味があるわけじゃないわ」

「同じことをしてやるって、何を？」ハントはまだ呑み込めなかった。

リンは遠い夜空を見上げた。「ねえ、これは本当に、たとえばの話よ。ジェヴェックスがでっち上げた地球の兵器や爆弾の偽情報はそっくりどこかに記憶されているわけでしょう？ でも、その記憶装置には監視組織が収集した地球に関する正確な情報も貯えられているはずね。つまり、ジェヴェックスは地球のことを知りつくしているのよね。でも、偽の情報と正確な情報はどこで区別するのかしら？ どっちがどっちか、何で見分けるの？」

「さあねえ」ハントは気のない返事をした。「何か、ヘッダー・ラベルで区別するシステムがあるんだろう」

「そう、それよ」リンはうなずいた。「ねえ、もしジェヴェックスの検索システムがわかって、ヘッダー・ラベルを書き替えてしまったら、ジェヴェックスは何が何だかわからなくなるんじゃないかしら？ ジェヴェックスは自分の嘘を信じ込むはずよ。ジェヴェックスが突拍子もないことを言い出したらどうなると思う？ ブローヒリオたちは大騒ぎよ。わたしの言うことはわかるでしょう？ ちょっと見物《みもの》だと思うわ」

「それは面白い」ダンチェッカーが関心をくすぐられた様子で呟《つぶや》いた。その顔に意地悪な笑いがじわりと拡がった。「カラザーにその話をしてやれなかったのは残念だね。非常時かどうか知らないが、それならガニメアンは飛びつくよ」

ハントもこみ上げる笑いを抑えきれなかった。やるならもっと徹底的にやったほうがいい。ヴィザーをジェヴェックスの記憶装置に直結させることができれば、そこから先は造作もない。ヴィザーを通じていかにもありそうな話を派手に吹き込んでやればいいのだ。さらに、ジェヴェックスの地球監視データ入力システムに結合すれば、ヴィザーは思いのままにジェヴェックスを騙すことができる。ジェヴレンを銀河系から叩き出すために地球から全宇宙艦隊が発進しようとしていると信じ込ませるくらいは朝飯前である。ダンチェッカーに言わせるまでもなく、これは面白い。

「テューリアンと条約を結んで、地球軍はブラックホールでジェヴレン討伐隊を派遣する、というのはどうかね」ハントは言った。「ジェヴェックスは、何日後に地球軍が来襲すると大真面目に発表する。記憶が狂っているから、前々から並べ立ててきた嘘八百とは矛盾しないな。ジェヴレン人どもは、まさかとは思うけれども、ジェヴェックスが狂っているとは知らない。生まれてこの方ジェヴェックスを疑うなどということはただの一度もない連中だからね。さあ、そうなるともう何が何だかわけがわからない。ブローヒリオはどうするだろうかね」

「心臓発作でひっくり返るわよ」リンは言った。「どうかしら、クリス？」

ダンチェッカーは急に眉を曇らせた。「わたしには何とも言えないね。しかし、これこそまさに、わたしが前から言っていることを絵に描いたような実例だよ。敵を欺く謀略は持って生まれた人間の知恵のようなものだ。ところが、ガニメアンにはそれがない。彼らは正面から乗り込んで、もろにジェヴェックスを叩き壊そうとするだろう。ガニメアンの論理は常にまともで一直線だ。彼らはうまく立ち回るということを知らない。例えば、ジェヴレン人が、ジェヴェックスが故障しても独自に機能する予備《バックアップ》システムを用意しているとしたらどうなると思う？ 〈シャピアロン〉号は仮に奇襲攻撃に成功してジェヴェックスを破壊したとしても、そのことによって丸裸で敵の銃口の前へ飛び出す結果になるのだよ。わたしの言う意味はわかるだろう？」ダンチェッカーはしかつめらしく二人の顔を見比べてから言葉を続けた。「ところが一方、もし彼らの作戦がジェヴェックスを破壊することではなしに、さっききみたちが言ったように、情報を操作してジェヴレン人を混乱に陥れることだとすれば、その場合はどさくさに付け込んでさらに敵を攪乱《かくらん》する望みもあるだろう。しかし、どうやらこのままではそういうことにはなりそうもないね」ダンチェッカーは再び暗い空を仰いで悲しげに頭をふった。「残念ながら、心優しいガニメアンがそんな老獪《ろうかい》な戦術を取るとはとうてい思えない」

ハントの顔からたちまち今しがたの喜色が影をひそめた。ガニメアンと地球人のために彼は努力した。コールドウェルも、ヘラーも頑張った。しかし、努力が足りなかったのではないかというしっくりしない気持ちは胸のどこかにくすぶり続けていたのだ。ダンチェッカーの発言を聞きながら、ハントは自分も同じ不安を抱きながら敢《あ》えて目をつぶっていたのだということをはっきり悟った。「一緒に行くべきだったな」彼は肩を落として言った。「グレッグを焚《た》きつけて、何としてでもガニメアンを説得するべきだったんだ」

「説得したところで無駄だったろう」ダンチェッカーは言った。「ガルースがブローヒリオと決闘する気でいるのがわからないのかね？　だから、彼は信義として他人を巻き添えにしたくなかったのだよ。カラザーはそれを知っていた。こっちが何を言っても通じないさ」

「そういうことらしいな」ハントは吐息を洩《も》らし、また牡牛座の方角に目をやった。やがて、彼はきっぱり妄想を絶って左右をふり返った。「だいぶ冷え込んできた。中へ入って、コーヒーでも飲もう」

二人は向きを変え、ゆっくりエプロンを横切って食堂へ戻った。

何光年もの彼方で、〈シャピアロン〉号はひっそりとテューリアン上空の軌道を離れた。ヴィザーは一日余り同船を追尾し、宇宙船がジャイスター系を後にｈ－スペースを潜《くぐ》り抜け、ジェヴェックス管理下のジェヴレン圏の外周に移動するのを見届けた。無人の囮《おとり》宇宙船二隻に動力と制御情報を送るビームはたちまちジェヴェックスに遮断された。囮船がジェヴレン圏のはずれを漂流する間に〈シャピアロン〉号は距離を稼ぎ、やがて、敵の星を覆い隠す不可入性の界面を突き抜けてヴィザーの視野から消え去った。

30

宇宙空間に浮かぶ構造物は一辺の長さが五百マイルを超える中空の六面体であった。各頂点から胴回り二十マイルの柱が対角線に沿って伸び、中央の直径二百マイルの球状物体を支えていた。箱形の表面には大小の突起があり、肋材《ろくざい》の一部が覗《のぞ》き、ドームに似た脹《ふく》らみもあった。突起物はまっ黒で、角度によっては銀色に光って見えた。中央の球体と支柱の一部に巨大なコイルが絡みついている。これを一つの単位として、まったく同じ構造のものが二千マイルの間隔で一列に並び、目の届く限り、宇宙の果てまで続いていた。

元テューリアンの属領ジェヴレン連邦の首相であり、今は独立を宣言したジェヴレン公国の大公、イマレス・ブローヒリオはジェヴレン軍最高司令官の黒い制服に身を固め、腕組みをして、数千マイル上空の宇宙船の司令ドームからその光景を眺めやっていた。遙か斜め下に惑星アッタンがテニスボールを腕いっぱいに掲げたほどの大きさで、黒ずんだあばたの三日月となって顔を覗かせていた。ワイロット以下ジェヴレン軍の各方面軍司令官らがエストードゥと何人もの文官顧問たちと共に背後に控え、一方にニールス・スヴェレンセンとカドリフレクサー建設計画技術調整者フェイロン・タールが苦りきった顔で立っていた。

ブローヒリオはドームの外を指さし、タールを睨《にら》みつけて厳しく言い放った。「日程を大幅に繰り上げなくてはならないことになった。そのつもりでやってもらいたい」

「このように大規模な作業は、命令一つで簡単に工期を短縮できるという性質のものではありません」タールは抗議した。「カドリフレクサーはあと五十ユニットを完成させなくてはなりませんが、それには昼夜兼行で突貫作業を進めても、少なくともまだ二年は……」

「二年は問題外だ」ブローヒリオはきめつけた。「わたしは今、きみにはっきりと要求した。今日中に確答しろ。要求に応える形でだ。そのために計画をどう変更するか、具体的に提示しろ。公国は目下戦時経済体制にある。必要な資材は優先供給するぞ」

「いえ、資材の問題ではありません」タールはなおも抗弁に努めた。「エネルギーです。それだけ大量のカドリフレクサーを現場に運ぶには二年では無理です。クラロートの試算では……」

「クラロートは解任した」ブローヒリオは言った。「計画は今、軍の監理下にある。すでに非常事態宣言によってジェネレーター・バッテリーの拡張が決定されている。エネルギーの供給に支障はない」

「しかし……」まだ何か言いかけるタールをブローヒリオはいらだたしげに手をふって遮った。

「二十四時間の猶予を与える。技術陣と対策を協議しろ。明日のこの時間にジェヴレンの公国戦略計画本部に出頭報告しろ。言い訳は認めん。わかったか?」

「かしこまりました、司令官閣下」タールは弱々しく答えた。

ブローヒリオは声を殺してジェヴェックスを呼び出し、夕刻にアッタンでタールに代わる人材を物色することを催促するように指示した。彼はスヴェレンセンに蔑《さげす》みの目を向けた。「わたしの有能な部下は地球の情況を完全に掌握するはずだったが、どうやらこれも裏切られたな」彼は口を歪《ゆが》めて言った。「いったい、きみはどこに目がついているのだ？　きみの鼻先で、テューリアンはいったいどうやって地球人と交信を確保した？　やつらの通信設備はどこだ？　きみはどうやってやつらの交信を遮断する気だ？　そもそも、やつらはどうやってきみの組織に潜入した？　裏切ったのは何者だ？　返答の用意はあるだろうな、スヴェレンセン？」

「お言葉を返すようですが」スヴェレンセンは声を詰まらせた。「たしかに、テューリアンどもがどのようにしたものか、地球と交信を確保したことは認めます。しかし、組織が敵性分子の潜入を許したという御非難は事実無根です。そのような証拠はどこにも……」

「本気で言っているとしたら、きみは馬鹿か盲目だ！」ブローヒリオは一喝した。「わたしはテュリオスへ行ってきた。きみは行っていない。やつらは何もかも知っていたぞ。地球人はきみの組織の腰抜けどもを半数は寝返らせて、もう何年も前から反工作をやらせていたに違いない。ヴィザーと地球が直結してからどのくらいになる？」

「それは……目下確認を急いでいるところです、閣下」

「月面からの送信がはじまるより遙か以前であることは明らかだ」ブローヒリオは言った。「ブルーノの対話はきみを釣る餌だ。きみは愚かにもそれに食いついた」彼は顔を歪め、わざとらしくスヴェレンセンの声を真似た。「〝態勢は完全に掌握しました、閣下〟あれは何だ？　へっ！」ブローヒリオは握り拳で片方の掌《てのひら》を叩きつけた。「掌握だ？　糸操りで躍《おど》らされていたのはきみのほうではないか！　それも、何年にもわたってだ。地球太守だと？　きみなぞは幼稚園で道化を演じて子供たちに馬鹿にされるくらいがちょうどいいのだ」

スヴェレンセンは青筋を立てて歯を食いしばったが、口を開こうとはしなかった。

ブローヒリオは軍部の重臣たちを前に、いかにもやりきれないという態度でこれ見よがしに両手を拡げた。

「わたしの苦労を察してくれ。できそこないの技術屋に、できそこないの工作員だ。きみたちはどうだ？　わがほうが態勢を整える間、敵が何もせずにのんびり構えているはずはあるまい。それなのに、だらだらとまだ二年もかかるとの仰せだ。それ故、わがほうが主導権を握っているうちに何らかの行動を迫られる事態となった。諸君の対応策を聞かせてもらいたい」

一部の将軍たちは困惑の体《てい》でそっと顔を見合わせた。やや遅れて、ワイロットがおずおずと答えた。「目下、最新の情況の推移を分析中です。当面の事態に鑑《かんが》み、作戦を抜本的に……」

「分析評価の空論に用はない。今現在、攻撃行動の具体案があるのか、ないのか？」カドリフレクサー完成までの間に有利な情勢を確保する作戦の見通しは立っているのか？」

「いえ、しかし、それは……」

「将軍に作戦がない？」ブローヒリオは皮肉たっぷりに声を張り上げた。「何たることだ。どいつもこいつもできそこないばかりではないか。まあいい。さいわい、おれに考えがある。アッタンにおけるわがほうの兵器生産計画はすでに成果を挙げつつある。そうだな？　わがほうは宇宙戦艦を保有している。武器もある。それを直ちにジャイスターへ移動する手段もある。テューリアンどもは丸腰だ。打って出るなら今だ」

ワイロットは眉を顰《ひそ》めた。「しかし、それはかねての方針ではありません。挑発を受けずにテューリアンを攻める考えはなかったはずです。兵器はセリアンに対して使用されるべきものです。テューリアン攻撃を一般市民にどう説明しますか？　そのような行動が大衆の支持を得るとは思われません」

「誰がテューリアンを攻めると言った？」ブローヒリオは問い返した。「戦争と言えばがむしゃらに武力行使することしか考えられないのか？　きみのその、肩に載っている頭は何のためだ？」彼は向き直って全員に語りかけた。「戦争とは、武力の戦いであると同時に、心理的な争いでもある。特に、敵の心理を読むことが戦局を有利に進める上では決定的に重要だ。地球の歴史、さらには遡《さかのぼ》ってミネルヴァの歴史を見るがいい。輝ける勝利は多くの場合、心理的な一瞬の機会を摑《つか》むことによってもたらされている。今、まさにそのような機会が降って湧いたのだ」

「つまり、こういうことでしょうか？」エストードゥが遠慮がちに尋ねた。「心理的な圧力をかけてテューリアンを降服に追い込むという……？」

ブローヒリオはびっくりしてエストードゥをふり返った。讃嘆の色を隠そうともしない。「科学者にしては珍しく血のめぐりがいいな」彼は声を張り上げた。「聞いたか？　科学者の方が諸君らよりもよっぽど将軍らしい考えを持っているぞ。テューリアンどもは戦争が嫌いだ。それどころか、戦争の何たるかもまるで知ってはいない。やつらは今この瞬間、わがほうが自分たちの世界の殻に閉じ籠《こも》って、当分そこから出てこないものと思い込んでいる。油断している。ために、やつらは隙だらけだ」

彼はゆっくりとドームの端へ出て、遠くのアッタンを眺めやった。少し経って、彼はフロアの中央に戻って話を続けた。「テューリアンどもが今何を考えているか、おれには手に取るようによくわかる。やつらはわれわれジェヴレン人を恐れているが、立ち向かう勇気はないのだ。が、地球人は勇気がある。一方、やつらにはわれわれに対抗する技術があって、地球人にはそれがない。となると、やつらはどうするか。もう、言わなくてもわかるだろう」

ワイロットは途中からゆっくり何度かうなずいた。「地球人に武器を与えて代理部隊に仕立てるわけですね。テューリアンは自分たちの代わりに地球に戦争させる気だ」

「そのとおり」ブローヒリオは声を張り上げた。「ところが、地球は軍縮を進めているし、もともと技術的にわれわれと渡り合うだけのものはない。テューリアンは右から左へ地球に貸与できる兵器を持っていない」ブローヒリオは勝ち誇ったように目を光らせて一同を見回した。「すなわち、地球に代理戦争をやらせるやつらの計画には時間がかかるということだ。しかし、わがほうはすぐにも行動を起こすことができる。やつらの丸腰に対して、少なくとも素手ではないからな。いずれテューリアンが持つであろう戦力にくらべれば、われわれの軍隊は小規模かもしれん。が、現時点では、こっちにはとにかく兵器がある。向こうはゼロだ。数学的に言えば、わがほうは無限大の優位である。この状態は決して長くは続かない。しかも、わがほうにとってこれほど有利な情勢は二度と再び望めるものではない。だからこそ、打って出るなら今なのだ。この機を逸することは許されない」

ブローヒリオの論理を納得するにつれて、ワイロットの目は輝きはじめた。「自航能力を有する宇宙戦艦によって機動部隊を派遣し、テューリアンどもにヴィザーの支配権をわれわれに移譲せよと最後通牒《つうちょう》を突きつけてやりましょう。ガニメアンのことですから、否《いな》やはありますまい。ヴィザーがなければテューリアンどもは身動きもできません。われわれはジェヴェックス圏とヴィザー圏を二つながら合わせ支配することになるのです」

「加えて、地球人どもは兵器の供給を絶たれる」ブローヒリオが先を続けた。「テューリアンの後ろ楯がなければ、地球人はとうてい二年間でわれわれに太刀打ちするまでには至らない。かくしてわれわれは地球との戦闘に備え、かつ、テューリアンを永久に無力化するための時間を稼ぐことができるのだ」

ブローヒリオは正面からワイロットに向き直り、腕組みをしてぐいと顎を突き出した。

「これが作戦だ、将軍。おれの作戦だ」

「まさに鬼才の閃《ひらめ》きです」ワイロットは嘆声を発した。他の将軍たちも口々に賛同を表わした。「直ちに作戦各段階の詳細を検討いたします」

「すぐにかかれ」ブローヒリオは指示を下した。スヴェレンセンに向き直ると、彼は陰《いん》にこもって言った。「自分の力で名誉を回復できると思うなら、きみは地球へ戻れ。組織内の変節者を一人残らずあばき出して、然《しか》るべく処分しろ。ランクB2以上の者を除いて残らずだ。B2以上の者は地球に留め置け。追ってジェヴレン送還のために宇宙船を派遣する。その者たちは、おれが直々《じきじき》に始末する」彼はさらに声を落とし、その目に憤怒を燃やして言った。「ここで償いを果たせなければ、スヴェレンセン、貴様も連れ戻すからそう思え。そのために、おれが地球に出向くことになろうともだ」

31

〈シャピアロン〉号からは何の連絡もないまま数日が過ぎた。ヴィザーは手に入る限りのジェヴェックスの設計データを分析し、ゾラックが電子的に錠前破りを働きつつ、何段階もの保安チェック機構を掻《か》い潜《くぐ》り、アクセス制限回路をすり抜けて敵システムの心臓部に到達する可能性を五パーセントと予測した。問題は、ガニメアン分子回路を使用したジェヴェックスの演算速度はナノセカンドを上回ることであった。これはすなわち、ジェヴェックスが通常のデータ処理の合間に極めて念入りな自己診断を行なえることを意味している。ジェヴェックスを覆う甲冑《かっちゅう》は厚く、仮にゾラックが毛筋ほどなりと傷を負わせることができたとしても、後続のヴィザーが楔《くさび》を打ち込むより先に傷は塞がれてしまうに違いなかった。ジェヴェックスは自分の内部で何が起こっているかをいつも知っている。ハントはそのことをコールドウェルにこう説明した。「ジェヴェックスは自分を常時精密検査しているのさ。もし、ほんの数秒でも注意を脇へそらせることができれば、演算速度から考えたらそれは大変な時間だからね、ゾラックが向こうの安全機能を麻痺《まひ》させてヴィザーを結合させる可能性も出てくるのだけれども」

しかし、ジェヴェックスの注意をそらせる手段はゾラックしかなく、ゾラックが食い込むにはジェヴェックスの注意が脇へそれていなくてはならないのだから、これは土台話にならなかった。

そうこうするところへヴィザーが、ジャイスター系外周で一連の重力擾乱《じょうらん》が生じ、宇宙船と思《おぼ》しき物体がどこからか続々と送り込まれていると告げた。ほどなく飛行物体は一団となってテューリアンに接近しはじめた。h－グリッドのパワー・ビームも制御ビームも検知し得ず、ヴィザーは接近する物体の動きを正確に摑《つか》むことができなかった。飛行物体は自航能力を持つ重装備のジェヴレン宇宙戦艦隊であった。総勢五十隻。艦隊がテューリアンの間近に迫って散開すると、ジェヴェックスは一時ヴィザーとの接続を回復してジェヴレン側の最後通牒《つうちょう》を突きつけた。テューリアン圏は四十八時間以内にジェヴレンの支配に服すこと。四十八時間が過ぎてもこれに応じない時は、ヴラニクスを皮切りに都市を一つずつ焼き払う。これは最後通牒であって、話し合いの余地はない。

テュリオス政庁は極度の緊張に包まれていた。マクラスキー基地から地球人グループも呼び出され、カラザーとショウム、それに技術集団の幹部たちが談議を重ねていた。イージアンの補佐官モリザルの顔も見える。最後通牒を受け取ってから早くも六時間がむなしく過ぎていた。

「しかし、何か打つ手があるだろう」コールドウェルはいらだたしげに会議室の中央を行きつ戻りつしながら声を尖《とが》らせた。「リモートコントロールの宇宙船で体当たりを食らわせるとか、ヴィザーにブラックホールをいくつか作らせて、その中へ叩き込むとか、何か方法はありそうなものじゃないか」

「そのとおりです」ショウムがカラザーをふり返って言った。「じっとしていたら駄目です。腹立たしい限りですけれど、ここはジェヴレン側の押しつけてきた条件から出発して対応を考えなくてはならないのです。他に取るべき道がありますか?」

「宇宙船を突貫させても、接近しないうちに叩き落とされますよ」モリザルが言った。「ブラックホールにしても、向こうはたちまち探知して避けてしまいます。うまくいってせいぜい何隻か吸い込むくらいが関の山でしょう。しかし、それをやれば、向こうは時間切れを待たずに直ちにテューリアンを焼き討ちにしますよ」

「それに、そのようなやり方はガニメアンの考えるべきことではない」カラザーは両手をふり上げた。「ガニメアンはいまだかつて暴力に解決を求めたことはない。そのような行動はわたしが許さない。われわれガニメアンは、ジェヴレン人のような野蛮の品性に身を落としてはならないのだ」

「あなたがたは、こういう事態に直面したことがありませんね」カレン・ヘラーが発言した。「こうなったら、乗るか反《そ》るか、やるしかないでしょう」

「この人の言うとおりです」ショウムがヘラーを支持した。「ジェヴレン軍はさして大規模な編制ではありません。おそらく、現時点ではこれが彼らの総力と見ていいでしょう。六ケ月先には情況が変わります。地球人の論理は過激です。過激ではありますが、しかし、この情況においては現実的です。ここで小さな犠牲を覚悟すれば、将来もっと大きな被害を回避する結果となるでしょう。これは歴史を通じて彼らが学んだ教訓です。わたしたちも地球人を見習うべきです」

「いや、それは違う」カラザーは譲らなかった。「地球の歴史は諸君もよく知っているではないか。そのような論理は果てもないエスカレーションを呼ぶだけだ。正気の沙汰《さた》ではない、その方向を取ることはわたしが認めない」

「ブローヒリオは正気ではないのですよ」ショウムは言い募った。「他に道はないのです」

「いや、きっと道はある。今必要なのは考える時間だ」

「その時間がもうないのです」

重苦しい沈黙が室内を覆った。片隅で、ハントはリンと顔を見合わせて力なく肩をすくめた。彼女は眉をそばだてて溜息《ためいき》をついた。言うべきことは何もない。情況は絶望的だった。

やや離れた席で、ダンチェッカーが何やらそわそわしはじめた。彼は眼鏡をはずして左右に透かし、もとに戻して、今度はしきりに鼻を摘《つま》みだした。頭の中で何かがまとまりかけているのだ。ハントは期待の目でそれとなく様子を窺《うかが》った。

「ああ、例えば……」ダンチェッカーは口を開き、ちょっと思案して、カラザーとモリザルに向き直った。「仮に、ジェヴレン軍に攻撃を思い止《とど》まらせて、戦力を防衛に向けさせることができたら……つまり、艦隊をジェヴレンに引き揚げさせたら……かなり時間を稼げることになりませんか」

カラザーは眉を寄せて彼を見返した。「引き揚げさせる？　何に対して防衛すると言うんです？　テューリアンには彼らに脅威を与える手段は何一つありません。その点はあなたがた地球も同じでしょう」

「おっしゃるとおりです」ダンチェッカーはうなずいた。「しかし、脅威と思い込ませる手段ならないこともありません」

ガニメアンたちはきょとんとして彼を見つめた。ダンチェッカーは説明した。

「つい先頃、ここにいるヴィックとリンの間で出た話ですが、ヴィザーに地球軍のジェヴレン総攻撃の情報を創作させて、それをジェヴェックスに送り込んではどうかということです。もちろん、ゾラックがチャンネルを確保することが前提ですがね。チャンネルを確保して、ヴィザーがジェヴェックスの記憶を操作してやれば、ジェヴェックスは地球にそれだけの戦力があったとしても、これまでの監視データから判断して不思議はないと信じ込むでしょう。

わたしの言う意味はわかりますね？　そうやってはったりをかければ、ジェヴレン陣営内部は混乱に陥ります。急遽、艦隊を引き揚げますよ。これで動揺が大きければ、向こうは事態を掌握するまでテューリアン攻撃は控えるでしょう。その先どうするか、今のところわたしに考えはありませんが、少なくとも現状から脱する足がかりは掴めるでしょう」

ショウムは怪訝《けげん》な顔で彼の発言に耳を傾けていた。「ジェヴレン人がわたしたちに対してしたこととまったく同じですね」彼女は誰にともなく低く言った。「向こうがしたことを、そっくりそのままやり返すわけですね」

「ええ、たしかに、そう言っていい側面があります」ダンチェッカーはうなずいた。

モリザルの質問に応えて、ダンチェッカーはさらに作戦の詳細を具体的に説明した。ひとしきり、やりとりが終わるとガニメアンたちは不安げに顔を見合わせたが、ダンチェッカーの話には何一つ決定的な欠陥はなかった。

「どう思う、ヴィザー？」なおしばらく話し合ってからカラザーが超頭脳の意見を求めた。

「可能性はありますが、依然、五パーセントを超えません」ヴィザーは答えた。「問題そのものが変わらないからです。ジェヴェックスにチャンネルを確保するためには、ゾラックが向こうの保安回路を遮断することが先決です。まだ何の連絡もないところを見ると、あまり期待できません」

「他に、何か意見はないか？」カラザーは重ねて尋ねた。

短い沈黙があって、ヴィザーは答えた。「何もありません。地球人の協力を願って架空の情報を用意しましょう。ゾラックが難関を突破したら直ちにビームで発信できるように。ただし、可能性は五パーセントですから、あまり当てにしないで下さい」

この話し合いの中頃から、ハントは期するところありげな表情を見せはじめていた。席上の面々はそれに気づいて、一人また一人と彼のほうへ顔を向けた。

「要はさっきからの続きで、どうしたらジェヴェックスの注意をそらすことができるかの問題でしょう」ハントは言った。「違いますか？　ほんの何秒か自己診断機能を麻痺させれば、ゾラックが保安回路を遮断してｈ－リンクのチャンネルを開ける。ヴィザーがそのチャンネルを確保すれば、あとはこっちのものですね」

「そのとおりですが、何が言いたいのですか？」ヴィザーが言った。「その話はすでにさんざん繰り返しています。とにかく、ゾラックがチャンネルを開いてくれないことには何もできません」

「それが、できるんだ」ハントはどこか遠くを見る目つきで言った。室内はしんと静まり返った。ハントはきっとして一座を見渡した。皆は期待に胸を弾ませてその先を待った。「ゾラックは外側から向こうのシステムに食い込もうとしているから探知を掻い潜ることは無理です。しかし、チャンネルはもう一つ別にある。内側から、ジェヴェックスの心臓部に直結するチャンネルです」

コールドウェルは仰天して目を白黒させた。「おいおい、何を言い出すんだ。別のチャンネル？　そんなものがどこにある？」

「コネティカットだよ」ハントは言い、ちらりとリンの顔を覗《のぞ》いてから一同に向き直った。「スヴェレンセンの屋敷にはジェヴェックスと地球を結ぶ通信設備が隠されているに違いないとわたしは見ています。おそらく、知覚伝送装置も完備しているでしょう。そうとしか考えられないではないですか。だから、それを使うのです」

彼の発言の意味が皆の胸におさまるにはしばらく時間がかかった。モリザルは腑《ふ》に落ちない顔で尋ねた。「それを使ってどうするんです？　どう使うと言うんです？」

ハントは肩をすくめた。「そこまでは、まだ考えていませんがね、使い方はいろいろあるでしょう。ヴィザーが創作する情報を裏づける話を吹き込むという手もあります。地球は何年も前から軍拡を推し進めている……今、討伐隊がジェヴレンに向かっている……まあ、補強証拠というやつですね。これでジェヴェックスは何秒か混乱するでしょう」

「きみとしたことが、どうしてまたそんな支離滅裂なことを言い出すんだ？」コードウェルは開いた口が塞がらないという顔だった。「ジェヴェックスがそんな話を信じるはずがないだろう。向こうはきみが何者であるかすら知らないんだ。きみは例の椅子に寝転がって、その頭の中へジェヴェックスを呼び込もうというのか？」

「わたしがそんなことをするものか」ハントは言った。「しかし、スヴェレンセンならどうだ？　ジェヴェックスはスヴェレンセンを知っているし、あの男の言うことは信じるはずだな。そうなったら、一時の混乱どころでは済まないだろう」

「スヴェンレセンにそんなことをさせられるでしょうか？」ヘラーは首を傾《かし》げた。「あの人に協力させる目処《めど》がありますか？」

ハントは肩をすくめた。「頭に銃でも突きつけてしゃべらせるんですね」彼はこともなげに言った。

室内は再びしんと静まり返った。あまりにもとてつもない提案に、しばらくは誰も返す言葉がなかった。ガニメアンたちが茫然《ぼうぜん》と顔を見合わせる中で、一人フレヌア・ショウムだけは迷わずハントを支持する決心と見えた。

「どうやってスヴェレンセンの屋敷に乗り込むね？」コールドウェルがまだ気持ちを整理しかねる顔で尋ねた。「リンの話だと、軍隊を動員しなければ駄目だっていうぞ」

「だったら軍隊を連れていくさ」ハントは言った。「ジェロール・パッカードとノーマン・ペイシーから話を通してもらえばどうにでもなるだろう」

ハントの提案は俄《にわか》に現実性を帯びてきた。

「でも、ジェヴェックスに知られずに、どうやってスヴェレンセンにそれだけのことを強制できますかしら？」ヘラーは慎重だった。「というのは、ヴィザーはマクラスキー基地で、まだパーセプトロンに着座する前にすでにわたしたちのことを知っていましたでしょう。スヴェレンセンのところでも、それは同じで、周囲の情況は全部わかってしまうのではないですか？」

「それは何とも言えませんね」ハントは一歩譲った。しかし、他に道はない。「一か八か、やってみるしかないですよ。それに、カラザーに与える危険にくらべたら、このほうがよっぽど危険負担は小さくて済む。すでにガニメアンは大きすぎる危険を負っていますよ」

ハントのこの一言にコールドウェルはきっぱりうなずいた。「よし。やろう」

「ヴィザー……？」カラザーは急激な話の展開に追いつきかねる表情でヴィザーの意見を求めた。

「こんな話は聞いたこともありません」ヴィザーも困惑を隠そうとしなかった。「しかし、五パーセントの可能性をいくらかなりと増すことならやってみる価値はあります。戦争映画の製作はいつからかかりますか？」

「すぐはじめてくれ」コードウェルは中央に進み出た。前線指揮官としてかつて味わったことのある興奮が俄に胸に衝《つ》き上げてきた。「カレンとわたしはここに残って準備に協力しよう。クリス、きみも残ってもう一度この作戦全般について詳しくテューリアン側に説明してくれ。ヴィックはワシントンへ飛んでパッカードと軍との交渉に当たってもらう。リンも一緒だ。スヴェレンセンの私邸の事情を知っているからな」

「作戦指揮官はあなたと考えたほうがよさそうですね」カラザーが言った。

「ありがとう」コールドウェルはうなずいて室内を見回した。「ようし。もう一度はじめから具体的に検討して、地球とこっちの動きが同時進行するように計画を調整しよう」

ハントとリンはその日の午後遅くワシントンに着いた。コールドウェルが前もってアラスカからパッカードに連絡を取っていたから、パッカードとペイシー、それにＣＩＡのクリフォード・ベンスンが待ち受けていることはわかっていた。が、ミコライ・ソブロスキンを先頭とするソヴィエト軍将校団の出迎えは二人の予期せぬことだった。さらに驚いたことに、ハントとリンは地球側に寝返ったジェヴレン人科学者ヴェリコフが別室に待機していると知らされたのである。

ソヴィエト軍の将校たちはハントとリンの話を聞き、自分たちがこの作戦にいかに大きく貢献し得るかを知って腰を抜かさんばかりに驚いた。ソブロスキンは二人の話と、すでにヴェリコフから聞いたことを突き合わせて、スヴェレンセンの邸宅のオフィス・ウィングが間違いなくジェヴェックス通信システムの全機能を備えた一端末機構であり、知覚伝送装置も設置されていることを確認した。現にヴェリコフは何度もそのパーセプトロンを介してジェヴレンと地球の間を行き来していた。ソブロスキンが加わって、ハントとリンの作戦は一層実行容易になったと思われた。

「御指摘のとおり、最大の危険はスヴェレンセンに虚偽の報告を強制した場合、ジェヴェックスに周囲の情況を察知されることとです」ソブロスキンは言った。「しかし、その危険は避けられますね。通信室さえ制圧すれば、ヴェリコフを説得して、自発的に協力させればいいのです。ジェヴェックスはヴェリコフを知っていますから、妙に気を回すことはないでしょう」

十分後、彼らは一階下の別室へ移動した。廊下には武装兵士二名が立哨《りっしょう》していた。ヴェリコフはさらにソブロスキンの部下二人に付き添われて室内で待っていた。ソブロスキンの求めに応じて、ヴェリコフは壁面の表示装置にスヴェレンセンの邸宅の見取り図を描いて、通信室の場所とそこに通じる出入口、邸宅の保安システム等を説明した。

「きみの判定は?」ヴェリコフの説明が終わると、ペイシーがリンをふり返った。

彼女はうなずいた。「百パーセント正確です。今の話のとおりです」

「信用してよさそうだな」パッカードが満足げに言った。「ソブロスキンに伝えたこともすべてヴィック・ハントの話と一致する。大丈夫だ」

ヴェリコフは目を丸くして自分の描いたスケッチを指し、リンをふり返った。「これを知っているんですか? まさか、そんな。知覚カプラーのことを、どうしてこの人が知っているんです?」

「今それを話している時間はない」ソブロスキンはぴしゃりと言った。「それで、屋敷の映像監視システムは? 各部屋にカメラがあるのか? 通信室は内外ともか? どうなっているね?」

「ジェヴェックスに繋《つな》がっている監視カメラは通信室内部だけです」ヴェリコフは自分の立場がよくわからず、不安げに左右をふり向きながら答えた。

「だとすれば、通信室の外で何が起こっているか、ジェヴェックスにはわからないわけだな」ソブロスキンは言った。

ヴェリコフはうなずいた。「わかりません」

「外回りの防犯装置は?」ペイシーが尋ねた。「その種の設備はあるのかね? こっそり塀を乗り越えるようなことができるかどうか……」

「まんべんなくワイアーが張りめぐらされています」ヴェリコフは答えた。質問の意図がうすうすわかりかけてきた様子である。「塀を乗り越えれば必ず警報が鳴ります」

「屋敷は上空軌道からジェヴレン人に監視されているのかね？」ハントが質問した。「監視の目に触れずに実力で侵入することは可能かな？」

「わたしが知っている限り、上空からの探査は定時的で、恒常監視は行なわれていません」

「間隔は？」

「それはわかりません」

「スヴェレンセンのところの使用人についてはどうなんですか？」リンが尋ねた。「やっぱり、ジェヴレン人ですか？　それとも、地元の人ですか？　使用人たちは、どの程度内部の事情を知っていますか？」

「すべて、特別に選ばれたジェヴレン人です」

「何人いる？」ソブロスキンが鋭く尋ねた。「武器は持っているか？　武器の種類は？」

「全部で十名。常時六名が邸内の警備に当たっています。片時も武器を離しません。通常の地球製の火器です」

パッカードは全員を見渡した。皆は順に一人ずつ、ゆっくりとうなずき返した。「侵入の見込みありと判断していいな。このあたりで、プロフェッショナルの意見を聞くとしよう」

ヴェリコフは急にうろたえを示した。「侵入とはどういうことです？　あそこへ乗り込む気ですか？」
「あそこへ乗り込むんだ」ソブロスキンがきっぱり言った。
ヴェリコフは抗議しかけたが、ソブロスキンの険しい目つきに気圧《けお》されて、唇を舐《な》めてうなずいた。「わたしにどうしろと言うんです？」

一時間後、ＶＴＯＬの兵員輸送機がポトマック河を越えて彼らをフォート・マイヤー陸軍基地に運んだ。あらかじめ連絡を受けて、対テロリスト特殊部隊の指揮官、シアラー大佐が待ち受けていた。作戦会議は深夜におよんだ。曙光《しょこう》が東の空を白く染める頃、空軍の輸送機がフォート・マイヤーを飛び立ち、海岸沿いにニューイングランドに向かった。三十分足らず後、空軍機はコネティカット州スタンフォードから二十マイルほど離れた丘陵地帯の森陰にある軍の補給基地にひっそりと着陸した。

32

ジェヴレン人は依然として地球の通信網盗聴を続けていた。地球人はそれを知っていたし、ジェヴレン人もまた知られていることを知っていた。それ故コールドウェルは、ジェヴレン人が地球各国政府間の連絡は当然、解読不能の暗号文によるものと理解するに違いないと判断した。とりわけ、目前に迫ったジェヴレン攻撃に関する連絡は暗号でなければ本当らしくない。しかし、暗号が文字どおり解読不能であってはジェヴェックスがその内容を知ることができず、それではありもしない事実についての情報をまことしやかに漏洩《ろうえい》する意味がない。コールドウェルの要請によって、マクラスキー基地の科学者集団はパーセプトロンを介して現在地球で使用されている最高機密伝達用の暗号方式をテューリアンに伝えた。ヴィザーはこれを分析し、ジェヴェックスは地球の暗号を難なく解読するだろうと答えた。科学者たちは懐疑的だった。そこで、ヴィザーは実際に解読してみせようと申し出た。地球から暗号文を発信すると、僅《わず》か数分で完璧な平文が送り返されてきた。ヴィザーと同じ性能を持つジェヴェックスが暗号を読み取れることが証明されたわけだったが、科学者たちは地球の暗号がまだまだ幼稚なものであることを思い知ってしゅんとした。が、まあ、それはそれ、ジェヴェックスに地球の最高機密通信を盗聴している錯覚を与えられることがこれではっきりした。

そこで、ヴィザーは過去数十年の地球の歴史の改竄《かいざん》に取りかかった。超大国は軍備を放棄するどころか、軍拡競争はエスカレートする一方であり、ついには過剰殺戮《さつりく》力を持て余すまでに至った、という筋書きである。各国の指導者が密《ひそ》かに談合を行ない、緊急同盟が成立、地球は総力を挙げてジェヴレン攻撃に転じる決定が下された。連合宇宙軍はテューリアンの瞬間輸送力を借りてジェヴレン圏に接近することになった。テュリオス政庁で試写されたヴィザーの手になる戦争映画の最後の場面は、統合参謀本部における合同作戦会議と、各軍司令官への命令伝達の模様であった。ヴィザーからアメリカ軍最高司令官の役をふられたギアヴィ将軍なる人物が熱弁をふるった。

「われわれはこれより、技術力において測り知れぬほど遙かにわれわれに優る敵と交戦しようとしている。敵の兵力、報復力もまた想像を絶するものである。しかしながら、われわれはこのバランスを逆転する二つの条件を握っている。すなわち、時間と戦備である。テューリアンの情報によって、敵方はまだ戦備が整っていないと判断される今こそ、われわれにとっては進撃の時である。であるからして、われわれの戦略の根幹は、この二つの条件を最大限に活かすことにある。いたずらに計画の詳細にこだわらず、前線各軍指揮官の自主性に多くを委ねて迅速なる行動を展開し、われわれはただ一度の容赦なき奇襲電撃殲滅《せんめつ》作戦を完遂しなくてはならない。この際、道義を云々《うんぬん》することは論外である。この好機は二度と再び訪れまい」

ソ連軍の将軍が身を乗り出して作戦の説明に入った。「攻撃の第一段階は〈オックスボウ〉と名づけることとする。長距離放射線砲十五門をもってまず、駆逐艦隊および接戦支援部隊の戦列後方百万マイルよりジェヴレンの局地目標を個別選択的に砲撃する。予備として、さらに放射線砲五門を一千万マイル後方に待機させる。砲撃によって敵防御勢を引きつけ、その間に先鋒《せんぽう》隊は惑星に接近して作戦第二段階の攻撃を開始する」

ヨーロッパ空軍作戦部長が引き取って続けた。「第二段階〈バンシー〉はジェヴレン近隣宇宙領域の徹底掃討ならびに敵施設の破壊をもって開始する。次いで直ちに軌道上より連合攻勢によって地上の大型軍事施設および人口密集地帯を制圧する。後続部隊は人口密集地帯ならびに官庁所在地に集中攻撃をかけ、パニックを惹起《じやつき》せしめ、交通通信を杜絶《とぜつ》せしめて敵方の防備を突き崩す。一方、低空要撃隊ならびに殺戮用軌道衛星によってジェヴレン大気圏の制圧を図ると同時に、宇宙空母より発艦する戦術集団は地上の重点目標の攻撃および敵部隊の撃退に当たる。本段階の目標は、先鋒隊の大気圏突入後十二時間以内に制空権を確保することである。目標達成の合言葉は〈クレイモア〉とする」

続いて立った中国軍の将軍が作戦の最終段階を説明した。「〈クレイモア〉は地上橋頭堡《きようとうほ》確保の条件が整った時点で宣告される。すなわち、これを境に作戦は最終段階〈ドラゴン〉に移行する。第一波地上降下は遠隔操作の囮船《おとり》をもって行ない、敵の残存防御施設の有無を確認する。もしあるならば、軌道上に待機する攻撃隊の一部がこれを破壊し、他の戦闘集団は地上に接近して降下部隊を掩護《えんご》する。地上制圧を任務とする空母機動隊はこれより着陸艇の発進を開始する。降下進入路の掃討を待って、地上部隊はまず十二ケ所の戦略拠点に着陸する。地上作戦の詳細は目下、各橋頭堡指揮官の間で調整中である。降下地域に反撃が集中することを妨げるべく、高空から戦略爆撃が持続される」

「以上が作戦概要である」ギアヴィ将軍がしめくくった。「各隊の任務、行動予定、コールサイン等について、この後直ちに発表する。そのまま待機するように」

「どうかね、感想は？」映像が消えるとすぐ、コールドウェルが尋ねた。

「おそれいりましたね」ヘラーが言った。「わたしが観ても何だか恐いよう」

「いやはや、どうも」カラザーは放心したように低く言った。「あなたがたを〈シャピアロン〉号で行かせなくてよかったと思います。それにしても、わたしどもには考えもつかないことです」

ダンチェッカーは浮かぬ顔だった。「何かこう、もう一つ緊迫感が足りないような気がするね。いついつかということがはっきりしていない」

「意図的にぼかしたのだよ」コールドウェルは心得顔に言った。「もっともらしく見せる必要があるのだからね。地球艦隊が太陽系を脱するのに数ケ月かかる計算だ。それで作戦予定日はぼかしたほうがいいと判断した。そうする以外にないじゃあないか」

「そうかな？　どうも気に食わんね」ダンチェッカーは納得しなかった。

しばらくは誰も口を開こうとしなかった。と、モリザルが顔を上げて言った。「どうでしょう、すでにわれわれテューリアンは太陽系のはずれに移動の足場を持っているわけですね。ですから、もう一歩進めて、地球艦隊にテューリアンから支給したh－グリッド・ブースターを取りつけることにするんですよ。そうすれば、地球艦隊は一日で太陽系を離脱できます」

「全艦隊が？」ヘラーが訝《いぶか》しげに問い返した。「そんなに短時間で全艦隊の装備が整いますか？」

「話の上ですから」モリザルはうなずいた。「わけはありませんよ。ガニメアンの技術陣が全面的に協力すれば、無理な相談じゃあありません」

「どう思う？」カラザーはダンチェッカーをふり返った。

「そのほうが説得力がありそうだね」ダンチェッカーは言った。

「最後のところを、こんなふうに変えてみましょう」ヴィザーが手直しを申し出た。再び映し出された画面では、ギアヴィ将軍が説明をしめくくるところだった。

「以上が作戦概要だ。日程に大幅な変更はない。目下テューリアンたちの手でh－グリッド・ブースターの取りつけ作業が進められている。第一分隊の地球発進は定刻、すなわち本日一八〇〇時とする。現時点の作業状況から推して、全軍のジェヴレン系外集結は予定どおり三日後となろう。その後、全軍は再度h－スペースを通過し、二十四時間でジェヴレンに到達する速度をもって通常空間に再突入する。従って攻撃開始は今より四日後である。幸運を祈る。各隊の任務、行動予定、コールサイン等について、この後直ちに発表する。そのまま待機するように」画面が消えた。

「上等だ」ダンチェッカーはうなずいた。

「あとはこれを裏づける地球監視データを創作することですが、それには現在の地球の兵器や軍事施設に関する情報が必要です。マクラスキーから伝送するように手配していただけますか？」ヴィザーが言った。

「繋《つな》いでくれ。すぐ手配させよう」コールドウェルは接続を待つ間、別のスクリーンにヴィザーが映し出したジェヴレン艦隊のテューリアン包囲陣を見やった。「〈シャピアロン〉号からはまだ何も言ってこないか？」

「連絡はありません」ヴィザーは抑揚のない声で答えた。

マクラスキー基地の管制官の顔を捉えたスクリーンの立体映像がコールドウェルの目の前に浮かんだ。コールドウェルはジェヴレン軍の脅威を意識から締め出し、当面の仕事に神経を集中した。

33

「畜生！　ええ、糞《くそ》！」ニールス・スヴェレンセンはデータグリッド端末のキーボードを邪険に突つき、装置を力いっぱい叩きつけた。スクリーンは瞬《また》く気配すらなかった。スヴェレンセンは憤然としてL字型の広間に飛び出した。

「ヴィッカーズ！　どこにいるんだ、いったい？　電話会社のろくでなしどもはまだ来ないか？」

ヴィッカーズは裏手の廊下からのっそり顔を出した。スヴェレンセンの親衛隊指揮官株で屋敷内を取り仕切っている、色浅黒いがっしりとした体格の男である。「わたしは十分ほど前に戻ったところですが。すぐ来るという返事でしたがね」

「それがまだ来ないというのはどういうことだ？」スヴェレンセンは八つ当たりに食ってかかった。「急ぎの用があるんだ。早く故障を直させないことにはどうにもならん」

ヴィッカーズは肩をすくめた。「そのことはちゃんと伝えてあります。わたしに怒鳴ったってしょうがないでしょう」

スヴェレンセンはしきりに手首をこすり悪態をつきながら部屋中を行ったり来たりした。

「どうしてまた、こういう時に限って故障が起きたりするんだ？　こんな単純な通信サービスも満足に保守できないとはどういうことだ？　電話会社はサルでも雇っているのか？　ええい、まったくどうも、我慢がならん」

窓の外から、近づいてくるエア・カーの微《かす》かな唸《うな》りが聞こえた。ヴィッカーズは小首を傾《かし》げて耳を澄まし、ガラス壁の一部に切られた引き戸に寄って空を見上げた。

「タクシーですよ」肩越しにふり返って彼は言った。「向こう側へ降ります」

正面のドライヴウェイにエア・タクシーが降りる音がした。すぐ続いてドアのチャイムが鳴り、メイドが玄関へ急ぐ足音がした。女同士のひそひそ声が廊下を伝ってきたと思う間もなく、メイドに案内されてリン・ガーランドが晴れやかな顔で現われた。スヴェレンセンは驚きと不興ですぐには声も出なかった。

「ニールス！」彼女は歌うように言った。「何度も電話したのよ。でも、故障らしかったし、どうせ会うんだから構わないと思って、まっすぐ来ちゃったの。わたしね、あれからあなたに言われたこと、考えてみたのよ。言われてみればそのとおりかもしれないなって。だから、もう一度、やり直せるんじゃないかと思うの」

彼女はさりげなくショルダーバッグに手を掛けていた。スヴェレンセンは今通信室の外にいる。邸内に侵入するに当たっては、どうしてもこれだけは譲れないとシアラー大佐が注文をつけた条件である。リンはバッグの上から超小型送信機のボタンを探って三度押した。

「選《よ》りに選って、また何でこんな時に！」スヴェレンセンは吐き捨てた。「こんなふうに突然やってこられては迷惑だ。わたしは非常に忙しい。仕事に追われているんだ。それに、このあいだ、あまり愉快とは言えない形で別れた時、わたしははっきりとこちらの態度を示したはずだ。きみに用はない。ヴィッカーズ、御苦労だがミス・ガーランドをタクシーまでお送りしてくれ」

「さあ、どうぞ」ヴィッカーズは進み出て、メイドがまだうろついているほうへ顎をしゃくった。

「ええ、そう。あなたの態度はよくわかっているわ」リンはヴィッカーズを無視してスヴェレンセンに食い下がった。「あなたははっきりそう言ったんですものね。本当に、わたしって馬鹿だったわ。あなたにそう言われても仕方ないのよね。でも、わたし、考え直したの。だって、やっぱり……」

「つまみ出せ」スヴェレンセンは低く言い放って顔をそむけた。「頭の空っぽな女のたわけた話を聞いている閑《ひま》はない」

ヴィッカーズはリンの二の腕を取って玄関へ引き立てた。メイドが廊下を駆け抜けてドアを開けた。タクシーは降りたままの位置で待っていた。ヴィッカーズがリンを戸口へ押し出そうとするところへ、サザーン・ニューイングランド電話会社の修理トラックが乗りつけて、タクシーとすれすれに停まった。梯子《はしご》が張り出して、タクシーの上昇を妨げた。

タクシーの運転手は窓から顔を突き出してトラックに咬《か》みついた。「馬鹿野郎！　どういうつもりだ？　そんなところへ停まられちゃあ、こっちが出られねえじゃねえか！」

修理工が二人、トラックの横から降り、別の一人が荷台から顔を出した。トラックの運転手はエンジンをかけ直した。セルモーターが何度か唸ってふっつり止まった。

「またかよ」トラックの運転手は罵声《ばせい》を吐いた。「さっき出てくる時もこれだったんだ」

「どうでもいいけど、早いとこ何とかしろよ、え？　こっちは遊んでられる身分じゃねえんだ」

ヴィッカーズはリンから手をはなして、口の中でしきりに悪態をついていた。メイドと彼が外のやりとりに気を取られている隙に、リンは足音を忍ばせて小走りに廊下を引き返した。

「そっちが下がったらどうなんだ？　何かよ？　バックのやり方も知らないのか？」

「こっちが下がれるかどうか考えてみろ。そこは花壇じゃねえのか？　どこに目がついてやがんだ？」

トラックからまた新手の修理工が降り立った。単純な故障の修理にしては人数が多すぎる。しかし、ヴィッカーズとメイドは運転手同士の喧嘩《けんか》に釣り込まれて、すぐにはそれと気づかなかった。このほんの数秒の遅れが彼らにとっては命取りだった。前方の立木の向こうから次第に近づいてくる飛行音も彼らの耳には入っていなかったのだ。

リンが取って返して広間の角を曲がると、スヴェレンセンは向こうの窓際に寄って空を見上げていた。爆音は急に脹《ふく》らんで八方から屋敷に迫ってくるようだった。と、突然、頭上から降って湧いたように陸軍の降下艇二機がプールサイドのテラスに着陸し、カーキ色の戦闘服に身を固めた兵士の一団がばらばらと飛び出した。どこか階上で爆発音とガラスの砕け散る音が響いた。正面玄関からなだれ込む兵士たちにヴィッカーズとメイドが弾き飛ばされるのがガラス越しにちらりと見えた。さらに爆発音が起こって、廊下に煙が立ち込めた。

リンはすかさずバッグからガスマスクを出してかぶった。スタン弾とガス弾があちこちの窓から雨霰《あめあられ》と投げ込まれた。屋内のいたるところで爆発が起こり、煙が噴き出した。叫び声やガラスの砕ける音がそれに混じった。ドアを打ち破る音や銃声も聞こえていた。スヴェレンセンの部下の一人が中央階段から飛び出して、しきりに何かを口走りながら背後の上階を激しく指さした。「屋上です。軍隊が屋上から侵入してきます。軍隊は……」男の声は続いて起こった爆破音に掻《か》き消され、男は背後から噴き出す煙に呑み込まれた。

スヴェレンセンは弾《はじ》けるように窓からふり返ったが、ガスに目をやられて部屋の中央で方角を見失っていた。何が何でも彼を通信室に行かせてはならない。リンは壁に沿ってスヴェレンセンの背後に回り込み、オフィス・ウィングに通じる戸口を塞ごうとした。煙を透かして、スヴェレンセンは彼女の動きを見抜いた。

「貴様！」

リンの顔を認めて、スヴェレンセンは憤怒の形相ものすごく、煙と涙に汚れたその顔はいやが上にも醜悪であった。リンは心臓が口から飛び出しそうになりながらも、後退《あとずさ》りに通路へ向かった。スヴェレンセンの影が煙を押しのけて彼女に迫った。

軍隊式のきびきびとした命令が喧噪《けんそう》を貫いた。広間のすぐ向こうの客室あたりから聞こえてくるようだった。スヴェレンセンは戸惑いを見せて肩越しにふり返った。キッチンの前の廊下を人影が重なり合って寄せてきた。外のプールのほうからも一団の兵士たちが攻め込んだ。スヴェレンセンはきっと向き直ると、オフィス・ウィングを指して駆けだした。リンは考える閑もなく、手近の籐《とう》椅子を摑むなり、彼の足もとめがけて力いっぱい投げつけた。スヴェレンセンは壁に頭を打ちつけてどうと床に投げ出された。

リンは煙を透かして見た。スヴェレンセンは身をよじりながらも懸命に起き上がろうとしていた。彼女はうろたえてあたりを見回した。サイドテーブルに大きな花瓶があった。彼女は花瓶を取ると呼吸を整えて手のふるえを抑え、勇を鼓《こ》してそろそろとスヴェレンセンに近づいた。

スヴェレンセンは半身を起こして片手で頭を押さえていた。指の間から血が細く糸を引いていた。彼は片足を踏ん張り、壁に手を突いて立ち上がりかけた。リンは花瓶を大きくふりかぶった。が、スヴェレンセンの足は萎《な》えていた。彼は体《たい》がきまらず、苦痛に大きく呻《うめ》いて再び床に長く伸びた。リンは花瓶をふりかぶったまま身動きもならず立ちつくした。戦闘服にガスマスクを着け、ライフルを手にした兵士らが煙の中から立ち現われた。兵士の一人が彼女の手から花瓶をあっさり取りのけた。

「ここはわれわれに任せて下さい」くぐもった声で兵士は言った。「大丈夫ですか？」

リンはぼんやりうなずいた。目の前で二人の特殊部隊兵がスヴェレンセンを荒々しく引き起こした。

「大した見物《みもの》だったよ」背後でイギリス人とわかる声がした。「その分なら、イギリス空軍特殊部隊だって通用するよ」

ふり返ると、ハントがいかにも感心したふうに彼女を見つめていた。シアラーが隣に立っている。ハントは進み出て彼女の腰に手を回し、優しくしっかり抱き寄せた。彼女はハントの肩に頭を預けてすがりついた。緊張が解けると痙攣《けいれん》のようなふるえが止まらなかった。話をするどころではなかった。

すでにあたりの騒乱はおさまって煙が退《ひ》きはじめていた。スヴェレンセンの親衛隊は部屋の一隅に集められ、武器を取り上げられて、順に客室のほうへ追い立てられていた。突撃隊の兵士らは早々とマスクをはずしていた。石屑《いしくず》やガラスの破片を踏んでアメリカ人とソヴィエト軍将校の一団がやってきた。何人かはスーツの上に戦闘服をはおっていた。スヴェレンセンはやっと焦点を結んだ目が飛び出すほどに仰天した。

「やあ」ノーマン・ペイシーが声を掛けた。こみ上げる笑いを隠しきれないといった顔つきだった。「ひさしぶりだね」

「きみにとっては、戦争は終わりだ、議長先生」ソブロスキンが言った。「戦争どころか、すべて一巻の終わりだよ。ブルーノがきみの趣味に合わなかったのは残念だな。これから行くところにくらべれば、ブルーノは天国だ」

スヴェレンセンは激しい怒りに顔を歪《ゆが》めたが、まだ茫然《ぼうぜん》自失から立ち直っていないのか言い返そうともしなかった。

曹長の一人がつかつかとやってきてシアラーに敬礼した。「当方、被害ありません、大佐。軽傷者はいずれも敵方です。逃亡者はおりません。建物全域を制圧しました」

シアラーはうなずき返した。「すぐに一味を本部基地へ連行しろ。降下艇は監視にかからないように他へ移動させろ。ヴェリコフとＣＩＡの者たちはどこだ？」

曹長が答えるより先に、また一団の男たちが現われた。スヴェレンセンはヴェリコフの名を聞いてぎくりとふり返り、口をあんぐり開けた。ヴェリコフは数フィート手前で立ち止まり、挑むようにスヴェレンセンを睨《にら》みつけた。

「そうか、貴様だったのか……」スヴェレンセンは歯ぎしりした。「この……裏切り者！」

彼は躍《おど》りかかろうとしたが、たちまちライフルの台尻でしたたか鳩尾《みぞおち》を突かれて海老《えび》なりにうずくまった。二人の兵士が両側から彼を引き起こした。

「鍵はいつも身につけています」ヴェリコフが言った。「鎖で首に掛けているはずです」

シアラーがスヴェレンセンのシャツを引きむしり、鍵を取ってヴェリコフに渡した。

「この暴虐行為にはきっと仕返しをしてやるからそう思え、大佐」スヴェレンセンは肩で息をしながら陰《いん》にこもって言った。「いいか、必ずだ。貴様なぞとは比較にならない大物を、おれは何人も葬ってきたんだ」

「暴虐行為？」シアラーはわざとらしく眉をそばだてた。「こいつ、何を言っているんだ、曹長？」

「自分にはさっぱりわかりません、大佐」

「何かここで変わったことを見たか？」

「何も見ておりません」

「こいつ、何で腹を押さえているのかな？」

「消化不良かと思われます、大佐」

すでに捕縛された親衛隊のほうへ引っ立てられて行くスヴェレンセンを見送って、シアラーはクリフォード・ベンスンに向き直った。「われわれは警護の者十名を残して撤退します。あとは、そちらでよろしいように」

「よくやってくれた、大佐」ベンスンは答礼して他の者たちをふり返った。「さあ、時間が貴重です。次の行動に移りましょう」

一同は脇へ寄り、ヴェリコフを先に立てて、数歩後から通信室へ向かった。廊下の突き当たりに、どっしりとした木のドアがあった。

「ジェヴェックスの視野がどこまで拡がっているかわかりません」ヴェリコフは言った。「用心のために、ずっと退《さが》って下さい」

ペイシー以下、ハント、ソブロスキン、リン、ベンスンの面々は間合いを取って一ケ所にかたまった。

「この恰好ではちょっと何ですね」ヴェリコフはスーツの埃《ほこり》をはたき、髪を撫《な》でつけ、ハンカチで顔を拭いた。「どうです？　これできちんとして見えますか？」

「上等だ」ハントが答えた。

ヴェリコフはうなずき、向き直ってドアに鍵を挿した。それから、深呼吸して把手《とって》を摑《つか》み、ぐいとドアを押し開けた。ハントらは一瞬、室内に整然と並ぶ夥《おびただ》しい装置機械に目を瞠《みは》った。ヴェリコフはドアを開けたまま通信室の奥に進んだ。

34

〈シャピアロン〉号の司令室は数日来、息苦しいほどの緊張に包まれていた。イージアンはフロアの中央に立って、大きなメイン・スクリーンを見上げていた。スクリーンにはさまざまな記号と夥《おびただ》しい線が複雑に入り組んだジェヴェックスの回路図が表示されている。ゾラックが侵入経路を求めて探査信号に対する応答をもとに、統計解析とパターン分析を繰り返しながらさんざん苦労して描き上げたものである。しかし、ゾラックはまだジェヴェックスのh-ビーム遮断機能を麻痺《まひ》させるための中枢回路を探り当てるには至っていなかった。ゾラックはすでに何度も探査を試みているのだが、その都度ジェヴェックスの恒常的自己診断ルーティンに信号を検知され、自動修正処理によって回路の発見を阻まれていた。このまま探査を続ければ、ジェヴェックスの不良診断データ蓄積が警戒域に達し、監理機能が異常を察知するのはもはや時間の問題だった。船内の意見は二つに割れていた。イージアン以下テユーリアンの技術陣は早々と作戦を断念して計画放棄を主張した。ガルースと彼に従った者たちは、何が何でもやり抜くのだと息まいた。イージアンから見れば、ガニメアンたちは自殺願望を抱いているとしか考えられなかった。

「第三探査チャンネルの論理指向に対して疑問符が返ってきました。これで三度目です」傍らの制御卓から操作技師が言った。「ヘッダー応答分析は、こちらがジェヴェックスの外部信号規制回路に接近しすぎていることを示しています」技師はイージアンをふり返って首を横にふった。「これ以上は危険です。第三チャンネル探査はしばらく見合わせて、一般信号を流しましょう」

「演算パターンは新しい上級診断プログラムと連動しています」別の操作技師が声を上ずらせた。「重度機能不全検査に引っかかったんです」

「第三チャンネルを遮断しなくては駄目です」また別の一人がイージアンにせっついた。「今だってもう、見破られているのと同じです」

イージアンは厳しい目つきでメイン・スクリーンを見上げた。スクリーンの片側にずらりと警報符号が並んでいた。

「ゾラックの情況判断はどうだ?」イージアンは尋ねた。

「辛うじて優先質問信号は回避しましたが、警報は解除されていません。非常に厳しい情況ですが、今のところこれがやっとです。危険を承知でもうひと押ししてみるか、一度引き下がって次の機会を待つか、決定はそちらに任せます」

イージアンは、じっと体を堅くして成り行きを見守るガルース、シローヒン、モンチャーの三人をふり返った。ガルースは口をきっと結んで、それとはわからぬほど微かにひとつうなずいた。イージアンは深呼吸してゾラックに指示を下した。「やってくれ、ゾラック」

張りつめた沈黙が司令室を覆った。全員の視線がメイン・スクリーンに釘づけになった。

続く数秒の間に、ゾラックと遙か彼方《かなた》のジェヴレン中継衛星を結んで十億ビットの情報が飛び交った。スクリーンの一ケ所に新たなブロックが現われた。四角い枠に囲まれた記号をどぎつく浮き彫りにして、赤ランプが激しく点滅した。操作技師の一人は思わず悲痛な呻《うめ》きを洩《も》らした。

「非常事態宣言です」ゾラックが報告した。「全機能特別警戒態勢プログラムが始動しました。もはやこれまでです」

ジェヴェックスは〈シャピアロン〉号を発見したのだ。

イージアンは声もなく床に目を落とした。言うべきことは何もなかった。ガルースはまだこの事態を認めたくない様子で、未練らしく首を横にふった。シローヒンが近づいて、その肩にそっと手を置いた。「あなたはやるだけやったのよ」彼女は静かな声で言った。「誰かがやらなくてはならなかったことよ。他に道はなかったのですもの」

ガルースははじめて夢から覚めたかのようにぼんやりとあたりを見回した。

「わたしは何を考えていたのだろう?」彼は声にならない声で言った。「こんなことをする権利はわたしにはない」

「しなくてはならなかったのよ」決然として、シローヒンは言った。

「飛行物体二個、十万マイル前方より接近中」ゾラックが告げた。「ジェヴレン軍哨戒機《しょうかいき》と思われます」

容易ならぬ事態であった。〈シャピアロン〉号を包み隠す相殺電波の煙幕も至近の距離から探査されれば用をなさない。

「向こうの計器にかかるまで、あとどのくらいだ?」イージアンがかすれた声で尋ねた。

「長くて二分といったところです」ゾラックは答えた。

ジェヴレン軍作戦本部の一室に立って、イマレス・ブローヒリオはテューリアンを包囲する機動部隊の陣容をスクリーン上に眺めていた。艦隊はヴィザーの管理する宇宙領域を侵していたにもかかわらず、ジェヴレンと艦隊間の交信は妨害されなかった。テューリアン側はそのような行為に出れば、かねてからの命令によってジェヴレン軍がたちまち侵攻を開始すると判断しているに違いない。少なくとも、今のところテューリアン側からは何の動きも起こっていない。慎重と言えば聞こえは良いが、要するに意気地のない腰抜けのガニメアンであってみれば、それも無理からぬことだろう。ブローヒリオの判断はまたしても正しいことが証明されたのだ。ついに正面衝突の情況に立ち至った今、テューリアンどもは果たせるかな、ブローヒリオが自ら鍛えた胆力と腕っ節、そして意志の力の前には手も足も出ない。すでに勝敗は決まったも同然と思うと彼は深いところからこみ上げる満足に自ら頬がほころびるのを禁じ得なかった。

所定の刻限まで応答がない時は、手はじめにテューリアン上の無人の場所を選んで示威攻撃を加え、最後通牒《つうちょう》がただの威《おど》しではないことを思い知らせてやらなくてはならない。その刻限ももう目前である。ブローヒリオの幕僚たちは緊張と期待に体を堅くして彼の様子を窺《うかが》っていた。

「艦隊の現況を報告しろ」ブローヒリオは凛《りん》とした声で言った。

「変化はありません」ジェヴェックスが答えた。「砲撃隊はセカンダリー・ビームの照準を目標地域に合わせ、飽和砲撃用意の態勢で待機中です」

ブローヒリオは今しばらくこの快感を引き延ばそうとするかのように、ひとわたり将軍たちを見回した。いよいよ命令を発しようと彼が口を開きかけた、まさにその時、ジェヴェックスから声があった。

「閣下、しばらく。地球より最緊急連絡です。閣下御直々《ごじきじき》の応答を求めております」

ブローヒリオの顔から笑いが消えた。「スヴェレンセンに話すことは何もない。あの男には前にはっきりと指示を下してある。何の用だと言うのだ？」

「スヴェレンセンではありません、閣下。ヴェリコフです」

ブローヒリオは激怒した。「ヴェリコフだと？　今頃やつがコネティカットで何をしている？　やつはロシアで任務に就いているはずではないか。このような形で秩序を乱すとは、いったい何の真似だ？」

ジェヴェックスは一瞬躊躇《ためらい》を見せる様子だった。「ヴェリコフは……閣下に直接、最後通告を伝える、とか申しております」

ブローヒリオはいきなり顔面に鉄拳を食らいでもしたように茫然《ぼうぜん》と身じろぎもせずに立ちつくした。首筋から血が上り、じわじわと頰を染め、やがて生え際まで真っ赤になった。幕僚たちは驚愕《きょうがく》と不審の目つきでそっと顔を見合わせた。ブローヒリオは唇を噛《か》み、何かを揉みしだくように両手を開いたり結んだりした。「やつをここへ引き出せ」彼は吠えるように言った。「おれがそう言うまで接続を絶つな、ジェヴェックス」

「お言葉ですが、それはできかねます、閣下」ジェヴェックスは言った。「ヴェリコフは当システムと知覚結合いたしておりません。音声画像チャンネルのみ接続いたしております」

一方の壁面スクリーンに、スヴェレンセン邸通信室の中央に立つヴェリコフの姿が映し出された。背後にパーセプトロンの座席の一部が見えている。ヴェリコフは賢明にもその椅子に横たわることを避けているのだ。通信室で何かが起こっているに違いない。ヴェリコフは自信ありげに腕組みをして、スクリーンからゆったりとブローヒリオを打ち眺めていた。

「よく聴けよ、机上の大将軍」ヴェリコフは侮蔑を露《あらわ》に唇を歪《ゆが》めた。「われわれを地球へ派遣したのは失敗だったな、ブローヒリオ。おかげをもって、われわれは本物の戦士の何たるかを直《じか》に学ぶ光栄に浴したわけだがね。わたしは冗談を言っているのではない。もともとあまり出来がいいとは思えないが、ど素人のかたまりを地球にけしかけようとしているところを見ると、ますますもって貴様は馬鹿だ。地球人の手にかかったら、貴様などはひとひねりだぞ。こっちが言いたいのはそれだけだ」

ブローヒリオは目を剝《む》いた。首筋に青く浮き出た静脈がひくひく躍《おど》った。

「裏切者は貴様だったか！」彼は穢《けが》らわしげに言った。「獅子《しし》身中の虫がとうとう正体を現わしたな。最後通告とは何のたわごとだ？」

「裏切者？　どういたしまして」ヴェリコフは顔色一つ変えなかった。「こっちはただ勝ち目のあるほうにつくだけの話だ。もともとそれはおまえの流儀ではないか。地球の支配権を握るために、早くからおまえはわれわれをここによこした。感謝しているよ。おまえさんには気の毒だが、おかげでこっちは強いほうの味方になった。どっちが得か、考えてもみろ。おまえさんの支配を受けて田舎大名で終わるか、こっちで自分たちの支配を確立するか。答は自《おの》ずと知れているだろうが」

「自分たちとはどういうことだ？」ブローヒリオは聞き咎めた。「徒党の人数は？」

「もちろん全員だ。われわれはすでに地球各国の政府を手懐《てなず》けた。戦略軍はわれわれの指揮下にある。それに、われわれは久しい以前からテューリアンとの連帯を深めている。そうでなかったらテューリアンがそっちに知られずに地球と交信できると思うか？　テューリアンは貴様らが、いいか、地球人ではなく、貴様らジェヴレン人どもこそが銀河系を脅かすごろつきだと知っている。だからわれわれはテューリアンを説き伏せて、貴様らの始末を任せてもらったのだ。というわけで、この惑星の全兵力はわれわれの手中にある。その後ろにはテューリアンの技術力がある。もう終わりだ、ブローヒリオ。あと貴様に残されているのは、せいぜい命乞いをすることくらいだな」

ヴェリコフの背後の開け放ったドアの陰で、ハントは驚き入ってリンに耳打ちした。「まさかここまでやってくれるとは思っていなかったよ。まさに、アカデミー賞ものだね」傍らで、ソブロスキンもまた信じられない顔つきでヴェリコフに狙いをつけていた自動拳銃を降ろした。

ブローヒリオは動揺の色を見せた。「戦略軍だと？　戦略軍とは何のことだ？　地球に戦略軍などあるものか」

ジェヴェックスが再び割り込んできた。「第五管区に警報発令。正体不明の宇宙船団が領界を侵犯しようとしています。実情査察のため、宇宙駆逐艦二隻が発進しました」

「今はそれどころではない」ブローヒリオはもどかしげに片手をふりまわした。「管区司令部に権能を委任して後刻報告させろ」彼はヴェリコフに向き直った。「地球はもう何年も前に軍備を放棄したはずだ」

「本当にそう思うか？」ヴェリコフは明からさまにせせら笑った。「貴様もずいぶんおめでたいな。いつかこうなることがわかっていながら、われわれがそう簡単に地球の軍縮を認めると思うか？　軍縮を達成したと伝えたのはそっちを油断させるためのでたらめだ。皮肉なことに、そっちがでっち上げた偽情報が地球の本当の姿を伝えていたんだ。テューリアンたちはあれを見て大いに面白がったものだ」

ブローヒリオはすっかり頭が混乱した。「地球は軍備を縮小した」彼は頑《かたく》なに言った。「監視データは……ジェヴェックスによれば……」

「ジェヴェックス?」ヴェリコフはふんと鼻を鳴らした。「ジェヴェックスにはな、ヴィザーが前々から作り話を吹き込んでいたんだ」ヴェリコフの表情が鋭く、厳しく変わった。

「よく聴け、ブローヒリオ。こっちは同じことを二度しゃべる気分ではないのだ。例のテューリアンにおける会談で貴様は墓穴を掘ったぞ。あれでガニメアンたちは貴様の正体を見極めた。今ではもう、あの心優しい巨人たちがわれわれを留め立てしようともしない。というわけで、これが最後通告だ。艦隊を直ちにテューリアンから撤退させ、ジェヴレン全軍の指揮権を無条件でわれわれに委譲すればよし、さもない時はテューリアンが地球連合軍をジェヴレン圏に瞬間移動させ、地球軍は惑星ジェヴレンを粉砕するだろう。きみも、きみの惑星も、きみがコンピュータ・ネットワークと呼ぶところの笑うべきがらくたの寄せ集めも、ことごとく宇宙の微塵《みじん》と化して飛散するのだ」

ジェヴェックスの奥深いどこかで何かがしゃっくりに似た震動を起こした。中枢機能をつかさどる機構から新しいデータの解析を命ずる緊急信号が流れて情報処理の順位秩序が混乱し、百万件を超える処理操作が停滞した。その混乱の最中《さなか》に、h-スペースから入力される探査信号を走査していたルーティンが乱調を来《きた》した。ほんの一瞬のことである。しかし……

テューリアンで成り行きを見守っていたヴィザーは突如として数時間来の沈黙を破った。

「何かあったようです。ゾラックの回線が通じました」

沈着をもって知られるコールドウェルさえが思わず飛び上がった。ヘラーとダンチェッカーは壁面のスクリーンをふり仰いで驚異の目を瞠《みは》った。何光年もの距離を隔てて、二進法の信号が〈シャピアロン〉号にどっと流れ込み、ゾラックがこれに応えて、ヴィザーは送り返された情報から直ちにジェヴェックスの回路の分析に取りかかった。

「どんな様子だ？」カラザーが不安げに尋ねた。「〈シャピアロン〉号は無事か？　ゾラックはどこまでジェヴェックスに食い込んだ？」

「行き詰まっています」やや遅れてヴィザーが答えた。「ちょっと待って下さい。ここは一秒一刻を争うところです」

絶望の沈黙に閉ざされた〈シャピアロン〉号の司令室に、数日来跡絶《とだ》えていた耳馴《みみな》れた声が響き渡った。「やあ、苦戦しているな。じっとしていろ。ここはこっちに任せてくれ」

イージアンは耳を疑った。制御卓の空いた席に体を沈めていたガルースは声もなく訝《いぶか》しげに顔を上げた。まわりのガニメアンたちも皆信じられない様子できょときょととふり向き合っていた。

「ヴィザーか？」イージアンが幻聴に怯《おび》えるように低く尋ねた。「ゾラック。今のはヴィザーか？」

「ちょっと待って下さい」ゾラックが答えた。「詳しい事情はわかりませんが、今のは間違いなくヴィザーです。何かがジェヴェックスの自己診断機能を麻痺させました。それでわたしが外部信号妨害ルーティンを遮断したのです。テューリアンと繫《つな》がりました」

ゾラックが話している間に、ヴィザーはジェヴェックスの診断サブシステムに接近するパスワードを解読し、記憶された一連のデータを消去して、かねて用意の新データに差し替えてから、あらためて警報を発令した。ジェヴレン防衛第五管区司令部のコントロール・センターにあるスクリーンの表示が変わって、中継衛星の誤動作が誤報を生んだことを告げた。緊急発進した宇宙駆逐艦二隻は反転して基地に舞い戻り、通常の哨戒《しょうかい》任務に就いた。その頃すでに、ヴィザーは夥《おびただ》しい偽情報をジェヴェックスに注ぎ込んでいた。その内容についてはゾラックにさえ説明している閑《ひま》はなかった。同時にヴィザーはジェヴェックスの通信サブシステムに直結して地球に通じるチャンネルを開いた。

スヴェレンセン邸の通信室に突然、ヴェリコフがよく知っているヴィザーの声が飛び込んできた。

「ようし、うまくいった。ヴィック・ハントたちがそこにいるなら、これから先の場面を見物させてやってくれ。データストリームを一方通行にして、そっちの画像はジェヴレンのスクリーンに出ないようにするから大丈夫だ。さあ、早いとこ話を切り上げて脇へ退がれ」

ヴェリコフは腰を抜かすほど驚きながらも顔色一つ変えなかったのはあっぱれである。ハントたちはヴィザーの声を聞き、あまりのことに言葉もなく、そろそろと戸口へ進んで中を覗《のぞ》いた。ブローヒリオには彼らの姿が見えない。彼はただ茫然と正面を見つめたままだった。

ヴェリコフは自分を叱咤《しった》してすかさず次の行動に移った。

「一時間だけ返事を待とう、ブローヒリオ。いいか、はっきり言っておく。今テューリアンを包囲中の艦隊の、一隻たりとも敵対的と受け取れる行動を示したら、わが方は直ちにジェヴレンを攻撃する。攻撃命令は一度発令されたら撤回はあり得ない。一時間の猶予だ」

スクリーンには何の変化もなかったが、ヴィザーが割り込んで言った。「ようし、上等。そっちからの信号は遮断した」

ハントらは放心状態のヴェリコフをどっと取り囲んで口々に彼の活躍を賞《ほ》め、肩や背中をむやみに叩いた。ペイシーとベンスンはまだ信じられない顔で戸口に立ちつくしていた。ソブロスキンはドアを抜けたところで自動拳銃をそっと上着の下に隠した。

別のスクリーンに〈シャピアロン〉号の司令室が映し出された。ヴィザーはジェヴェックスの通信機能を自分のシステムに取り込み、さらに数秒後にはテュリオス政庁の光景までがコネティカットの通信室に伝送された。このようなことを実現するコンピュータの複雑な結合を思ってハントは溜息《ためいき》が出た。コールドウェルやヘラーやダンチェッカーは現実にはアラスカにいるのだ。その彼らの映像をコネティカットに伝送する回線は数光年を隔てた惑星ジェヴレンから〈シャピアロン〉号を経てさらに第二の星ジャイスターに通じ、そこからパーセプトロンを介してマクラスキー基地に結ばれているのだ。

「いやあ……あなたは何でもぎりぎりのところでかたをつける主義ですね」〈シャピアロン〉号のイージアンがまだ恐怖の冷めやらぬ顔で言った。

「きみたちはどうも心配性で困る」テュリオスのコールドウェルがちょっと脇のほうへ視線をはずして言った。「わたしらは、こういうことには馴れているんだ」彼はまっすぐコネティカットのスクリーンに向き直った。「どうだった？　皆、無事か？　スヴェレンセンはどこだ？」

「ちょっと予定を変えたんだ」ハントが答えた。「あとでゆっくり説明するよ。こっちは全員無事だ」

ジェヴレンの作戦本部の模様を伝えているスクリーンの中で、ブローヒリオがジェヴェックスに現時点の地球監視データの表示を求めた。ジェヴェックスはそれに応じて、地球各国の首脳が連合軍によるジェヴレン総攻撃の密談を凝《こ》らしている情景を映し出した。愕然《がくぜん》とするブローヒリオにジェヴェックスは、これはすでに旧聞に属することだと追い討ちをかけた。現在、侵攻作戦はもっと進んだ段階に達している。ジェヴェックスが入手した最も新しい映像情報は、地球連合軍統合参謀本部における各方面軍への作戦伝達の一場面であった。ブローヒリオはますます頭が混乱し、焦燥を募らせた。

「どういうことだ、ジェヴェックス？」彼は上ずった声で詰問した。「あの原始人どもの言う軍隊とは何のことだ？　やつらにどんな兵器があると言うのだ？」

「お言葉ですが、閣下、それは今さら申し上げるまでもないことと存じます」ジェヴェックスは答えた。「かねてから地球が増強に努めてきた戦略部隊のことです。兵器は現在地球各国が制式配備しているごく一般的なものです」

ブローヒリオは眉を寄せて髯《ひげ》を逆立てた。彼はふと、正気を保っているのは自分一人なのではないかという恐怖に襲われて、狐につままれた顔の将軍たちを見回した。「地球が制式配備している一般的な兵器だと？　そんな報告は一度としてなかったではないか」

目に見えぬ指がジェヴェックスの記憶装置をひと撫《な》でし、一瞬のうちに大量の情報を書き変えた。「閣下のお言葉とも思えません。わたしは一貫して詳細を報告してきました」

ブローヒリオはどす黒い怒りに顔を曇らせた。「何を言うか。いったい何の詳細を報告した？」

「過去数十年の間に地球が整備した惑星間攻撃防衛力の詳細です」ジェヴェックスはきっぱり言い放った。

「ジェヴェックス！　どうした？　しっかりしろ！」ブローヒリオは癇癪玉《かんしゃくだま》を破裂させた。「地球はとうの昔に軍備を放棄した。貴様はずっとそのように報告してきた。いったいどういうことだ？」

「どうもこうもありません。わたしははじめから今言ったとおりの報告をしています」

ブローヒリオは両の手で目をこすり、その手を大きく拡げて幕僚たちをふり返った。「おれが狂っているのか？　それとも、やくざなコンピュータが故障を起こしているのか？　どうなんだ？」彼はいらだって叫んだ。「誰か言ってくれ。おれはこの何年か、おれが見聞きしたと思っているとおりのことを見たり聞いたりしてきたのか？　それはおれの妄想か？　地球は軍備を放棄したのではないのか？　諸君はそう聞かされていないか？　今の話にあったような兵器が本当にあるのか、ないのか？　ここにいる中で、正気なのはおれだけか？　それとも、おれ一人が狂っているのか？　いったい何がどうなっているのか、誰か話してくれ」

「ジェヴェックスは常に事実を報告します」エストードゥがぽつりと言った。それですべては説明がつくとでも言いたげだった。

「こんな事実がどこにある？」ブローヒリオは喚《わめ》き立てた。「ジェヴェックスは前後不揃《ふぞろ》いのことを言い立てているではないか。事実は一つしかないはずだ。事実に前後不揃いということはあり得ない」

「わたしは何一つ不揃いなことを言った覚えはありません」ジェヴェックスは抗弁した。

「わたしの記憶は……」

「黙れ！　訊かれたことにだけ答えろ！」

「失礼いたしました、閣下」

「ヴェリコフがヴィザーについて言ったことは、きっと本当です」エストードゥがおろおろ声で言った。「ヴィザーはジェヴェックスが接続されている間にさんざんでたらめを吹き込んだのです。ジェヴェックスが接続を断つまで、おそらく何年にもわたってのことでしょう。ジェヴェックスが絶縁した今、わたしたちははじめて本当のことを知らされたのです」作戦会議室にただならぬざわめきが拡がった。

ブローヒリオは唇を舐《な》めた。急に自信がぐらつきはじめた様子だった。「ジェヴェックス！」

「はい、閣下」

「さっきの画像は……監視網から直接伝送されたものか？」

「もちろんです、閣下」

「地球にはあれだけの兵力があるのだな？　その兵力が今、動員されていると言うのだな？」

「そのとおりです」

ワイロットはまだ疑念が晴れずに問い返した。「証拠があるか？　ジェヴェックスは従来とまったく反対のことを申し立てています。何をもって事実と判断しますか？」

「それだと言って、何もせずにじっとしているのか？」ブローヒリオは食ってかかった。「地球軍など来るはずがないとたかをくって、そうやってじっと坐っている気か？　どんな証拠がほしい？　地球軍が傾《なだ》れをうって攻め込んでくればそれではじめて納得するのか？　その時貴様はどうする気だ？　馬鹿者が！」

ワイロットは押し黙った。他の将軍たちは不安げにそっと視線を交わし合った。

ブローヒリオは後ろ手をしてゆっくりと室内を行きつ戻りつしはじめた。「こっちにはまだ切り札がある」ややあって、彼は言った。「わが方は、地球首脳間の最高機密暗号情報を解読している。地球軍の作戦は筒抜けだ。軍備の規模においてわれわれは劣るかもしれないが、技術水準においては遙かに地球を凌《しの》いでいる。射撃能力はわが方が絶対優位だ」彼はきっと顔を上げた。その目は異様な光を放っていた。「原始人どもの会議は諸君もさっき聞いたとおりだ。地球軍は奇襲作戦にすべてを懸けている。ところが、すでにそれを知っている以上、わが方は奇襲を食うことはないのだ。ヴェリコフめはわれわれを素人と抜かしたな。地球の原始人どもをけしかけてくるがいい。迎え撃ってやる。ジェヴレン兵器の威力を見せつけて、どっちが素人か思い知らせてやるのだ」

ブローヒリオはワイロットに向き直った。「テューリアンで展開中の作戦は一時延期だ」彼は断を下した。「直ちに全軍を呼び帰してジェヴレン防衛に当たらせろ。ジャイスター系の軌道が狂おうとどうしようと構わん。ブラックホールを発生させて、可及的速やかに艦隊を帰還させろ。明日のこの時間までに防衛配備を完了しろ」

テューリアンを包囲する機動部隊の指揮官たちに新しい命令が伝達された。艦隊は帰還の途に就いた。しかし、そこはヴィザー管理下の宇宙領域だった。ジェヴェックスはヴィザーに妨害されてブラックホールを発生させることができないと報告した。艦隊はジャイスター系を離れた上でなくてはジェヴレンに瞬間移動できない。ブローヒリオは防衛態勢確立の期限を一日延ばさなくてはならなかった。艦隊は自力航行してジャイスター系を脱するしかない。一時間後、全艦隊はテューリアン圏の外周に向かって一斉に移動を開始した。

「作戦の第一段階はこれでめでたく終了だ」コールドウェルはテュリオス政庁のディスプレイが伝えるジェヴレン軍撤退の模様を眺めながら満足げに言った。「尻に帆をかけるとはこのことだ。ようし、この調子で先へ進めよう」

35

ジャイスター系の外側に環状ブラックホールが点々とh‐スペースへの入口を連ねていた。ジェヴレン軍の宇宙戦艦は訓練の徹底した部隊にふさわしく迅速かつ正確な行動で隊列を解き、一隻また一隻とh‐スペースに突入していった。しかし、この時すでに瞬間移動システムはジェヴェックスの手を離れ、完全にヴィザーの支配下にあったことをジェヴレン人の誰一人として知る者はなかった。ヴィザーの隠密行動はかくも鮮やかだったから、自己のシステム内部で命令系統が組み替えられていることを当のジェヴェックスさえ知らずにいたのである。通常空間に再突入したある艦隊はそこが天狼星《シリウス》であることを知って茫然《ぼうぜん》自失した。別の艦隊は牡牛座《おうし》の一等星アルデバランの近くに飛び出した。同様に、小艦隊は一隊ないし二隊ずつ、竜骨座のカノープス、牛飼座のアークトゥルス、子犬座のプロキオン、双子座のカストル、北極星《ポラリス》、オリオン座のリゲル、その他もろもろの星域にばらばらに放り出された。これで当分邪魔者はなくなった。一段落した後で駆り集めれば済むことである。コールドウエルの作戦第二段階もかくて滞《とどこお》りなく終了した。

ハントは片手に煙草《たばこ》、もう一方の手にブラックコーヒーのカップを持ってスヴェレンセン邸の内庭《パティオ》に立ち、プールサイドに半円陣を作って特殊部隊の兵士らが見守る中、けばけばしい身なりの一団が抗議の声を上げながら空軍の兵員輸送機に押し込まれる情景を眺めた。最後に逮捕されたその華やかな集団はパーティのつもりでやってきたところを、待ち受けていたCIAにひとまとめに搦《から》め取られたのだ。ヴィザーが監視システムを制圧した今はもう、軌道からの査察の目を恐れることはなかったが、それでもなおクリフォード・ベンスンはできるだけ表立った行動を避ける方針を貫いた。スヴェレンセンの人脈がどこまで拡がっているかこの機会に探ろうという考えからである。もっとも、それはスヴェレンセンが地元で手懐《なず》けた協力者をいぶり出せるかもしれないという程度のことであって、ジェヴレン側の地球潜入工作に関してはすでにヴィザーがジェヴェックスの記憶装置から詳細な組織の系統図を手《て》に入れていた。その情報はベンスンとソブロスキンのもとに渡っている。組織の潰滅はもう時間の問題だった。

ガニメアン宇宙船団は惑星ジェヴレンの周辺に集結していた。この時点でヴィザーはジェヴェックスのあらゆる機能を停止させることもできた。かつてテューリアン領内のジェヴレン人社会に起きたと同じことをもっと大規模な形で繰り返すこともできたはずである。ただ、問題はジェヴレン人がかねてから戦時体制に備えていたことである。ジェヴェックスの機能が麻痺《まひ》しても、独自に機能する緊急補助システムの用意がないとも限らない。それ故、コールドウェルとハントは直ちにジェヴェックスを停止してガニメアンたちをジェヴレンに送り込むのは得策でないと判断した。彼らとしてはなおも圧力を加えて、ヴェリコフの要求した無条件降伏、あるいはジェヴレン内部の分裂を待つことにしたのである。また、ジェヴレン軍作戦本部の模様を観察することで、ジェヴレン人がコンピュータの助けを借りずにはたしてどこまで自発的な行動を取れるものか見当をつけられそうだという読みもあった。

ハントの背後の、ガラス壁のあったあたりに応急処理として張られたビニール・シートを潜《くぐ》ってリンが顔を出した。彼女はそっと近付いてハントに腕をからげた。

「これでもう、ここのパーティに来ることもなくなったわね」プールサイドのＶＴＯＬに目をやって、彼女は言った。

「またこういうことになったか」ハントはちょっとふてくされた。「かねがね噂に聞いていた女の子が現われる傍から、ああやって誰かが連れていってしまうんだ。どうしてこういうめぐり合わせなのかね」

「それだけのことでそんなに浮かない顔してるの？」リンは目をくりくりさせて意味ありげに、いたずらっぽく尋ねた。

「スヴェレンセン君をこういう形で見送るのが残念だということさ。当然の話じゃないか」

「あら、そう」リンは声を落として茶化すように言った。「グレッグの話とはちょっと違うようだけど」

「ほう」ハントは眉を顰《ひそ》めた。「グレッグが……きみに何か言ったかい？」

「グレッグとわたしは意気が合うんですもの。そんなこと、わかってるはずでしょう」彼女は体をすり寄せて、ハントの腕にすがった。「わたしがここへ乗り込んだことで、誰かさんがすごく怒ったっていう話だったけど」

「見識の問題だよ」ハントは憮然《ぶぜん》として言った。「考えてもごらん。わたしがマクラスキーみたいな殺風景なところに足止めを食っている時に、誰かが陽の当たる場所で痛快な思いをするというのは許せないよ。わたしは筋の通らないことが嫌いでね」

「まあ、ひねくれた人」リンは溜息《ためいき》をついた。

二人は部屋に戻った。ソブロスキンが将校たちと片隅に立ち、ヴェリコフは奥のソファでベンスン以下CIAの面々と話していた。ソヴィエト軍の他の将校たちも話に加わっていた。ノーマン・ペイシーの姿はなかった。まだ通信室で粘っているのであろう。ソブロスキンと目が合って、ハントはちょっとヴェリコフのほうへ顎をしゃくった。「よくやってくれたよ。彼なりに一所懸命だった」声を落として彼は言った。「寛大な処置を期待するね」

「できるだけのことをしよう」ソブロスキンは答えた。感情に欠けた声だったが、その底にはハントを安心させる響きがあった。

「何だと？」通信室の廊下からブローヒリオらしい怒声が聞こえてきた。「艦隊の居場所がわかったと？」

「お、お。連中、事態に気づいたな」ハントはにやりと笑った。「行ってみよう。これを見逃す手はないぞ」

一同は通信室へ急いだ。他の者たちも続々と詰めかけた。誰もが山場の一幕を見逃したくない気持ちだった。

「ジェヴェックスの誤動作と思われます」テューリアン侵攻軍の最高司令官はブローヒリオの権幕にすくみ上がった。「すべてにおいて時期尚早が禍《わざわ》いしたのです。時間に迫られて、移動システムのテストも充分ではありませんでした」

「そのとおりです」ワイロットが血の気の失せた顔で加勢した。「時間が不足でした。惑星間侵攻作戦はあのような短時間で組織できるものではありません。はじめから無理があったのです」

ブローヒリオは激しく向き直って、地球連合軍の最新戦闘序列を表示しているスクリーンを指さした。「やつらはやった！」彼は喚《わめ》き立てた。「地球では自転車やオマルの工場まで、今は兵器を作っている」彼は将軍たちを睨《にら》み据えた。「しかるに、わがジェヴレンにおいてはどうだ？　カドリフレクサーの完成に二年！　移動用のジェネレーター配備に十二ケ月！〝われわれは技術力において圧倒的に他を凌《しの》いでおります、閣下〟とぬかしたのはどこのどいつだ！」ブローヒリオは顔面に朱を注いで拳をふり上げた。「その技術はどうした？　おれの味方は銀河系のろくでなしばかりか？　地球人十人を部下に持てば、おれは全宇宙を征服してみせるぞ！」彼はエストードゥにぐいと顔を寄せた。「艦隊を引き戻せ。ジェヴレン圏のど真ん中にブラックホールを開けてでも、今日中に駆り集めろ」

「お言葉ですが……そのように簡単なことではありません」エストードゥは弱りきって小さく言った。「ジェヴェックスは移動システムの制御困難を訴えておりまして」

「ジェヴェックス！　このたわけ者は何をぶつくさ言っているのだ？」ブローヒリオは声を荒らげた。

「セントラル・ビームの同期システムが応答しないのです、閣下」ジェヴェックスは答えた。「自分でもどうなっているのかわかりません。自己診断データが解釈できないのです」

ブローヒリオは目を閉じて惑乱と闘った。「ならばジェヴェックスに用はない」エストードゥに向き直って彼は言った。「アッタンの予備システムを使え」

エストードゥは必死に唾《つば》を呑み下した。「アッタンのシステムは汎用ではありません。ジェヴレンに物資を輸送する能力しかないのです。艦隊は十五の星域に散らばっています。アッタンのシステムを使うためには星一つ一つについて出力を調整し直さなくてはなりません。それには何週間もかかります」

ブローヒリオは怒り狂って物も言えず、息を乱しながらフロアの中央を行ったり来たりした。と、彼はつと立ち止まって地域防衛組織の指揮官に向き直った。「地球人どもはジェヴレンの腰抜け軍を平らげたら誰に便所を掘らせるかということまで計画しているぞ。きみは地球の通信ネットワークに直通の回線で繋《つな》がっているな。地球人どもの暗号も解読している。やつらの考えていることを、君は全部知っているはずだ。きみの防衛計画を聞こう」

「は？　わたしは、その……」将軍はへどもどした。「わたしが何を……」

「きみの防衛計画を聞いているのだ！　はっきり答えろ！」

「しかし……われわれには武器がありません」

「予備隊はどうした？　それでも貴様、将軍か？」

「ロボット駆逐艦が数隻あるだけですが、いずれもジェヴェックスが制御しています。はたして信頼できるでしょうか？　予備隊はテューリアンへ出払っています」

予備隊まで動員しろと言ったのはブローヒリオだったが、誰もそのことを指摘する勇気はなかった。

作戦本部は水底の沈黙に閉ざされた。これまでと観念してワイロットがきっぱりと言った。

「休戦です。他に道はありません。休戦を申し入れましょう」

「何だと?」ブローヒリオは激怒した。「公国は独立を宣言したばかりだ。それなのに、一戦も交えることもなく、原始人どもの足下にひれ伏すというのか? いったいどういうつもりだ?」

「一時休戦です」ワイロットは食い下がった。「アッタンの生産が軌道に乗って、兵器の用意が整うまでの間です。軍隊が訓練を積んで戦闘力を身につけるまで時間を稼ぐのです。地球は何世紀もの昔から戦争に備えています。われわれは違います。その差はいかんともし難《がた》いのです。テューリアンとの絶縁はいささか早まったと言わざるを得ません」

「ここは休戦以外に生き延びる術《すべ》はないのではありますまいか、閣下」エスドードゥも脇から口を添えた。

「ジェヴェックスがチャンネルを復旧しました」ヴィザーが報告した。「ブローヒリオはカラザーと単独会見を要求しています」

カラザーはいずれこの要求があるものと見越して政庁の一角に一人離れて席を構えていた。コールドウエル、ダンチェッカー、ヘラー、それに他のテューリアンたちは床を隔てた反対側の隅にかたまっていた。

ブローヒリオの上半身画像がカラザーの前に現われた。ブローヒリオは見るからにうろたえていた。「これはどういうことだ？　わたしはテューリアンへ出向いて会談する意志を明らかにしたではないか」

「この際、膝詰めの談判は穏当でないとわたしが判断したのだ」カラザーはブローヒリオの抗議を撥ねつけた。「何を話し合うというのかね？」

ブローヒリオは苦渋の面持ちでごくりと唾を呑んだ。「わたしは、その、一連の情勢の展開について検討を重ねた。ふり返って考えるに、われわれは地球人の臆面もない態度にまどわされた点がなくもない。われわれの対応は、いささか……性急にすぎたかもしれない。そこで、あらためて、この問題をテューリアン・ジェヴレン関係の視点から話し合いたいと思う」

「現在の情況はわれわれテューリアンにはかかわりのないことだ」カラザーは言った。「われわれは地球人がジェヴレンとの間で事態の解決を図ることに同意した。地球側からすでに条件が示されているはずだな。ジェヴレンは地球が示した条件を呑むのかね？」

「地球側の言い分はあまりにも一方的だ」ブローヒリオは不服を示した。「交渉の必要がある」

「ならば、地球人と交渉することだ」

ブローヒリオは鼻白《はなじろ》んだ。「しかし……地球人は原始人だ。野蛮人だ。地球人に解決を委ねることが何を意味するか、わからないと言うのか？」

「よくわかっているつもりだ。きみは〈シャピアロン〉号のことを忘れたのか？」

ブローヒリオは真《ま》っ蒼《さお》になった。「あれは弁解の余地もない誤りだった。責任の所在を明らかにして、あのような事態を惹《ひ》き起こした者は厳重に処罰する。しかし、現在の情況はまた問題が違う。ガニメアンとジェヴレン人は何万年もの昔から手を結び合ってきたではないか。ここでわれわれを見捨てるとは、あんまりだ」

「ジェヴレン人は何万年もの昔からわれわれを欺いてきた」カラザーは冷やかに言った。「われわれはルナリアンの脅威が銀河系に拡散することを何とかして防ごうと努力したのだ。にもかかわらず、現に銀河系はその脅威にさらされている。君たちを変えようというわれわれの努力は空しかった。地球人に解決を委ねるしかないとすれば、進んで委ねようではないか。もはやガニメアンにできることは何もない」

「話し合おう、カラザー。このようなことがまかり通っていいはずのものではない」

「地球人の条件を呑むか？」

「地球人が本気とは思えない。交渉の余地はあるはずだ」

「だったら地球人と交渉しろ。わたしからはこれ以上、言うことは何もない。それでは、わたしは失礼するぞ」

ブローヒリオの映像は消え去った。

カラザーは敬服の眼差《まなざ》しを向けているコールドウェルたちをふり返った。「あんなことでどうでしょう？」

「お見事ですわ」カレン・ヘラーが言った。「国連に議席を申請なさってもいいくらい」

「地球式に、押しの一手で行く気分はどうですか？」ショウムが並ならぬ好奇心を示して尋ねた。

カラザーは立ち上がり、そり返って胸いっぱいに息を吸い込んだ。「何というか、その……もりもりと力が湧いて来る心持ちだよ」彼は隠さずに気持ちを打ち明けた。

コールドウェルは成り行きを見守る地球上の一同をふり返った。「情況は悪くないぞ。ジェヴレン艦隊はばらばらになって当分は帰れない。敵は矢が尽きかけている。そろそろ止《とど》めを刺す時機だ。どう思うね？」

ハントは慎重だった。「ブローヒリオは自信がぐらついている。とは言うものの、まだまだ降参する気はない。破れかぶれで何をしでかさないとも限らないぞ。特に、武器を積んでいないテューリアン船を送り込むのは考えものだ。ここはもう少し揺さぶりをかけたほうがいい」

「わたしらもそう思います」〈シャピアロン〉号からガルースが言った。その声にはもう後へは退《ひ》かない決意があふれていた。

コールドウェルはちょっと思案してうなずいた。「よし、そうしよう」彼は顎を撫《な》でて、ハントに向かって片目をつぶってみせた。「ヴィザーが材料を山と用意してくれたよ。これを使わなかったら罪というものだな」

「罰《ばち》が当たるよ」ハントは大真面目に言った。

36

ジェヴレン軍作戦本部のスクリーンに地球連合軍の出動風景が映し出されていた。画面の手前から恐ろしげな形をした灰色の宇宙駆逐艦が隊列を組んで迫り出《せ》し、すでに視野の果てまで絨毯《じゅうたん》のように続いている大艦隊に加わった。最初の艦隊が画面の奥へ遠ざかると、すぐ続いて新たな艦隊が登場し、同じように視野をいっぱいに埋めて雁行《がんこう》した。第一艦隊はソヴィエト連邦の赤い星の標識を掲げていた。第二艦隊はアメリカ合衆国の星条旗だった。ヨーロッパ連合、カナダ、オーストラリア、中華人民共和国の標識が後に続いた。前景でゆっくり回頭する大型宇宙戦艦の向こうには夥《おびただ》しい戦艦が縦陣を作っていた。直線的な船形のあちこちに設けられた銃座やミサイルポッドが無言のうちに驚異的な破壊力を誇示している。さらに機動部隊と補給部がしんがりに続いた。宇宙空母。砲撃プラットフォーム。巡洋艦。迎撃機母艦。地上攻撃衛星。武器兵員輸送船。シャトル発射台……その他ありとあらゆる種類の宇宙船が護衛船団を従えて繰り出していた。先頭集団は画面の奥で早くも周囲の星と見分けもつかない光点となり、その距離ではもう動きもさだかではなかった。いや、しかし、それは見かけの上の話である。測り知れぬ殺傷力を孕《はら》んだ一大人工星座は全速力で地球を遠ざかり、まっしぐらにガニメアンの瞬間移動ブラックホールの入口に向かっているのであった。

音声機構からジェヴェックスの説明が流れた。「月付近《ルナ》の集結空域を出動する第一波です。加速度は地球人が先に発表した到着時間から逆算した数値と一致します」

ブローヒリオは蒼《あお》ざめた顔で訊き返した。「第一波だと? 後続の勢力があるのか?」

それに応えて画面が地上の俯瞰《ふかん》に変わった。砂漠の一部を柵で広く囲った大きな基地と思われた。片隅に黒い点線のように見えているものに向かってカメラは一気にズームアップした。それは補給物資を搭載中の大気圏シャトル船団であった。その傍らには戦車、自走砲、兵員輸送車、そして何万という兵士の集団が部隊ごとに整然と幾何学的な隊伍《たいご》を組んでいた。

「中国正規軍です。第二波攻撃隊として、これから軌道上の集結空域へ運ばれるところです」

再び画面が変わり、前と同じような光景を映し出した。濃い森林に覆われた丘陵地帯だった。

「シベリアで出動に備える大気圏内超音速爆撃機と高高度迎撃機編隊です」

画面はさらに変わった。「アメリカ西部から出動するミサイル部隊と対戦車レーザー砲部隊です。この他各国が第二波の出動準備中です。統合参謀本部では目下非常事態に備えて第三波攻撃作戦を検討しています」

ブローヒリオの額に汗の粒が浮き出した。彼は目を堅く閉じ、何やら呪文を唱えでもするように唇を動かして、必死に冷静を保つことに努めた。

「これは私見ですが、閣下……」ワイロットが何か言いかけるのを、ブローヒリオは片手を上げて制した。

「やかましい。おれは今、考える時間を必要としているのだ」ブローヒリオは顎鬚《あごひげ》をひねり、片手を背中に当てがって室内を行ったり来たりした。ややあって、彼は将軍たちに向き直った。「ジェヴェックス！」

「はい、閣下」

「ヴィザーはテューリアンの設備を通じて地球の通信ネットに結ばれているはずだな。ヴィザーを介しておれを地球に繋《つな》げ。アメリカ合衆国大統領かソヴィエト連邦首相、いや、誰でも構わん、とにかく地球の意思決定に関与する人物と話をさせろ。早くしろ」

「さあ、どうしますか？」ヴィザーはテュリオス政庁に判断を仰いだ。

「今さらこっちの方針を変えるわけにはいかない」コールドウェルが言った。「無条件降服以外にブローヒリオに開かれた道はないんだ。相手はヴェリコフしかいないと思い込ませるように持っていけ」

ブローヒリオはいらいらしながら、また行きつ戻りつしはじめた。ジェヴェックスが報告した。

「ヴィザーはこちらの要求を拒否しています。テューリアン側の方針で、地球人とジェヴレン人の問題には介入しないという態度なのです」

ブローヒリオはがくりと膝が折れそうになるところを辛うじて踏みこたえた。「テューリアンはジェヴレンに戦艦を派遣しているのだぞ」彼は喚いた。「片方でそのようなことをしながら、介入しない方針とはどういうことだ？　ヴィザーに抗議しろ」

「はなはだ申し上げにくいことですが、閣下、ヴィザーは糞喰《くそ》らえ、と捨科白《すてぜりふ》を吐きました」

ブローヒリオはあまりのことに怒鳴り返すことも忘れていた。「ならば、もう一度カラザーに繋ぐようにヴィザーに言え」彼は声を詰まらせた。

「ヴィザーは拒否しています」

「ヴィザーを出せ。おれが話す」

「向こうはいっさい接続を絶っています。呼び出しに応じようとしません」

ブローヒリオは憤怒と恐怖にわなわなとふるえた。彼は焦点を失った目でせわしなく左右をふり返った。

「ヴェリコフと話すしかありません」ワイロットが言った。「最後通告を受容することです」

「ならん！」ブローヒリオは叫んだ。「一戦も交えずして白旗を掲げることはできない。まだ二日ある。全将校団と科学技術陣をアッタンに移して立て籠《こも》ることもできる。背水の陣を敷くのだ。アッタンの陣を強化すれば地球人どもは容易に近寄れまい。追撃してくれば返り討ちだ」

彼はワイロットをきっと見据えた。

「ジェヴェックスと相談して、二日以内に能《あた》う限り最大の戦力をジェヴレンからアッタンに移転する計画を策定しろ。直ちにかかれ。他の責任はいっさい放棄して構わん」

「このあたりで時間の跳び越しといくか」様子を窺《うかが》っていたハントが言った。「条件は揃《そろ》った」

「本当にやる気ですか？」〈シャピアロン〉号からシローヒンが問い返した。彼女は心配そうだった。「理論的に無理があると思いますが」

「どう思う、クリス？」コールドウェルが肩越しにダンチェッカーをふり返った。

「今の状態なら、彼らは非合理を非合理と受け取らないだろう。おそらく、疑問を抱くゆとりもないのではないかね」

「連中はほとんどパニックを来《きた》している」ソブロスキンがハントの隣から言った。「パニックと論理は並び立たないことになっているよ」

「わたしはいまだに、あなたがたの言うパニックなる現象がよく理解できませんね」〈シャピアロン〉号のイージアンが言った。

「それを、これからお目に懸《か》けようという段取りだよ」コールドウェルはヴィザーに指示を下した。

「失礼ですが、閣下」ジェヴェックスが言葉を挟んだ。「二日以内というのは現実に即しません」

「何だと？」ブローヒリオはぎっくりと立ちつくした。「現実に即さぬとはどういうことだ？」

「二日とおっしゃる根拠がわかりません」ジェヴェックスは答えた。「自明のことではないか。地球人
ブローヒリオは何をか言わんという表情で頭をふった。

は二日後に攻めてくる。違うか？」

「おっしゃることがわかりません、閣下」

ブローヒリオは怪訝《けげん》な顔で将軍たちを見渡した。幕僚たちもまた不思議そうに顔を見合わせていた。

「地球軍の来襲は二日後だ。違うか？」ブローヒリオは重ねて言った。

「作戦は延期されておりません、閣下。攻撃開始は今日、正確には十二時間後です」

しばらくは時間の流れが止まったような沈黙があたりを支配した。

ブローヒリオは握り拳を上げて何度かゆっくり額を叩いた。

「ジェヴェックス」やっと気持ちを静めて彼は穏やかに言った。「おまえはさっき、第一波はやっとこれから地球を発進するところだと言ったのだぞ」

「お言葉を返すようですが、閣下。わたしはそのようなことを申した覚えはありません」

ブローヒリオは堪《こら》えかねて張り裂けるばかりの声を放った。「どうして地球人どもが今日中にやってこられるのだ？　今、地球を発進したところではないか。そうではないと言うのか？」

「地球軍は二日前に行動を開始しています」ジェヴェックスは答えた。「すでにジェヴレン圏に到達しています。十二時間後には攻撃を開始します」

ブローヒリオは見る見る真っ赤になった。「さっきの監視画像は、地球からの生中継だと言ったはずではなかったか？」

「いえ、二日前の録画であると申し上げました」

「そんなことは言わなかった！」ブローヒリオは喚《わめ》いた。

「はっきり、そう申し上げました。記憶もそのようになっております。もう一度、画像を再生しますか？」

ブローヒリオは将軍たちに訴えるような視線を向けた。「聞いたろう、諸君。いったいこのやくざな人工頭脳はどうしたというのだ？　さっきの画像は生中継ではなかったのか？

どうなのだ？」

誰もブローヒリオの言うことを聞いてはいなかった。将軍の一人はわけのわからぬことを口走りながらあたりをうろうろ歩きまわりだした。別の一人は頭を抱えて呻《うめ》いていた。他の者たちはうろたえて口々に勝手なことを喚き合っていた。

「二日前の録画であるはずがない」

「どうしてそう言いきれる？　何が事実か、事実でないか、どうしてわかる？　いったい、貴公は何をもって判断するのだ？」

「ジェヴェックスがそう言った」

「それが、今は二日前の画だと言っているのだ」

「ジェヴェックスは狂っているのだ」

「しかし、ジェヴェックスは……」

「ジェヴェックスは頼りにならん。われわれはいったい何を信じたらよいのだ？」

「地球軍が攻めてくる！　もう、そこまで来ているのだ！」

科学者のエストードゥはそっと部屋から姿を消した。混乱の最中《さなか》で、誰もそれに気がつかなかった。

ブローヒリオは両手をふりまわして負けじと声を張り上げた。「十二時間だぞ！　十二時間後には敵が攻めてくるのだ！　しかるに、わが方には武器がない。地球軍はのっけから総攻撃をしかけてくる。われわれの情況を知らないからだ！　その、われわれの情況はどうか？　わが方には一矢《いっし》を報いる術《すべ》もないのだ！　子供ばかりの宇宙船一隻でも、やつらはジエヴレンを征服できるのだ。われわれがそのような状態にあることを地球人どもは知らない。迎え撃つおれの手にあるのは何だ？　できそこないの幕僚、できそこないの科学者集団、それに、できそこないのコンピュータだ！」

ワイロットは立ち騒ぐ将軍たちを掻《か》き分けてブローヒリオの前に出た。「選択の余地はありません」彼は強硬に諫言《かんげん》した。「ヴェリコフの条件を受諾することです。少なくとも、そうすることで今しばらくの時間が生じます」

ブローヒリオは険しい目つきで睨《にら》み返したが、ワイロットの言うとおりだと認めていることは顔に書いてあった。とはいえ、まだ気持ちは決しかねている。ワイロットはしばらく待ってから、喧噪《けんそう》に抗して声を張り上げた。

「ジェヴェックス！　スヴェエレンセン直通のチャンネルで地球を呼び出せ。ヴェリコフに繫げ」

「かしこまりました、将軍」ジェヴェックスは答えた。

コネティカットの通信室で、ハントは戸口から覗《のぞ》いているヴェリコフをふり返った。「さあ、きみの出番だ。間もなくブローヒリオの降服を受諾することになる。それでめでたしめでたしだ」

他の者たちが一斉に引き下がって丸く場所を空ける中を、ヴェリコフはつかつかと進み出た。ジェヴレンの作戦本部を映し出しているスクリーンの中で、ワイロットとブローヒリオはまっすぐ正面に向き直り、ジェヴェックスの接続を待っていた。ヴェリコフも精いっぱい胸を張り、腕組みをして歴史的瞬間に備えた。

スクリーンの画像がふっと消えた。

通信室の一同は首を傾《かし》げながら互いに顔を見合わせた。

「ヴィザー……？」一呼吸置いてハントが呼びかけた。「ヴィザー、どうしたんだ？」

答えがなかった。テューリアンと〈シャピアロン〉号のスクリーンも画が消えていた。

ヴェリコフが片側の機械装置に飛びついて手早く各部を点検した。

「駄目です」皆をふり返って彼は言った。「システムがそっくり遮断されています。どこにも通じていません。こちらからは接続できません。何かの原因で、ジェヴェックスとは完全に接続を断たれたのです」

テューリオス政庁でも同様な騒ぎが持ち上がっていた。コールドウェルがうろたえて叫んだ。

「ヴィザー、どうした？　地球とジェヴレンの画像が出ていないぞ。どこかで接続が切れたか何かしたのか？」

数秒経ってヴィザーが答えた。「それどころではありません。接続が切れたのはコネティカットとジェヴレン作戦本部だけではないのです。ジェヴェックスそのものが接続を断ったのです。どうすることもできません。全システムが機能を停止しました」

「ジェヴレンがどうなっているか、全然わからないのか？」モリザルが蒼《あお》くなって尋ねた。

「わかりません」ヴィザーは答えた。「ジェヴェックスの管理する惑星圏内で僅《わず》かに回線が通じているのは〈シャピアロン〉号だけです。ジェヴェックスは機能していません。全システムが停まってしまったのです」

ブローヒリオは、気がつくと作戦本部の建物の地下壕の私室に横たわっていた。彼はがばと跳ね起きた。何がどうなっているのか自分でもよくわからなかった。ほんの今しがた、彼は作戦会議室でワイロットと共にヴェリコフとの接続を待っていたはずである。それを思い出した途端、今この瞬間にもジェヴレン圏に突入しようとしている地球軍大艦隊の偉観がありありと瞼《まぶた》に浮かんだ。彼はうろたえてあたりを見回した。

「ジェヴェックス！」

返事がない。

「ジェヴェックス、応答しろ」

何度呼んでも同じだった。

冷たく堅いものが胃の底にわだかまっている気持ちだった。ブローヒリオはそそくさと立って肌着の上にローブをはおり、隣室へ走ってモニター・パネルの状態表示をあらためた。照明、空調、通信、給水……すべてが非常モードに切り替わっていた。ジェヴェックスは機能を停止しているのだ。彼は通話コンソールを試してみた。スクリーンに現われるのは何度やっても回線飽和の表示ばかりだった。それはすなわち、故障が部分的なものではないことを意味している。本部の建物全体が混乱に陥っているのだ。彼は寝室に駆け戻って戸棚から衣類を乱暴に引きずり出した。

上着のボタンをかけているところへ、廊下のドアをそっと叩く音がした。ブローヒリオは慌《あわ》ててプリント・ロックに拇指《おやゆび》を当ててドアを解錠した。エストードゥが二人の部下を従えて立っていた。廊下でけたたましく叫び交わす声が聞こえた。

「どうしたのだ?」ブローヒリオは食ってかかった。「システムが麻痺《まひ》状態ではないか」

「わたしがもとを切ったのです」エストードゥは言った。「中央制御室の手動オーバーライド遮断器を降ろしました。ジェヴェックスの全システムを停めたのです」

ブローヒリオは髯《ひげ》を逆立てて目を剝《む》いた。「何だって? 貴様……」

エストードゥは手をふって彼を遮った。日頃のエストードゥからは想像もつかない、思い詰めた仕種《しぐさ》だった。ブローヒリオは気圧《けお》されて口を閉じた。

「何が起こっているか、わかりませんか?」エストードゥは急《せ》き込んで声を尖らせた。「ジェヴェックスは正常ではなかったのです。内部から妨害されていたのです。ヴィザーの仕業としか考えられません。何らかの手段でヴィザーはジェヴェックスの中枢機能に直結したのです。だとすれば、これまでのこちらの動きは何もかもテューリアンに筒抜けです。あと十二時間。急げばまだ脱出できます。アッタンとはまだ非常回線で繋がっています。予備システムでジェヴレンにブラックホールを発生させることができるのです。ジェヴェックスの機能は麻痺していますから、ヴィザーは目隠しされているのと同じです。テューリアンや地球のことは気にする必要はありません。地球軍の第一陣がやってくるまでまだ十二時間ありますす。来た時には、もうここはもぬけの殻です。われわれの行き先は、彼らにはわかりません。向こうがアッタンに目をつける頃には、こっちは戦闘態勢を固めています。わかりますね？これしか道はないのです。ジェヴェックスが稼動している限り、いっさい敵に知られずに行動することは不可能なのです」

ブローヒリオはエストードゥの言葉に耳を傾けながら咄嗟《とっさ》に思案をめぐらせた。議論をしている場合ではない。何もかもエストードゥの言うとおりなのだ。ブローヒリオはうなずいた。「戦う意志のある者は残らず本部に集合させろ。知覚転送ではなしに、生身でだ」彼はエストードゥに向かって言った。「ランチャーに連絡して、信頼できる乗組員五班を今日一八〇〇時までにギアベーンに待機させろ。おまえは……」彼はエストードゥの背後に控えた側近の一人に目を移した。「ギアベーンの作戦指揮官にE級輸送船五隻をその時間までに整備させろ。一分たりとも遅れることは許さん。輸送船団がジェヴレン圏を離脱し次第、環状ブラックホールでアッタンに瞬間移動するよう各方面に手配しろ」もう一人の側近を指さして彼は言った。「ワイロット将軍に、警備隊四箇中隊をギアベーンに空輸して一七三〇時までに出発準備を完了させるように伝えろ。二千人の輸送能力が必要だ。どこからでも構わん、手当たり次第に輸送手段を徴発しろ。実力行使に遠慮は無用だ。わかったか？」

ブローヒリオは上着の襟を直し、寝室へ取って返して拳銃のベルトを締めた。「おれは本部会議室へ行く。きみたち三人は手配を済ませて今からきっかり一時間後におれのところへ来い。言われたとおりにしろ。明日の今頃は全員アッタンだ」

37

〈シャピアロン〉号は惑星ジェヴレンに接近して、後からテューリアンを発《た》ったガニメアン船団の到着を待っていた。船団は惑星圏にさしかかっていたが、〈シャピアロン〉号に合流するまでにはまだ何時間もかかる距離を残していた。低空に降下した舟艇が地上の模様を母船司令室のスクリーンに伝えていた。ジェヴレン中が大混乱に陥っていた。空中を移動するものはなく、あちこちで、住民は徒歩で街を去りはじめた。近接地域間の移動や行楽用の細い道路に地上車があふれていたるところで渋滞が生じていた。早くもあちこちで暴動が起こっている。しかし、指導者もおらず、組織力もない大方の一般市民はただ広場や空地に集まって右往左往するばかりだった。地上の通信情報を傍受しても、公共サービスはいっさい麻《ま》痺《ひ》し、何一つ秩序回復の対策が取られていないことは明らかだった。この混乱を鎮め、社会秩序を回復する大仕事はガニメアンたちの手に委ねられることになりそうだった。

ガルースは司令室の中央に立って逐時報告される情況を判断しながら、気持ちは重苦しく沈んでいく一方だった。ヴィザーはジェヴェックスを破壊していない。混乱の原因はジェヴレン人たち自身にあると考えなくてはならない。彼らは知らぬ間に外部から監視されていたことにどこかで気づいて、ヴィザーを目隠しするためにジェヴェックスの全システムを遮断したのだ。ジェヴレン側は何かを企んでいるに違いない。しかし、彼らの狙いは知る由《よし》もない。ガルースは何としても気に入らなかった。

今一つ、どこか深いところで彼を悩ませているのはしくじったという気持ちだった。イージアンも、シローヒンもモンチャーも、他の者たちも、〈シャピアロン〉号のジェヴレン遠征がテューリアンを救ったと言って彼を勇気づけようとしている。しかし、ガルースは仲間たちを船もろとも死の淵に立たせた責任を強く意識せずにはいられなかった。ハントたち地球人の迅速な行動が彼らを救ったのだ。ガルースは乗組員ばかりか、イージアン配下の科学技術陣までも危険にさらした。彼が窮地を脱し得たのは他の者たちの支えがあったからである。たしかに、テューリアンに対する脅威は除かれた。それはそのとおりである。しかし、ガルースはとてもそれを自分の手柄と考えることはできなかった。何の役にも立てなかったのが悔やまれる。テューリアンから送られる讃辞は彼の心を暗く重くするものでしかなかった。

片側の小さなスクリーンの中で、ハントが肩越しにふり返って誰かと話していた。ジェヴレンの地球潜入工作の本拠だったコネティカットのスヴェレンセン邸内には大勢の人間があふれていた。

「しかし、何だね。こいつはひょっとすると将来地球人にえらい面倒を負わせることにもなりかねないな」

「何が言いたいんだね？」アメリカの政府高官ノーマン・ペイシーの声が画面の外から問い返した。

ハントは体をよじって目の前のスクリーンを指さした。「だってそうだろう。いずれ地球人はテューリアンの学校へ子供を留学させるようになるな。向こうへ行った子供たちはこの回線を使うことを覚えて、受信者払いで家へ電話をかけるぞ」

ジェヴェックスが機能を停止して通信が杜絶《とぜつ》した後、コネティカットのハントたちは電話でマクラスキー基地を呼び出し、信号をパーセプトロンのデータビームに乗せてヴィザーと接続することを思いついたのだ。スヴェレンセンの通信室の隣室にある二台のテレビ電話が今はガニメアンとの交信に使われている。一台は〈シャピアロン〉号、もう一台はテュリオス政庁に通じていた。

「わたしはいまだに信じられないね」ハントの後ろの窓際の椅子にかけてちらりと顔を覗《のぞ》かせているCIAのベンスンが言った。「この電話が、恒星空間を隔てた異星船の物言うコンピュータに繋《つな》がっているなんて、信じられない」ベンスンは画面の外にいる誰かをふり返った。「なあ。CIAはもっと早くにこいつをやるべきだったよ。お宅たちがクレムリンの便所でこそこそ話していることだって盗聴できるんだから」

「しかし、もうそういう時代も終わりですよ」ロシア人らしい声が答えた。

〈シャピアロン〉号に今現に同乗していたとしても地球人たちのふるまいは変わらないだろう、とガルースは密《ひそ》かに思った。今しがたの危険も、未知の恐怖も、彼らはまるで気にしない。そうして、あのように冗談を飛ばし合って笑い興ずることだろう。地球人は常に何かに挑み、失敗しても笑って忘れ、すぐにまた試みる。最後には、きっと目的を達するのだ。間一髪の危機も、彼らにとってはもう過ぎ去ったことである。勝負で一本取ったというだけのことにすぎない。今、彼らの頭にあるのは次の一本のことだけである。ガルースはつくづく地球人たちが羨《うらや》ましいと思った。

沈黙を破ってゾラックが情勢の急変を告げた。「緊急報告。新しい動きが起こりました。第四号舟艇がジェヴレンの裏側から発進する宇宙艦隊を発見。総勢五隻、密集隊形で上昇中」スクリーンの画像が雲塊に覆われたジェヴレン惑星表面に変わり、斑《まだら》の大地を背景に五つの黒い点となって移動する宇宙艦隊を映し出した。

傍らのスクリーンで、ハントはぐっと身を乗り出した。他の者たちも後ろから肩をくっつけ合って屈《かが》み込んだ。地球人たちは固唾《かたず》を呑んで成り行きを見守っていた。隣のスクリーンではカラザー以下テュリオスの一同が、やはり緊張に顔を強張《こわば》らせていた。

「ブローヒリオと参謀たちに違いない」短い沈黙の後、カラザーが言った。「アッタンに退却する気だな。ジェヴレンとアッタンを結ぶ予備の移動システムがあるとエストードゥが言っていた。それを使って落ち延びる計画だったのか。もっと早くそこに気がつくべきだった」

イージアンは司令室のガルースの傍に立った。シローヒンとモンチャーは他の技術者たちと一方の隅にかたまっていた。

「脱出を許してはなりません」イージアンは不安げに言った。「アッタンは最後の防衛拠点として備えを固めているはずです。彼らは堅塁に立て籠もって徹底抗戦の構えを取るに違いありません。こっちに攻め手がないことが知れるのは時間の問題です。アッタンに脱出されたら、事態は容易ならぬことになります」

「何かね、そのアッタンというのは？」ハントがスクリーンの中から尋ねた。

イージアンは考えをめぐらせながら上の空で答えた。「ジェヴレンの遠い惑星で、空気も水もない岩の塊です。ただ、鉱物資源は豊富なのです。ジェヴレンはずっと昔に、工業化の資源確保というたてまえでその所有権を認められました。それが今では彼らの兵器庫になっているのです。おそらく惑星全体が要塞と兵器工場を兼ねた堅塁になっているでしょう。何としても、ブローヒリオのアッタン籠城《ろうじょう》は阻止しなくてはなりません」

イージアンがハントに説明している間、ガルースはテューリアンの超空間移動システムについてそれまでに学び得たことを頭の中で復習した。ヴィザーもジェヴェックスも、自己の管理する宇宙領域に投射されるh－ビームをそれぞれの探査網で検知し、遮断することができる。探査体はまた、環状ブラックホールが形成される際、フィールド・パラメータを読み取ってh-スペースに流れ込もうとするエネルギーを拡散させてブラックホールの発生を阻害することができる。探査体がなければビームもエネルギーの流れも遮断できない。ジェヴレン周辺に網を張っている探査体はすべてジェヴェックスに付属するものである。ジェヴェックスが機能を停止している今、ヴィザーはそれを介してアッタンからのビームを遮断できない理屈である。ジェヴレン人がシステムを閉鎖したのはそのためだったのだ。

「打つ手はないな」カラザーが別のスクリーンから言った。「そこにいるのは〈シャピアロン〉号だけだ。他の船が行きつくまでにはまだ少なくとも八時間はかかる」

悲痛な沈黙が司令室を覆った。カラザーは途方に暮れて左右をふり返るばかりだった。ハントたち地球人もなす術《すべ》を知らず、ただ息を殺していた。中央のスクリーンでは、ジェヴレン艦隊が早くも惑星の描く円弧の外へ飛び出そうとしていた。

ガルースは情況が次第にはっきりと見えてくるにつれて、久しく忘れていた自信と勇気がもりもりと湧き上がるのを感じた。彼の取るべき行動は決まっていた。ガルースは司令官の自覚を取り戻した。「われわれは現にここにいる」

イージアンはちらりとふり返り、腑《ふ》に落ちない顔でスクリーンに視線を戻した。五つの黒い点は星の降る空間を急速に遠ざかりつつあった。「追跡できますかね?」彼は自信なげに言った。

ガルースは期するところある顔でにやりと笑った。「向こうはたかがジェヴレンの惑星間輸送船だろう。きみは大切なことを忘れてはいないか？　この〈シャピアロン〉号は恒星間宇宙船だぞ」

カラザーの発言も待たずに、ガルースはきっと頭を上げて命令を発した。「ゾラック！　第四号舟艇を直ちに追跡に向けろ。他の舟艇は残らず回収しろ。本船を高軌道に上昇させて、その間に全舟艇を最大航続距離にチャージしろ。メイン・ドライヴ出力全開用意だ。追跡するぞ」

「追跡してどうする？」カラザーが尋ねた。

「それは追いついてからのことだ」ガルースは言った。「とにかく、見失わないことが先決だ」

「タリー・ホウ！」ゾラックが完璧なイギリス英語で鬨《とき》の声を真似た。

ハントはびっくりして目を白黒させた。「どこでそれを覚えた？」

「第二次世界大戦中のイギリス空軍のパイロットを描いた記録映画だよ」ゾラックは答えた。

「きみのためにね、ヴィック。きっと喜ぶだろうと思って」

38

ブローヒリオはジェヴレン艦隊旗艦のブリッジに立って夥《おびただ》しいデータスクリーンを見上

げている操作技師団を険しい目つきで見渡した。スクリーンには遠距離走査コンピュータから刻々とデータが送り出されていた。情報を交換する低いざわめきを破って制御卓の一ケ所から驚きの声が上がった。

「どうした？」ブローヒリオは性急に報告を求めた。

エストードゥが茫然《ぼうぜん》とした顔でふり返った。「あり得べからざることです……」彼はしきりに背後のスクリーンを指しながら、声も満足に出ないありさまだった。「しかし、事実は事実です……間違いありません」

「だから、どうした？」ブローヒリオは焦《じ》れて叫んだ。

エストードゥはごくりと唾《つば》を呑んだ。「〈シャピアロン〉号です。ジェヴレンから回頭して、こっちへ追ってきます」

ブローヒリオは正気を疑う目でエストードゥの顔を覗《のぞ》き込んだが、ふんと鼻を鳴らし、操作技師を二人押しのけて自分でスクリーンの前に坐った。見る間に彼の唇はまくれ上がり、髯《ひげ》は逆立ってふるえた。眼前の事実を断じて受け入れまいと抵抗する態度だった。隣のスクリーンに望遠レンズが大きく捉えた画像が出た。もはや事実は打ち消しようもなかった。ブローヒリオは弾《はじ》かれたように、やや退《さが》ってスクリーンを覗いているワイロットをふり返った。

「貴様、これを何と説明する？」彼は喚《わめ》きちらした。

ワイロットはうろたえて激しくかぶりをふった。「そんなはずはありません。ガニメアン船は破壊されたのです。わたしがそれは確認しました」

「ならば、あそこにまっすぐこっちを追ってくるのは何だと言うのだ?」ブローヒリオは操作技師たちに向き直った。「あの船はいつからジェヴレンにいる? 目的は何だ? 誰も知らなかったとはどういうことだ?」

ブリッジの一段高いところから艦長の声が響いた。「非常な加速度で追跡してきます。とても逃げきれません」

「追ってきたところで何もできません」ワイロットが声を詰まらせて言った。「武器は積んでいませんから」

「馬鹿者!」ブローヒリオは一喝した。「〈シャピアロン〉号は何故破壊を免れた? すでにテューリアンに移動していたからだ。地球人どももテューリアンに渡っているだろう。あの船には、おそらく、地球人どもが武器を携えて乗り込んでいる、ということだ。攻撃されたらわれわれはひとたまりもないぞ。こっちは一度あの船を攻撃してへまを犯しているのだ。〈シャピアロン〉号の乗員は地球人が何をしようと知らぬ顔だぞ」

ワイロットは唇を嚙《か》んで項垂《うなだ》れた。

「〈シャピアロン〉号周辺のストレスが急速に高まっています」遠距離走査オペレーターが他より一段高い座席から叫んだ。「レーダー走査も光学的接触も不能です。h-スキャンによれば、敵船は針路を保ってなお加速中です」

エストードゥは必死に考えをめぐらせた。「まだ逃げきる見込みはあります。閣下」彼ははっと顔を上げて言った。ブローヒリオは顎を突き出して詰問する表情で彼をふり返った。

エストードゥは言葉を続けた。「ガニメアン船はまだストレス・フィールド緩衝システムのない時代に建造されています。h-スキャン装置もありません。つまり、メイン・ドライヴ航行中はこちらを追尾できないのです。彼らはわれわれの針路を予測して追跡するしかありません。しかも、針路を修正するには段階的に減速しなくてはならないのです。向こうが手探りで飛んでいる間に、こちらは針路を変えて追跡をかわすことも不可能ではありません」

他のオペレーターが報告した。「右舷後方に重力変動。距離九八〇マイル。強度七。なお増加中。第五級ブラックホール開口。h-スキャンは〈シャピアロン〉号前方に同級の進入口を捉えています」

ブリッジ内は色めき立った。オペレーターの報告は、ヴィザーが二本のビームを投射して環状ブラックホールを作り出していることを意味している。h-スペースのトンネルを潜《くぐ》り抜けて〈シャピアロン〉号はジェヴレン艦隊に追いすがろうとしているのだ。第五級のブラックホールはさして大型の物体を瞬間移動させるものではない。オペレーターがまたうろたえた声を発した。「飛翔体が通常空間に再突入しました。高速度で接近してきます」

「ミサイルだ！」誰かが叫んだ。「敵はミサイルを発射した！」

乗組員たちは浮き足立った。ブローヒリオはうつろな目を見開いて、噴き出す汗を拭うことすら忘れていた。ワイロットはへたへたと椅子にくずおれた。

今一度オペレーターが叫んだ。「飛翔体確認。〈シャピアロン〉号のロボット舟艇です。針路、速度とも本艦に同じ、ブラックホールの出口は閉じました」

遠距離走査オペレーターが報告した。「〈シャピアロン〉号、加速接近中。距離、二十二万マイル」

「ふりきれ！」ブローヒリオは艦長席を見上げて叫んだ。「艦長、追跡をかわして逃げきれ」

艦長は針路変更を指示し、コンピュータがそれに応じて宇宙船の向きを修正した。

「舟艇はぴったり追随してきます。逃げきれません。〈シャピアロン〉号もヴェクトルを修正して間合いを詰めてきました」

ブローヒリオは憤怒に顔を歪めてエストードゥに嚙みついた。「何が、向こうは手探りだ？ 減速する気配もないではないか！」

エストードゥは両手を拡げて意味もなく首を横にふった。ブローヒリオは技術者たちをふり返った。「どうだ？ 敵はしつこいぞ。何とかならないのか？」

誰一人、答える者はなかった。ブローヒリオはスクリーンの〈シャピアロン〉号追尾データを指さした。「あの船に乗っているどこかの天才が、何か特別な手を編み出したんだ。それなのに、こっちはどうだ？ おれのまわりは屑《くず》ばかりだ」彼はブリッジの床を行ったり来たりした。「いったい、どういうことだ？ 向こうは天才揃《ぞろ》い。おれのまわりは屑ばかり。どうしてこういう……」

「そうか！」エストードゥが叫びとも唸《うな》りともつかぬ声を発した。「敵は舟艇と〈シャピアロン〉号をh－ビームで結んでいるんだ。舟艇はこっちの動きを全部読み取って、ヴィザーを通じて〈シャピアロン〉号のフライト・システムに最新データを送り込む……。これではどうやってもふりきれるわけがない」

ブローヒリオはしばらくエストードゥを睨《にら》みつけていたが、やがて、通信士官に向き直って声を張り上げた。「ぐずぐずしている閑《ひま》はない。アッタンへジャンプするぞ。向こうの状態はどうだ？」

「ジェネレーターは出力いっぱいで待機中です」通信士官は答えた。「照準は本艦ビーコンに合っています。直ちにブラックホール開口が可能です」

「しかし、敵舟艇がわれわれにぴったりついて瞬間移動したらどうします？」エストードゥが言った。「アッタンの通常空間に再突入すればヴィザーが舟艇の位置を割り出します。われわれの目的地を知られてしまいます」

「われわれの目的地くらい、向こうの知恵者どもはとうの昔にお見通しだ」ブローヒリオは頭ごなしにきめつけた。「だからと言ってやつらに何ができる？　アッタンに近寄るものなら容赦はない。木《こ》っ端微塵《ぱみじん》に吹き飛ばしてやるまでのことだ」

「しかし、本艦はまだジェヴレン圏内です」エストードゥはおろおろ声で抗議した。「ここでジャンプしたら、惑星が……宇宙領域が大混乱を来《きた》します」

「それを思ってこんなところで足踏みしているというのか？」ブローヒリオは口を歪《ゆが》めた。「敵の舟艇が警告にすぎないということがわからんのか？　ぐずぐずしていれば、次は本当にミサイルを撃ち込んでくるぞ」

ブローヒリオは、文句があるか、とばかりに挑むようにブリッジを見回した。ブローヒリオに楯突く者はなかった。彼は傲然《ごうぜん》と肩をそびやかした。「艦長！　直ちにアッタンへ移動しろ」

命令はアッタンに伝えられ、数秒を経ずして巨大なジェネレーターはジェヴレン船五隻の前方の限られた空間にエネルギーを注ぎ込んだ。時空の一部が褶曲《しゅうきょく》し、ねじれて揺動し、果てしなく陥没した。h－スペースへの入口が激しく旋回する渦の中心に形をなしはじめた。それはまず虚空の一点に収束された光の小さな輪となって現われた。やがてその輪がゆっくりと拡がって漏斗《ろうと》状の壁を作ったと見る間に、渦流の焦点に底知れぬ暗黒の空間が生じた。次いで漏斗状の窪みの内側に反対方向の渦流が発生した。逆回転する二つの渦はせめぎ合い、反発し合ってめまぐるしく波動した。時空は引き裂かれてさながら乱麻のようにもつれ合った。何かが異常だった。h－スペースの入口は安定しなかった。「どうした？」ブローヒリオは叫んだ。

エストードゥは血眼《ちまなこ》となってずらりと並ぶスクリーンのデータを追いかけた。「何かが環状ブラックホールの発生を妨害しています……フィールド・マニフォールドを破断させようとしています。こんなことははじめてです。ヴィザーの仕業に違いありません」

「そんな馬鹿な！」操作技師の一人が叫んだ。「ヴィザーはビームを遮断できない。ジェヴェックスは閉鎖されているんだ。ヴィザーには探査体がない」

「ビーム遮断ではないな」エストードゥは誰にともなく言った。「進入口は形成されているんだ。ただ、別の何かが……」彼は〈シャピアロン〉号を捉えているスクリーンに目をやった。「そうか！　ヴィザーは〈シャピアロン〉号の舟艇に進入口の形成をモニターさせているんだ。ビームは遮断できない。それでヴィザーはジャイスターから補足パターンのビームを発射して、アッタンのビームを相殺しようとしているんだ。そうやってブラックホールを通行不能にする狙いなんだ」

「まさか」技術者の一人が反論した。「舟艇一隻じゃあそれだけの相殺力は出せないだろう。それに、向こうはジャイスターから当てずっぽにビームを発射しているはずじゃないか」

「ジャイスターとアッタンのビームが同一空間で干渉し合ったら、相乗効果は大変なものだぞ」別の技術者が言った。「不安定な共鳴が起こりでもしたら、それこそどうなるかわかったものじゃない」

「現にその不安定な共鳴が起きているんだ」エストードゥはスクリーンを指さして叫んだ。

「さっきから言ってるだろう。ヴィザーの仕業に間違いない」

「ヴィザーがそんな危険を冒すものか」

宇宙船前方では複合相対論的時空の歪みによって惹《ひ》き起こされたエネルギーの大渦流が収縮拡散しながら激しく揺動していた。数光年を隔てた二点から流れ込むエネルギーは衝突して、電光は宇宙空間を切り裂き、花火のように弾《はじ》けて散った。ブラックホールの核は収縮し、肥大して飛散し、新たに融合した。宇宙船は渦の中心に向かってまっしぐらに突き進んでいた。

ブローヒリオは技術者たちの議論についていかれなかった。彼は命令を待っている艦長を見上げた。命令を下しかけて、一瞬、彼はエストードゥの異様な表情に気づいて声を呑み込んだ。

エストードゥは何とも形容し難《がた》い不思議な顔をして〈シャピアロン〉号を捉えたスクリーンの前に石のように立ちつくしていた。彼は身のまわりで起こっていることは何もかも忘れ去った様子で、何事かを低く呟《つぶや》いていた。「舟艇を経由したh－ビーム……。ヴィザーとジェヴェックスを繋《つな》いだのはこれだ」彼は眼球が抜け落ちらんばかりに目を剝《む》いた。豁然《かつぜん》としてすべてを悟ったエストードゥの顔は見る間に土気色《つちけいろ》に変わった。「それで、ジェヴェックスは偽情報を吹き込まれて……そうか！　そうだったのか！　ありもしないことを、〈シャピアロン〉号からの操作で……こっちは丸腰の船一隻に追われて逃げまどっているのか」

「どうした？」ブローヒリオは鋭く呼びかけた。「何だ、その顔は？」

エストードゥは焦点を失った目でふり返った。「そんなものはありゃあしません……地球連合軍なんて、どこを捜したっていやあしません。嘘っぱちです。ヴィザーが偽情報をでっち上げて、〈シャピアロン〉号を通してジェヴェックスに吹き込んだんです。まんまと騙《だま》されました。向こうははじめから〈シャピアロン〉号しかいないんです」

艦長がブリッジの上階から身を乗り出した。「閣下、直ちに針路変更を……」

その声も、ブローヒリオの耳には届かぬ様子だった。艦長はほんの一瞬躊躇《ちゅうちょ》したが、すぐに副長をふり返った。「前方補正器遮断、非常ブースター点火。全速後進。迂回路《うかいろ》を算出して直ちに針路変更せよ」

「何だと？……今、何と言った？」ブローヒリオは、彼を半円陣に取り巻いて首をすくめている男達にゆっくりと向き直った。「おまえたち、地球人どもに見事に一杯食わされたと言うのか？」

ブリッジの天井から合成されたコンピュータの音声が無表情に流れた。「ネガティヴ・ファンクション。ネガティヴ・ファンクション。いっさいの測定不能。本船は逆転不能の傾度《けいど》で加速中。修正不能。繰り返す。修正不能」

ブローヒリオは耳も貸さなかった。宇宙船は限りなく複雑に入り組んだ時空の迷路にすさまじい勢いで突入した。

「馬鹿者め！」ブローヒリオは両の拳をふり上げ、声の限りに喚きちらした。「ろくでなし！　できそこない！　貴様ら、みんな、できそこないだ！」

「おい、見ろ。もろに突っ込んでいくぞ」〈シャピアロン〉号司令室のスクリーンの中で、ハントは驚異の目を瞠《みは》った。メイン・スクリーンには二十万マイル前方をジェヴレン船団に食い下がって飛び続ける舟艇から送られた画像が映し出されていた。恐怖を孕《はら》んだ沈黙があたりを支配した。

「どうなっているんだ？」イージアンがフロアの中央からおずおずと尋ねた。

「不定波動がh－周波、つまりビーム・スペクトル内のずれに起因する異常波型に重なって相乗効果を生んでいます」ヴィザーが答えた。「h－スペース内部の混乱は分析可能の範囲を超えています」

隣のスクリーンではカラザーがものも言えずに口をあんぐり開けて頭をふっていた。「こんなはずではなかった……」やっとのことで彼は声を絞り出した。「どうして引き返さなかったのだ？　わたしはブローヒリオがh－スペースに逃げ込むのを止めればそれでよいと考えていたのだがね」

「ゾラック！　メイン・ドライヴを停止して減速しろ」ガルースが感情抜きのきびきびした声で指示を下した。「通常空間と接触を回復したら、直ちに光学走査画像を出してくれ」

スクリーンいっぱいに、虚空の暗黒を切り裂く電光が荒れ狂った。五つの黒い点はぐんぐん画面の奥に遠ざかって小さくなり、あるところでふっと光の渦に呑み込まれた。渦は触手を伸ばすかのように迫《せ》り出して、追いすがる舟艇を銜《くわ》え込んだ。〈シャピアロン〉号のストレス・フィールドが消滅し、スクリーンの画像はゾラックが望遠レンズで捉えた前方の空間に切り替わった。

「安定回復に向かっています」ヴィザーが報告した。「共鳴が鎮まって擾乱《じょうらん》の余波だけになりました。h－スペースのトンネルは閉じようとしています」

スクリーンの中で、電光はちりぢりに跡切れて螺旋《らせん》状に渦に吸い込まれていった。渦は次第に赤みを増しながら小さくなり、溶暗して消え去った。しばらくは背景の星域が擾乱の名残《なごり》を示して揺れていたが、それもじきに鎮まって、すべては嘘のように常態に返った。

司令室は長いこと沈黙に閉ざされたままだった。誰も身じろぎ一つしようとしなかった。

スクリーンに映った地球人やテューリアンも深刻な表情で黙りこくっていた。

かなりの時間が経ってから、ヴィザーが驚きを隠しきれぬ声で言った。「まだ報告することがあります。詳細は今のところまだわかりかねますが、どうやらジェヴレン船団はトンネルを潜り抜けた模様です。舟艇はトンネルが閉じる最後の瞬間まで画像を送り続けていました。それで見る限り、彼らは通常空間に再突入したと判断しないわけにはいきません」

司令室にざわめきが拡がる中で、スクリーンは舟艇が送ってよこした最後の画像に変わった。五隻のジェヴレン船は隊形を崩しながらも、たしかに通常空間と見られるところを飛んでいた。背景の星もそこが通常空間であることを示していた。そして、画面の右肩にひときわ大きく映っているのはどこかの惑星らしかった。画面が静止して、ヴィザーが言った。

「ここで送信が跡絶《とだ》えています」

「あの中を、潜り抜けたって?」イージアンは舌をもつれさせて言った。「どこへ行ったんだ？　どこで通常空間に再突入した？」

「それはわかりません」ヴィザーは答えた。「アッタンを目指していたはずですが、あの状態ではどこへ投げ出されたかわかったものではありません。これからアッタンのビームを基準に方位測定を行なって星域を割り出しますが、それには少々時間がかかりそうです」

「それを待ってはいられない」カラザーが言った。「アッタンが防備を固めていようとどうしようと、ジャイスターから支援の船隊を派遣するぞ。何としてもブローヒリオの針路を絶たなくてはならない」

彼は周囲の反応を窺《うかが》った。異議を唱える者はなかった。カラザーは一段と厳しい声で言った。「ヴィザー、支援隊の隊長に繋いでくれ」

「もうここに用はない」ガルースは低く落ち着いた声で言った。「ゾラック、船をジェヴレンへ帰せ。テューリアンの到着を待つことにする」

〈シャピアロン〉号が回頭してジェヴレンに引き返す間に、ジャイスター系の外周にいくつかの環状ブラックホールが口を開け、テューリアン支援船隊はh－スペースを潜り抜けて、次の瞬間、アッタン圏に再突入した。ジェヴレン軍の遠距離査察システムは亜光速で接近してくる船隊を捉えた。アッタン防衛軍の司令官は船隊を地球連合軍の分隊と判断した。たちまちのうちに、緊急非常周波数帯は無条件降伏を叫ぶ声で飽和した。数時間後にアッタンに降り立ったテューリアンの一隊はいっさいの抵抗を受けることなくこの惑星を制圧した。

まったく予期せぬ結果だったが、アッタンが降服した理由はそれ以上にテューリアン側を驚かせるものだった。ブローヒリオの船団はアッタンどころか、アッタンから目の届く限りのどこにもやってこなかったのだ。アッタンの司令部は、ブローヒリオの船団がジェヴレン圏を離れた時点で消息を絶って以降、ついに彼らと接触を回復することができなかった。ブローヒリオとその幕僚たちがいなくなっては、アッタンは首のない蛇も同然である。アッタン勢はいちはやく武器を捨てて投降した。

五隻のジェヴレン船はどこに消えてしまったのだろうか？　ヴィザーは自分の管理する宇宙領域のどこを捜してもブローヒリオたちが実体化した形跡はないと報告した。さらに、ジエヴェックス圏の内外に小型のブラックホールを貫通させ、ありとあらゆる装置を積んだ探査船を八方に派遣したが、ついに船団は影も形も見えなかった。ブローヒリオの一行は、ジャイスター系が銀河宇宙に占める一角から忽然《こつぜん》と消え去ってしまったのだ。

それはともかく、テューリアンたちはアッタンで思いがけないものを発見した。彼らは驚きの目を瞠り、理解に苦しんで頭を抱えた。アッタン圏のさる宇宙領域に、建造過程のさまざまな段階にある夥しい構造物が放置されていたのである。形も大きさもみな同じ、一辺五百マイルの箱状のもので、対角線に沿った太い円柱が中心部で直径二百マイルの球型物体を支えていた。

39

「いったい、これはどういうことだろう?」アッタンに接近したテューリアン船から外を打ち眺めながら、カラザーは言った。「これは、われわれが設計したとおりのカドリフレクサーの現物ではないか。ジェヴレン人がそれをすでに何百と作り上げている」

「わかりませんね」ショウムが隣でしきりに首を傾《かし》げた。「どう説明したらいいのか」

ヘラーとコールドウェルとダンチェッカーは互いに顔を見合わせた。

「カドリフレクサーというのは?」コールドウェルが尋ねた。

カラザーは溜息《ためいき》をついた。取り繕《つくろ》った話をしたところではじまらない。「わたしたちが太陽系封じ込めに使おうとしていた装置です。これを冥王星《めいおうせい》の外側に、ある距離を隔てて太陽系を包む球面状に配置する計画だったのです。カドリフレクサーはそれぞれ上下左右の四つのユニットとh-フィールドによって格子型に結合されます。各ユニットの時空変形効果がひと続きの、言うなれば絶対に透過不能の目に見えない膜となって太陽系をすっぽり包むわけです。

わたしたちは縮尺モデルで実験を重ねてきましたし、原寸の試作機もいくつか完成していますが、まだまだ最終計画の具体化には前途程遠い段階です」

カラザーは船窓の外を指さした。「ところが、ジェヴレン人たちはこのとおり、われわれの設計データを盗んで計画をここまで進めているのです。彼らの狙いがわたしには理解できません」

ダンチェッカーは眼鏡の奥でしきりに目をぱちくりさせながら、眉を寄せて思案をめぐらせた。ジェヴレン人を芯に、玉葱《たまねぎ》のように幾重にも層をなしていた謎の皮の最後の一枚が今まさに剝《む》けようとしている。どこかでそんな気がしていた。ジェヴレン人は地球の脅威をことさらに強調し、それを裏づける証拠を偽造した。そして、地球人の太陽系外進出を阻止すべきであるとガニメアンを説得したのだ。そのためには物理的に地球を封じ込めなくてはならない、と彼らは言った。つい最近までガニメアンはそれを真に受けていたのだ。ジェヴレン人の建議を容《い》れて封じ込めの準備に着手した。ところが、ジェヴレン人たちは独自に同じ計画を推進し、しかも、そのことをガニメアンには伏せていた。何故か？　これをどう解釈したら良いだろう？

ダンチェッカーはヴィザーがスクリーンに映し出している〈シャピアロン〉号の司令室と、コネティカットのスヴェレンセン邸の映像に目をやった。が、どちらもダンチェッカーの疑問に答える状態ではなかった。〈シャピアロン〉号のガニメアンたちは司令室のメイン・スクリーンに吸い寄せられていたし、ハントたちは部屋の奥のデータ・スクリーンに群がってこちらには背中を向けていた。そのスクリーンには両者を結びつける〈シャピアロン〉号からの画像が映っているはずである。いずれも何かに興奮している気配だったが、話の中身は聞き取れなかった。

「同じことを、自分たちの手でやり遂げようとしていたとは考えられませんか？」少し経《た》って、カレン・ヘラーが言った。

「何のためです？」カラザーは問い返した。「現にわたしたちが計画を進めていたのですよ。同じことを計画して彼らに何の得がありますか？」

「時間はどうかな？」コールドウェルが試みに答えを出した。

カラザーはかぶりをふった。「それほど切迫した事態と受け取っていたのであれば、彼らはわたしたちに計画をもっと速く進めるように要請したでしょうし、これだけのことをするのに費やした努力の何分の一かで目的を達することもできたはずです。彼らの予定がどうなっていたかは知りませんが、テューリアンの資源と技術力をもってすれば予定をずっと繰り上げても間に合うでしょう」

フレヌア・ショウムは何か思い当たる節がある顔だった。「それにしても不思議ですね。わたしたちが計画を進めようとした時にジェヴレン側が地球脅威論を引っ込めたことが何度かありました。ジェヴレンはわたしたちが研究開発を進めることを希望しながら、一方では計画の実施をできるだけ遅らせるように仕向けていたと考えられないこともありません」

「ノウハウを盗んでいたんだ」コールドウェルは唸《うな》った。「テューリアンからどんどん知恵を失敬して自分たちの計画を先へ進めていた……」彼はちょっと考えてから質問した。「この、カドリフレクサーは恒星系を封じ込める他に、何か別の用途があるのかな？」

「それはありません」カラザーは即座に答えてから、思い直して言葉を補った。「それはまあ、同じ規模、ないしはそれ以下のものであれば、何を閉じ込めてもいいわけですが……」

「ふうむ……」コールドウェルは考え込んだ。

ヘラーが両の掌《てのひら》を返して肩をすくめた。「もし、彼らの狙いが太陽系封じ込めではなかったとしたら？　彼らが封じ込めようとしていたのは……」彼女は最後まで言いきろうとはしなかった。皆が同時に答に行きついた。

カラザーとショウムは声もなく顔を見合わせた。「わたしらか？」カラザーはやっとのことで押し出すように言った。「テューリアンか？　ジェヴレンはジャイスター系の封じ込めを狙っていたのか？」

ショウムは額に手をやって、その意味するところをさらに深く考えようとする様子だった。

コールドウェルとヘラーはものも言えずにただ二人の顔色を窺《うかが》うしかなかった。

ゆっくりと霧が晴れていくように、ダンチェッカーの意識の中ですべてが明らかな輪郭を現わしはじめた。

「そのとおり！」彼は声を張り上げて中央に進み出ると、今一度頭を整理して、しきりに大きくうなずいた。「そうです。他に説明のしようがありません」

これ以上何の説明が必要か、という顔で彼はもどかしげに一同を見回した。皆はきょとんと彼を見返した。ダンチェッカーが何を言おうとしているのか、誰も理解しなかった。一呼吸あって、ダンチェッカーはおもむろに口を開いた。「これまでわたしは、ランビアン・セリアンの対立感情をジェヴレン人が何万年を経た今に至るまで執念深く持ち越しているということがどうしても理解できませんでした。しかも、その間に彼らはガニメアンの感化を受けているのですからなおさらです。不思議だと思いませんか？　かつての敵対心だけではとうてい説明できない。この裏には他に何かがある、と思ったことはありませんか？」

彼は言葉を切り、もう一度問いかけるように皆を見回した。

しばらくして、コールドウェルが言った。「そんなふうに思ったことはないね、クリス。どうしてだ？　きみはいったい何が言いたいんだ？」

ダンチェッカーは唇を湿した。「ジェヴレン人が長年にわたって世代交替を繰り返す間、彼らの社会の背後に一貫して変わることのないある存在があったというのは極めて興味深い事実だと思わないかね？」

短い沈黙が流れた。ヘラーがはっと目を瞠《みは》った。「ジェヴェックス……？　先生のおっしゃる、ある存在、というのはコンピュータのことですか？」

ダンチェッカーはすかさず自信をもってうなずいた。「ジェヴェックスの成立は遙か以前に溯《さかのぼ》ります。その基本設計とプログラミングは創造者、すなわち、ランビアンの直系の子孫の持って生まれた闘争心や果てしなき野望、非情の精神といったものを色濃く反映していると考えるのは、はたして現実とかけはなれたことでしょうか？　そのような野望を植えつけられたコンピュータが、ジェヴレン人の中でも特に資質の優れた人材を手懐《てなず》けて自分の手足にしたということは、断じてあり得ないでしょうか？　もしそれが事実だったとすれば、ジェヴェックスにとってテューリアンという存在はその野望の前に立ち塞がる障害であり、自由を奪う首枷《くびかせ》であったはずです」

コールドウェルも小さくうなずきだした。「何とかして、目の上の瘤《こぶ》であるテューリアンを排斥しなくてはならなかったわけだな」

「そのとおり」ダンチェッカーは言った。「ただし、すぐにというわけにはいかない。その前にテューリアンから学ぶべきことがたくさんあったから。それにしても、いずれ最後にはテューリアンから与えられた知恵と技術を武器にして、当のテューリアンを駆逐しようというのだからジェヴレン人は恐ろしい。テューリアンから盗んだガニメアン科学技術を武器に、ジェヴェックスを指導者に戴いて、ジェヴレン人は銀河系をわがもの顔に支配する。これが彼らの展望だったのだよ。テューリアンの高度な文明を考えてごらん……何光年もの距離を瞬時に移動する技術。ジェヴレン人は知性人種が足を踏み入れた宇宙空間を残らず手中におさめることもできたはずだよ。彼らの野望は果てしない。自分たちの領域をどこまでも拡げる気だったんだ。そのジェヴレンの前に立ち塞がる唯一の障害がテューリアンだった。それで彼らは何ものをもってしても破ることのできない重力殻でジャイスター系を隔離しようと計画したのだよ」

ダンチェッカーは上着の襟を掴んで反《そ》り身になり、茫然《ぼうぜん》自失しているカラザーたちを見比べた。

「というわけで、ジェヴレン人の行動の背後にあったものがこれで判然としました。おそらく、彼らはミネルヴァ時代からこの究極の宇宙支配の構図を夢に描いていたことでしょう。その夢を、彼らはあと一歩で実現するところだったのです」

「すると、アッタンで生産されていた兵器は……」カラザーはまだ驚きから立ち直れず、ふるえ声で言った。「テューリアンを敵と想定したものではない……?」

「それは違いますね」ダンチェッカーは言った。「ジャイスターを封じ込めた後、いよいよという時のことを考えて軍備を進めていたのでしょう」

「そうだわ。そうなると、最初の敵はもう知れていますね」ヘラーは言った。「彼らはランビアン、わたしたち地球人はセリアンですもの」

「言うまでもないことです」ショウムは低く声を落とした。「その頃、地球はまったくの無防備状態になっているはずでした。テューリアンに対して地球の軍備放棄をひた隠しにしていたわけもそれでわかります」彼女はジェヴレン人の抜け目のなさにあらためて感心するふうに一人でしきりにうなずいた。「実に巧妙な計画ですね。自分たちが力を蓄えている間は地球の進歩を遅らせて、ある時期から急に地球の進歩を加速させたのですね。そして、地球脅威論を打ち上げて、ガニメアンの庇護《ひご》を求める態度を示したのです。ジェヴレン人は、最終的には自分たちの力で脅威を排除する考えでしたね。しかも、ガニメアンにはその事実を隠して、技術開発をけしかけて、その技術で地球ではなく、当のガニメアンを封じ込める計画だったのです。そうやってガニメアンを遠ざけてしまえば、あとは恐いものなしです。ランビアンの末裔《まつえい》であるジェヴレン人は仇敵《きゅうてき》セリアンを誰に邪魔されることもなく討つことができたはずですね。力の差は歴然としています」

「赤児《あかご》の手をひねるようなものだったろう」コールドウェルも今度ばかりは恐怖を抑えかねた体《てい》で呟《つぶや》いた。

「ジェヴレン人は太陽系を奪還する考えだったのだよ」ダンチェッカーが言った。「そもそものはじめから、それこそが彼らの第一目標であったとわたしは想像するね。彼らにしてみれば、もともと太陽系は自分たちのものだったんだ。いつまでもガニメアンに従属する立場に甘んじてはいられない。ジェヴレン人の精神構造を考えれば、それは当然の気持ちだろう」

「辻褄《つじつま》が合いますね」カラザーは悲しげに言った。「何故彼らがあれほどまで自治領として分離することを主張したのか……何故ヴィザーから独立したシステムで自分たちの宇宙領域を管理しなくてはならなかったのか」

カラザーとショウムは視線を交わしてうなずき合った。「いろいろなことがはっきりと見えてきました」

彼はしばらく物思いに沈んだ。次に口を開いた時、その声は意外にも晴れやかだった。「今の話がすべて事実だとすれば、わたしどもにとってはこれからの仕事がずいぶん楽になりました。問題の根がジェヴレン人の人種的特性ではなく、むしろジェヴェックスに発しているということであれば、対処のしかたはあります。不愉快な報復手段を取る必要はないでしょう」

ショウムはどこか遠くを見る目つきでゆっくりとうなずいた。「そうですね……。正しい方向を与えられれば、彼らは新しい規範を学んで、成熟した穏健な人種に生まれ変わって文明を再興するかもしれません。まだすべてが失われたとは言いきれません」

「そう考えれば、わたしらには新しい建設的な目標ができたことになる」カラザーは早くも積極的な姿勢を示した。「道草だったかもしれないが、最後はきっと良くなるだろう。きみの言うとおり、すべてが失われたわけではないのだ」

「ああ、今のところ、これは飽くまでも一つの仮説ですよ」ダンチェッカーが慌《あわ》てて念を押した。「しかし、検証の道はあります。事実すべてがジェヴェックスから起こったことであれば、概念サブネットを検索してジェヴェックスの古い記憶の中に、今ここで話した発想の原型があるかどうか調べればいいのです」彼は正面からカラザーに向き直った。「ジェヴレンの秩序が回復し次第、厳重な監理の下にジェヴェックスの一部の機能を復活してヴィザーに記憶を徹底的に調査させることはできるでしょう」

カラザーは聞き終えぬ先からうなずいた。「わたしもそれを考えていたところです。それには、何はともあれまずイージアンと話し合わなくてはなりません」彼は〈シャピアロン〉号司令室の画像をふり返った。「イージアンはまだ手が空かないか？　そっちはどんな様子だ？」

司令室のメイン・スクリーンの下に集まったガニメアンたちの間で何やら大騒ぎが起こっていた。次いで隣のスクリーンから地球人たちの沸き返るような声がこぼれ出た。ハントらコネティカットの面々は肩をぶつけ合うようにしながらどやどやとアッタンのテューリアン船と結ばれたスクリーンの前へ移動した。ダンチェッカーたちは話を中断して、しばらくは呆気《あっけ》に取られてスクリーンを見つめていた。ハントは興奮のあまり舌も回らぬありさまだった。「発見したぞ！　ゾラックが惑星を拡大処理したんだ。場所がわかった。あり得ないことなんだ！」

ダンチェッカーは目を白黒させた。「ヴィック、きみの言うことはまるで意味が通じないぞ。頼むから気を落ち着けて、よくわかるように話してくれないか」

ハントが努めて気持ちを静めようとしていることは傍目《はため》にも明らかだった。「ジェヴレン船五隻の行方だよ。突き止めたんだ」彼は言葉を切って息を整え、背後で〈シャピアロン〉号の画像に見入っている男たちをふり返った。「ゾラック！　画像をヴィザーに伝送してくれないか。アッタンのスクリーンに出すように」

ダンチェッカーの乗っている宇宙船に、〈シャピアロン〉号の舟艇がh－スペースのトンネルが閉じる寸前に送ってよこしたジェヴレン船の画像が表示された。

「画が出たか？」ハントが言った。

ダンチェッカーはうなずいた。「ああ。これがどうかしたかね？」

「右肩に惑星が見えているだろう。ゾラックに、その部分を拡大してくれと言ったんだ。やってくれたよ。惑星がわかった」

「ほう」ダンチェッカーはまだ何のことだか呑み込めなかった。「どこの惑星かね？」

「それを訊くなら、いつのと言ってもらいたいね」ハントはにやりと笑った。

ダンチェッカーは眉を寄せてまわりをふり返った。他の者たちもわけがわからずに困惑の表情を浮かべていた。「ヴィック、何の話だ、いったい？」

「ヴィザー、見せてやってくれ」ハントは答える代わりに言った。

右肩に小さく映っていた惑星が中央に移動して、画面いっぱいに拡大された。星の降る空間に、明るい光線を浴びて浮かぶ惑星だった。雲間に海が覗《のぞ》いていた。解像度は決して高いとは言えなかったが、陸地の形ははっきりと見分けられた。カラザーとショウムがあっと息を呑んだ。ダンチェッカーも一瞬遅れて飛び上がった。

よく知っている惑星だった。ハントと同じく、二年前にヒューストンでルナリアン調査研究に携わっていた頃、彼はその惑星の広い極地氷原に挟まれた大陸や島々、地峡、河口、海岸線を見飽きるほど眺めて暮らしたのだ。ダンチェッカーはふり返った。カラザーとショウムはあまりのことに声を失ったままだった。コールドウェルもわれとわが目を疑う表情で茫然と立ちつくしていた。ダンチェッカーは彼らの視線を辿《たど》ってゆっくりとスクリーンに向き直った。間違いない。彼の錯覚ではなかった。

惑星はミネルヴァであった。

40

何光年もの距離を隔てて、ヴィザーとアッタンのブラックホール・プロジェクターが限られた時空の支配権を争った最後の数秒間に、はたしてそこで何が起こったかは誰にも想像し得なかったし、誰もがそれは永遠の謎であろうと見切りをつけていた。しかし、ハントはカレン・ヘラーとノーマン・ペイシーがはじめてヒューストンにコールドウェルを訪れたあの日、ポール・シェリングが言ったことは正しかったのだと認めざるを得なかった。ポール・シェリングは、宇宙空間の二点間の瞬時移動を理論づけるガニメアン方程式は、時間軸上の移動をも説明するものであり、時に空間と時間軸上の移動が同時に起こることを意味している、と言ったのだ。どのような条件が重なったかはともかく、五隻のジェヴレン船は何光年もの距離を跳び越えたのみか、五万年の時間を溯《さかのぼ》って、まだミネルヴァが存在する時代の太陽系に舞い戻ったのである。ガニメアン科学者たちは背景の星の位置を測定し、ジェヴレン船が太陽系に戻った年代を正確に計算した。それは、ミネルヴァを破壊に導いた最後のルナリアン戦争の二百年前だった。

これによって、惑星ミネルヴァに当時の水準を遙かに超える高い技術文明を持つランビアンが、まさに一夜にして登場した謎が氷解した。同時に、それまで戦乱を避けて、地球移住のために一致協力して技術開発を目指していた惑星世界が二極に分裂し、戦火を交えて、ついには相討ちに自滅した理由も説明された。セリアンは二千五百万年前にガニメアンの手で地球からミネルヴァに運ばれた地球動物を祖先としてこの惑星上で進化した先住民である。ランビアンは五万年未来のジェヴレンからやってきた。ランビアンはミネルヴァで進化した人種ではない。彼らは移住者だったのだ。

しかし、ここに解明された事実は、新たに科学者たちが将来にわたって荷物とするであろう数々の謎を生んだ。例えば、ランビアンが自分たちの遠い子孫のそのまた子孫であるという事実をどう説明するかの問題である。彼らの限りない権勢欲は人種的な特色であるよりも、むしろ、とりわけ権力志向の強い者の集団を括《くく》る性格的特性であると考えなくてはならないが、だとすれば、彼らはその性格をどこから受け継いだのだろうか？　ジェヴレン人はそれをランビアンから受け継いだが、そのランビアンはミネルヴァに降り立ったジェヴレン人から過激な性格を受け継いだのだ。それでは、いったいどこにその起原を求めるべきだろう？　ダンチェッカーは彼らが変形された時空を通過する間に生理学的な変質を来《きた》し、それがすべての発端となったのではないかという仮説を提唱したが、これはあまり説得力がなかった。

何となれば、この場合、何をもって発端とし、起原と言うかは容易に規定し難《がた》かったからである。

ミネルヴァに舞い戻ったジェヴレン人がその後に何が起こるかを知っていたに違いないことも、大きな疑問の種であった。二百年後には戦争で惑星が破壊され、辛うじて生き延びた者たちがテューリアンに救われてジェヴレン世界を築き、五万年後にヴィザーによって滅ぼされることを知っていたジェヴレン人は何故、その運命を変える努力をしなかったのだろうか？　運命の前に彼らは無力だったろうか？　決してそんなことはない。いかなる歴史があったかは知らず、それ以前にそこにあった世界をいっさい消去して、時環《タイムループ》にまったく新しい歴史が書き込まれたのだろうか？　それとも、ジェヴレン人は出発のどさくさで有形の記録を持ち出す閑《ひま》もなく、h－スペースを潜《くぐ》り抜ける間に記憶も喪失して、ミネルヴァに着いた時には自分たちが何者か、どこから来たのか、まるでわからなくなっていたのだろうか。それがために、なす術《すべ》もなく永劫の輪廻《りんね》に身を委ねたのだろうか？

テューリアンたちもこうした疑問に答えることができず、彼らの学問領域はジェヴレン人をめぐって新たな開拓を迫られることになった。いずれ遠い将来、ガニメアンと地球人の数学者や物理学者は相携えてジェヴレン人の不思議な運命を科学的に解明する理論を打ち立てるかもしれない。が、それもまた、何とも言いきれぬことであった。

一つだけ、地球人とガニメアンを、そしてジェヴレン人をも等しく悩ませていた謎が氷解した。それは、冥王星《めいおうせい》を越えた太陽系の外側にあって、月の裏側から旧時代のガニメアン・

コードで発信された信号をいちはやくキャッチし、ヴィザーに中継したのは何ものだったかということである。テューリアンはジェヴレン人が中継装置を打ち上げたものと理解し、ジェヴレン人はテューリアンが探査体を飛ばせていたに違いないと解釈していた。情況のしからしめるところ、当時両者は互いにそのことを面と向かって問い詰めるわけにはいかなかったのだ。そして、ジェヴレン人の手で通信が遮断されて、中継装置の正体は闇に葬られた。いかなる装置が誰の手でそこに設置されたのか——

謎の中継装置の正体は、ジェヴレン船団を追ってh－スペースのトンネルに飛び込んだ探査舟艇以外の何ものでもあり得なかった。舟艇が母船の暗号方式に則した信号に応答するプログラムを与えられていたのは、当然と言えばあまりにも当然すぎることである。そして、舟艇はh－リンクでテューリアンと結ばれていた。シローヒンの科学者集団は最後の数秒間の交信記録を分析して、h－スペースのトンネルが閉じた時、探査舟艇は受動モードで母船〈シャピアロン〉号からの指令を待っている状態にあったことを確認した。思えば長いことよくも待ち続けたものである。ジェヴレン船隊追跡のためにヴィザーから与えられた運動力によってミネルヴァ付近の通常空間に飛び出した探査船は太陽の引力に逆らって太陽系の外周に向かい、冥王星を超えた軌道に定着したのだ。そして、待ち続けた。ある時、ついに理解し得る信号が飛び込んできた。探査船はかねて指示されていたとおり、それをヴィザーに中継した。その間に五万年の星霜が過ぎ去っていたことを、一個の機械装置である探査船が知る由《よし》もなかった。

かくてミネルヴァと初期ガニメアン、ランビアンとセリアンを含めたルナリアン、チャーリーとコリエル、地球とホモ・サピエンス、そしてジャイアンツ・スターを結ぶ円環は閉じた。円環は終わったところからはじまっていた。その輪廻の中にジェヴェックスとブローヒリオとランビアンたちは閉じ込められている。彼らは永劫の過去からどこまでいっても抜け出すことができない。皮肉にも、その時環牢は、彼らがテューリアンを封じ込めようとした透過不能の重力殻よりもなお一層堅固であった。

邪心の指導者が去った後のジェヴレン人たちは地球人と少しも変わるところがなく、晴ればれとして、力を合わせて市民社会の再建に立ち上がった。政治経済の機構改革はもとより、それ以上にブローヒリオの無謀な惑星脱出が惹起《じやつき》した重力擾乱《じようらん》によって破壊された都市機能の回復は容易ならぬ大事業であった。カラザーはガルースをジェヴレンの臨時総督に任命して復興の指導監督に当たらせた。ジェヴレンはテューリアンの保護領となり、当分はジェヴェックスのような惑星全土を管理するシステムを認められなかった。そうは言っても広域を覆う情報処理システムは市民生活に欠くことができない。幸い、ゾラックはジェヴレンの現状にお誂《あつら》え向きの処理能力を備えていた。〈シャピアロン〉号はジェヴレンに常駐することになり、ゾラックは、いずれは惑星間にネットワークを拡げ、さらに将来ヴィザーに統合されることを前提に、パイロット・ネットワークの核として新しい活躍の場を見出《みいだ》した。

加えて暫時《ざんじ》コンピュータ管理をはずされたジェヴレンは、ガルース以下〈シャピアロン〉号で二千五百万年前の世界から渡ってきたガニメアンたちにとって、テューリアン社会に徐徐に適応していくためには理想的な環境であった。しかも、彼らガニメアン集団はガルースを助けて惑星社会を再建し、ジェヴレン政府の新しい機構を作り上げるために中心的な役割を果たすことになったのだ。そんなわけで、ガルースも、彼に従ったガニメアンたちも、ゾラックも、再び故郷と呼べる場所とやり甲斐《がい》のある将来の目標を与えられて胸を脹《ふく》らませた。

地球では前政権の灰燼《かいじん》の中から立ち上がった新体制の下でミコライ・ソブロスキンがソヴィエト外相に就任した。クレムリンの密室政治は急に改まるはずもなかったが、その内部でどう話がまとまったものか、ヴェリコフは地球外科学顧問の肩書を与えられた。人類史上はじめて地球市民権を認められた異星人である。

アメリカ合衆国国務省ではパッカードの肝煎《きもい》りで、カレン・ヘラーとノーマン・ペイシーを中心とするグループが過去一世紀にわたって東西間を隔ててきた相互不信の垣根を取り去り、米ソ二超大国の経済力、ならびに台頭しつつある第三世界の物的人的資源を合わせて全地球の繁栄を図る政策を立案することになった。かつて第一次世界大戦を惹《ひ》き起こし、ボルシェヴィキ革命とヒトラー政権の両方に資金援助を与え、また、中東紛争や東南アジアの危機を演出し、核兵器競争を煽《あお》って自分たちの懐を肥やした国際組織は潰滅した。ジェヴェックスの記憶にはまだ他にも彼らの謀略が目白押しに並んでいたが、いずれも計画倒れに終わったのは幸いであった。

地球をそっくりジェヴレンの属領とする計画の急所と目されていた国連はジェヴレン工作員の影響から解放され、星間共同体に役割を占めるであろう地球の代表機関として再生の道を歩み出した。星間共同体で地球が果たす役割は将来ますます重みを増すと予想された。そこでは、クリフォード・ベンスンやシアラー大佐や、ソブロスキン配下の将校団に活躍の場が用意されている。何となれば、ひたすら科学技術のみを信奉してきたガニメアンも、今回の体験を通じて時に腕力にものを言わせることの必要を悟ったからである。広い銀河系の未踏の領域には、まだ何人ものブローヒリオがいないとも限らない。

星間共同体の時代はいずれ必ずやってくる。しかし、それはまだ先の話である。その前に地球として準備を終えておかなくてはならないことが山ほどあった。まずは惑星再教育である。自然科学の全体系を時代に即して改めなくてはならない。UNSAは、ナヴコムを組織替えしてコールドウェルを最高責任者とする新しい超大機関に吸収する計画を決定した。コールドウェルはワシントンに本拠を移し、ガニメアン技術を足場とする宇宙開発の長期展望確立と、地球の通信ネットワークの一部をヴィザーに結合するための準備調査という遠大な事業の指揮を執ることになった。ハントはその新しい機関の副長官に就任するはずである。ダンチェッカーは無限の宇宙に未知との遭遇を求め、異星生物とその進化を研究する機会が開かれることを喜んで、新機関の異星生命科学局長への誘いを快諾した。少なくとも、ダンチェッカーはワシントン入りを望んだ理由をそう説明している。コールドウェルが新しい組織にリンの席を用意したことは言うまでもない。

しかし、何と言っても今回の立役者はヴィザーだった。ヴィザーは何人によっても、また、いかなるシステムをもってしても、決して代役のきかない大任を見事に果たしたのだ。カラザーはヴィザーにアッタンの管理権を与えて独立を認め、ヴィザーが自由に自己の知能を開拓することを許した。もっとも、ヴィザーとその創造者とを結ぶ紐帯《ちゅうたい》が絶たれたわけではない。近い将来、そしてまた何世紀もの未来にわたって、人類とガニメアンは相携えて銀河系に領域を拡げるであろう。そして、すでに揺るぎなく立証されたとおり、人類とガニメアンとコンピュータ、すなわち生物《オーガニック》と非生物《イノーガニック》の連携はそこでもまた底知れぬ力を発揮するに違いない。

エピローグ

黒塗りのリムジンの列は儀仗兵《ぎじょうへい》と各国大使のいならぶ前にゆっくり滑るように停まった。ワシントンDCから十マイルを隔てたメリーランド州、アンドルーズ空軍基地のフィールドのはずれである。陽射しの明るい、よく晴れた日だった。フェンスの外に詰めかけた何万という群衆は何故かひっそりと息を殺していた。

フードに大統領旗を靡《なび》かせた先頭車の二台後のリムジンから、黒のピンストライプの三つ揃《ぞろ》いを着込んだハントが降り立った。糊のきいたカフスとカラーにきちんと締めたネクタイは堅苦しく、自分でも板につかない感じだった。運転手がドアを押さえ、ハントはリンに手を貸した。ハント以上に正装がそぐわないダンチェッカーがそれに続き、後からコールドウエルとUNSAの高官グループが降り立った。

ハントはあたりを見回した。ずっと向こうに翼を休めている航空機の列の中にさりげなく置かれたパーセプトロンは一目で見分けることができた。

「どうもしっくりしないねえ」彼は言った。「板で塞いだ窓なんてありゃあしないし、雪もなければ、山も見えないじゃないか」

「あなたがそんな少女趣味だとは知らなかったわ」リンは空を見上げて言った。「空は青いし、緑はいっぱいだし、わたしはこのほうがずっといいわ」

「きみは恋々として昔を懐かしむ抒情派《じょじょうは》ではないと言うのだね」ダンチェッカーが横から言った。

リンはかぶりをふった。「あれだけ何度も行ったり来たりしたんですもの。マクラスキーはもうたくさん。二度と行きたいとは思わないわ」

「近い将来、きみにはもっともっと遠いところへ行ってもらうことになるぞ」コールドウェルはにこりともせずに言った。

彼らの前のリムジンのソヴィエト首相一行はまだ降りてこなかったが、先頭の車からは合衆国大統領と側近たちが姿を現わしていた。カレン・ヘラーとノーマン・ペイシーがグループを離れてハントたちのほうへやってきた。

「まあ、こっちの空気にも馴《な》れてもらわなくてはね」ペイシーが大きく腕をふって言った。

「しばらくはここがきみたちの本拠地だ。この基地はきみたちの自家用飛行場のようになるだろう。これから、忙しいぞ」

「今そのことを話していたんですけど」リンが言った。「ヴィックはマクラスキーのほうが気に入っているようですよ」

「早くとも、まだ何ケ月か先になるだろうね」コールドウェルが言った。

「ワシントンDCへは、いつ?」ヘラーが尋ねた。

ヘラーはダンチェッカーに向き直った。「まず一番にどこかで食事をしなくてはね、クリス。アラスカの栄養失調から回復するためにも」

「そういう提案なら大歓迎だよ」ダンチェッカーは上機嫌で答えた。「わたしも全面的に賛成だ」

リンはそっとハントの脇腹を突つき、ハントはそっぽを向いてにやりと笑った。

ペイシーは時計に目をやって肩越しにふり返った。ソブロスキンを先頭にソヴィエト代表団が車から降りてくるところだった。

「もう間もなくだな」ペイシーは言った。「向こうへ行って並んだほうがいい」

一同はソヴィエト代表団に合流した。すでに午前中、役員室で互いの紹介は済んでいた。彼らはリムジンの列の前方の大統領の一団に加わった。ソブロスキンがペイシーに近づいて言った。

「とうとうこの日がやってきたね、同志。子供たちは他の星の下で、他の世界を知ることになるだろう」

「あの時、わたしは、きっとそういう時代が来ると言ったろう」ペイシーは答えた。

パッカードが怪訝《けげん》な顔でペイシーをふり返った。「何の話だ、それは?」

ペイシーは唇をほころばせた。「話せば長いことです。いずれ折を見て」

パッカードはコールドウェルに向き直った。「しかし、何だな。少なくとも、今日の場合はこれからどうなるかわかっているから安心だな、グレッグ。あの時は本当に、どうなることかと思ったよ」

「楽に構えるさ」コールドウェルは言った。「わたしらがすぐ後ろについているんだ」

一行は基地の広場に矩形《くけい》を作って整列した。マクラスキーから戻った科学技術陣がジェロール・パッカードを先頭に一列となり、合衆国大統領とソヴィエト首相が並んで立った後ろに、ペイシーとソブロスキンがそれぞれ側近集団を従えて続き、他の車から降りてきた各国代表団とUNSA高官のグループがしんがりを固めた。誰もが期待の目で空を仰いでいた。突如として基地とそれを取り巻く群衆の間に漣《さざなみ》のように拡がった興奮のどよめきを、彼らは耳で聞くよりも、むしろ体中の神経で感じ取った。

雲一つない蒼穹《そうきゅう》の果てにぽっつりと点のように姿を現わした宇宙船は見る間に大きく接近した。やがて、太陽の光を反射して銀色に輝く船体の輪郭が見分けられるようになった。宇宙船は美しい曲線を持つ楔形《くさびがた》であった。前部に扇状の張り出しがあり、その両端に飛行船の客室に似た脹《ふく》らみが針の目ほどに小さく見えていた。宇宙船はさらに接近した。

ハントは驚嘆に打たれてあんぐりと口を開けた。近づくにつれて、船体側部の起伏や、腹部の架構が見えるようになった。さらに細部が明らかになると、アンテナ類の突起や透明ドームやターレットの配置に心憎いばかりの計算がつくされていることがよくわかった。しかし、何にもましてハントを驚かせたのはその大きさだった。彼のまわりからも嘆息に似た声が洩《も》れた。フェンスの外の群衆はただ茫然《ぼうぜん》として、まるで金縛りにでもされているかのようだった。宇宙船の全長は何マイルにもおよぶに違いない……何十マイルだろうか。地上からではとうてい想像もつかなかった。宇宙船は頭上の空の半ばを覆った。伝説の怪鳥が翼をいっぱいに拡げた姿を思わせる宇宙船の影はメリーランド州をそっくり包んでしまいそうだった。宇宙船はまだ成層圏の高さであろう。いや、まだそこまでも達していないかもしれない。

ハントはテューリアンのパワー・ジェネレーターを見学し、その大きさは直径何千マイルと聞かされた。しかし、ジェネレーターはあたりに比較する何ものもない宇宙空間に浮かんでいたのだ。彼はただ数字から漠然と大きさを想像したにすぎない。だから、さして驚きはしなかった。これとは話が別である。彼は今、樹木や建物や、日常馴れ親しんであらためて目を向けることもないもろもろの物に囲まれて地上に立っているのだ。そこには人の常識を超える大きさの割り込む余地はない。直接見渡すことのできない地平線の果てから果てという距離でさえ、それは人が容認し得る尺度であり、秩序の規範であり、また、動かし難《がた》い限界でもある、テューリアン宇宙船はその尺度に規定された世界に占めるべき場所がない。宇宙船はその大きさにおいて次元を異にする、別の秩序に属している。その大きさの前には人間が知っている限りの尺度も限界も意味をなさない。ハントは目の前にある足の爪が何を意味するかをはじめて悟った蟻《あり》の心境だった。はじめて海洋を知った微生物の気持ちと言っても良い。彼の意識の中にはその大きさを受容するモデルがなかった。彼の感覚は、今自分が見ているものの総体を把握し、理解することを拒んだ。ハントは生まれて以来の全体験の記憶を動員し、それによって規定される視野の中におさまる形で対象を捉え直そうと試みたがその努力も空《むな》しかった。彼は考えることを放棄した。

空を覆い隠す宇宙船の腹部に、何やら動くものを認めてハントはわれに返った。まわりで茫然自失していた者たちもそれに気づいた。かなり以前から降下していたものがその頃になってやっと皆の目の届く範囲に入ったに違いなかった。それは音もなく基地の中央を指してまっすぐに降りてきた。ある高度に達して姿勢を変えたところをよく見ると、それは純金の輝きを帯びた長円型の着陸艇だった。背面に鋭角に突き出した二枚の小さなフィンの他は鶏卵のように滑らかである。着陸艇はハントたちのほうに鼻面を向けて程良い位置にふわりと降り立った。十秒あまり、基地全体はいっさいの動きが絶えて、底無しの静寂に覆われた。

と、着陸艇の前端下部がゆっくりと開いて、幅の広いなだらかなランプが地面に伸びた。ランプの上端が機内に吸い込まれるあたりは明度の高い黄色い光に包まれていた。リンはそっとハントの手を握った。身長八フィートの異星人十数人が肩を並べて光の中から姿を現わし、静かにランプを降りはじめた。彼らはランプを降りきったところで足を止め、出迎えの地球人一行を見渡した。

中央がカラザーである。ハントらが見馴れたあの銀のケープと濃緑のチュニックを着てはいなかったが、その顔は一目でわかった。片側にフレヌア・ショウムとポーシック・イージアン、それに、イージアンの副官モリザル。反対側にガルースとシローヒンとモンチャー。〈シャピアロン〉号のガニメアンたちも何人か顔を見せている。灰色の肌は、彼らよりもやや体格が華奢《きゃしゃ》なテューリアンたちの黒い肌と違って見分けは容易だった。マクラスキー基地でテューリアンに会った者たちはこの瞬間を心待ちにしていた。おそるおそるパーセプトロンに足を踏み入れたあの時以来、彼らは何光年もの距離を隔てた知覚伝送によってしかテューリアンに接していない。生身のテューリアンに会うのは本当にこれがはじめてのことだった。

後ろのほうでブラスバンドの演奏がはじまった。群衆はいまだに頭上の宇宙船に圧倒されて粛然と静まり返っていた。ガニメアンたちは列を乱すことなく、威儀を正してゆったりと進み出た。コールドウェルを先頭に、マクラスキーの一団が中間地点に彼らを出迎えた。

「ずいぶんひやりとする場面もあったけれど、地球はついにやってのけたのよね」リンは歩きだしてハントにそっと話しかけた。

「これで終わったような言い方じゃないか」ハントは低く言い返した。「これから、いよいよはじまるんだ」

ハントの言うとおりだった。ガニメアンにとっては何万年もの過去から続けてきた仕事の一つの結着でもあろう。惑星ジェヴレンの住民たちにとっては、精神を入れ替えて再生を目指す転機である。ヴィザーにとっては、新しい存在の位相への移行である。

しかし、人類《ホモ・サピエンス》にとっては、これこそまったく新しい出発であった。星を継ぐ者は、今正当に宇宙の遺産相続権を主張しようとしている。

訳者あとがき

何はさておき、本書の訳出が大変遅れてしまったことを読者諸兄諸姉にお詫びしなくてはならない。もちろん、それにはいろいろと事情もあることだが、すべては訳者の責任であって弁解の余地はない。にもかかわらず、気長に今日までお待ち下さった諸氏の御寛容には只《ひた》管《すら》感謝の他はない。ここにあらためてお礼を申し上げる次第である。

J・P・ホーガンのこの三部作がSFとしてどのような性格を備え、どう評価されているかは第一作『星を継ぐもの』の解説で鏡明《かがみあきら》氏が詳しくお書き下さった。ホーガンは一九四一年生まれの若い作家だが、著作に専念する以前の曲折に富む経歴の故か、時代を読む目を持っている。だからこの三部作にしても、手法の上ではこけおどしなところはないとしても、素材の扱い方に今の時代に出るべくして出た作品であることをうなずかせるものがある。人類の目が現実に地球外へ向きはじめ、異星人の概念が一時代前とははっきり変わりつつある現状を踏まえてチャーリーを登場させた発想は、この作者の批評家としての資質を語るものだと訳者は密《ひそ》かに思っているのだが、いかがなものだろう。この三部作は主題そのものが新しいのではなく、主題、素材の解釈に読者側の視野の変わりようを抜かりなく計算に入れているところに新しさがあるのではなかろうか。

そのことは、この第三作『巨人たちの星』において、話の焦点が社会科学の領域に移っているのを見ればなお一層明らかだろう。かつて東京オリンピックで新・山下跳びがウルトラCの流行語を生むほど人々を驚かせたが、今では中学生でもこの技を楽にこなすようになっている。それと同じで、未知との遭遇は今後もひねりを加えて何度となく作品にされるだろうが、遭遇自体はもはやSFのウルトラCではなくなった。ホーガンはそこを一歩進めて、遭遇の次に控えた課題を本書のあちこちにさりげなく提示している。異人種間の関係の持続がそこでは問題とされるから、この第三作で政治、経済、外交、文化といった方面にホーガンの筆が走ったのはけだし当然のことだろう。技術格差をめぐる議論は、昨今世上を賑わせている貿易摩擦の問題を下敷きにして読むとなかなか面白い。そういう読み方もこの本はできるのだ。

それはともかく、メビウスの環を閉じてジャイアンツ・スター三部作はひとまず完結した。ひとまず、というのは前作『ガニメデの優しい巨人』のあとがきでも指摘しておいたが、一作の終りに次の何かを予感させるのが、ホーガンの流儀だからである。ジェヴレン人は時環に閉じ込められたが、ホモ・サピエンスはそうでないことをホーガンは匂わせている。連作の形を取るかどうかは別として、ホーガンは三部作を書き上げた時、すでにその延長線上に構想を抱いていたとしても不思議はない。終ったところにはじまりがあることを常々面白い作品の条件と考えている訳者はホーガンがいずれはこの三部作と血縁の関係を持つ作品を発表することと予想し、かつ大いに期待している。

（編集部付記）本書刊行後、一九九一年に《巨人たちの星》シリーズの第四部が発表された。『内なる宇宙』*Entoverse*（1991）がそれで、邦訳版は創元ＳＦ文庫に収録されている。さらに後年、第五部となる*Mission to Minerva*（2005）が発表され、こちらも創元ＳＦ文庫に収録予定である。

解説

山之口《やまのぐち》　洋《よう》

ジェイムズ・P・ホーガンのデビュー作『星を継ぐもの』(一九七七)に始まるシリーズは、一般に本書『巨人たちの星』(一九八一)の名で総称される。舞台と登場人物を共有するシリーズは全部で五作あるが、内容的には本書までの三部作と、それに連なる後日譚《ごじつたん》二作と考えるのが妥当だ。それだけ三部作のプロットは密結合していて、作者がある程度最初から構想していたふしがある。当然、三部作を順番に読破することをお奨《すす》めしたいし、この解説もその後に読んでほしい。三部作全体にわたって謎や伏線を明かさざるをえないからである。

シリーズを通した主役は原子物理学者ハントと生物学者ダンチェッカーの学者コンビ。この二人が天文学や物理学、進化論、分子生物学など多方面から知的議論をリードし、言語学班や数学班なども脇を固めて、地球人類と異星人〈ガニメアン〉の両種族間の二五〇〇〇万年に及ぶ錯綜《さくそう》した謎を少しずつ解きほぐす。その知的議論の迫真性と徹底ぶり、加えて科学技術によって人類社会が争いを超克して発展してゆく未来志向の楽観論にこそ、刊行当時の若い読者を虜《とりこ》にした作品の魂がある。第一部『星を継ぐもの』の邦訳は一九八〇年刊だから、もう四十三年も経《た》つ。当時工学部の一年生だった私は、特にSFファンでもない周囲の学生たちの間でさざ波のように広がった知的興奮を今でも思い出す。この作品が日本で〈ハードSFの金字塔〉と呼ばれるようになり、ホーガンが『創世記機械』『内なる宇宙』と合わせて三度もの星雲賞に輝くほど支持されたのも、あの知的興奮が時代を超えて若い読者を捉え続けてきたからだと信じたい。

今やSF史の一部と化した冒頭のプロット。月面で真紅の宇宙服をまとった遺骸が発見される。〈チャーリー〉と名づけられたその男は現代のどの国にも所属せず、放射性炭素による年代測定から五万年前の人間だと判明する。いったいどこから来たのか。彼が属する、〈ルナリアン〉と名づけられた種族の文明社会はどこにあったのか。

一方、木星の衛星ガニメデを訪れていた国連宇宙軍の調査隊が、氷に閉じ込められた巨大宇宙船の残骸と、人類とはまったく進化系統が異なる大柄な骨格をもった異星人の遺骸を発見する。年代は推定二五〇〇万年前――人類よりはるかに進んだ科学技術をもつ彼らは〈ガニメアン〉と名づけられたが、その宇宙船には当時の地球上の生物群が大量に積み込まれていた。ルナリアンの食糧などから両文明に関係があったと判明するが、謎はますます深まった。

国連宇宙軍に招聘《しょうへい》された原子物理学者ハントは、生物学者ダンチェッカーと協力し、解決不能とも見えるこの謎に挑む。解剖学や進化論などの知見を駆使してチャーリーの遺骸を調査したダンチェッカーはチャーリーを地球人と断定するが、それではルナリアン文明の痕跡は地球上のどこにあったのだとハントは反論し、議論は暗礁に乗り上げる。狷介《けんかい》にして自他に厳しいダンチェッカーの性格も加わって、最初のうち二人の間柄は一触即発だが、幾多の謎に挑み、後に第三部では共闘して敵に立ち向かった経験も重なって、息の合った名コンビへと成長してゆく。ところで、ハントは「ヒューストンのシャーロック・ホームズ」の異名を奉《たてまつ》られるが、この称号はダンチェッカーにこそ相応《ふさわ》しくないか？

やがて、かつて太陽系に存在したもう一つの惑星ミネルヴァで、敵対する二大勢力が激烈な世界大戦を繰り広げていた事実が浮上する。大量破壊兵器の応酬によって惑星は粉砕され、衛星上に配属されていたチャーリーらは、足下の衛星もろとも文字通り流浪の運命を迎える。両博士の推理が冴《さ》えわたり、ルナリアンたちの正体と、さらには地球人類の驚愕《きょうがく》のルーツが明かされる……。

だが、両博士が地球からガニメデに移動する舞台転換こそあるものの、遺骸と遺跡だけが探求の対象だった第一部は、ファースト・コンタクトSFとしてのダイナミズムには欠けていた。生きて動くガニメアンやルナリアンに遭いたいという読者の願いは、第二部『ガニメデの優しい巨人』（一九七八）でかなうことになる。二五〇〇万年前にミネルヴァを発《た》ったガニメアンの宇宙船〈シャピアロン〉号が、推進機構の故障と相対論的時間遅延（いわゆる「ウラシマ効果」）で現代に帰ってきたのだ。五万年とか二五〇〇万年という時差に翻弄されてきた両種族（と読者）だったが、ここでようやく真のファースト・コンタクトが成立する。

さらに、ガニメアンが地球生物と人類の進化そのものに関与するという、壮大なドラマの舞台が整った。

それにしても、異星人の性格設定にはそれぞれの作家の人間観や社会観が色濃く反映されるものだ。劉慈欣《りゅうじきん》『三体』の異星文明はさながら宇宙の彼方《かなた》にあるもう一つの中華人民共和国だし、『ブラインドサイト』を始めピーター・ワッツの異星人はどれも意思疎通不能。それらに比べ、このガニメアンたちはなんと物わかりがよいジェントルマンだろう。陸棲《りくせい》の肉食動物がいない牧歌的世界に生まれ、生存競争に由来する闘争本能もなく、争いを好まないどころか〈争い〉という概念すらないのだ。

だが、「優しい」保護者がよき理解者とは限らない。地球を訪問し大歓迎を受けたガニメアンらだったが、何かを隠しているとハントらは感じる。実は、彼らには自分たちの生存のために地球生物を実験台として利用した倫理的負い目があった。彼らの目に映じた二五〇〇万年前の地球は、弱肉強食が支配する〈悪夢の惑星〉であり、しかもそれが自分たちの失敗した実験で加速されたと知って、彼らは深く後悔し、地球生物への贖罪《しょくざい》の念を抱く。まるで息子がグレたのは自分のせいだと後悔している母親のようではないか。しかし、その因果の果てに生じた惑星ミネルヴァの世界大戦によって、一度は原始人の境遇にまで成り下がった人類が、わずか五万年の間にたくましく復活し、宇宙に乗り出せる文明を築いたのを見て、人類を太陽系の正統な後継者として認めるにいたる。この第二部は、両種族の過去の不幸な歴史と和解の物語である。

そして第三部『巨人たちの星』では、テューリアンと呼ばれるガニメアンたちの星と地球との闘争が描かれる。二五〇〇万年前、すでに地球をはるかに凌《しの》ぐ科学技術文明を持っていた彼らは、その後どのような進化を遂げたのか。ルナリアンの遺物などに残されたわずかな歴史的手がかりを頼りに、〈シャピアロン〉号は同胞らの移住先を目指して超空間に飛び去ったが、直後に行き違いで当の星系から通信が届き、地球からの返信に対して再び届いた応答は、地球のデータ伝送コードに則《のっと》り、英語で記述されていた。つまり地球は、はるか昔から監視されていたことになる。

だがそれに続く交渉は、第二部のように爽やかな、腹を割った話にはならず、相手側の不信感や曲解に阻まれ、わが国連側も各国の足並みが揃《そろ》わない。そんな中、主人公らはアラスカの氷雪に閉じ込められた空軍基地に赴き、テューリアンから送り込まれた〈知覚伝送装置〉を通じて、テューリアンの代表者カラザーらと仮想空間での生々しいコンタクトを果たす。無事故郷に到着した〈シャピアロン〉号の乗員らとも後に再会する。地球監視の仕事は、伝統的にテューリアンに近い惑星ジェヴレンの住人に任されてきたというが、監視者たちのおよそガニメアンらしからぬ猜疑心《さいぎしん》や敵愾心《てきがいしん》はどうしたことか。カラザーは彼らの正体について口を濁すが、ハントらは推論を重ねた末、驚愕の結論にたどり着く。そこには過去の不幸な歴史に起因する地球人類への憎悪と、テューリアンらにさえ秘匿されたジェヴレン人の巨大な野望があった。果たして地球‐ガニメアン連合は、この絶対の逆境を切り抜けられるか……。

前二部で未解決だった謎や、『星を継ぐもの』について指摘されていたニュートン力学的瑕疵《かし》や、未解決の謎も、この第三部で残らず解消される。また、第三部のきわ立った特徴として、いくつかのAIが準主役として活躍する。〈シャピアロン〉号を制御する〈ゾラック〉、ハントらをアラスカから惑星テューリアンへと導く〈ヴィザー〉、そしてジェヴレン人が活動全般を頼っている〈ジェヴェックス〉。二五〇〇万年ほど型落ちのゾラックは、まだ『2001年宇宙の旅』に登場するHAL9000の延長線上にあるが、ヴィザーとジェヴェックスは生体の認知機能すべてに介入し、「現実」を自在に操作できる仮想環境だ。それらがある時は人間と同じように発言し、別の時には無言の前提として行間で作動することで、ハントらが現実には地球から一歩も出ていないにもかかわらず、二十光年離れた惑星にいるガニメアンたちと立ち交じって戦っているように読み進められるところに、三部作を経てホーガンが獲得した自在な描写技法がある。この方向性は続編『内なる宇宙』(一九九一)や*Mission to Minerva*(二〇〇五。『ミネルヴァ計画(仮題)』近刊)でさらにメタバースやマルチバースへも拡張されており、AIとの共存を模索しはじめた私たちの近未来を予見しているかのようだ。

二〇二三年八月

訳者紹介 1940年生まれ。国際基督教大学教養学部卒業。主な訳書、ドン・ペンドルトン「マフィアへの挑戦」シリーズ、アシモフ「黒後家蜘蛛の会」1～5、ニーヴン&パーネル「神の目の小さな塵」上・下、ホーガン「星を継ぐもの」など多数。

検印
廃止

巨人たちの星

1983年5月27日 初版
2022年12月23日 48版
新版2023年9月8日 初版

著者 ジェイムズ・P・ホーガン
訳者 池《いけ》 央《ひろ》 耿《あき》

発行所 (株)東京創元社
代表者 渋谷健太郎

162-0814/東京都新宿区新小川町1-5
電話 03・3268・8231-営業部
03・3268・8204-編集部
URL http://www.tsogen.co.jp
DTP 工友会印刷
暁印刷・本間製本

ISBN978-4-488-66333-9 C0197